Die Rose und der Earl

Das Buch

Als Rose unerwartet ein Schloss erbt, ist sie begeistert: Endlich eine Zuflucht vor ihrer herrischen Mutter. Doch ihre Ankunft auf Rosewood Hall wird von dunklen Gerüchten über das Schloss und ihren Nachbarn, den geheimnisvollen Earl, überschattet.
Der finstere Earl of Greymont dachte, er hätte endlich Frieden gefunden. Doch als Rose eintrifft, reißen die Wunden seiner Vergangenheit wieder auf und seine Gelegenheit zur Rache ist zum Greifen nah.
Als Rose ihn zu einem Ball einlädt, ahnt sie nichts von seinen Plänen, die sie unverschuldet ins Unglück stürzen könnten. Und er hat nicht mit den glühenden Gefühlen gerechnet, die Rose entgegen seiner Absicht in ihm weckt.

Die Autorin

Sarah Heartsdale sammelt Bücher, die sie an ungewöhnlichen Orten findet, und ist oft im Café ihrer Lieblingsbibliothek anzutreffen, wo ein Großteil ihrer Romane entsteht. Sie ist die Übersetzerin von zahlreichen historischen Romanen aus dem Englischen und hat eine Schwäche für kuriose geschichtliche Fakten und starken Schwarztee.

Abonniere den Newsletter auf sarahheartsdale.de, um keine Neuerscheinung von Sarah Heartsdale zu verpassen.

SARAH HEARTSDALE

Die ROSE und der EARL

Dunkle Vergangenheit

Originalausgabe

Sarah Heartsdale
Impressumsservice Bücherschmiede
c/o Sarah Schemske
Rotenackerstraße 122
73732 Esslingen

Taschenbuch-ISBN: 979-8-33208-562-8

Redaktion: Mitch Reader und Eva Haas
Illustration, Umschlagsgestaltung und Satz:
Bücherschmiede (www.buecherschmiede.net)
unter Verwendung einer Fotografie von © Mary Chronis,
VJ Dunraven Productions und periodimages.com

*Für alle, die dieses Buch
möglich gemacht haben.*

Red Rose, proud Rose, sad Rose of all my Days!
William Butler Yeats

PROLOG

Die spitzen Schatten der Baumwipfel ragten wie Lanzen auf die Lichtung hinaus.

Der Mann, der dort stand, war breitschultrig und sein langes Haar umgab sein Gesicht wie die Mähne eines Löwen. Er hielt die Steinschlosspistole locker in der Hand, seinen Mantel hatte er achtlos beiseitegeworfen. Die hochgekrempelten Ärmel entblößten kräftige Unterarme, deren feine Härchen sich in der morgendlichen Kälte aufgestellt hatten. Aus jeder seiner Bewegungen sprach lässige Arroganz.

Der Junge in seinem Versteck presste sich die Hand vor den Mund, um zu verhindern, dass sein Atem, der in hektischen Stößen aus seinem Körper entwich, als verräterischer Nebel in die kalte Luft stieg.

Der Löwe hob leicht den Kopf und einen Herzschlag lang weiteten sich seine Nüstern, als hätte er etwas gewittert. Dann zuckte sein Kopf herum und der Junge erstarrte.

Doch es war das Geräusch donnernder Hufe, das die Aufmerksamkeit des Mannes erregt hatte.

Das Pferd näherte sich in schnellem Trab und als es die Lichtung erreicht hatte, glitt sein Reiter in einer flüssigen Bewegung aus dem Sattel.

Der Junge spürte eine plötzliche Kälte, die über seinen Körper kroch und nichts mit der kühlen Luft des Morgens zu tun hatte.

Es ist eine allgemein anerkannte Wahrheit, dass eine Dame auf Reisen gut daran tut, sich auf alle Unwägbarkeiten des Schicksals vorzubereiten.

Miss Pemberleys Reiseführer für die unerschrockene Dame

TEIL 1

Pflichten und Fluchten

1

Prag, im Frühsommer 1894

Rose betupfte sich die Stirn mit dem Tuch aus gestärktem Leinen, das das aufgestickte Monogramm der Whitbys trug. Ihre Mutter Julienne warf ihr einen missbilligenden Blick zu.

»Was tust du da, Rose?«, zischte sie ihr zu. »Das ist ein Tischläufer, kein Taschentuch. Was sollen die Leute nur von dir denken?«

Rose sah sich demonstrativ in dem weitläufigen Salon um, der bis zum Bersten mit Menschen gefüllt war, die sich um den aufgebahrten Toten versammelt hatten. Der Ansturm der Beileidsbekundungen war versiegt und niemand schenkte Rose, die in ihrem Kleid aus schwerem Samt auf geradezu unanständige Weise schwitzte, auch nur die geringste Beachtung.

»Ich weiß nicht, warum du überhaupt auf einer so öffentlichen Beerdigungsfeier bestanden hast«, sagte sie zu ihrer Mutter, die mit würdevoller Miene und kerzengeradem Rücken auf ihrem Stuhl thronte, als wäre sie Königin Victoria höchstpersönlich. »Vater hätte sicher nicht so begafft werden wollen.«

»Was dein Vater wollte, ist in dieser Angelegenheit nebensächlich«, erwiderte Julienne, ohne eine Miene zu verziehen. »Der Beerdigungsritus ist für die Hinterbliebenen, nicht für die Toten. Mag sein, dass Alexander nie viel für gesellschaftliche Gepflogenheiten übrighatte, aber ich finde sie überaus tröstlich, gerade in schweren Zeiten.«

Missmutig befingerte Rose die schwarzen Schleifen der Trauerkränze, die sich vor ihr auf dem Tisch türmten. Das süßliche Aroma der unzähligen Blumengestecke erfüllte den Raum und sie hatte das Gefühl, gleich niesen zu müssen.

Es gelang ihr nicht, zwischen den versammelten Beerdigungsgästen und den vielen Blumen einen Blick auf den Sarg ihres Vaters zu erhaschen.

»Hör auf, dir den Kopf zu verrenken, Rose«, ermahnte ihre Mutter sie erneut. »Bevor die Gäste kamen, hattest du weiß Gott genug Zeit, dich zu verabschieden, aber du hast dich ja lieber in deinem Zimmer verkrochen.«

Weil ich nicht mit rot geweinten Augen und aufgequollenem Gesicht nach unten kommen wollte, dachte Rose. *Weil Vater mir stets eingeschärft hat, stark zu bleiben.*

Immerhin hatte sie es geschafft, die Predigt des anglikanischen Pfarrers, der eigens aus London angereist war, ohne weitere Tränen zu überstehen. Es war merkwürdig gewesen, mitten in ihrem Salon einer Predigt zu lauschen. Der Pfarrer stand genau dort, wo ihr Vater noch vor wenigen Tagen in seinem Lieblingssessel Zigarren geraucht und Portwein getrunken hatte. Bevor der Herzinfarkt seinem Leben ein jähes Ende gesetzt hatte.

Er hätte die Predigt mit seinem heiseren, bellenden Lachen quittiert. »Ich war zeitlebens ein Sünder«, hätte er gesagt, »und kein Pfaffengeschwätz der Welt kann daran etwas ändern.«

Rose beobachtete, wie die Menschenmenge sich schließlich teilte, die Sargträger Position bezogen und der Wein herumgereicht wurde. Dankbar umschloss sie ihr Glas mit beiden Händen und atmete den würzigen Duft ein, der von der dunkelroten Flüssigkeit aufstieg. Nelken, Muskatblüten und Zimt. Doch den traditionellen Kuchen mit Mandeln und

Rosenwasser lehnte sie mit einem Kopfschütteln ab. Ihr war nicht nach Essen zumute.

Nun war da niemand mehr, mit dem sie bis Mitternacht im Studierzimmer Schach spielen konnte. Niemand, der mit ihr ausgiebig über Politik diskutierte und ein Auge zudrückte, wenn sie sich einen Fingerbreit von seinem besten Whiskey einschenkte. Niemand, der das Schweigen zwischen ihr und ihrer Mutter füllte.

Rose wurde aus ihren Gedanken gerissen, als Julienne sie beim Arm nahm und sich erhob.

»Zeit für die Prozession«, murmelte sie und zog Rose mit sich.

In gemessenem Tempo folgten sie den Sargträgern nach unten auf die Celetná, wo zwei prächtige schwarze Kutschen im Schatten der hohen Häuser warteten.

Rose versuchte, das Kratzen des Trauerflors an ihrem Kragen und ihren Ärmeln zu ignorieren, das immer unerträglicher wurde. Als der Sarg feierlich in die mit Blumen geschmückte Kutsche gehoben wurde und sie ihrer Mutter die Stufen der zweiten Kutsche hinauf folgte, schwor sich Rose, ihre eigene, ganz private Trauerfeier abzuhalten, heute Nacht im Studierzimmer ihres Vaters mit dem Whiskey, den er für besondere Gelegenheiten in dem Geheimfach seines Regals aufbewahrte.

Sie würde sich auf gebührende Weise von ihm verabschieden, dachte sie und lächelte grimmig.

2

Rose ging auf Strümpfen die dunkle Treppe hinunter. Ihre neuen schwarzen Schuhe mit der Satinschleife und der Perlenstickerei, die sie den ganzen Tag über getragen hatte, waren zwar hübsch, drückten aber entsetzlich. Sie hatte ihr Samtkleid gegen ein einfaches schwarzes Hauskleid eingetauscht, das sie ohne Hilfe an- und ausziehen konnte. Und das musste sie auch, denn das Personal hatte den Abend anlässlich der Beerdigung frei.

Ihre Füße sanken in den tiefen Teppich ein und kein Laut ertönte, als Rose über den langen Korridor ging. In dem großen, prunkvollen Haus war endlich Ruhe eingekehrt und nur der Duft von Nelken hing noch schwach in der Luft. Rose wollte sich gerade nach rechts wenden, da sah sie, dass in einem der Salons Licht brannte.

Als sie durch die Tür lugte, sah sie ihre Mutter, die im Schein einer tragbaren Lampe an einem Tisch saß.

»Mama?«, fragte Rose besorgt und Julienne schreckte hoch.

Sie wirkte kleiner, zusammengesunkener, als wäre die Energie verpufft, die sie den Tag über aufrechterhalten hatte. Geistesabwesend nahm sie ihren Zwicker ab und winkte Rose zu sich.

»Ich habe einen Brief von Patricia erhalten, der Schwester deines Vaters«, sagte sie mit müder Stimme. »Nachdem sie sich nicht die Mühe gemacht hat, zur Beerdigung zu erscheinen, ist sie unverfroren genug, mir das hier zu schreiben.« Sie seufzte und schob Rose den Brief zu.

Rose studierte das Schreiben mit zusammengekniffenen Augen. Dann ließ sie es sinken und sah ihre Mutter an, deren Haut im gelben Halblicht fahl und wächsern wirkte.

»Klingt doch gar nicht so schlimm. Sie lädt mich zu sich nach England ein, um mir zu zeigen, wo Vater aufgewachsen ist«, sagte Rose behutsam. Sie war noch nie in England gewesen und kannte ihre exzentrische Tante nur aus Erzählungen.

Julienne stieß ein spitzes Lachen aus. »Es war ein Fehler von deinem Vater, ihr das Londoner Haus zu überlassen«, sagte sie. »Patricia hatte nie ein gutes Wort über ihn zu verlieren. Ich wette, dass die Hälfte der niederträchtigen Gerüchte, die über Alexander im Umlauf waren, von ihr stammte.«

Rose bezweifelte das. Sie kannte die wilden Geschichten, die ihr Vater gern zum Besten gegeben hatte. Die meisten drehten sich um seine Jugend, in der er die Londoner Klubs und Theater unsicher gemacht hatte. Ihrer Meinung nach hatte er sich seinen Ruf als Salonlöwe redlich verdient. Aber das sagte sie nicht, sondern nickte nur mitfühlend.

»Du solltest schlafen gehen, Mama. Es war ein langer Tag.«

Julienne Whitby seufzte und erhob sich langsam. Einen Moment lang schien sie zu wanken und als Rose helfend eine Hand ausstreckte, trafen sich ihre Blicke. Sie hatte das unbestimmte Gefühl, dass ihre Mutter noch etwas sagen wollte, doch einen Herzschlag später schüttelte sie Rose' Hand ab.

»Wir stehen das durch, du und ich«, murmelte Julienne und straffte die Schultern. »Wir bleiben stark.«

Sie wandte sich ab und ging mit staksenden Schritten davon, während der Schein ihrer Öllampe kleiner und kleiner wurde.

Rose verharrte reglos in dem dunklen Salon und dachte nach. Da war es wieder. *Stark bleiben.* Auch ihr Vater hatte ihr das stets eingeschärft. Aber sie hatte den Verdacht, dass das, was ihre Eltern als Stärke bezeichneten, in Wahrheit Sturheit war. Und dass sie diese Sturheit geerbt hatte – nun, daran bestand kein Zweifel.

*

Das Gas flammte auf und tauchte das Studierzimmer ihres Vaters in flackerndes Licht. Mit flinken Fingern drehte Rose am Regler der Wandlampe, bis ein warmer, gleichmäßiger Schein den Raum erfüllte.

Es roch nach poliertem Holz und den kubanischen Partagás-Zigarren, die ihr Vater so gern geraucht hatte. Obwohl sie sich stets über den Gestank beschwert hatte, traf die Erinnerung sie wie ein Schlag, als sie tief einatmete.

Sie rückte den niedrigen Tisch beiseite, auf dem noch ein angefangenes Schachspiel stand, dann rollte sie sich auf dem Sofa zusammen und legte den Kopf auf die weichen Kissen.

In diesem Raum war die Anwesenheit ihres Vaters so deutlich zu spüren wie nirgends sonst. Sie erwartete beinahe, dass er jeden Moment eintreten würde und alles wieder wäre wie zuvor.

Aber das war unmöglich.

Außerdem regte sich ein schwer zu benennendes Gefühl in ihr, das sie dazu bewegte, sich aufzusetzen. Ihr Blick fiel auf das angefangene Schachspiel und sie fegte es mit einer wütenden Handbewegung zu Boden.

»Ich hätte die Partie sowieso gewonnen«, sagte sie laut in den Raum hinein und blinzelte heftig.

Mit einem tiefen Atemzug stand sie auf und trat vor das Bücherregal. Ihr Vater hatte ihr gezeigt, wie sie das Holz abtasten musste, um die kleine Stelle zu finden, auf die sie den Finger pressen musste. Ein Teil der Rückwand glitt geräuschlos zur Seite und offenbarte das Geheimfach, gerade groß genug für die Whiskeyflasche und die Kristallkaraffe mit zwei Gläsern, die sich darin befanden. Einen Moment lang hoffte Rose auf irgendeine Botschaft ihres Vaters, einen letzten Brief oder etwas dergleichen, aber da war nichts. Natürlich nicht, er hatte ja nicht ahnen können, dass er sein sechzigstes Lebensjahr nicht vollenden würde.

Sie goss zwei Fingerbreit der goldenen Flüssigkeit in eines der Gläser und erhob es wie zum Gruß. Der Whiskey schmeckte ein wenig nach Asche und brannte leicht in der Kehle, ein seltsam tröstliches Gefühl. Als sie die Flasche mit mehr Kraft als nötig wieder in das Fach stellte, klang es merkwürdig hohl.

Mit klopfendem Herzen stellte sie sich auf die Zehenspitzen und versuchte, etwas in dem Geheimfach zu erkennen, aber sie war nicht groß genug, um die Rückwand zu erreichen. Mit den Fingern tastete sie herum, spürte aber nur glattes Holz. Enttäuscht ließ sie sich wieder auf die Fersen sinken. Doch der Gedanke ließ sie nicht los. Gab es ein zweites Geheimfach?

Das würde Vater ähnlichsehen, dachte sie und musste unwillkürlich lächeln. Der alte Gauner hatte Geheimnisse geliebt. Sie drehte die Gaslampe heller, zog den niedrigen Tisch heran, auf dem das Schachspiel gestanden hatte, und kletterte darauf. Nun konnte sie das Fach genauer untersuchen. Sie klopfte erneut gegen die Unterseite. Ja, das klang eindeutig hohl. Und vielleicht täuschte das gelbe Licht ihre Augen, aber war der Boden des Fachs nicht eine Spur dunkler als das umgebende Holz?

Aber weder Klopfen noch Tasten oder Drücken offenbarten einen verborgenen Mechanismus.

Rose seufzte enttäuscht.

Dann fiel ihr Blick auf die kleine, kaum erkennbare Rille an den Rändern des Fachs. Mit gerunzelter Stirn zog sie einen Haarkamm aus ihrer Frisur, schob ihn in die Rille und stocherte darin herum.

Sie spürte, wie etwas nachgab, nur um einen Millimeter, aber das reichte ihr. Der Boden, davon war sie nun überzeugt, war kein Boden, sondern eine Art Kästchen, das perfekt in das Fach passte. Sie nahm eine Haarnadel zu Hilfe und schaffte es, das Kästchen so weit anzuheben, dass sie es mit den Fingerspitzen der einen Hand greifen konnte.

Ihr Herz klopfte, als sie es auf den Tisch legte. Es war nicht größer als eine der alten ledergebundenen Ausgaben der *Encyclopædia Britannica* im Regal und in etwa genauso schwer. Es hatte keine sichtbaren Scharniere, aber mit einem leichten Ziehen ließ sich der Deckel problemlos heben.

Rose starrte lange auf das, was sich darin befand. Ein kleines ledergebundenes Buch mit Gedichten eines namenlosen Poeten, ein braunes Fläschchen, einige alte Wertpapiere längst untergegangener Banken und Schifffahrtsunternehmen, Tabakkrümel und ein paar englische Sixpence-Münzen.

Kein Brief, keine geheime Botschaft. Nur vergessener Tand, der um des Versteckens willen versteckt worden war.

Was für eine Enttäuschung.

3

Rose lag voll bekleidet im Bett und starrte an die Decke, während draußen dunkle Wolken über den Himmel jagten und der in Strömen fallende Regen die goldenen Dächer Prags in graue Ödnis verwandelte.

Das Wetter passte ausgezeichnet zu ihrer Stimmung. Nach dem Ankleiden hatte sie sich gezwungen, gemeinsam mit ihrer Mutter im Morgensalon Tee zu trinken und lustlos die Zeitung durchzublättern. Danach hatte Julienne verkündet, dass sie einige Erledigungen in der Stadt zu machen habe.

Rose hatte nur genickt und ihren kaltgewordenen Tee umgerührt. Irgendwann hatte sie es nicht mehr im Morgensalon ausgehalten, und auch nicht im großen Wohnzimmer, dem Speisesaal, dem Billardzimmer oder der Bibliothek. Sie war nach oben in ihr Zimmer gegangen, hatte sich aufs Bett geworfen und sich seitdem nicht mehr bewegt.

Schließlich wanderte ihre Hand wie von selbst zu dem Kästchen aus dem Geheimfach, das auf ihrem Nachttisch lag. Das glatte Holz duftete nach Zedern, als sei es vor nicht allzu langer Zeit poliert worden. Merkwürdig, denn sein zusammengewürfelter Inhalt machte keinen wichtigen Eindruck. Oder doch?

Mit einem Ächzen richtete sie sich auf, schwang die Beine über die Bettkante und nahm das Kästchen auf den Schoß. Auch auf den zweiten Blick schien sein Inhalt nicht interessanter zu werden. Methodisch legte sie alles einzeln aufs Bett.

Ein dünnes Buch, in dunkelrotes Leder gebunden, ohne Prägung auf dem Einband.

Ein dunkelbraunes Glasfläschchen, halbvoll, das die verblichene Aufschrift »Mecon« trug.

Ein inzwischen wertloser Stapel englischer Aktienpapiere. Rose hatte am vergangenen Abend in der *Encyclopædia Britannica* nachgesehen, für den Fall, dass sie auf einen Schatz gestoßen war, aber das Ergebnis war enttäuschend: Keine einzige der Firmen hatte den verheerenden Börsenkrach von 1873 überstanden.

Die Tabakkrümel am Boden des Kästchens fegte Rose beiseite und ließ die silbernen Sixpence-Münzen in ihre Hand fallen, die Königin Victorias strenges Profil zeigten. Laut Prägung stammten sie von 1873. Das war einundzwanzig Jahre her und Rose fiel kein nennenswertes Ereignis aus diesem Jahr ein, von ihrer eigenen Geburt einmal abgesehen.

Das Einzige, was möglicherweise interessant war, war das Buch. Beim Durchblättern hatte Rose gesehen, dass es Gedichte enthielt. Nun nahm sie es erneut zur Hand und untersuchte es. Die dicken, cremefarbenen Seiten waren von Hand mit festem Garn vernäht. Der rote Ledereinband war geschmeidig und vollkommen schlicht. Es sah nicht aus wie eine Verlagspublikation, eher wie der selbstgedruckte Band eines Poeten. Rose schlug die erste Seite auf und las:

Graue Luft dringt aus metallnen Rohren,
Mondebenen, so weit das Auge reicht.
Ein Heimgekehrter steht vor rostgen Toren,
papiern sein Blick, die Augen ausgebleicht
erahnen unter Aschesand verlorne
Visionen einer prächtigeren Zeit.

Fasziniert blätterte sie weiter.

In den graphitdunklen Rauch sind sie gewirkt,
goldrote Strahlen, ein Sonnengeflecht,
der Käfig der Stadt aus Flammenschnüren,
festgezurrt die schwere Luft im Rausch.

Was hatte es mit diesen Gedichten auf sich? Nirgends stand der Name eines Verfassers. Stammten sie womöglich von ihrem Vater selbst? Es fiel ihr schwer, sich ihn als den heimlichen Verfasser dieser Gedichte vorzustellen, obwohl er leidenschaftlich gern las und seine Bibliothek mit unzähligen Romanen und Lyrikbänden gefüllt hatte.

Flüchtig dachte sie an einige Begebenheiten, bei denen er etwas, das er gerade schrieb, hastig mit Löschpapier bedeckte, sobald sie den Raum betrat. Hatte er heimlich Gedichte verfasst?

Sie blätterte weiter und stutzte, als sie ein zusammengefaltetes Papier zwischen den Seiten entdeckte. Es war ein Brief, doch nicht in der vertrauten gleichmäßigen Handschrift ihres Vaters. Die Buchstaben waren spitzer, energischer und von eiligen Tintenklecksen umgeben. Auf den kurzen Inhalt konnte sie sich keinen Reim machen:

Leider muss ich Ihr überaus großzügiges Angebot ablehnen, Mr Whitby. Behalten Sie dieses Buch, ich will es nicht zurück. Betrachten Sie es als Erinnerung an das, was ich Ihnen zu verdanken habe.

Was hatte das zu bedeuten? Außer dieser kryptischen Nachricht enthielt der Brief nichts, weder einen Absender noch eine Adresse.

Sie schüttelte das Buch sanft, fand aber keine weiteren losen Blätter.

Anscheinend hatte der Verfasser des Briefes ihrem Vater das Buch als Dank für einen Gefallen überlassen. Irgendeine besondere Bedeutung musste es im Gegensatz zu dem anderen Tand in dem Kästchen haben, warum sonst hätte er es versteckt, anstatt es ins Regal zu stellen?

Rose seufzte. Suchte sie nach Sinn, wo in Wahrheit keiner war? Sie ließ ihre Augen wieder über die Gedichte schweifen. Nach und nach verlor sie sich in den Zeilen und merkte kaum, wie es draußen immer dunkler wurde.

Der Regen verwandelte die Kupferrinnen der Dächer in kleine Sturzbäche, floss an den schmiedeeisernen Fensterstreben hinab und ließ die Moldau unter der wenige Minuten entfernten Karlsbrücke anschwellen.

Der bleigraue Himmel schien sich tief über der Altstadt zusammenzuziehen und Blitze erblühten über den hohen Giebeln, noch ehe der erste Donnerschlag ertönte.

4

Der Anwalt war klein, kahlköpfig und jovial. Rose und ihre Mutter saßen gerade im Salon und tranken Tee, als eines der Dienstmädchen ihn knicksend ankündigte. Rose sah überrascht auf, als der Mann eintrat, doch Julienne faltete gelassen ihre Zeitung zusammen und setzte ihren Zwicker ab.

»Da sind Sie ja, Mr Eliot«, sagte sie in einem Tonfall, der vor unterschwelligem Tadel triefte. Rose hasste diesen Tonfall, den ihre Mutter einsetzte wie ein Assassine sein todbringendes Messer, und auch Mr Eliot blinzelte betreten.

»Es tut mir sehr leid, gnädige Frau«, sagte er. »Der Zug war verspätet, weil ein Baum auf den Bahnschienen lag. Der Sturm, Sie wissen schon.« Er vollführte eine übertriebene Verbeugung.

»Schon gut.« Julienne Whitby winkte gelangweilt ab. »Nun, ich nehme nicht an, dass diese Angelegenheit allzu lange dauern wird. Um vier Uhr habe ich eine Verabredung zum Tee.«

Der Anwalt wirkte verblüfft und hätte beinahe den großen braunen Aktenkoffer, den er unter dem Arm trug, fallen gelassen. Gerade noch rechtzeitig fing er ihn auf und legte ihn dann mit einer schwungvollen Bewegung auf den Tisch.

»Vorsicht, das Porzellan«, rief Julienne und zog die Teekanne zur Seite.

Mr Eliot räusperte sich verlegen. »Meine Damen, ich fürchte, ganz so schnell lässt sich diese Angelegenheit, wie Sie sie bezeichnen, nicht abhandeln. Eine Erbsache ist nicht unkompliziert, wissen Sie.«

»Was kann daran schon so kompliziert sein«, schnaubte Julienne, doch Rose glaubte, eine Spur Unsicherheit in ihrer

Stimme zu hören. »Ich war über alle Finanzvorgänge meines verstorbenen Gatten bestens im Bilde und bin mir sicher, dass in seinem Testament keine Überraschungen zu finden sind.«

Mit Überraschungen meint sie eine Schar unehelicher Kinder, die plötzlich begünstigt wird, dachte Rose amüsiert. *In seiner Jugend mag Vater ein Halunke gewesen sein, aber so schlimm war er auch wieder nicht.*

Doch die Reaktion ihrer Mutter machte sie stutzig. Warum bestand sie darauf, dass alles so übereilt abgewickelt wurde?

»Rose«, sagte Julienne plötzlich, während der Anwalt Dokumente und Unterlagen auf dem Tisch ausbreitete und in die richtige Ordnung brachte. »Warum gehst du nicht auf dein Zimmer? Ich möchte nicht, dass du dich langweilst.«

»Auf keinen Fall«, sagte Rose entschlossen. »Ich möchte hören, was in Vaters Testament steht.«

»Nur ein Haufen langweiliges Zeug, meine Liebe.« Wieder dieser tadelnde Tonfall.

»Ich bin sicher, dass es sehr lehrreich sein wird«, entgegnete Rose und verschränkte die Arme. »Wer weiß, vielleicht strebe ich ja ein Studium der Rechtswissenschaften an? Immerhin habe ich mir hinsichtlich meiner Zukunft noch keine konkreten Gedanken gemacht.«

»Was fällt dir ein, Rose«, zischte ihre Mutter. »Dich so vor einem Gast aufzuführen.«

Doch Mr Eliot freute sich offensichtlich darüber, in Rose eine Verbündete gewonnen zu haben.

»Wissen Sie, in meinem Jahrgang am University College London gab es einige Frauen«, sagte er lächelnd. »Kurios, wenn man bedenkt, dass Frauen in England gar nicht als Juristinnen praktizieren dürfen. Aber wie ich höre, hat eine von ihnen, Eliza Orme, ein äußerst erfolgreiches Büro gegründet, das rechtliche

Schriftsätze für Anwälte verfasst. Ziemlich schlau, aber so war sie schon als Studentin.«

»Siehst du, Mama«, sagte Rose grinsend.

Ihre Mutter stöhnte auf und rieb sich über die Schläfen. »Also, Mr Eliot, kommen Sie zur Sache.«

Doch Mr Eliot erging sich in langatmigen Ausführungen, von denen Rose nur die Hälfte verstand. Anscheinend war es dem Mann unmöglich, auf den Punkt zu kommen. Die vielen unterschiedlichen Vermögenswerte ihres Vaters wurden erschöpfend aufgezählt und kategorisiert. Von unehelichen Kindern war zum Glück keine Rede.

Irgendwann, Rose war beinahe eingeschlafen, erreichte der Anwalt schließlich die letzte Seite seines dicken Papierstapels.

»Eine Sache noch«, sagte er beinahe schüchtern. »Sagt Ihnen der Name Rosewood Hall etwas?«

Rose schüttelte den Kopf, da sah sie, dass ihre Mutter auf einmal blass geworden war.

»Rosewood Hall«, wiederholte Julienne schwach und Mr Eliot nickte.

»Es sieht so aus«, sagte er, »als habe Mr Whitby das Schloss seiner Tochter Rose vermacht.«

5

»Du wirst keinen Fuß nach Rosewood Hall setzen, niemals!« Juliennes aufgeregte Stimme hallte durch den Salon.

Rose war wie vom Donner gerührt. Derart außer sich hatte sie ihre Mutter noch nie erlebt.

»Ich habe lediglich den Wunsch geäußert, Tante Patricias freundlicher Einladung nach London zu folgen«, sagte sie erschrocken. »Von einem Besuch auf Rosewood Hall war nie die Rede.«

Ihre Mutter riss sich mit einer theatralischen Geste den Zwicker von der Nase und lockerte ihren florbesetzten Kragen.

»Ich kann nicht glauben, dass Alexander dir diese verfallene Ruine vermacht hat«, sagte sie, als hätte sie Rose überhaupt nicht gehört. »Aufgebürdet trifft es wohl besser. Hör zu, Kind, dieses Anwesen verschlingt horrende Kosten und ist in einem derart desolaten Zustand, dass allein das Betreten lebensgefährlich ist. Ich denke, wir sollten es so schnell wie möglich veräußern. Gleich morgen setze ich mich telegrafisch mit einem Londoner Makler in Verbindung.«

»Das kann ich ja übernehmen.« Rose ergriff hastig das Wort, bevor ihre Mutter sich weiter in Rage reden konnte. »Sobald ich persönlich in London bin.«

»Ich weiß wirklich nicht, ob das eine gute Idee ist«, sagte Julienne mit spitzer Stimme. »Und was sollte eigentlich dieses Gerede von einem Studium der Rechtswissenschaften? Ist das noch so ein Floh, den dein Vater dir ins Ohr gesetzt hat? Willst du dir nicht ernsthaft überlegen, wie du dein zukünftiges Leben gestalten möchtest, nun, da deine Schulbildung abgeschlossen ist? Es ist nicht zu spät, dich in die gehobene Gesellschaft einzuführen. Mir ist klar, dass viele junge Mädchen heutzutage nicht mehr so früh heiraten wollen, und ich weiß, dass du diese Suffragetten-Zeitschriften liest, in denen sich Frauenrechtlerinnen über die Ehe lustig machen. Aber ein ehrbarer Ehemann ist für eine Frau immer noch die beste Möglichkeit, an gesellschaftlichem Einfluss zu gewinnen. Darüber solltest du nachdenken.«

Nachdem ihre Mutter den Raum verlassen hatte, stürzte Rose ans Fenster und riss es weit auf. Die regenschwere Luft, die hereinströmte, brachte kaum Erfrischung. Rose atmete tief ein und hätte ihren Ärger am liebsten in den grauen Nachmittag hinausgeschrien. Mit ihrer Mutter zu reden war ein Ding der Unmöglichkeit. Sie ließ sie ja nicht einmal zu Wort kommen.

Bisher hatte Julienne sie nicht dazu gedrängt, an gesellschaftlichen Anlässen teilzunehmen oder sich auf die Jagd nach einem Ehemann zu begeben. Im Gegenzug hatte Rose die Bücher und Streitschriften der Frauenrechtlerinnen, die sie aus England bestellte, unter ihrem Bett versteckt und es vermieden, beim Dinner über Politik zu sprechen. Doch mit dem Tod ihres Vaters war dieser fragile Waffenstillstand ins Wanken geraten.

Rose hatte das unangenehme Gefühl, dass es mit ihrer Ruhe endgültig vorbei war und ihre Mutter nicht lockerlassen würde, bis sie sich den gesellschaftlichen Gepflogenheiten unterwarf. Auch der Gedanke an Rosewood Hall irritierte sie. Sie war durchaus selbst in der Lage, sich um den Verkauf zu kümmern – schließlich war sie kein Kind mehr. Außerdem war es an der Zeit, dass sie etwas von der Welt sah.

In einer Anwandlung von Trotz holte sie Briefpapier und Tinte hervor und setzte sich an ihren kleinen Sekretär aus Eibenholz.

Sie tauchte die Spitze des Füllfederhalters in das Tintenfass und ließ sie einen Herzschlag lang über dem Papier schweben. Dann senkte sie sie entschlossen und mit jeder Zeile, die sie schrieb, glättete sich die wütende Falte zwischen ihren Brauen.

6

Draußen drängten sich Menschen, die Plakate in die Höhe hielten. Sie zogen die große Prunkstraße hinunter zum neu errichteten Nationalmuseum und ein Mann mit schlohweißem Haar stimmte einen Ruf an, den die anderen im Chor wiederholten.

»Rettet die Judenstadt«, rief er. »Stoppt den Abriss.«

»Stoppt den Abriss!«

Rose stellte ihren Koffer ab und blieb schwer atmend inmitten der Menge stehen. Sie warf einen nervösen Blick auf die Polizisten, die entlang der Straße postiert waren und die Demonstrierenden nicht aus den Augen ließen.

Der anstehende Abriss des traditionsreichen Viertels, in dem sich viele Häuser in einem verfallenen Zustand befanden, erhitzte die Prager Gemüter. Seit etwa dreißig Jahren durfte die jüdische Bevölkerung Prags sich überall in der Stadt ansiedeln, nicht mehr nur in dem Viertel, das hinter dem Altstädter Ring begann und sich bis zum Johannesplatz erstreckte. Aber wohin würden die Menschen gehen, die seit vielen Generationen dort verwurzelt waren und sich die explodierenden Kosten im restlichen Teil der Stadt nicht leisten konnten?

Unter anderen Umständen hätte Rose sich dem Zug der Demonstrierenden angeschlossen – allen Einwänden ihrer Mutter zum Trotz –, doch an diesem Tag drängte die Zeit.

Sie sah sich nach einer Droschke um, doch es war vergeblich. Der Verkehr auf dem Václavské-Platz war gänzlich zum Erliegen gekommen. Einen Moment lang erwog sie umzukehren und Franz, ihren Kutscher, zu bitten, die Pferde anzuspannen.

Doch dann wurde ihr klar, dass dieses Vorhaben zum Scheitern verurteilt war: Sobald Franz ihren schweren Koffer sah, würde er ahnen, was sie vorhatte, und ihre Mutter informieren, die gerade zwei Häuser weiter eine Freundin besuchte.

Aber wie sollte sie es mit ihrem Gepäck rechtzeitig bis zum Bahnhof schaffen? Es war ihr nur mit Mühe gelungen, den Holzkoffer und die Reisetasche überhaupt so weit zu schleppen.

Sie sah sich um und fing den Blick eines schwarz gekleideten Studenten auf, der ihr entgegenkam. Sein Anzug war an einigen Stellen so blankgewetzt, dass er glänzte. Kurzerhand trat sie ihm in den Weg und lächelte gewinnend.

»Sagen Sie, könnten Sie mir einen Gefallen tun?« Sie zückte ihre Geldbörse und zählte einige Münzen ab.

*

Vor der imposanten Fassade des Bahnhofs verabschiedete sich Rose von dem Studenten, der ihren Koffer getragen hatte.

Sobald sie im kühlen Inneren des Bahnhofsgebäudes stand, fiel ein Teil der Anspannung von ihr ab, die sie seit ihrem heimlichen Aufbruch begleitet hatte. Am liebsten hätte sie einen kleinen Freudentanz aufgeführt, begnügte sich aber damit, erwartungsvoll auf den Fersen zu wippen, während sie sich nach einem Fahrkartenschalter umsah. Dabei fing sie den Blick eines uniformierten Beamten auf, der sich ihr mit einem freundlichen Lächeln näherte.

Sie erstarrte, als könnte sie sich durch bloßes Stillhalten dieser ungewollten Aufmerksamkeit entziehen. War es möglich, dass ihre Mutter ihr Verschwinden bereits bemerkt und der Polizei gemeldet hatte? Ihr blieb keine Zeit zum Nachdenken, denn er stand bereits vor ihr.

»Darf ich Ihnen helfen, gnädige Frau?«, fragte er charmant und tippte sich an die Mütze, die ein goldenes Abzeichen in Form einer Lokomotive zierte.

Rose spürte, wie ihre Wangen heiß wurden. Natürlich, der Mann war Bahnbeamter, kein Polizist. Im Stillen verfluchte sie ihr schlechtes Gewissen, das sie so schreckhaft machte.

»Sehr freundlich, danke«, sagte sie mit einem bemühten Lächeln. »Ich muss noch ein Billet kaufen und bin mir nicht sicher … Ich reise zum ersten Mal mit der Bahn«, schloss sie verlegen.

»Sind Sie etwa ganz allein unterwegs, gnädige Frau?«, fragte der Beamte besorgt. »Ohne Bedienstete?« Er sah sich suchend um und winkte einen zweiten Mann herbei, der die olivgrüne Livree der Kofferträger trug und einen hölzernen Karren hinter sich her zerrte.

Ihre Wangen wurden noch heißer, falls das überhaupt möglich war. Sie hatte es nicht gewagt, ihr einfaches Reisekleid aus Wolle bereits zu Hause anzuziehen, um keinen Verdacht zu erregen, aber in ihrem eleganten Seidenkleid war sie zweifellos als Mitglied der Oberschicht erkennbar, und ein solches reiste für gewöhnlich in angemessener Begleitung.

»Mein Dienstmädchen wird später zu mir stoßen«, log sie. »Für den Moment bin ich auf mich allein gestellt.«

Der Bahnangestellte wirkte ehrlich verblüfft. »Wie ungewöhnlich, wenn Sie die Bemerkung erlauben. Sie gestatten doch?« Er wies auf ihr Gepäck und bedeutete dem Kofferträger, näherzukommen. »Bitte bring das Gepäck der Dame umgehend zu ihrem Zug, Georg.«

Er wandte sich wieder Rose zu. »Wohin geht es denn, gnädige Frau?«

»Nach London«, erklärte Rose erleichtert und wehrte ab, als der beflissene Kofferträger ihr auch die Reisetasche abnehmen wollte.

Sie erspähte einen Schalter im hinteren Teil der Bahnhofshalle und wollte ihn gerade ansteuern, als der Beamte erneut das Wort ergriff.

»Aber nicht doch. Eine feine Dame wie Sie muss nicht wie Hinz und Kunz am Schalter anstehen. Selbstverständlich erledige ich das für Sie. Ich kann die Fahrkarten für Sie und Ihr Dienstmädchen direkt hier ausstellen.«

Rose blieb stehen und ließ ihre Reisetasche peinlich berührt wieder sinken. »Danke, das ist wirklich freundlich. Aber, ähm, mein Dienstmädchen hat bereits eine Fahrkarte.«

Sie sah, wie die Augenbrauen des Beamten in die Höhe wanderten, und schalt sich in Gedanken für ihre fadenscheinige Lüge. Es könnte nicht offensichtlicher sein, dass ich eine Ausreißerin bin, dachte sie.

Wahrscheinlich denkt er, ich fliehe vor einem handgreiflichen Ehemann oder bin auf dem Weg zu einem Liebhaber im Ausland. Solange er nur nicht die Polizei ruft.

Der Beamte hakte zum Glück nicht nach, sondern zückte Notizblock und Stift. »Also, ein Billet nach Wien, dann Weiterreise mit dem Orientexpress nach London.« Er gab ein paar Brummlaute von sich, dann präsentierte er Rose eine Zahl auf seinem Block, die ihr ein erschrockenes Keuchen entlockte.

»Ich … ähm …« stotterte sie und zupfte verlegen an ihrem Ärmel. »Ich hatte eigentlich vor, zweiter Klasse zu reisen.«

»Zweiter Klasse?« Der Beamte wirkte ehrlich schockiert. »Sie belieben wohl zu scherzen. Wollen Sie sich etwa ausrauben lassen?«

Rose grub die Fingernägel in den ledernen Griff ihrer Tasche. Eine Fahrt erster Klasse würde ein beträchtliches Loch in ihre Reisekasse reißen, aber andererseits war es besser, als ausgeraubt zu werden.

»Die Fahrt nach London dauert drei Tage, gnädige Frau«, sagte der Beamte besänftigend. »Da lohnt es sich, komfortabel zu reisen, glauben Sie mir. Und komfortabler als in der ersten Klasse geht es nicht.«

»Wie reizend.« Welche Wahl hatte sie schon?

Zähneknirschend bezahlte sie einen exorbitant hohen Preis, der Fahrt und Verpflegung einschloss, woraufhin der Beamte ein Billet von seinem Block abriss und es ihr mit einer tiefen Verbeugung überreichte.

Doch ihr Ärger verflog, als sie endlich am Gleis stand und auf die Einfahrt des Zuges wartete. Sie tat es wirklich – sie reiste allein nach England. Sie konnte ein aufgeregtes Grinsen nicht unterdrücken, als ein Pfeifen ertönte, eine weiße Dampfwolke heranraste, sich schließlich teilte und eine geschmeidige rote Lokomotive enthüllte, deren schwarze Schnauze wie in Tinte getaucht glänzte.

»Abfahrt in drei Minuten!«

Sie sah zu, wie Gepäckträger die Truhen, Taschen und Seekisten der Reisenden in das Gepäckabteil verluden. Irgendwo dort musste sich auch ihr Koffer befinden. Sie drängte sich bis zu den Erste-Klasse-Waggons durch und drückte ihre Reisetasche dabei fest an sich. Was der Beamte über räuberische Umtriebe gesagt hatte, beunruhigte sie mehr, als sie zugeben wollte.

Im Inneren des Zuges ließ sie sich auf einen der weichen Ledersitze fallen und atmete auf. Draußen schlossen die Gepäckträger die Türen, die Trillerpfeife ertönte zum letzten Mal und der Zug setzte sich unter lautem Getöse in Bewegung.

Sie ließ eine Hand in das Seitenfach ihrer Reisetasche gleiten und ertastete den Umschlag darin. Rose hatte ihrer Tante geschrieben, dass sie ihr Angebot, sie in London zu besuchen, mit Freuden annahm. Die begeisterte Antwort war postwendend gekommen und Rose hatte sie abgefangen, bevor ihre Mutter sie zu Gesicht bekommen hatte.

Die goldgeprägte Visitenkarte, die Mr Eliot ihr nach der Testamentseröffnung zugesteckt hatte, befand sich ebenfalls in ihrer Tasche.

»Wenden Sie sich an die Kanzlei Finnegan und Fowler«, hatte er ihr vertraulich zugeflüstert. »Mr Finnegan war ein enger Freund Ihres Vaters und wird Ihnen bei einem eventuellen Verkauf des Schlosses zur Seite stehen. Auf der Rückseite habe ich Ihnen die Adresse des Grund- und Bodenamtes in London notiert.«

Mit einem Lächeln ließ Rose sich tiefer in die Polster sinken und schloss die Augen. Außer ihr saß niemand im Abteil und nach einer Weile ließ sie sich vom gleichmäßigen Stampfen des Zuges einlullen.

Sie merkte erst, dass sie eingeschlafen war, als sie mit schmerzendem Rücken gegen ihre Reisetasche gelehnt erwachte.

Gerade noch rechtzeitig, denn vor dem Fenster zogen bereits die Außenbezirke Wiens vorbei und weit und breit war kein Schaffner in Sicht, der sie hätte wecken können. Hatte sie wirklich den halben Tag verschlafen? Ihr knurrender Magen und die einbrechende Dunkelheit bestätigten diese Annahme.

Als das imposante Gebäude des Wiener Staatsbahnhofs in Sicht kam, dessen hohe Bogenfenster an der wuchtigen Fassade wie hochgezogene Augenbrauen wirkten, konnte Rose es kaum erwarten, in ihr Schlafwagenabteil im Orientexpress zu steigen, wo ein echtes Bett auf sie wartete.

Nachdem sie sich vergewissert hatte, dass der Inhalt ihrer Reisetasche vollständig war, stieg sie aus dem Zug und zog fröstelnd die Schultern hoch. In Wien war es kühl und die Sonne war bereits hinter den Dächern verschwunden, sodass nur Zwielicht durch die großen Glasfenster der Bahnhofshalle strömte.

Riesige gusseiserne Stützpfeiler ragten in die Höhe und verschmolzen mit der Decke, die sich wie ein gewaltiger Kokon über die Gleise spannte. Die Gaslampen entlang der Bahnsteige wurden eine nach der anderen angezündet und ein warmer Schein ergoss sich über die Reisenden.

Eifrige Kofferträger luden das Gepäck der aus- und umsteigenden Fahrgäste um. Rose sah genauer hin und erkannte, dass kleine Schilder an den Koffern und Truhen Auskunft darüber gaben, wohin sie transportiert werden mussten. Ihr eigenes Gepäck konnte sie nicht erkennen, vermutlich befand es sich bereits im Orientexpress.

Nun musste sie nur noch herausfinden, wo dieser abfuhr. Sie wandte sich an einen der Träger.

»Entschuldigen Sie, könnten Sie mir bitte sagen, in welche Richtung ich muss?«

Sie hielt ihm ihr Billet entgegen.

»Wollen mal sehen«, sagte er freundlich und wischte sich mit einem Taschentuch über die Stirn, bevor er es entgegennahm. Dann runzelte er misstrauisch die Stirn.

»Wollen Sie sich etwa einen Scherz mit mir erlauben, gnä' Frau?«

7

Müde und hungrig stand Rose in der Schlange vor dem Fahrkartenschalter und warf immer wieder ungeduldige Blicke auf die Bahnhofsuhr, die an der Wand der hohen Halle hing.

Sie versuchte, an den Hüten der vor ihr Stehenden vorbeizuspähen, doch der Beamte am Schalter schien noch sehr weit entfernt zu sein. Die Abfahrt des Orientexpresses rückte immer näher und in gleichem Maße wuchs die ungute Vorahnung, die ihr kurzes Gespräch mit dem Gepäckträger hinterlassen hatte. Schließlich war sie an der Reihe und trat an den Schalter, wo ein erschöpft aussehender Angestellter ihr fragend entgegenblickte.

Sie schob das Billet, das der Beamte am Prager Bahnhof ihr gegeben hatte, über den Tresen. »Ich weiß nicht, auf welchem Gleis mein Zug abfährt. Können Sie mir weiterhelfen?«

Der Beamte nahm das Papier in die Hand und musterte es stirnrunzelnd, wie es auch der Gepäckträger getan hatte.

Rose hielt es nicht länger aus. »Was stimmt denn nicht?«, fragte sie ungehalten. Ihr Magen knurrte, wie um das Gesagte zu unterstreichen.

Der Beamte spitzte missbilligend die Lippen. »Diesen Wisch kann ich nicht annehmen. Das ist kein echtes Billet, es wurde nicht offiziell abgestempelt. Und die billige Druckerschwärze darauf ist auch ganz verwischt. Keine besonders gute Fälschung. Da sind Sie wohl einem Betrüger aufgesessen, gnädige Dame.«

*

Die Reisetasche über der Schulter rannte Rose mit gerafften Röcken zum Gleis, ohne sich um die amüsierten Blicke der Umstehenden zu kümmern.

Bis zur Abfahrt blieben ihr nur noch wenige Augenblicke, nachdem sie eine exorbitante Summe herausgerückt hatte, um die Weiterfahrt im Orientexpress zu bezahlen. Obwohl es weitaus weniger war als das, was sie in Prag an den falschen Bahnbeamten verloren hatte, war es mehr, als sie sich leisten konnte.

Ihre Wangen brannten immer noch vor Scham, Wut und nun auch noch vor Anstrengung, als sie Reisenden, Gepäckträgern und Karren auswich und mit ihrer Reisetasche versehentlich Leute anrempelte, um zum Gleis drei zu gelangen, wo die tiefblaue Lokomotive mit den glänzenden rot-gelben Waggons bereits dichte Rauchwolken ausstieß.

Als Rose die Trittleiter erklomm und sich außer Atem in den Wagen schwang, fiel ihr ein, dass sie keine Ahnung hatte, wo ihr Koffer steckte. Vermutlich war er nie in einen Zug verfrachtet worden und den beiden Betrügern, die sich als Bahnangestellte ausgegeben hatten, in die Hände gefallen. Ihre Kleider befanden sich darin, ihre Bücher, ihr Schmuck, und, um Himmels willen, ihre Reisekasse!

Rose stieß einen Fluch aus, der lauter war als beabsichtigt, denn eine Gruppe grauhaariger Damen drehte sich mit entsetzten Mienen zu ihr um.

Mit gesenktem Kopf hastete sie den Gang entlang. Sie schwitzte, der Hunger bohrte ihr ein Loch in den Magen und trotz der Tatsache, dass sie den halben Tag verschlafen hatte, fühlte sie sich müde und erschöpft. Kein Wunder, dass sich immer alle übers Reisen beschweren, dachte sie grimmig. Es war wahrlich nicht das Vergnügen, als das es in ihren Lieblingsromanen beschrieben wurde.

»In achtzig Tagen um die Welt, dass ich nicht lache«, murmelte sie. »Wer sich so etwas ernsthaft antut, muss verrückt sein.«

Sie sah erst auf, als sie beinahe mit einem Mann in hellblauer Uniform zusammengestoßen wäre.

Zu ihrer Erleichterung hatte er an ihrer Fahrkarte nicht das Geringste auszusetzen und führte sie zu ihrem Abteil. Als sie eintrat, musste sie zugeben, dass das Interieur sie zumindest ein wenig für die bisherigen Missgeschicke ihrer Reise entschädigte.

Der Boden war mit weichem Teppich ausgelegt, der das gleiche Blau aufwies wie die Livree des Zugbegleiters. Die bequeme Sitzbank aus Leder lud zum Verweilen ein und sie erhaschte einen Blick auf das kleine, mit allen modernen Annehmlichkeiten ausgestattete Bad.

Der Zugbegleiter beschrieb ihr den Weg zum Speisewagen, dann zog er sich respektvoll zurück.

Sobald sie allein war, öffnete sie ihre Reisetasche, um eine Bestandsaufnahme zu machen. Das Ergebnis war kläglich. Ihr Erspartes bestand aus dem, was ihr Vater ihr regelmäßig zugesteckt hatte, damit sie sich Haarspangen, Bücher und Zeitschriften kaufen konnte. Davon hatte sich das meiste in ihrem Koffer befunden. Der Rest, beträchtlich dezimiert durch die Ausgaben für die Fahrt, war in ihrem Portemonnaie, das zum Glück sicher in ihrer Reisetasche verstaut war. In der Tasche befanden sich außerdem ein praktisches Wollkleid, Strümpfe, Unterkleider und das Kästchen aus dem Geheimfach.

»Nicht gerade die besten Voraussetzungen für eine mehrwöchige Reise«, murmelte sie, verstaute alles wieder und schwor sich, die Tasche für den Rest ihrer Reise nicht mehr aus den Augen zu lassen.

Dann schleuderte sie Hut und Handschuhe in die Ecke und betrat das kleine Bad, um sich frisch zu machen. Der Boden war weiß gefliest und die Wände mit dunklem Tropenholz getäfelt. Der Toilettenschrank mit dem Waschbecken war mit aufwändigen Intarsien und Schnitzereien verziert.

Der Spiegel offenbarte ihr, dass sie sich in dieser luxuriösen Umgebung wie ein Fremdkörper ausnahm: Ihr Haar löste sich aus der Hochsteckfrisur und stand wild in alle Richtungen ab. Seufzend machte sie sich daran, ihre Frisur zu richten, während ihre Gedanken ebenso dahinrasten wie der Zug, der die Abenddämmerung als goldener Pfeil durchschnitt.

*

Der Speisewagen war gut gefüllt und schon auf dem Gang drang ihr lebhaftes Stimmengewirr entgegen. Als sie das Abteil betrat, sah sie mehrere Grüppchen, die bereits an den festlich gedeckten Tischen saßen. Im warmen Licht des Gaskronleuchters über ihren Köpfen funkelten die geschliffenen Gläser wie Diamanten.

»Wir erreichen hier Geschwindigkeiten von bis zu hundertsechzehn Kilometern in der Stunde«, verkündete ein untersetzter Mann mit rotkarierter Fliege aufgeregt am Nebentisch, während seine beiden blonden Begleiterinnen sich mit wenig enthusiastischen Mienen ihren Mahlzeiten widmeten.

»Natürlich nur auf bestimmten Streckenabschnitten und um Verspätungen aufzuholen«, fügte er mit leiserer Stimme hinzu und sah sich suchend um. Rose wandte den Blick ab, bevor er ihre Neugier fälschlicherweise als Interesse an seinen Ausführungen deuten konnte.

Als die verschiedenen Gänge serviert wurden, musste sie sich zusammenreißen, um nicht wie ausgehungert über ihren Teller herzufallen. Es gab lauwarmen Hummer, pochierten Stör aus der Donau, rosafarbene Taubenbrust und zum Abschluss eingelegtes Obst. Dazu wurden zu jedem Gang Wein und Champagner serviert, bis ihr der Kopf schwirrte.

Das opulente Mahl versöhnte sie ein wenig mit ihrem Schicksal, und als sie mit schlenkernden Schritten durch die Gänge zurück in ihr Abteil ging, war sie in Gedanken bereits bei dem, was sie in England erwartete.

Plötzlich griff ihre Hand, mit der sie sich an den Wänden abgestützt hatte, ins Leere und sie kam ins Taumeln. Zu ihrer Rechten befand sich ein offenes Abteil, das anscheinend leer stand. Die Lampen auf dem Flur reichten nicht aus, um die Dunkelheit im Inneren des Abteils zu erhellen, nur die schattenhaften Umrisse der Lederbänke waren zu erkennen; eine schwache Lichtspiegelung tanzte auf dem pechschwarzen Viereck der Fensterscheibe.

Das Reinigungspersonal hatte die Tür wohl versehentlich offen gelassen, überlegte Rose, bevor sie auf unsicheren Beinen weiterging.

Zurück in ihrem gemütlichen Abteil entledigte sie sich unter vielen gemurmelten Flüchen ihres Kleides, löste die Haken, mit denen ihr Korsett an der Vorderseite zusammengehalten wurde, und streifte die Strümpfe ab. Irgendjemand, vermutlich ein hilfreicher Bediensteter, hatte die Sitzbank bereits in ein Bett verwandelt und Rose schlüpfte erschöpft unter die kühle Seidendecke.

Wie gern würde ich dir jetzt von meinen Abenteuern erzählen, Vater. Warum sind wir eigentlich nie zusammen verreist, du, Mutter und ich?

Das gleichmäßige Rattern des Zuges wiegte sie in den Schlaf, ehe sie das Licht löschen konnte. Irgendwann in der Nacht schreckte sie kurz auf, weil sie glaubte, ein Geräusch gehört zu haben, aber bevor sie weiter darüber nachdenken konnte, hatte der Schlaf sie wieder in seine dunkle Umarmung gezogen.

8

Bei ihrem Erwachen am nächsten Morgen war Rose geneigt, dem Genuss von Alkohol auf immer abzuschwören. Da die pochenden Schmerzen hinter ihrer Stirn keinen vernünftigen Gedanken zuließen, zog sie ihr Reisekleid an und begab sich auf der Suche nach einem Gegenmittel in den Speisewagen, der zu dieser frühen Stunde glücklicherweise leer war.

Erst, als sie eine zierliche Porzellantasse mit dampfend heißem Kaffee vor sich hatte, nahm ihre verschwommene Umgebung wieder deutlichere Konturen an.

Geistesabwesend streckte sie den Arm aus, um den Brief ihrer Tante aus ihrer Reisetasche zu kramen, als sie hörte, wie etwas, das auf dem Stuhl neben ihr gelegen hatte, polternd zu Boden fiel. Erst erwog sie, es angesichts ihres lädierten Zustands einfach liegenzulassen, aber dann duckte sie sich unter den Tisch, um den Gegenstand aufzuheben. In diesem Moment ertönten gedämpfte Schritte auf dem Teppichboden und Rose verharrte in ihrer kriechenden Position.

Sie hörte, wie am Nachbartisch Stühle verrückt wurden, sah zwei Paar Damenstiefel unter dem Rand des Tischtuchs, eines dunkelbraun, das andere lavendelfarben. Sie wollte gerade wieder auftauchen, als die beiden Neuankömmlinge eine Unterhaltung begannen.

»Bei meiner letzten Fahrt war das Essen unzweifelhaft besser. Der gestrige Hummer war nicht ganz so frisch, will ich meinen. Und hast du die alleinreisende Frau gesehen, die gestern Abend in unserer Nähe saß? Höchst kurios. Und wie ängstlich sie ihre Reisetasche umklammert hielt, als hätte sie Angst, sie könnte jederzeit gestohlen werden. Man sollte meinen, dass eine Frau, die sich eine solche Zugreise leisten kann, genug Anstand besäße, eine Begleitperson mitzunehmen.«

Rose' Kopf zuckte in die Höhe und stieß prompt gegen die Tischplatte. Erschrocken hielt sie inne, doch das Geräusch schien im Rattern des Zuges untergegangen zu sein.

»Sei nicht so harsch mit deinem Urteil, Mutter«, erwiderte eine jüngere Stimme, während das zweite Paar Stiefeletten unruhig auf und ab wippte. »Auf mich machte sie einen netten und respektablen Eindruck. Es ist nichts verkehrt daran, allein zu reisen.«

Die ältere Frau stieß ein geziertes Schnauben aus. »Wenn dein Vater dir nicht alles durchgehen ließe, würdest du nicht so neumodisch daherreden. Ich finde diese Hirngespinste, denen immer mehr Frauen verfallen, einfach abstoßend.«

»Fang bitte nicht schon wieder damit an.« Die Stimme der jüngeren Frau nahm einen gequälten Tonfall an. »Nur, weil ich vor Jahren eine Petition für das Frauenwahlrecht unterschrieben habe, musst du es mir nicht für den Rest meines Lebens vorhalten.«

Rose verkniff sich ein Lachen und verlor dabei beinahe das Gleichgewicht. Als sie sich abstützte, streiften ihre Finger den Gegenstand, der heruntergefallen war. Er war rechteckig und glatt. Ein Buch? Wie von selbst schloss sich ihre Hand um den Einband.

Das Gespräch am Nebentisch war verstummt, offensichtlich widmeten sich Mutter und Tochter ihrem Frühstück. Rose versuchte, sich zwischen den Stuhlbeinen herauszuwinden, ohne ein Geräusch von sich zu geben. Doch als sie sich unauffällig aufrappeln wollte, erschien vor ihr ein Paar glänzender brauner Stiefeletten.

Mist. Sie ließ den Blick höher wandern, bis sie einer zierlichen kleinen Dame mit Adlernase ins erzürnte Gesicht sah.

»Was kriechen Sie denn da am Boden herum?« Sie musterte Rose, als wäre sie eine besonders unappetitliche Kröte.

»Ähm, ich … ich habe nur etwas aufgehoben«, sagte Rose und klopfte sich den Staub von Kleid.

»Mutter, lass das arme Mädchen in Frieden«, sagte die zweite Frau versöhnlich und lächelte Rose entschuldigend zu. »Mein Name ist Abby Hamilton-Hicks und das ist meine Mutter, Hannah Hamilton-Hicks. Wir reisen anlässlich meiner bevorstehenden Heirat nach Paris.«

»Herzlichen Glückwunsch«, antwortete Rose und ließ sich mit hochrotem Kopf wieder auf ihrem Stuhl nieder. »Ich … ähm … bin Rose Whitby und besuche meine Tante in London.«

»London, wie aufregend«, seufzte Abby sehnsüchtig.

»Sagten Sie Whitby? Wie in Edward Whitby & Company?«, erkundigte sich Mrs Hamilton-Hicks mit leicht gerümpfter Nase.

»Ganz recht. Edward Whitby war mein Großvater«, erwiderte Rose kühl und schalt sich innerlich dafür, ihren richtigen Namen genannt zu haben. Sie konnte förmlich sehen, wie Mrs Hamilton-Hicks im Kopf das *Who's Who* durchging. Ihre frostige Miene taute auf, als sie schließlich die richtigen Schlüsse zog.

»Dann müssen Sie Juliennes Tochter sein«, sagte sie und klang beinahe freundlich. »Wir gingen zusammen aufs Internat. Seit ihrer Heirat haben wir uns leider aus den Augen verloren.«

Das liegt vielleicht daran, dass sie keinen standesgemäßen Aristokraten geheiratet hat, sondern einen Unternehmer, dachte Rose, verkniff sich aber eine Antwort.

Allerdings hatte sie den Eindruck, dass Mrs Hamilton-Hicks sie nur zu gerne weiter ausfragen würde. Die wahren Umstände ihrer Reise konnte sie aber unmöglich preisgeben und sie befürchtete, dass sie sich eine komplizierte Lügengeschichte würde ausdenken müssen.

Ihr Blick fiel auf die aufgeschlagene Zeitschrift, die vor Abby auf dem Tisch lag. Viele der Artikel waren bebildert und zeigten geschminkte Gesichter und aufwändige Kostüme. »Ach, Sie interessieren sich ebenfalls für das Theater, Abby? Haben Sie schon das neue Stück von … « Sie kniff die Augen zusammen, um den Text zu entziffern, »von Drake gesehen? Ich fand es wunderbar.«

Sie hoffte, das würde als Ablenkungsmanöver ausreichen, aber Abby legte verwirrt den Kopf schief. »Sein neuestes Stück ist doch noch gar nicht angelaufen? Die Londoner Premiere ist erst in drei Tagen.«

»Oh, da muss ich etwas verwechselt haben.« Rose trank eilig einen Schluck Kaffee, um ihre Verlegenheit zu überspielen. Ich bin einfach keine gute Lügnerin, dachte sie resigniert.

»Sie meinen sicher sein letztes Stück?«, fragte Abby. »In dem es um eine junge Adlige geht, die ihre wahre Identität geheim hält, um als Krankenschwester zu arbeiten?«

Rose nickte eilig.

Abbys Augenbrauen waren in die Höhe gewandert, aber sie wirkte dennoch erfreut, jemanden gefunden zu haben, der ihre Leidenschaft teilte. »Ich fand es ungeheuer dramatisch, Sie nicht auch?«

Mrs Hamilton-Hicks gab ein geziertes Schnauben von sich, aber ihre Tochter ignorierte es mit einer Gelassenheit, die von jahrelanger Übung sprach.

»Mutter findet Drakes Stücke anstößig«, flüsterte Abby augenzwinkernd, »aber ich versuche, mir jede Aufführung anzusehen. Leider werde ich es nicht zur Premiere seines neuen Stücks schaffen, aber Sie gehen sicher hin?«

Rose nickte erneut. Darauf bedacht, ihren Fauxpas nicht zu wiederholen, leerte sie ihren Kaffee und überlegte fieberhaft, wie sie ihre Unwissenheit in Sachen Theater überspielen konnte, doch Mrs Hamilton-Hicks war bereits aufgestanden und zupfte ihre Tochter am Ärmel.

»Wir sollten Vater nicht warten lassen.«

Abby erhob sich mit bedauernder Miene. »Schreiben Sie mir, wie Sie das Stück finden, wenn Sie möchten.« Hastig notierte sie ihre Adresse auf einem lavendelfarbenen Blatt Papier und reichte es Rose mit einem verschwörerischen Lächeln.

Rose bedankte sich und verließ den Speisewagen in entgegengesetzter Richtung. Während sie den Gang entlanglief, konnte sie das Gefühl nicht abschütteln, dass Mrs Hamilton-Hicks' kritischer Blick ihr folgte, als hätte sie mit untrüglichem mütterlichem Instinkt gespürt, dass Rose diese Reise ohne das Wissen ihrer eigenen Mutter angetreten hatte.

Sobald der Speisewagen außer Sicht war, atmete sie auf. Dann wurde ihr bewusst, dass sie das kleine Buch, das sie gefunden hatte, noch immer in der Hand hielt. Sie wollte sich gerade umdrehen, um es zurückzubringen, als sie dumpfes Fußgetrappel auf dem weichen Teppich hörte. Dann rief eine strenge Frauenstimme ihren Namen.

Oh nein. Mrs Hamilton-Hicks.

Rose ließ das Buch in ihre Reisetasche gleiten und sah sich hektisch nach einem Versteck um, als ihr bewusst wurde, dass sie sich direkt vor dem leeren Abteil von gestern Nacht befand. Ohne nachzudenken, schob sie die Abteiltür auf, duckte sich ins dunkle Innere und zog die Tür hinter sich zu.

Finsternis umfing sie. Mit klopfendem Herzen legte sie ein Ohr gegen die Tür und lauschte. Schritte kamen näher, wurden langsamer, einen Herzschlag lang hörte sie nichts.

Dann entfernten sie sich wieder.

Rose atmete auf. Doch ihr Herz klopfte mit unverminderter Intensität. Und da wurde ihr klar, dass irgendetwas nicht stimmte.

Es war die Dunkelheit. Gestern Abend hatte sich der Schein der Gangbeleuchtung auf der Fensterscheibe gespiegelt. Nun hätte Tageslicht hereinfallen sollen – es sei denn, jemand hatte die Jalousien von innen geschlossen. Und warum hätte das jemand tun sollen, wenn dieses Abteil doch leer war?

Das ließ nur den Schluss zu, dass es keineswegs leer war und Rose soeben unbefugt in fremde Gemächer eingedrungen war.

9

Im Inneren des Abteils klang das Rattern des Zuges gedämpfter, glich eher dem sanften Schnurren einer Raubkatze. Irgendein raubtierhafter Instinkt musste es auch sein, der den Schläfer aus seinem Schlummer riss.

Rose hörte sein Erwachen weniger, als dass sie es spürte, eine kaum wahrnehmbare Veränderung der Atmosphäre. Einen Moment lang erwog sie, die Tür aufzureißen und auf den Gang hinauszustürzen, ob Mrs Hamilton-Hicks noch draußen lauerte oder nicht. Doch bevor sie reagieren konnte, hörte sie die Stimme.

»Keine Bewegung.«

Ein tiefer, samtiger Klang, als hätte die Dunkelheit selbst zu ihr gesprochen. Decken raschelten, eine Bewegung auf dem Bett.

»Umdrehen.«

Langsam und mit angehaltenem Atem leistete sie Folge. Sie spürte die Abteiltür in ihrem Rücken, nahm den leisen Duft von Zedernholz und Moschus wahr, der in der Luft hing. Ihr Fuß stieß gegen etwas Weiches und sie hätte beinahe aufgeschrien, ehe ihr bewusst wurde, dass es ihre eigene Reisetasche war.

Mit einem Mal drang Licht in den Raum, in mehreren horizontalen Streifen, die zwischen den Stäben der Jalousien entstanden waren.

Auf dem Bett saß ein Mann. Sein schwarzes, lockiges Haar war zerzaust vom Schlaf und er schirmte sich die Augen mit der Hand ab, sodass sie sein Gesicht nicht erkennen konnte. Doch über der Decke konnte sie seinen nackten Oberkörper sehen und sie wandte hastig den Blick ab.

Endlich fand sie ihre Sprache wieder. »Es tut mir schrecklich leid. Ich habe mich im Abteil geirrt und –«

»Nicht so schnell. Wenn Sie sich ein wenig nach rechts drehen würden?«

»Was?« Sie erstarrte, die Hand auf dem Türgriff.

»Dort, am Haken neben der Tür, hängt mein Morgenmantel. Seien Sie so gut und reichen Sie ihn mir.«

Die Absurdität der Situation sickerte in ihr Bewusstsein. Sie tastete nach dem Morgenmantel, bekam den seidenen Stoff zu fassen und überreichte ihn mit gesenktem Blick, bevor sie hastig einen Schritt zurückwich.

»Wie gesagt, es war alles nur ein Missverständnis …«

»Dann sind Sie also nicht hier, um mich zu bestehlen?«

»Bestehlen?« Empört hob sie den Kopf. »Einen solchen Vorwurf lasse ich mir nicht gefallen. Nur weil ich mich in der Abteiltür geirrt habe –«

Röte kroch über ihre Wangen, als sie sah, wie er den Morgenmantel über den nackten Oberkörper zog.

»Ich wollte ganz gewiss nichts stehlen«, erklärte sie, »vielmehr wurde ich erst kürzlich selbst bestohlen. Von einem falschen Bahnbeamten, der mir meinen Koffer und den Großteil meines Reisegelds abnahm, aber das tut nichts zur Sache. Dass ich Sie gestört habe, tut mir leid. Schauen Sie sich um, dann sehen Sie selbst, dass nichts fehlt.«

Sie rauschte auf den Gang hinaus, der gnädigerweise leer war, und zog die Tür mit einem lauten Knall hinter sich zu.

Was für ein arroganter, ungehobelter Kerl.

Wieder in ihrem Abteil, ließ sie sich auf die weiche Lederbank fallen und wartete darauf, dass sich ihr Herzschlag beruhigte.

Die Begegnung mit dem Fremden hatte sie erschüttert. Außerdem ärgerte es sie, für eine Diebin gehalten zu werden, auch wenn die Umstände, das musste sie zugeben, nicht gerade für sie sprachen. Wie unangenehm, dass sie sich nun doppelt vorsehen musste: Sobald sie ihr Abteil verließ, lief sie Gefahr, entweder der neugierigen Mrs Hamilton-Hicks oder dem unbekannten Mann über den Weg zu laufen.

Aber wenigstens hatten der Kaffee und der Schreck ihr Übriges getan und sie fühlte sich hellwach. Ihr fiel das gefundene Büchlein in ihrer Reisetasche ein und sie kramte danach, froh über eine Ablenkung.

Als sie es herauszog, fiel die Sonne durch das Fenster und ließ die Goldprägung auf dem ledernen Einband glänzen.

Miss Pemberleys Reiseführer für die unerschrockene Dame, verkündeten die Lettern großspurig. Auf der ersten Seite schaute eine ältere Frau mit freundlichem Gesicht und runden Brillengläsern aus einem verschnörkelten Rahmen hervor. Das musste besagte Miss Pemberley sein. Rose konnte sich ein Lächeln nicht verkneifen. Das Schicksal musste gewollt haben, dass ihr dieses Buch in die Hände fiel. Sie schlug es auf und las:

Es ist eine allgemein anerkannte Wahrheit, dass eine Dame auf Reisen gut daran tut, sich auf alle Unwägbarkeiten des Schicksals vorzubereiten.

»Tja«, murmelte Rose, »hättest du mir das nur früher gesagt, Miss Pemberley. Wollen wir mal sehen, welche Weisheiten du noch parat hast.«

Sofern eine Dame den Luxus ihr Eigen nennt, frei über ihre Zeit zu verfügen, und überdies gewisse Mittel besitzt, so ist es ihre

Pflicht, ihren Charakter mittels Reisen weiterzubilden. Wenngleich der Zustand des Reisens an sich wenig erstrebenswert ist, so ist doch das, was damit einhergeht, von unschätzbarem Wert: Die Erfahrungen, die eine Dame auf Reisen sammelt, vermitteln ihr einen Einblick in die mannigfaltigen Wunder der Natur und in die vielen Facetten menschlicher Kultur. Eine weitgereiste Dame wird ein feines Gespür für Situationen aller Art entwickeln und es wird Wenige geben, die sich ihrem geschärften Blick für das menschliche Wesen entziehen können.

Unwillkürlich musste Rose lachen. »Tja, ich schätze, ich habe noch einiges zu lernen«, sagte sie laut. Dann erstarb ihr Lachen. Ihr Vater hatte dieselbe Angewohnheit gehabt, laut Selbstgespräche zu führen, was Rose und ihre Mutter in seltener Einigkeit belächelt hatten.

Unwillkürlich musste sie an ihr Zuhause denken. Den erklärenden Brief, den Rose vor ihrem Aufbruch auf ihr Kopfkissen gelegt hatte, hatte ihre Mutter sicher längst entdeckt. Rose konnte sich ihre empörte Reaktion nur zu gut vorstellen. Womöglich hatte sie bereits ein Polizeiaufgebot zu Patricias Haus bestellt.

Nein, sei nicht lächerlich, schalt sich Rose. Aber ein Anflug von schlechtem Gewissen blieb und sie beschloss, erst das verfallene Schloss aufzusuchen, bevor sie bei ihrer Tante vorstellig wurde.

Sie strich mit der Fingerkuppe sanft über den Bucheinband und lehnte ihren Kopf gegen die Fensterscheibe. Draußen glitten malerische Landschaften vorbei, kleine französische Dörfer und weite Felder unter einem strahlend blauen Himmel.

Sie würde noch diesen und den nächsten Tag im Zug verbringen, bevor sie mit der Fähre nach England übersetzte. Im

Moment fehlte ihr die Tatkraft, Pläne für die Zeit nach ihrer Ankunft zu schmieden, also blieb sie einfach sitzen, betrachtete die Landschaft und ließ sich die warme Sonne aufs Gesicht scheinen.

10

Rose' Magen knurrte wie ein Rudel wilder Hunde. Es war bereits Abend, und nachdem sie das Mittagessen aus Kostengründen hatte ausfallen lassen, musste ihre Reisekasse wohl oder übel ein weiteres Dinner verkraften.

Auf dem Weg in den Speisewagen hörte sie das Stimmengewirr und das Klappern von Geschirr schon von Weitem. Die Betriebsamkeit würde ihr Deckung vor Mrs Hamilton-Hicks und dem Fremden bieten, überlegte sie. Doch dann fiel ihr ein, dass Abby gesagt hatte, sie reisten nach Paris, was sie schon seit einer Stunde hinter sich gelassen hatten. Erleichtert atmete Rose auf.

Wenig später fand sie sich an einem kleinen Tisch am Fenster wieder und widmete sich dem Menü, das passend zu ihrer Reiseroute französische Spezialitäten anbot.

Ein Schatten fiel auf die Seite mit verheißungsvollen Überschriften wie Bœuf bourguignon und Steak tartare und sie hob den Kopf, um ihre Bestellung aufzugeben.

Doch der Mann, der vor ihr stand, war kein Kellner. Er trug einen schmal geschnittenen grauen Anzug, dazu eine smaragdfarbene Weste und ein weißes Hemd mit hohem Kragen, um den er nachlässig einen silbernen Seidenschal gewickelt hatte. Aus seiner Tasche lugte eine rubinbesetzte Uhrenkette hervor.

Er schenkte ihr ein breites Lächeln, das seine grünen Augen aufblitzen ließ, und fuhr sich durch das schwarze, mit Pomade nur unzureichend gebändigte Haar.

»Wie erfreulich, Sie wiederzusehen. Ich hoffe, Sie verübeln mir meine forsche Art nicht, aber der Stuhl Ihnen gegenüber scheint der einzige freie Platz im gesamten Speisewagen zu sein.«

Vorhin hatte sie sein Gesicht im Halblicht kaum ausmachen können, doch den sanften, beinahe schnurrenden Unterton seiner Stimme erkannte sie auf Anhieb. Es war der Fremde aus dem Abteil, in das sie geflüchtet war.

Ohne eine Antwort abzuwarten, setzte er sich, schlug die Beine übereinander und vertiefte sich in die Speisekarte. Rose war perplex angesichts dieser himmelschreienden Unverschämtheit, doch bevor sie ihr Missfallen kundtun konnte, winkte er einen Kellner herbei.

»Die Dame und ich nehmen das Bœuf bourguignon mit Steinpilzen, dazu Ihren besten Rotwein. Nein, warten Sie, ich habe eine bessere Idee. Sie begeben sich auf schnellstem Weg in mein Abteil und holen die Flasche Château d'Yquem, die ich dort für besondere Gelegenheiten aufbewahre.« Er zwinkerte Rose verschmitzt zu. »Und zum Dessert bitte Blanc-manger mit pürierten Himbeeren.«

Einen Moment lang erwog Rose, ihr Buch aus der Tasche zu nehmen und diesen arroganten Dandy demonstrativ zu ignorieren, aber dann beschloss sie, dass er eine gute Zielscheibe für den Ärger abgab, der seit dem Diebstahl ihres Gepäcks an ihr nagte. Sie beugte sich über den Tisch.

»Was fällt Ihnen ein?«, zischte sie. »Wir wurden einander nicht einmal vorgestellt und Sie nehmen sich die Frechheit heraus, ungefragt an meinen Tisch zu kommen und für mich zu bestellen?«

Er winkte gelangweilt ab. »Ich dachte nur, ich würde einer vom Schicksal gebeutelten Dame einen kleinen Gefallen erweisen, indem ich sie zum Essen einlade. Schließlich erwähnten Sie, dass Sie bestohlen wurden.«

Als sie ihn nur finster anstarrte, kräuselten sich seine Lippen. »Sie haben mich doch erkannt, oder etwa nicht? Ich habe nicht gelogen. Wir sind uns schon einmal begegnet, gestern Abend in meinem Abteil. Ich hoffe, Sie verzeihen mir meine Reaktion auf Ihr unerwartetes Erscheinen. Ich muss zugeben, dass ich danach meine Weinflaschen gezählt habe.«

Rose hob eine Augenbraue.

»Nicht eine einzige hat gefehlt.« Er breitete entschuldigend die Hände aus. »Also, wie kam es, dass Sie bestohlen wurden?«

Rose berichtete ihm in knappen Worten von dem Vorfall.

Als sie geendet hatte, legte er nachdenklich den Kopf schief. »Nun, Sie wären nicht die erste Frau, die sich von einer Uniform blenden lässt.«

Bevor sie etwas erwidern konnte, wurde das Essen serviert. Allein beim Anblick lief ihr das Wasser im Mund zusammen und sie machte sich über die dampfende Schale mit Rindfleisch, Karotten, Kartoffeln und Pilzen her, wobei sie ihre gute Erziehung in den Wind schlug.

Sie sah erst auf, als die Schale fast leer war und ihr bewusst wurde, dass der Fremde sie anstarrte.

»Was?«, sagte sie mit vollem Mund, denn sie hatte beschlossen, seinem Mangel an Manieren auf die gleiche Weise zu begegnen.

Zu ihrer Befriedigung schien ihm keine passende Entgegnung einzufallen. Aber er fing sich rasch wieder und prostete ihr mit seinem Weinglas zu. Da erst bemerkte sie, dass ihres ebenfalls gefüllt war.

»Auf einen angenehmen Reiseverlauf ohne weitere Diebstähle«, sagte er und ihre Gläser klirrten, als sie mit ihm anstieß.

»Hmm, nicht schlecht«, sagte sie, nachdem sie gekostet hatte. »Aber bitte verschonen Sie mich mit weitschweifigen Ausführungen über die Art des Weins. Es gibt wenig, was langweiliger ist als Gespräche über Bouquet und Rebsorten.«

Er fasste sich mit gespielter Fassungslosigkeit an den Kragen. »Ich lasse meinen 1859er Château d'Yquem für Sie öffnen und so danken Sie es mir? Sie sind zumindest verpflichtet, die ausgesuchte Süße des Weins und das reichhaltige Beerenaroma zu loben. Wo bleibt sonst das Vergnügen?«

»Ich dachte, das Vergnügen wäre der Rausch?«

»Die Wertschätzung einer schönen Dame ist berauschender als jeder Wein.«

Er sagte es scheinbar beiläufig, aber mit einer Aufrichtigkeit, die ihr die Röte in die Wangen trieb.

»Nun, da werden Sie wohl warten müssen, bis sich eine schöne Dame an Ihren Tisch setzt.« Aus Verlegenheit nahm sie einen weiteren Schluck. »Ich muss zugeben, dass er wirklich gut ist. Eine schöne Balance von Süße und Säure.«

Er klatschte in die Hände. »Sehen Sie, Sie kommen auf den Geschmack. Ein Weinliebhaber ist im Grunde seines Herzens nichts anderes als ein Poet. Und ein Wein nur so gut wie die Inspiration, die er hervorruft.«

»Dann lassen Sie mal hören.«

Er dachte einen Moment lang nach, wobei sich eine leichte Falte über seiner geraden Nase bildete. Dann schwenkte er den Wein, hielt ihn ins Licht und kniff die Augen zusammen, bevor er das Glas zum Mund hob, einatmete und einen winzigen Schluck nahm.

»Das Bouquet dieses Weins gleicht den Blüten einer Rose. Die äußeren erzählen vom dunklen, herben Duft der Eichenfässer, in denen er gelagert wurde. Die inneren singen von heißen Sommertagen, vom Geruch trockener Erde und von der Prallheit der Trauben, die mit jedem Tag heranreifen. Sie erzählen von Sommergewittern und langen Regenschauern, die die Luft reinwaschen und den Boden tränken. Und im Innersten, in der Knospe, liegt ein süßes Geheimnis, das sich nur dem Eingeweihten offenbart.«

Er maß Rose mit einem langen Blick aus seinen grünen Augen und sie wusste nicht, wohin sie schauen sollte, also senkte sie verlegen den Kopf und betrachtete ihr Weinglas.

Sonnenstrahlen brachen sich auf dem geschliffenen Glas und ließen die Oberfläche des Weins leuchten, als loderte ein Feuer in seinen Tiefen.

Sie spürte ein verwirrendes Gefühl in sich aufsteigen, etwas, das von der Schwere des Weins noch verstärkt wurde. Doch gleichzeitig war da eine warnende Stimme in ihrem Inneren, und sie horchte in sich hinein.

Unerwartet erschien ein Bild vor ihrem inneren Auge: Es war eine dralle kleine Dame mit freundlichem Gesicht und intelligenten Augen hinter runden Brillengläsern.

Die imaginäre Miss Pemberley sagte entschieden: »Ein Mann, der sich einer alleinreisenden Dame nähert, kann nur zwei Absichten haben: Ihr zu helfen oder sie auszunutzen. Die Frau, die keine Hilfe benötigt, sollte sich glücklich schätzen, denn sie ist nicht darauf angewiesen, die lautere von der unlauteren Absicht zu unterscheiden.«

Danke, Miss Pemberley, dachte Rose.

Laut sagte sie: »Es war mir ein Vergnügen, Sie kennenzulernen. Aber jetzt muss ich gehen. Danke für die Mahlzeit und den Wein. Ich weiß Ihre Hilfsbereitschaft sehr zu schätzen und wünsche Ihnen eine angenehme Reise. Adieu.«

Sie griff nach der Reisetasche und wandte sich zum Gehen.

»Warten Sie«, rief er ihr verblüfft nach. »Ihr Dessert.«

Doch sie hatte bereits die Abteiltür erreicht und winkte ihm flüchtig zu, bevor sie außer Sichtweite war.

Erst, als sie wieder wohlbehalten in ihrem Abteil war, fiel Rose auf, dass er ihr seinen Namen nicht genannt und auch nicht nach ihrem gefragt hatte.

11

Am Bahnhof Victoria in London stieg Rose aus dem Zug. Sie bereute es, keinen Regenschirm bei sich zu haben, denn durch die Fenster des kleinen Bahnhofsgebäudes konnte sie sehen, dass ein stetiger Nieselregen die Straßen benetzte, auf denen sich Passanten und Kutschen drängten. Den Fremden aus dem Zug konnte sie in der Menschenmenge nirgends ausmachen und in ihre Erleichterung mischte sich ein gewisses Bedauern, das sie sogleich wieder verdrängte.

Obwohl Rose noch nie in London gewesen war, stellte sich ein Gefühl der Vertrautheit ein, als sie sich draußen zwischen Kutschen und von Pferden gezogenen Doppeldeckerbussen wiederfand. In ihrem Elternhaus war Englisch gesprochen worden und sie hatte erwartet, in London nichts als Englisch zu hören, aber als sie durch die belebten Straßen ging, konnte sie eine Vielzahl von Sprachen ausmachen, darunter Polnisch, Italienisch und Deutsch. Eine ebenso internationale Mischung wie in Prag, dachte sie mit einem leisen Lächeln.

Als sie an einem Postamt vorbeikam, meldete sich ihr schlechtes Gewissen und sie beschloss, ihrer Mutter ein kurzes Telegramm zu schicken, um ihr zu versichern, dass sie gut in London angekommen sei und es keinen Grund zur Sorge gebe.

Nach einem Abstecher zu einer Wechselstube und einem Pfandleiher suchte sie ein günstiges, aber respektables Hotel auf, das Miss Pemberley in ihrem Reiseführer empfahl.

Das Robinson's war ein bescheidenes Gebäude aus roten Ziegeln in einer Seitenstraße unweit des belebten Trafalgar Squares. Rose wurde herzlich empfangen und Mr und Mrs

Robinson reagierten mit Empörung und Mitgefühl auf die Geschichte von ihrem gestohlenen Gepäck.

Mrs Robinson bot Rose sogleich an, ihr inzwischen recht zerknittertes Reisekleid auszuklopfen und zu lüften und empfahl ihr mehrere nahe gelegene Kleidergeschäfte. Rose nahm das Angebot dankend an, verzichtete aber auf einen Einkaufsbummel, so gern sie sich die berühmten Kaufhäuser in der Oxford Street angesehen hätte. Der mürrische Pfandleiher in der Nähe des Bahnhofs hatte für ihr elegantes Ausgehkleid eine Summe bezahlt, die für das Hotel und die bevorstehende Weiterfahrt nach Rosewood Hall reichen und überdies ihre Reisekasse ein wenig aufbessern würde, aber den Verlust ihres Koffers und den Betrug am Bahnhof hatte das nicht wettmachen können.

Rose tröstete sich damit, dass sie nach dem Verkauf des Schlosses und des Grundstücks genügend Kleider würde kaufen können. Am vernünftigsten wäre natürlich gewesen, ihre Mutter zu bitten, ihr einige Kleider nachzuschicken, aber Rose verwarf diesen Gedanken wieder, während sie in Chemise und Unterrock in ihrem Hotelzimmer saß. Ihrer Mutter von dem Diebstahl zu erzählen, würde ihr nur unnötige Sorgen bereiten und sie würde außerdem darauf bestehen, dass Rose sofort zurückkehrte, um den Diebstahl zur Anzeige zu bringen. Aber das passte kein bisschen in ihre Pläne.

Vom Fenster aus konnte sie ihr Reisekleid sehen, das in dem winzigen Innenhof zwischen weißen Laken an der Leine flatterte. Zum Glück hatte der Nieselregen aufgehört.

Mrs Robinson hatte ihr Schreibpapier gegeben und Rose beschloss, an das Grund- und Bodenamt zu schreiben, das ihr hoffentlich genaueren Aufschluss über die gegenwärtigen Verhältnisse auf Rosewood Hall geben konnte. Eilig kritzelte sie ein paar höfliche Zeilen, in denen sie ihren Besuch für den nächsten Tag ankündigte. Sie würde den Brief später nach unten bringen, rechtzeitig für die Nachmittagspost.

Auf dem Nachttisch lagen ihr *Reiseführer für die unerschrockene Dame* und der namenlose Gedichtband. Rose blätterte eine Weile in dem Reiseführer, doch ihr stand der Sinn nicht nach Ratschlägen. Ein merkwürdiges Gefühl beschlich sie, das sie erst nach einer Weile erkannte.

Einsamkeit.

Im Zug hatte sie sich in einer Art Zwischenwelt befunden: Nicht mehr zu Hause, aber in einer angenehmen Schwebe, die sie ihrem Ziel ohne eigenes Zutun immer näher brachte. Doch nun warteten so viele unbekannte Aufgaben auf sie.

»Tja, das hast du dir selbst eingebrockt«, sagte sie laut, dann schüttelte sie verärgert den Kopf. Da, sie hatte es schon wieder getan. Wenn sie nicht aufpasste, würde sie sich die albernen Selbstgespräche noch angewöhnen.

Seufzend griff sie nach dem Gedichtband, rollte sich auf dem Bett zusammen und las:

Es ragt ein weißer Turm in Nebelhöhen,
blickt mit wachen Augen weit hinaus ins Land.
Mondlichtsilbern schlingt ein helles Band
sich um Wälder, Auen, Seen
wie ein geisterhaftes Nachtgewand.

Draußen zerriss der Wind die dichte Wolkendecke und die Sonne ließ die graphitgrauen Wolken an den Rändern leuchtend weiß erstrahlen.

12

Der Zug verließ London in nordwestlicher Richtung. Ihre Umgebung wurde zunehmend ländlicher, bis zu beiden Seiten der Bahnstrecke nur noch dichte grüne Wälder vorbeizogen. Als Rose in Forley aus dem Zug stieg, roch die Luft klar und frisch, eine angenehme Abwechslung zu dem Mief Londons.

Der zerstreute Mann vom Grund- und Bodenamt, mit dem sie sich am Vortag getroffen hatte, hatte ihr einige Abschriften von offiziellen Unterlagen in die Hand gedrückt und ihr zu verstehen gegeben, dass er weitaus wichtigere Dinge zu tun habe. Angeblich gab es vor Ort einen Gutsverwalter, mit dem sie alles Weitere besprechen konnte.

Am Bahnhofsvorplatz erkundigte sie sich nach dem Weg und ein Bauer war so freundlich, sie auf seinem Heuwagen mitzunehmen, was ein Glücksfall war, da sie nur noch wenige Münzen in der Tasche hatte.

Wenig später hatten sie den Wald hinter sich gelassen. Die Straße machte eine Biegung und die Landschaft öffnete sich zu einer weiten Ebene zwischen sanften grünen Hügeln. Ein kleiner Teich zeigte ein Spiegelbild des strahlend blauen Himmels und des Schlosses.

Rosewood Hall.

Sie hatte eine verfallene Ruine erwartet, eingestürzte Torbögen und mit Efeu überwachsene Mauern. Doch vor ihr erhob sich ein hoher, schlanker Turm aus hellen Steinen, dessen Zinnen das Licht der hoch am Himmel stehenden Sonne einfingen. Dahinter erspähte sie einen Gebäudeflügel mit hohen

Giebeln aus demselben hellen Stein. Über den Ästen eines abgestorbenen Baumes konnte sie das rote Dach eines kleineren Gebäudes erkennen.

Dann machte der Weg eine Biegung nach Süden und das kleinere Gebäude kam in Sicht. Es war ein malerisches Fachwerkhaus in einem fröhlichen Gelb. Die kleine Brücke über den ringförmigen Graben führte geradewegs zu einem großen Tor in der Mitte des Hauses, von wo aus es vermutlich weiter zum Innenhof des Schlosses ging.

Mach dir nicht zu große Hoffnungen. Aus der Ferne sieht es vielleicht schön und malerisch aus, aber Mutter meinte, es sei kaum mehr als eine baufällige Ruine. Aus der Nähe ist es sicher nicht mehr so hübsch.

Doch es fiel ihr schwer, das Herzklopfen zu unterdrücken, je näher sie kamen.

»Sie können mich gleich hier absetzen«, rief sie fröhlich.

Der Bauer schnalzte mit der Zunge und das gedrungene Pferd blieb stehen.

Rose bedankte sich und sprang mit ihrer Reisetasche vom Wagen.

»Das Dorf ist nicht weit von hier«, rief der Bauer ihr zu. »Ich kann Sie dorthin mitnehmen.«

»Nein, vielen Dank«, gab sie zurück. »Ich möchte mir das Schloss ansehen.« Die Abenteuerlust hatte sie gepackt.

»Sehen Sie sich vor, Miss«, gab er zu bedenken und schob sich den Hut tief in die Stirn. »Wissen Sie nicht, wem Rosewood Hall gehört? Mit Mr Whitby, dem Besitzer, ist nicht gut Kirschen essen. Ein übler Schurke ist er. Wenn er erfährt, dass sich Unbefugte auf seinem Grundstück herumtreiben …«

Rose wandte sich um und warf dem Mann einen langen, prüfenden Blick zu. Er war mittleren Alters und wirkte, als sei er harte Arbeit gewohnt. Unter seiner Hutkrempe blitzten zwei hellwache, von tiefen Falten umgebene Augen hervor.

»Hören Sie«, sagte sie mit ruhiger, entschlossener Stimme. »Dieser ›üble Schurke‹ war mein Vater. Er war ein kluger und gerechter Mann und nach seinem Tod bin nun ich die Besitzerin dieses Schlosses. Ich gehe davon aus, dass Sie in Zukunft keine Gerüchte mehr über ihn verbreiten. Und jetzt sehe ich mir in Ruhe das Gelände an.«

Der Bauer tippte sich an den Hut. Ein wachsamer Ausdruck war in seine Augen getreten.

»Sehr wohl, Miss Whitby«, sagte er und verbeugte sich im Sitzen. Doch sie hätte nicht sagen können, ob die Geste aufrichtig oder spöttisch war.

»Das Dörfchen Rhodeward liegt nur fünf Minuten von hier entfernt«, fügte er hinzu. »Vom Westturm aus können Sie es sehen. Folgen Sie einfach dem Weg und Sie sind im Handumdrehen da.«

Er schnalzte mit der Zunge und das Pferd setzte sich in Bewegung.

»Ach, Miss Whitby«, rief er, als sich der Karren bereits ein gutes Stück entfernt hatte, »willkommen auf Rosewood Hall!«

13

Mit der Reisetasche in der Hand blieb Rose vor dem Torhaus stehen. Der Duft von Blumen, der in der Luft lag, war hier beinahe überwältigend.

Sie hob den Kopf und suchte mit den Augen die Fenster des Torhauses ab, doch dahinter war keine Regung zu erkennen. Die bleigefassten Kreise der Butzenscheiben ließen nicht erahnen, was dahinter vor sich ging oder ob ihr Blicke folgten.

Als sie Luft holte und den kühlen Schatten des Torbogens betrat, schienen alle Geräusche gedämpfter zu werden.

Dann war sie hindurch und vor ihr erstreckte sich eine Rasenfläche in sattem Grün, gesprenkelt mit unzähligen Rosen in allen erdenklichen Farben von Weiß bis Dunkelviolett.

Es war, als hätte sie den geheimen Garten aus einem Märchen betreten. Die von der Schlossmauer und den Gebäuden eingefasste Fläche war klein, aber was diesem Ort an Größe fehlte, machte er mit Schönheit wett. Drei hohe, schmale Fenster aus Butzenscheiben zierten die Fassade des mittleren Gebäudes. Inmitten der Rasenfläche befand sich ein kleines gemauertes Rund und darauf ein alter Brunnen mit einer Wasserpumpe.

Rose stellte ihre Reisetasche unter einen Busch und hüpfte leichtfüßig durch den Garten. Er war nach Süden gelegen und die Sonne überwand mühelos die Schlossmauer, um das Gras zu erwärmen. Am liebsten hätte sie Strümpfe und Schuhe ausgezogen, um die Grashalme auf der bloßen Haut zu spüren.

Hin und wieder flog eine Biene summend von Blüte zu Blüte. Langsam ging sie vom Ostturm, dem höchsten der drei Türme, weiter zu einem langgezogenen Gebäude. Sie erinnerte sich vage an die Unterlagen, die der Mann von der Behörde ihr gegeben hatte. Laut ihnen musste sich darin der Große Saal befinden, dahinter war der Westturm und ganz am Ende des Gartens sah sie den gedrungenen Nordturm, in dem die Kapelle untergebracht war.

Für den Weg über den Rasen hatte sie nur wenige Minuten gebraucht. Das muss das kleinste Schloss Englands sein, dachte sie schmunzelnd. Aber die dicken efeubewachsenen Mauern flößten ihr ein Gefühl der Sicherheit ein.

»Von wegen Ruine – was für ein himmelschreiender Unsinn«, sagte sie laut.

Doch es war möglich, dass sich das Innere in einem desolaten Zustand befand. Sie rüttelte an den Türen des Nordturms und des Großen Saals, aber sie waren fest verschlossen. Ebenso der Ostturm.

Irgendwo hinter ihr raschelte ein Vogel im Gebüsch. Inzwischen strahlte die Sonne mit voller Kraft vom Himmel und Rose schwitzte in ihrem Kleid, das von der Fahrt auf dem Karren recht staubig war.

Sie ließ sich auf die Treppe vor dem Nordturm fallen und bereute, dass sie die Sandwiches, die Mrs Robinson ihr eingepackt hatte, bereits im Zug vertilgt hatte.

Das Rascheln ertönte erneut und sie sah sich nach dem Vogel um, der im Gebüsch sein musste. Doch da war nichts. Jetzt fiel ihr auf, dass es merkwürdig still war, kein Vogelzwitschern drang durch die aufgeheizte Luft. Als würde das Schloss selbst auf etwas warten.

Nun, sie hatte das Warten jedenfalls satt. Sie sprang auf und setzte ihren Rundgang fort. Unter der Holztreppe, die zum Eingang des Nordturms führte, wurde sie schließlich fündig: Ein Strauch verdeckte ein kleines Fenster, gerade groß genug, dass sie sich mit etwas Mühe hindurchquetschen konnte.

Wenige Augenblicke später wischte sie sich die Zweige aus dem Haar und blinzelte. Hinter den dicken Mauern war es dunkel und kühl. Sie befand sich in einem niedrigen Gang, vielleicht der Zugang zu einem alten Kohlenkeller. Das schwache Licht, das durch die kleine Fensterluke fiel, reichte kaum aus, um zu beleuchten, was vor ihr lag: Der Gang verlor sich in undurchdringlicher Schwärze.

Behutsam tastete sie sich vorwärts und unterdrückte einen Aufschrei, als sie mit dem Kopf an der niedrigen Decke entlangschrammte. Sie schlug sich die Hand vor den Mund, um kein Geräusch von sich zu geben.

Niemand ist hier. Beruhige dich.

Tiefer und tiefer wagte sie sich in die Dunkelheit. Irgendwann stieg der Boden an und sie musste den Kopf weiter einziehen. Der Tunnel wurde schmaler und die Dunkelheit schien von allen Seiten auf sie einzudringen.

Auf einmal griff ihre Hand ins Nichts und ein sanfter Luftzug strich über ihr Haar. Sie blinzelte und aus der Dunkelheit schälten sich schwache Konturen. Vor ihr öffnete sich ein weiter, gemauerter Raum mit hoch an der Wand eingelassenen Fenstern, durch die spärliche Streifen des Tageslichts drangen. Der dumpfe Kupferschein von Pfannen an der Wand und der geduckte Umriss des Herds ließen keinen Zweifel daran, dass sie sich in der Küche befand. Das Herz einer jeden Behausung.

Trotz der Dunkelheit, die ihre Nerven flattern ließ, verströmte die dunkle Küche mit ihren rauen Steinwänden eine altertümliche Behaglichkeit. Rose konnte sich vorstellen, wie hier schon Jahrhunderte zuvor Bedienstete hin und her gelaufen waren, während Kochdämpfe aufstiegen und das Echo der klappernden Töpfe von den Mauern widerhallte. Das Bild vor ihrem inneren Auge war so stark, dass sie glaubte, die Gerichte riechen zu können, die hier zubereitet worden waren: in Schmalz und Butter geschmorte Zwiebeln, gebratene Ente mit Muskatblüte …

Ein dumpfes Grollen ertönte und sie zuckte zusammen, bevor sie merkte, dass es nur ihr knurrender Magen war.

Auf der gegenüberliegenden Seite des Gewölbes führten breite Steinstufen nach oben. Dorthin, wo die Antwort auf die Frage lag, die schon seit ihrer Ankunft am Torhaus in ihrem Kopf herumspukte: Hatte ihre Mutter sie belogen?

Je weiter Rose die Stufen hinaufstieg, desto lauter klang das Echo ihrer Stiefelabsätze, obwohl sie sich Mühe gab, nicht zu fest aufzutreten.

Der Saal, den sie betrat, war riesig. Seine Dimensionen schienen das bescheidene Ausmaß des Schlosses Lügen zu strafen: Hoch über ihr erstreckte sich eine hölzerne Decke mit reich verzierten kastenförmigen Vertiefungen, deren Muster einem Schachbrett glich. Auch die Wände waren mit Holz getäfelt, so dunkel, dass es beinahe schwarz wirkte. Erst auf den zweiten Blick erkannte sie, dass es mit Schnitzereien verziert war. Als sie die Augen zusammenkniff, konnte sie Fabelwesen erkennen, deren verzerrte hölzerne Fratzen aussahen, als seien sie einem Fiebertraum entsprungen. Mit einem Schaudern wandte sie sich ab.

In dem gewaltigen Raum standen vereinzelte Möbel, deren klobige Formen sich unter weißen Staubtüchern nur erahnen ließen. Unwillkürlich musste sie an versteinerte Trolle denken, doch dann schüttelte sie den Gedanken ab.

Du bist kein Kind mehr. Hier ist niemand.

Sie straffte die Schultern und wandte sich ab, um den Rest des Schlosses zu erkunden, als sie ein Husten hinter sich hörte.

Sie erstarrte. Hatte sie beim Hereinkommen jemanden übersehen, der sich hinter einem der verdeckten Möbel verbarg? Oder lag die Quelle des Geräuschs hinter ihr, auf der Treppe, die jeden Laut mit tausendfachem Echo zurückwarf?

Nein. Das Husten musste aus dem Saal selbst gekommen sein, sonst hätte sie Schritte auf der Treppe gehört. Die Sekunden dehnten sich aus und die Stille um sie herum, die einen Moment lang gestört worden war, aufgewirbelt wie die Oberfläche eines Sees, gerann wieder zu einer zähen Masse.

Rose straffte die Schultern. Es gab keinen Grund, warum sie hier auf Zehenspitzen schleichen sollte, *sie* war schließlich die Besitzerin dieses Anwesens. Und wenn es einen Eindringling gab, tat er besser daran, sich in Acht zu nehmen.

»Wer da?«, fragte sie laut in die Stille hinein.

Sie hatte keine Antwort erwartet und bekam auch keine. Mit zielsicheren Schritten durchquerte sie den Saal und blieb vor einem mannshohen Umriss stehen, der im schräg von oben einfallenden Licht aussah, als stünde er in einem Tümpel aus Schatten. Täuschte sie sich oder bewegte sich das weiße Tuch, das den Umriss verhüllte, ganz leicht?

»Hab ich dich.« Entschlossen zog sie das Tuch mit einem Ruck herunter und sah eine schnelle Bewegung.

»Ha!« Sie machte einen Satz vorwärts, doch ihre Hand traf auf eine glatte, kühle Oberfläche. Ein Spiegel. Aus dem halbblinden Silber starrten ihr ihre eigenen Augen entgegen.

Sie gab ein ersticktes Keuchen von sich und ihr Herz pochte schmerzhaft gegen ihren Brustkorb. Auf einmal wurde ihr bewusst, dass ihre Knie zitterten, doch sie konnte die Augen nicht von der fleckigen Spiegelfläche losreißen. War da eine Bewegung hinter ihr? Ein geduckter Schatten, der aus ihrem Blickfeld huschte?

Bleib stark, Rose.

Die Worte waren plötzlich in ihrem Kopf, als hätte sie ihr jemand ins Ohr geflüstert. Wie hatte sie sie nur vergessen können – der Leitspruch, den ihr Vater ihr stets eingeschärft hatte.

Nach einer Weile beruhigte sich ihr Atem. Als sie sich erneut umsah, musste sie sich eingestehen, dass ihre Nerven ihr einen Streich gespielt hatten. Der Saal war groß, aber nicht riesig, auch wenn er im Halblicht verwinkelt und höhlenartig wirkte. Die verdeckten Möbel waren keinesfalls ungewöhnlich – auch in ihrem Prager Stadthaus gab es ungenutzte Zimmer, deren Mobiliar zum Schutz vor Staub abgedeckt war. Und die Fabelwesen an den Wänden waren eine kuriose Eigenart irgendeines lang verstorbenen Vorfahren – eine morbide, aber harmlose Verschrobenheit, wie sie zu Anfang des Jahrhunderts in Mode gewesen war.

Was sich ganz zweifelsfrei feststellen ließ, war die Tatsache, dass sich dieses Schloss in einem tadellosen Zustand befand, von den geschmacklosen Schnitzereien einmal abgesehen. Es machte einen gepflegten Eindruck, als hätte jemand sich große Mühe gegeben, die Spuren des Alters und der Abnutzung so gering wie möglich zu halten.

Also hatte ihre Mutter absichtlich nicht die Wahrheit gesagt. Aber warum? Rose nahm sich vor, ihr zu schreiben, bevor ihr einfiel, dass sie sich offiziell gar nicht in Rosewood Hall aufhielt, sondern in London bei ihrer Tante.

Sie ging zu der großen Saaltür, die geradewegs in den Schlossgarten hinausführen musste. Wie erwartet war sie von innen verschlossen. Nachdenklich sah Rose sich um. Dem Schlüsselloch nach musste der Schlüssel groß und unhandlich sein, kein Gegenstand, den man einfach in die Tasche steckte. Sie fuhr mit der Hand tastend am Türrahmen entlang – und tatsächlich: An einem rostigen Haken hing ein alter bronzener Schlüssel. Als sie ihn in die Hand nahm, sah sie, dass in den Kopf Initialen eingearbeitet waren – zwei geschwungene Bögen, vielleicht ein doppeltes C oder D. Links und rechts davon gingen grazile Schnörkel nach außen, die an Drachenschwingen erinnerten.

Sie schob den schweren Riegel zurück, steckte den Schlüssel ins Schloss und stemmte sich gegen die Türflügel, die ein langgezogenes Quietschen von sich gaben. Die Sonne begrüßte sie mit ihrer wärmenden Umarmung und Rose war froh, wieder auf dem Rasen zu stehen.

Hinter ihr fiel die Tür mit einem dumpfen Knall zu.

Sie drehte den Schlüssel von außen um, bevor sie ihn in ihre Tasche gleiten ließ und die frische Luft einatmete. Der Strauch vor ihr trug Rosen in einem tiefen Purpurrot mit ungewöhnlich vollen Blüten, die einen herrlichen Duft verströmten. Bei ihrem Anblick musste sie an den dunkelhaarigen Mann aus dem Zug denken und konnte sich ein leises Lachen nicht verkneifen.

Da begann der Strauch auf einmal zu rascheln und sich zu bewegen und Rose machte überrascht einen Schritt zurück.

»Nanu«, rief eine tiefe Stimme und hinter dem Strauch tauchte ein Mann mittleren Alters mit einer Heckenschere auf.

»Was tun Sie hier? Wissen Sie denn nicht, dass das Privatgelände ist?«, sagte er, aber sein sanfter Tonfall strafte seine strengen Worte Lügen.

Rose mochte ihn auf Anhieb.

»Ich habe nur Ihre schönen Rosen bewundert«, sagte sie lächelnd und deutete auf den Strauch.

»Oh«, sagte er, augenblicklich besänftigt. »Eine Blumenfreundin. Für unser alljährliches Rosenfest sind Sie allerdings ein wenig zu früh dran. Das findet erst in zwei Wochen statt. Aber Sie haben einen ausgesprochen guten Geschmack, meine Dame. Diese Rose ist die Schönste im ganzen Garten. Eine *Amiable Rouge*. Frühmorgens, wenn ihr Duft am stärksten ist, können Sie die leichte Kardamom-Note riechen. Aber auch die Kletterrosen sind nicht zu verachten.« Er wies auf die weißen Rosen, die einen Bogen über dem Tor bildeten.

»Sie kümmern sich also um den Park?«

»Um das ganze Anwesen«, sagte er stolz. »Ich bin der Gutsverwalter. Jack ist mein Name.« Er zwinkerte ihr zu. »Offiziell soll ich ja niemanden hereinlassen, das sieht der Schlossherr gar nicht gern, aber der alte Griesgram hat sich hier seit vielen Jahren nicht mehr blicken lassen. Und was er nicht weiß … Nun ja, Sie wissen schon.«

Rose hob die Brauen und grinste. »Ich bin sicher, dass er nichts dagegen hätte, wenn ich mich ein wenig umsehe.«

»Ja, ja, da haben Sie wohl recht.« Jack kratzte sich nachdenklich am Kopf. »Hören Sie, wenn Sie länger in der Gegend bleiben wollen, gibt es eine ganz annehmbare Pension in Rhodeward, aber um ehrlich zu sein ist das Essen dort längst nicht so gut wie bei meiner lieben Molly. Und seit unsere Töchter verheiratet sind, sind bei uns im Torhaus immer Gästezimmer frei. Kurz gesagt, Sie sind jederzeit willkommen.«

Ihr Blick wanderte zu dem gelben Torhaus mit den Fachwerkbalken und sie sah, dass nun eines der Fenster offenstand und ein kariertes Geschirrtuch zum Trocknen auf der Fensterbank flatterte.

»Dieses Angebot nehme ich gern an«, sagte sie.

Behutsam schnitt Jack eine Rose von dem Strauch ab und hielt sie ihr entgegen. »Willkommen auf Rosewood Hall«, verkündete er strahlend. »Ich sage sofort Molly Bescheid. Sie macht landauf, landab die besten Pasteten.«

14

Die Sonne kitzelte sie an der Nase und Rose gähnte mit geschlossenen Augen, bevor sie sich streckte wie eine Katze. Das weiche, warme Federbett, in dem sie die Nacht verbracht hatte, war einfach zu einladend. Doch von unten stieg ihr der verheißungsvolle Geruch von Kedgeree, Toast, Rührei und Speck in die Nase.

Als sie die große Küche betrat, saßen ihre Gastgeber bereits am Tisch. Beide sprangen auf und Jack verbeugte sich ehrerbietig, während Molly ununterbrochen knickste.

»Es tut mir so leid, Miss Whitby«, sagte Jack und lief rot an. »Molly hat sich heute Morgen mit Ted unterhalten, dem Bauern, der die Milch liefert. Zufällig erwähnte er, dass er Sie gestern hierher mitgenommen hat. Ich hatte ja keine Ahnung, dass Sie die Tochter von Alexander Whitby sind, Sie sehen ihm gar nicht ähnlich. Ich hielt Sie für – verzeihen Sie – eine gewöhnliche Reiselustige.«

Nun war es an Rose, rot anzulaufen. »Nein, nein«, sagte sie betreten, »wie unhöflich von mir, mich nicht offiziell vorzustellen. Nach dem Tod meines Vaters wollte ich mir das Anwesen einmal in Ruhe ansehen, weil er es mir vererbt hat …« Sie kam ins Stocken, als der Schmerz, den sie seit dem Tag der Beerdigung zu verdrängen versuchte, wie ein Stromstoß durch ihren Körper fuhr.

»Machen Sie sich meinetwegen keine Umstände, wirklich«, schloss sie mit bemüht ruhiger Stimme und versuchte ein Lächeln.

Molly nickte erleichtert und wischte sich mit zittrigen Händen über die Stirn. Dann verdüsterte sich ihre Miene augenblicklich. »Mein liebes, armes Kind«, sagte sie. »Ihr Vater ist also von uns gegangen?« Sie belud einen großen Teller mit Speck, Rührei und Toast und stellte ihn mit einer resoluten Geste vor Rose auf den Tisch.

Rose senkte den Kopf und streckte die Hand nach der Teekanne aus, um nicht gleich antworten zu müssen.

»Eigentlich bin ich davongelaufen«, murmelte sie und ihr wurde bewusst, wie sonderbar ihre Worte klangen. Die ganze Situation war derart absurd – der Diebstahl, die Reise, und die Tatsache, dass sie es gewagt hatte, sich ihrer Mutter zu widersetzen. Ein Lachen stieg in ihr auf und vermischte sich mit dem Schmerz in ihrer Brust, machte ihn irgendwie erträglicher.

Sie atmete tief durch und nahm einen Schluck von ihrem Tee. Er schmeckte tröstlich, bitter und stark, mit einem leichten Aroma von Bergamotte.

»Ursprünglich kam ich hierher, um Rosewood Hall zu verkaufen.« Und dann erzählte sie von dem Testament, den merkwürdigen Beteuerungen ihrer Mutter über den Zustand des Schlosses und ihrer überstürzte Reise nach Rosewood Hall.

Ihre Gastgeber hörten aufmerksam zu und als Rose geendet hatte, tauschte Molly einen Blick mit Jack, den sie nicht zu deuten vermochte.

»Ihre Mutter besteht also darauf, dass Sie das Schloss veräußern?«, fragte Molly betont beiläufig, während sie Rose eine zweite Portion auftat. »Gibt es denn schon Kaufinteressenten?«

Diesmal konnte Rose den Blick, den Molly ihrem Ehemann zuwarf, klar deuten.

»Machen Sie sich keine Sorgen«, sagte sie hastig. »Vorerst weiß ich noch nicht einmal, wie ich weiter vorgehen will.«

»Ich möchte Sie natürlich zu nichts drängen«, sagte Molly, »aber mein Mann und ich würden uns freuen, wenn Sie eine

Weile hierbleiben. Der Umgang mit einem solchen Anwesen will schließlich wohlüberlegt sein.«

Rose nahm einen weiteren Schluck Tee und lächelte. Draußen schien die Sonne und sie konnte Rosewood Hall nach Herzenslust erkunden, bevor sie eine Entscheidung traf.

»Ich würde gern eine Weile hierbleiben. Sagen Sie, wäre es möglich, dass ich so lange im Schloss wohne? So lerne ich es am besten kennen.«

Mollys Augen weiteten sich und Jack hüstelte betreten.

Rose stutzte. Hatte sie etwas Falsches gesagt? »Es ist doch nicht einsturzgefährdet, oder?«

»Nein, nein«, sagte Jack eilig. »Es befindet sich in einem tadellosen Zustand. Eigentlich können Sie die Räumlichkeiten jederzeit beziehen. Molly staubt wöchentlich ab und es wäre kein Problem, ein paar Mädchen aus dem Dorf davon zu überzeugen, das Schloss vor Ihrem Einzug einer Grundreinigung zu unterziehen.«

»Wunderbar«, sagte Rose. Dann fiel ihr etwas ein. Verlegen senkte sie den Blick und befingerte den Saum ihres Ärmels. »Ähm, da ist noch eine Sache … Was das Finanzielle angeht. Ich werde nach Hause schreiben und um weitere Mittel bitten müssen.«

Ihr war peinlich, so offen über Geld zu sprechen, aber erst gestern Nacht hatte sie in Miss Pemberleys Büchlein gelesen, dass »eine echte Dame niemals über ihre Verhältnisse lebt und stets bereit ist, einen angemessenen Preis zu bezahlen.«

Zu ihrer Überraschung warf Jack den Kopf in den Nacken und stieß ein tiefes, ansteckendes Lachen aus. »Machen Sie sich da mal keine Sorgen, Miss Whitby«, rief er vergnügt. »Sie wurden wohl schlecht informiert. Auf dem örtlichen Postamt werden Sie erfahren, dass es ein Konto gibt, das für den Unterhalt und die Pflege des Schlosses und des Anwesens bestimmt ist. Der Wald und die Felder sind verpachtet, also erwirtschaftet Rosewood Hall jährlich ein komfortables Einkommen. Davon beziehen wir auch unseren Lohn.«

Rose war sprachlos.

Molly zwinkerte ihr zu. »Sehen Sie, so schnell werden Sie hoffentlich nicht verkaufen müssen.«

»Dann verstehe ich erst recht nicht, warum meine Mutter meinte, es wäre nichts weiter als eine Ruine«, sagte Rose. »Ein Geldgrab, das so schnell wie möglich veräußert werden sollte.«

Molly zögerte einen Moment, dann zuckte sie mit den Schultern. »Vielleicht wollte Sie sie nicht mit der Verantwortung belasten. Mütter machen sich immer zu viele Sorgen um ihre Kinder«, sagte sie.

Rose war geneigt, ihr recht zu geben.

15

Während Jack sich um den Garten kümmerte, ließ Molly es sich nicht nehmen, Rose eine offizielle Führung durch das Schloss zu geben.

»Es wurde im dreizehnten Jahrhundert erbaut«, erklärte sie. »Das Innere wurde modernisiert, bis zu einem gewissen Grad, versteht sich. Es gibt sogar heißes Wasser im Badezimmer, allerdings keinen Wasseranschluss. Das Wasser kommt von einem großen Tank, der regelmäßig befüllt werden muss.«

Im Gegensatz zum Großen Saal mit seinen morbiden Schnitzereien war das Wohnquartier kleiner und gemütlicher. Im ersten Stock gab es einen großen und einen kleinen Salon, ein Wohnzimmer, einen Speisesaal, eine Bibliothek und ein Billardzimmer. Die wuchtige Einrichtung war zwar veraltet, aber gemütlich. Die Schlafzimmer befanden sich im Stockwerk darüber und Rose suchte sich ein hübsches Zimmer mit altmodischer rosafarbener Tapete aus.

»Als erstes stelle ich Personal ein«, überlegte sie laut. »Und dann eröffnen wir dieses Schloss mit einer ordentlichen Einweihungsfeier – schließlich möchte ich meine Nachbarn kennenlernen.« In ihrem Kopf überschlugen sich die Ideen. Es war, als hätte sie zu Weihnachten ein Puppenhaus bekommen, in dem sie ganz nach Gutdünken schalten und walten konnte.

»Oh, ich habe eine fabelhafte Idee«, rief sie aufgeregt. »Erwähnte Jack nicht, dass das alljährliche Rosenfest vor der Tür steht? Wir haben diese herrlichen Rosen, die nie jemand zu Gesicht bekommt. Warum geben wir zum Rosenfest nicht einen Ball und lassen im Großen Saal zum Tanz aufspielen?«

Sie hörte ein Seufzen hinter sich und drehte sich überrascht um. Molly war im Türrahmen stehengeblieben und sah sie aus traurigen Augen an.

»Das wird vielleicht nicht ganz so einfach, wie Sie sich das vorstellen«, sagte sie behutsam.

»Was? Aber ich dachte, die Mittel stehen zur Verfügung.«

»Das ist es nicht.« Molly bedeutete Rose sich zu setzen und nahm dann ihr gegenüber Platz.

»Hören Sie, es ist eine Sache, ein paar Mädchen aus dem Dorf dazu zu bewegen, tagsüber zum Reinemachen vorbeizukommen. Aber ich glaube nicht, dass auch nur eine einzige sich davon überzeugen ließe, dieses Schloss nach Einbruch der Dunkelheit zu betreten.«

»Warum das denn?«

Molly lächelte wehmütig. »Auf Rosewood Hall ist nicht alles so, wie es scheint.«

»Reden Sie von einem Spuk? Von Geistern?« Rose dachte an die Schritte, die sie gehört hatte, an die merkwürdigen Geräusche im Großen Saal.

Doch die Gutsverwalterin schüttelte den Kopf. »Ich will Ihnen keine Angst einjagen, meine Liebe. Es sind nur ein paar alberne Geschichten.« Sie seufzte erneut. »Es tut mir leid, ich hätte nichts sagen sollen. Ich werde mich in den umliegenden Dörfern nach verlässlichem Personal erkundigen, aber das könnte eine Weile dauern. Die Leute in dieser Gegend sind abergläubisch.« Sie zögerte. »Bis dahin wären Sie ganz allein im Schloss. Wenn Ihnen das unangenehm ist, können Sie gern im Torhaus bleiben, bis sich Personal gefunden hat.«

Rose sah sich in ihrem neuen Schlafzimmer um. Eine leichte Staubschicht lag auf den Möbeln, aber durch das leicht geöffnete Fenster wehte eine erfrischende Brise herein und die

Sonnenstrahlen malten karamellfarbene Muster auf das Holzparkett.

»Ich glaube nicht an Geister. Mag sein, dass es hier Herumtreiber gibt« – mit leichtem Unbehagen dachte sie an die Schritte, die sie gehört hatte, und daran, wie leicht es ihr gefallen war, ins Schloss einzubrechen – »aber ganz sicher keine Geister. Ich bleibe hier«, sagte sie entschlossen.

Molly sah sie mit mütterlicher Besorgnis an. »Selbstverständlich. Aber zum Essen leisten Sie Jack und mir im Torhaus Gesellschaft, ja? Und kommen Sie jederzeit vorbei, falls es Ihnen im Schloss zu einsam wird.«

*

Doch Rose fühlte sich nicht einsam. Summend tanzte sie von Zimmer zu Zimmer, zog Vorhänge auf, zerrte Staubtücher von den Möbeln und erkundete jeden Winkel und jede Nische.

Beim Anblick der riesigen, holzverkleideten Badewanne aus Porzellan im Badezimmer kam ihr der Gedanke, wie herrlich ein dampfend heißes Bad in diesem Augenblick wäre. Aber da der Wassertank noch nicht befüllt war, hieße das stundenlang Eimer schleppen, und das war keine Aussicht, die Rose besonders behagte.

In der Küche, dem einzigen Raum des Schlosses, der einen Wasseranschluss besaß, fand sie eine große, tragbare Badewanne aus Kupfer. Sie müsste nur Wasser in einem Kessel erhitzen und in die Wanne füllen, dann sparte sie sich das Eimerschleppen und Treppensteigen. Doch dann wurde ihr klar, dass sie dafür zuerst ein Feuer benötigte.

Der breite gemauerte Kamin und der riesige gusseiserne Herd mit seinen vielen Ofenklappen starrten sie bedrohlich an. Wie machte man überhaupt Feuer? Mit Holz, so viel wusste sie. Und vielleicht Kohle? Zeitungspapier?

Sie seufzte und machte sich im Geiste eine Notiz, Jack um Feuerholz zu bitten. Das Bad würde sie vorerst verschieben.

In Prag hatte es den Anschein gehabt, dass der Haushalt wie von unsichtbarer Hand geführt wurde, doch wenn sie jetzt darüber nachdachte, gehörte diese Hand vermutlich ihrer Haushälterin Dora, die unter Juliennes Aufsicht dafür sorgte, dass alles reibungslos ablief.

Julienne war eine vollendete Gastgeberin und hätte sicher gewusst, wie sich der Plan, die Spukgerüchte mit einem Fest zu entkräften, am besten umsetzen ließe.

Einen Moment war Rose versucht, ihrer Mutter um Rat zu schreiben, doch dann wurde ihr mit einem Stich bewusst, dass das nicht ging. Zwischen ihnen stand so viel Ungesagtes, so viele Unwahrheiten, die sich nicht mit einem einfachen Brief überbrücken ließen.

Unwillkürlich dachte sie an die freundliche junge Frau aus dem Zug, Abby Hamilton-Hicks, die Rose ihre Adresse gegeben hatte. Sie würde ihr schreiben, irgendwem musste sie schließlich von ihren herrlichen Entdeckungen auf Rosewood Hall berichten.

Und Abby würde vielleicht auch die komplizierte Situation mit Rose' Mutter verstehen – immerhin schien Mrs Hamilton-Hicks ebenfalls recht herrisch zu sein.

Wie schade nur, dass sich die Sache mit dem Rosenfest nicht so einfach gestaltete, wie sie gehofft hatte. Aber vielleicht lag die Lösung direkt vor ihrer Nase: Die wahren Entscheidungsträger in derlei gesellschaftlichen Fragen waren Frauen. Frauen, die im Hintergrund die Fäden in der Hand hielten.

Und genau da musste Rose ansetzen, wenn sie das Rosenfest nach Rosewood Hall holen wollte.

16

Rose strich sich mit behandschuhten Händen das Kleid glatt und rückte ihren Hut zurecht, bevor sie das Tor öffnete.

»Bitte, kommen Sie doch herein.«

Die drei Frauen von der Rhodewarder Damengesellschaft sahen sich mit hochgezogenen Brauen im Garten um und eine von ihnen stieß ein anerkennendes Brummen aus.

Der Duft nach frisch gemähtem Gras lag in der Luft und das satte Grün des Rasens wetteiferte mit dem Blau des Himmels, an dem Wolken wie dahingetupfte Sahnekleckse prangten.

Sahnekleckse prangten auch auf den Schalen mit roten Erdbeeren, die Rose im Wald gepflückt hatte. Frisch gebackene Scones waren zu einem beachtlichen Berg aufgetürmt und auf einer Etagere stapelten sich Häppchen. Als wollten sie Rose unterstützen, hatten auch die letzten Rosen ihre Knospen geöffnet und die vielfarbigen Blüten wiegten sich anmutig in der leichten Sommerbrise.

Die Damen folgten Rose zu dem Tisch in der Mitte des Rasens. Sobald alle sich gesetzt hatten, bot sie ihnen Tee und winzige Sandwiches mit Gurken, Cheddar, Tomaten und Ei an.

»Herzlich willkommen auf Rosewood Hall«, sagte sie, nachdem sie den Tee eingeschenkt hatte.

»Vielen Dank für die Einladung«, sagte Mrs Puffin, die Frau des Bürgermeisters, und hob ihre Tasse mit geziert abgespreiztem kleinem Finger. »Aber wir leben schon eine Winzigkeit länger als Sie in Rhodeward und sind mit dem Anwesen durchaus vertraut.«

Rose spürte, wie ihre Wangen heiß wurden. »Selbstverständlich. Ich meinte nicht …«

»Und wie kommt es, dass Sie hier ganz allein zu wohnen gedenken? Haben Sie nicht einmal ein Dienstmädchen mitgebracht?«, erkundigte sich die zweite Dame, Mrs Hunt, und beäugte die Sandwiches.

Rose schüttelte den Kopf und beeilte sich, ihr den Teller zu reichen. Sie musste dringend das Thema wechseln. Am liebsten hätte sie den hohen Kragen ihres Kleides gelockert, weil ihr auf einmal sengend heiß darunter war.

»Ich habe von der Tradition Ihres Rosenfestes gehört und finde es äußerst faszinierend«, sagte sie hastig. Das war unverfänglich und ermöglichte ihr, die Rede auf das Fest zu lenken, ohne gleich mit der Tür ins Haus zu fallen.

Die dritte Dame, Mrs Pennyworth, rümpfte leicht die lange Nase, was zur Folge hatte, dass ihr Zwicker verrutschte. »Reden Sie nicht um den heißen Brei herum«, sagte sie. »Sie sind schließlich Alexander Whitbys Tochter. Ich mochte zwar nicht viele Eigenschaften an ihm, aber wenigstens kam er immer auf den Punkt. Also, heraus mit der Sprache. Was verschafft uns diese Einladung, nachdem Mr Whitby die Tore zu diesem Anwesen zwanzig Jahre lang verschlossen hielt?«

Mrs Puffin verschluckte sich an ihrem Tee und Mrs Hunt reichte ihr eilig ein Taschentuch.

So viel zu Rose' ausgeklügeltem Plan. Mrs Pennyworth war offensichtlich die gerissenste der drei Damen. Bei ihr würde Ehrlichkeit am besten ankommen.

»Sie haben recht«, sagte sie und breitete die Hände aus. »Sehen Sie sich um! Das Schloss und das Anwesen sind wunderschön. Es wäre eine Schande, es weiterhin vor den Augen der Öffentlichkeit zu verbergen. Jack kümmert sich hingebungsvoll um die Rosen, doch kaum jemand bekommt sie zu Gesicht. Ich würde gern einen Ball anlässlich des Rosenfests geben und den Garten und den Großen Saal für alle Dorfbewohner öffnen.«

Stille kehrte ein. Mrs Pennyworths große graue Augen hinter ihrem Zwicker verrieten nichts. Mrs Puffin hielt ihre Teetasse umklammert, ohne zu trinken. Selbst Mrs Hunt hörte auf zu kauen.

»Wie ich höre, legte mein Vater nicht viel Wert auf gute Beziehungen zur Dorfgemeinschaft«, sagte Rose an Mrs Puffin gewandt. »Aber ich bin sicher, dass Dorf und Schloss auf eine lange Tradition zurückblicken. Diese Tradition möchte ich wiederbeleben. Und den merkwürdigen Spukgerüchten, die im Umlauf sind, ein für alle Mal den den Garaus machen.«

Mrs Puffin setzte ihre Teetasse ab. Mrs Hunt biss herzhaft in ihr Sandwich. Rose hatte das unbestimmte Gefühl, dass die beiden auf die Antwort der klugen Mrs Pennyworth warteten.

»Nun«, sagte diese gedehnt, »sicher werden Sie die Trauerzeit abwarten wollen, bevor Sie daran denken, Bälle zu veranstalten?«

Mit diesem Einwand hatte Rose gerechnet. »Mein Vater hätte gewollt, dass das Leben weitergeht, in all seinen Facetten. Außerdem ist es ja kein privates Fest, das ich veranstalte, sondern eine Erweiterung des Rosenfests, meinen Sie nicht?«

Bevor Mrs Pennyworth widersprechen konnte, fuhr Rose eilig fort. »Ich denke, dass diese Spukgerüchte auch für den Ruf Rhodewards nicht gerade förderlich sind. Wenn wir den Leuten zeigen, dass es hier ganz und gar harmlos zugeht, ist auch dem Dorf ein guter Dienst erwiesen. Die Beziehung zwischen Dorf und Schloss zu stärken ist mir wirklich …«

In diesem Moment, der eigentlich der Höhepunkt ihrer Argumentation hätte sein sollen, bemerkte Rose, dass etwas nicht stimmte.

Die kunstvoll aufgetürmte Konstruktion aus frisch gebackenen Scones, ein wahres Meisterwerk von Molly, hatte ihre Spitze eingebüßt. Dort, wo vorhin noch der oberste Scone gelegen hatte, fehlte nun ein Gebäckstück. Rose hätte beschwören können, dass es vor dem Eintreffen der Damen noch da gewesen war. Doch nun war es weg und sie wusste ohne jeden Zweifel, dass keine der Damen es angerührt hatte, nicht einmal Mrs Hunt, denn die war vollauf mit den Sandwiches beschäftigt.

Unwillkürlich warf Rose einen Blick zum Himmel, als erwartete sie, dort einen Vogel mit einem Scone im Schnabel kreisen zu sehen. Doch da war nichts. Und dann, als sie den Kopf zur Seite wandte, sah sie es. Trotz der warmen Sonne und dem Erdbeerduft wurde ihr kalt.

»Miss Whitby? Ist alles in Ordnung?«

Mrs Pennyworths Stimme holte sie wieder zurück.

»Es tut mir leid«, sagte sie hastig. »Mir fiel nur eben ein, dass ich die Limonade vergessen habe. Bitte entschuldigen Sie.«

Sie sprang auf und lächelte eine Spur zu breit. »Ich bin gleich wieder zurück. Bedienen Sie sich in der Zwischenzeit an den köstlichen Erdbeeren und den Scones. Sie sind ganz frisch.«

Sie überquerte den Rasen, doch sobald sie sich mit einem Blick über die Schulter vergewissert hatte, dass die Damen ins Gespräch vertieft waren, änderte sie die Richtung und lief auf das Saalgebäude zu.

Denn das, was sie soeben gesehen hatte, das, was sie an ihrer Wahrnehmung zweifeln ließ, war der schmale dunkle Spalt zwischen den Torflügeln des Großen Saals.

Das Tor, das sie eigenhändig abgesperrt hatte, stand offen. Sie schlüpfte hindurch und tauchte in die Kühle des Saals ein. Er wirkte weniger dunkel als bei ihrer ersten Begehung, aber sie spürte dennoch eine leichte Gänsehaut.

Anstatt zu rufen, ging sie sehr leise und spähte um die abgedeckten Möbel herum. Sie würde den vermaledeiten Dieb erwischen, der dieses Schloss heimsuchte und es wagte, Mollys Scones zu stibitzen.

Doch nachdem sie das Tuch über einem alten Cembalo gelüftet und eine Staubwolke aufgewirbelt hatte, musste sie sich eingestehen, dass der Saal leer war. Wieder einmal.

Sie fühlte sich albern. Sie hatte sofort an einen Eindringling gedacht, ohne in Betracht zu ziehen, dass der Scone einfach heruntergefallen sein könnte. Und vielleicht besaß Molly ja einen Zweitschlüssel zum Saal und hatte vergessen, das Tor zu schließen?

Sie musste wirklich aufhören, sich Dinge einzubilden.

Sie nahm den Schlüssel mit den Drachenschwingen aus der Tasche und sperrte das Tor ab, diesmal von innen.

Als sie mit einem Krug kalter Limonade aus der Küche über den Rasen zurückging, wurde ihr plötzlich bewusst, wie albern ihre plötzliche Flucht ausgesehen haben musste. Wenn die Damen erfuhren, dass Rose diebischen Phantomen im Schloss nachjagte, würden sie ihren Vorschlag sofort ablehnen, daran bestand kein Zweifel.

Als sie an den Tisch trat, konnte sie die unbeweglichen Mienen der drei nicht deuten.

»Sie hätten sich wirklich keine Umstände wegen der Limonade machen müssen«, sagte Mrs Puffin. »Nun, wie Amanda gerade sagte …«

»Wie ich eben sagte«, fuhr Mrs Pennyworth mit wissendem Lächeln fort, »nehmen wir Ihren Vorschlag mit dem größten Vergnügen an.«

»Ach, wirklich?«, stammelte Rose. »Ich meine, das ist ja wundervoll.«

Die drei Damen tauschten zufriedene Blicke und Mrs Pennyworth zückte ein ledergebundenes Notizbuch.

»Dann wollen wir sogleich mit der Planung beginnen.«

Die beste Reisebegleitung ist ein gutes Buch.
Miss Pemberleys Reiseführer für die unerschrockene Dame

Teil 2

Wege und Wagnisse

17

Es raschelte, als Rose den Brief, den sie soeben gelesen hatte, zusammenfaltete.

»Gute Neuigkeiten, Miss?«, erkundigte sich Dory neugierig. Ihr roter Lockenkopf wippte bei jedem Ruckeln der Kutsche auf und ab und ihre Hände waren in ständiger Bewegung, als sei ihr das Stillsitzen eine Qual.

»Ganz bestimmt sogar«, ergänzte Lory. Sie war die jüngere der Zwillingsschwestern, wenn auch nur um wenige Minuten, was sie dadurch wettmachte, dass sie stets das letzte Wort behielt.

Rose sagte nichts, sondern lächelte nur geheimnisvoll, was sie sogleich bereute, denn ihre neuen Hausmädchen redeten wild durcheinander.

»Ein solches Lächeln kann nur eines bedeuten.«

»Ein junger Gentleman.«

»Ein gut aussehender noch dazu.«

»Der ein bedeutendes Vermögen sein Eigen nennt.«

Dorys sommersprossige Wangen waren vor Aufregung gerötet. »Wann werden wir ihn kennenlernen, Miss Whitby?«

»Wann ist die Verlobung?«, unterbrach Lory.

»Loretta, Dorothy«, ermahnte Rose, steckte das lavendelfarbene Papier wieder in den Umschlag und ließ den Brief in ihre Tasche gleiten. »Wenn ihr so weitermacht, lasse ich den Kutscher wenden und bringe euch zurück nach Wifren-under-Willow.«

»Nein, bitte nicht, Miss Whitby«, quietschte Dory. »Dort ist es so langweilig. Auf Rosewood Hall wird es viel spannender sein.«

»Ja, wir können das Rosenfest und den Ball kaum erwarten«, ergänzte Lory. »Wir sind schon Feuer und Flamme.«

»Das sehe ich.« Rose war sich nicht sicher, ob es wirklich eine gute Idee gewesen war, die beiden Mädchen einzustellen, aber Molly hatte ihr versichert, dass sie sehr zuverlässig seien.

Die abenteuerlustigen Zwillinge waren bislang auch die einzigen, die sich trauten, den Dienstbotentrakt von Rosewood Hall zu beziehen.

»Alle scheinen solche Angst vor dem Schloss zu haben«, sagte Rose düster, während ihre Kutsche in den Schatten des kleinen Wäldchens eintauchte, das zwischen Wifren-under-Willow und Rhodeward lag. Ein Fichtenzweig schlug gegen das Kutschfenster und sie zuckte unwillkürlich zurück. »Was, wenn keiner der Geladenen auftaucht?«

Dory und Lory tauschten einen Blick.

»Ach, das glaube ich nicht«, sagte Dory tröstend. »Hier in der Gegend ist nicht besonders viel los, wenn Sie verstehen, was ich meine. Da haben die Leute viel Zeit, sich Spukgeschichten auszudenken.«

»Und genau deshalb werden sie Ihr Fest trotzdem besuchen«, sagte Lory im Brustton der Überzeugung. »Ein bisschen Grusel ist das beste Mittel gegen Langeweile. Außerdem sind die Leute unglaublich neugierig auf Sie. Sogar in Wifren-under-Willow haben schon alle von Ihnen gehört.«

»Ihr meint also, sie werden kommen?«

»Und ob. Die, die geladen sind, und auch jene, die ›vergessen‹ wurden. Mein Ratschlag lautet also, genügend Speis und Trank einzuplanen.« Dory grinste.

»Eine ausgezeichnete Idee.« Rose lächelte dankbar. Molly hatte richtig gelegen: Diese Mädchen waren nicht auf den Kopf gefallen.

Erneut krachte etwas gegen die Fensterscheibe und Rose duckte sich unwillkürlich.

»Diese vermaledeiten Zweige. Müssten wir nicht schon längst aus dem Wald heraus sein?«

Sie warf einen Blick nach draußen, doch das Zwielicht des Nadelwalds war unverändert.

»Moment mal, was ist das denn?«, murmelte sie und kniff die Augen zusammen. »Ein Haus? Mitten im Wald?«

»Sie meinen das kleine Torhaus? In dem unser Waldschrat lebt?«

»Ein unheimlicher Geselle ist das. Er ist viel auf Reisen und nur manchmal in der Gegend, aber dann haust er hier ganz allein.«

»Halten Sie sich besser von ihm fern. Er hat nicht den besten Ruf. Geht irgendwelchen unlauteren Geschäften in der Hauptstadt nach.«

»Treibt sich mit Künstlern und allerlei halbseidenen Leuten herum.«

»Ein Glück, dass sein Vater nicht mehr erleben muss, dass sein Sohn hier haust. Würde dem alten Earl das Herz brechen.«

»Ganz langsam!« Rose wies den Kutscher an, anzuhalten. »Noch mal von vorn. Der Mann, der dort lebt, ist der Sohn eines Earls? Und er wohnt in dieser Hütte?«

Dory riss dramatisch die Augen auf. »So ist es, Miss. Sein Vater ist verstorben, also hat er den Titel geerbt. Aber er ist sehr sonderbar und nicht gerade freundlich.«

»Oder gesprächig.« Lory kicherte verschwörerisch.

Rose sah aus dem Fenster auf das halbverfallene, überwucherte Tor ein Stück abseits des Weges. Warum lebte ein Earl in einer solchen Hütte? Nun war ihre Neugier angestachelt. Sie griff nach dem Stapel frisch gedruckter Einladungen, öffnete den Wagenschlag und schwang sich in einer fließenden Bewegung auf den weichen Untergrund.

»Was tun Sie da, Miss?«, fragte Dory verblüfft.

»Ich lade den Waldschrat zum Fest ein, was sonst?«, erwiderte Rose trocken.

18

Die Tannennadeln dämpften ihre Schritte, als sie dem kaum erkennbaren Pfad folgte, der zu dem kleinen Haus führte. Es grenzte an ein Wunder, dass sie es überhaupt von der Kutsche aus erspäht hatte. Einzig das Dach ragte aus dem Gestrüpp der Büsche und krummen Bäume hervor.

Erst, als sie direkt davorstand, wurde ihr bewusst, wie groß es tatsächlich war. Vom Weg aus hatte es unter dem Efeu, der es zu verschlingen drohte, viel kleiner gewirkt.

Nun schien es mit schmutzblinden Fenstern bedrohlich auf sie herabzustarren. Sie klopfte an die Eingangstür, deren verblichener blauer Anstrich abblätterte. Lebte wirklich jemand in diesem verfallenen Gemäuer?

Plötzlich spürte sie eine weiche Berührung an ihrem Bein. Ihr entfuhr ein leiser Aufschrei, der von einem wütenden Fauchen erwidert wurde. Ein funkelndes Augenpaar starrte zu ihr empor.

Sie lachte nervös. Nur eine struppige schwarze Katze. Kein Grund, gleich aus der Haut zu fahren.

»Wer bist du denn?«

Die Katze gab keine Antwort, starrte sie aber weiterhin vorwurfsvoll an.

Wahrlich ein Hexenhäuschen, dachte Rose und wollte sich gerade zum Gehen wenden, als sie das dumpfe Geräusch von Schritten hörte.

Sie fuhr herum und die Katze, aufgeschreckt durch die plötzliche Bewegung, sprang mit einem weiten Satz davon und verschwand im Unterholz.

Sprachlos starrte Rose auf die Person, die ihr nicht minder überrascht gegenüberstand.

Er fing sich zuerst. »Sieh mal einer an«, sagte er mit seiner schnurrenden Raubtierstimme. »Die kleine Weinkennerin.«

Rose verengte die Augen und musterte ihn. Er hatte seinen dandyhaften Aufzug abgelegt und trug nun einen abgewetzten braunen Überwurf mit grünen Flicken, dessen Oberfläche einer moosbewachsenen Baumrinde glich.

Die weiten Ärmel waren hochgekrempelt und die Muskelstränge auf seinen kräftigen Unterarmen traten hervor. Er hatte eine Axt über die Schulter gelegt; offensichtlich war er dabei gewesen Holz zu hacken. Sein Haar, nun ohne Pomade, stand ihm in einer wilden Mähne vom Kopf ab und er hatte sich seit ihrer letzten Begegnung offensichtlich nicht rasiert. Doch das spöttische Blitzen in seinen Augen war unverändert.

Rose merkte, dass ihr Mund offen stand, doch sie fing sich rasch wieder. »Sie sind der unverschämte Kerl aus dem Orientexpress.«

Ein Lächeln stahl sich über seine Züge und er verbeugte sich. »Ich weiß das Kompliment zu schätzen. Aber falls Sie meinetwegen hier sind, muss ich Sie enttäuschen: Was die Aufmerksamkeiten romantisch unerfüllter Damen angeht, bin ich leider völlig ausgebucht und kann keine weiteren Avancen entgegennehmen.«

Sie zog eine Augenbraue hoch. »Bedaure, Ihr zweifelhafter Charme ist es nicht, der mich hierhergeführt hat. Ich war auf der Suche nach einem Earl, aber ich scheine mich in der Adresse geirrt zu haben.«

Einen Moment lang huschte ein schmerzerfüllter Ausdruck über sein Gesicht, dann hatte er sich wieder in der Gewalt.

»Sie haben ihn gefunden«, sagte er knapp. »Ich bin der elfte Earl of Greymont. Damian für meine Freunde. Darf ich fragen, aus welchem Grund Sie mir hier auflauern?«

Eine passende spitzzüngige Antwort lag ihr bereits auf den Lippen, als sie aus der Ferne helle Stimmen hörte. Dory und Lory hatten die Kutsche verlassen. Sie musste die beiden abfangen, bevor sie erfuhren, dass Rose den Waldschrat bereits unter ganz anderen Umständen kennengelernt hatte. Nicht auszudenken, welche Gerüchte das sonst in Umlauf setzen würde.

Sie hatte sich ihm als neue Schlossbesitzerin vorstellen wollen, aber dafür war keine Zeit mehr. Also entschied sie sich für die kürzeste Variante.

»Ich komme im Auftrag der Rhodewarder Damengesellschaft, die zum einhundertachtundzwanzigsten Rosenfest auf Rosewood Hall lädt. Aber ich verspreche, nicht allzu enttäuscht zu sein, wenn Sie nicht erscheinen.«

Sie drückte ihm die Einladung in die Hand, machte elegant kehrt und floh den Pfad hinauf.

*

Am Abend saß sie in ihrem gemütlichen Zimmer mit der rosafarbenen Tapete und ging die Liste mit den Speisen für das Rosenfest durch, doch sie war nicht bei der Sache. Immer wieder schweiften ihre Gedanken zu ihrer Begegnung mit dem merkwürdigen Earl zurück.

Wer war dieser Mann, der im Zug als Dandy aufgetreten war, hier aber in einer heruntergekommenen Hütte hauste und den Eindruck eines griesgrämigen Einsiedlers machte?

Es gab eindeutig zu viele Geheimnisse in Rosewood Hall und Umgebung.

Aber es gab auch Erfreuliches. Das anstehende Fest. Und dann war da noch der Brief, den Rose erhalten hatte und der nicht, wie von Dory und Lory angenommen, von einem Gentleman stammte.

Auf lavendelfarbenem Papier hatte Abby Hamilton-Hicks ihr geantwortet:

Liebe Rose,

ich hoffe, dein Befinden lässt nichts zu wünschen übrig. Wie habe ich mich über deinen Brief gefreut! Ich hatte schon befürchtet, Mama hätte dich verschreckt, denn manchmal kann sie wirklich furchteinflößend sein, aber meistens meint sie es nicht so.
Wir sind gut in Paris angekommen und die Vorbereitungen für meine Hochzeitsfeier sind bereits in vollem Gange. Ich hätte dich mit Freuden eingeladen, aber ich fürchte, die Feier überschneidet sich mit eurem Rosenfest, von dem du mir erzählt hast.
Ich wünschte, du könntest mein Hochzeitskleid sehen. Marie Callot hat es entworfen, eine unheimlich talentierte Modeschöpferin. Sie und ihre Schwestern werden demnächst in Paris ein eigenes Studio in der Rue Taitbout eröffnen. Das Kleid ist ein Traum aus Seide und antiker Spitze und ich kann es kaum erwarten, Max darin zu heiraten.
Ich bin gespannt, was du über das Rosenfest zu berichten hast, und werde dir natürlich alles von der Hochzeit erzählen. Vielleicht kann ich dich nach der Hochzeit in England besuchen. Max wird sicher nichts dagegen haben.

Treu ergeben,
deine Freundin Abby

Rose lächelte und nahm sich vor, gleich am nächsten Tag zu antworten. Es war ein schönes Gefühl, eine Freundin zu haben, mit der sie sich austauschen konnte. Sie trat ans Fenster, legte die Hand auf das Fensterbrett, das noch die Wärme der

Sonne gespeichert hatte, und lauschte in den Abend hinaus. Das Zirpen der Grillen mischte sich mit dem Zwitschern der Rotkehlchen und die Luft duftete nach Rosen und frisch gemähtem Gras.

Sie würde hierbleiben, das wusste sie in ihrem tiefsten Innersten. Daran würden weder die Erwartungen ihrer Mutter noch diebische Phantome etwas ändern.

19

»Endlich!« Ungeduldig riss Rose das raschelnde Seidenpapier auf.

Dory, die das Päckchen von der Schneiderin abgeholt hatte, stand mit glänzenden Augen neben ihr.

»Ein Traum«, hauchte sie, als Rose den schimmernden Stoff von der Verpackung befreite und schwarze Perlen zum Vorschein kamen, die geheimnisvoll auf dem Seidensatin funkelten.

Das Kleid war so schwer, dass Dory ihr beim Herausheben helfen musste. Sie hielten es mit vereinten Kräften in die Höhe und Rose stockte der Atem, als sie die Augen über die winzigen Blumen aus feinster schwarzer Spitze gleiten ließ, die die Ärmel des Kleides vollständig bedeckten. Achatperlen akzentuierten die Schultern und die Taille wurde von glatten schwarzen Bändern umschmeichelt, die zu einer Schlaufe zusammenliefen. Das rauchdunkle Unterkleid schimmerte unter unzähligen gerafften Bahnen aus Spitze und Tüll hervor.

Für ein Trauerkleid war es eigentlich zu elegant, aber es war schwarz und das musste dem Anstand Genüge tun.

»Am besten helfe ich Ihnen heute Abend beim Schnüren und Ankleiden«, sagte Dory und hatte sichtlich Mühe, die Augen von dem glänzenden Stoff loszureißen.

»Ach, ich weiß schon, warum ich lockere Korsetts bevorzuge, die ich selbst an- und ausziehen kann«, sagte Rose. »Aber für dieses Prachtstück mache ich gern eine Ausnahme.«

Nachdem es sicher im Schrank verstaut war, warf Rose einen Blick auf das Bett, wo drei weitere, schlichtere Kleider bereitlagen. Sie konnte es kaum erwarten, ihr Reisekleid gegen eines von ihnen zu tauschen.

»Wie laufen die Vorbereitungen?«, fragte sie nervös.

»Die Tanzkapelle probt bereits im Saal«, erklärte Dory aufgeregt. »Und Molly hat ein wahres Wunderwerk vollbracht: Überall sind herrliche Rosengedecke und sie hat einen Teil dieser scheußlichen Schnitzereien im Saal mit Kränzen und weißen Leinen verhängt.«

»Tja, Dory, dann sehe ich wirklich keinen Grund, warum du nicht den Rest des Tages frei bekommen solltest. Geh mit deiner Schwester zum Dorfplatz, esst Zuckerwatte und Honigmandeln und versucht euch im Dosenwerfen.« Sie drückte Dory einige Münzen in die Hand und zwinkerte ihr verschwörerisch zu.

Als sie allein war, atmete Rose auf. Sie mochte die Mädchen, aber sie hatte keine ruhige Minute gehabt, seit die Vorbereitungen für das Fest begonnen hatten. Doch so gern sie auf ihrem Zimmer geblieben wäre, musste sie nun ihren Pflichten als Gastgeberin nachkommen.

Schon auf der Treppe hörte sie das geschäftige Hin und Her der zahlreichen Helferinnen und Helfer, die aus Rhodeward und den umliegenden Dörfern gekommen waren. Eine rotwangige Molly eilte hin und her, rief Anweisungen und schien ganz in ihrem Element zu sein.

Rose schaute in der Küche vorbei, wurde aber wieder hinauskomplimentiert, und so auch im Großen Saal, wo Tische für das Buffet aufgestellt wurden.

Um niemandem in die Quere zu kommen, lenkte sie ihre Schritte in Richtung des Westturms, den sie auf ihren Erkundungsgängen bisher vernachlässigt hatte. Als sie durch die Korridore ging und die Finger über die Holzvertäfelung gleiten ließ, wie sie es in den vergangenen Tagen so oft getan hatte, spürte sie einen seltsamen Kitzel. Vielleicht war es der Hauch des Geheimnisvollen, das Gefühl, dass es hier etwas zu ergründen gab. Vielleicht war es auch die Vorfreude auf das Fest, die wie tausend schimmernde Champagnerbläschen in ihr aufstieg.

Sie war nervös und aufgeregt zugleich. So viele Erwartungen waren an dieses Fest gebunden. Sie wollte sich selbst beweisen, dass sie die Rolle als Gastgeberin beherrschte, wollte den Spukgerüchten ein für alle Mal ein Ende setzen und die Bewohner Rhodewards für sich einnehmen.

Und ein kleiner, aber nicht unbedeutender Teil von ihr fragte sich, ob auch der Earl ihrer Einladung nachkommen würde. Du magst ihn nicht einmal, sagte sie sich in Gedanken, musste aber zugeben, dass das nicht ganz überzeugend klang.

Ich mag den Schlagabtausch mit ihm, korrigierte sie sich. *Und ich bin einfach neugierig.*

Warum hast du dann nicht Molly nach ihm gefragt, wandte die vorlaute Stimme in ihrem Kopf ein. *Weil du nicht wolltest, dass sie sieht, wie du rot anläufst?*

»Sei nicht albern«, befahl sie sich und ärgerte sich im gleichen Moment, weil sie schon wieder Selbstgespräche führte.

20

Mit der Abenddämmerung kamen die Gäste.

Rose strich sich über das Kleid und spürte das Rascheln der Seide. Ihre Hand glitt über die leichte Ausbuchtung, wo sich der geflügelte Schlüssel in einer Tasche befand, die die Schneiderin auf ihren Wunsch hin eingenäht hatte. Mit einem tiefen Einatmen schloss sie die Finger um das warme Metall.

In wenigen Augenblicken würde sie das Tor öffnen und die Gäste willkommen heißen, doch noch genoss sie es, eine unsichtbare Beobachterin zu sein und das ehrfurchtsvolle Staunen auf den Gesichtern derer zu sehen, die den Garten betraten. Der Schein der Fackeln verlieh ihm etwas Magisches, als wären die Besucher mitten in einen Feenreigen gestolpert.

Im Zwielicht sah das Purpurrot der *Amiable Rouge* beinahe schwarz aus und einen Moment lang musste sie an die Trauerkränze bei der Beerdigung ihres Vaters denken. Ihr stockte der Atem. Doch dann spürte sie eine sanfte Berührung an ihrer Schulter.

»Du wirst das meistern, da bin ich mir sicher«, wisperte Molly an ihrem Ohr.

»Es ist ja nur ein zwangloses Fest, keine große Sache«, gab Rose zurück und warf einen Blick über die Schulter. Angesichts der vielen Tische im Saal, die sich unter der Last der Speisen und Getränke bogen und ihre Worte Lügen straften, musste sie kichern.

»So ist es«, bekräftigte Molly und zwinkerte ihr zu.

»Also los.« Rose drehte den Schlüssel im Schloss und das Tor schwang auf. Das Licht der vielen Fackeln und Kerzen im Saal floss golden über die Schwelle, als wollte es sie nach draußen locken. Sie zögerte nicht länger und trat hinaus, tauchte in die Menge ein, in das bunte Kaleidoskop des Festes.

Die Farben und Eindrücke setzten sich wie funkelnde Splitter zu immer neuen Bildern zusammen. Sprudelnder Champagner verlieh den Gesichtern der Gäste, die sich in einem wogenden Auf und Ab um Rose scharten, einen rosigen Schimmer.

Mrs Hunt, Mrs Puffin und Mrs Pennyworth begrüßten sie herzlich und wehrten ab, als sie sich überschwänglich für die Hilfe bei der Planung bedankte. Rose wurde dem Bürgermeister vorgestellt, der Dorflehrerin, dem Pfarrer und, wie es schien, jedem, der in Rhodeward Rang und Namen hatte. Und wenn der ein oder andere sich fragte, was eine junge Frau ganz allein nach Rosewood Hall verschlagen hatte, sprach er es nicht laut aus, denn die drei Vorsitzenden der Rhodewarder Damengesellschaft breiteten ihre Befürwortung wie einen schützenden Schleier über Rose.

Als die Flut der Begrüßungen und Beileidsbekundungen für ihren Vater verebbt war, fand Rose sich am Buffet wieder, wo sie den Blick zufrieden über die Menge schwarzer Zylinder und farbenfroher Hüte gleiten ließ. Das aufgeregte Stimmengewirr und der Alkohol, dem sie zugesprochen hatte, hüllten sie in ein federleichtes Glücksgefühl, das nur hin und wieder von Gesprächsfetzen durchdrungen wurde.

»Whitbys Mädchen … macht einen wirklich netten Eindruck …«

»Hier, du musst von diesem köstlichen Kuchen probieren.«

»… drücken entsetzlich, aber der Schuster schwört, ich bilde mir nur ein, dass die Absätze unterschiedlich hoch sind.«

»Der Earl wurde anstandshalber eingeladen, nehme ich an?«

»Das bezweifle ich. Der Anstand würde verlangen, ihm diese Peinlichkeit zu ersparen.«

Neugierig ließ Rose sich in die Richtung des letzten Gesprächs treiben, das zu ihr plätscherte.

»Im Gegenteil, es wäre unhöflich, ihm keine Einladung auszusprechen. Aber zugleich sollte *sein* Anstand verlangen, ebendiese auszuschlagen.«

Sie drehte den Kopf, um die Sprechenden ausfindig zu machen, doch die Unterhaltung endete abrupt, als sie näherkam und die Menge sich um sie herum teilte wie Wasser.

Die Musik war hier lauter, die Kapelle im hinteren Teil des Saals spielte in immer schnellerem Takt und das Zittern der Geigen verlor sich hoch an der hölzernen Decke. Nervös wandte sie den Kopf, konnte jedoch nirgends ein bekanntes Gesicht erspähen. Irgendetwas an dem belauschten Gespräch beunruhigte sie.

Stark bleiben, Rose. Du bist einfach aufgeregt, das liegt am Champagner, beruhigte sie sich. Sie reihte sich in die Quadrille ein und vergaß sich eine Weile lang im Tanz, bevor sie sich in Richtung Ausgang treiben ließ.

Die Nacht hüllte den Garten in dunklen Samt. Auf dem Rasen zogen am Boden befestigte Feuerwerke leuchtende Schlieren durch die Nacht, Wirbel, die gleißende Bilder hinterließen, als sie die Augen schloss.

Sie ließ den Blick über die Gäste im Garten schweifen und musste sich eingestehen, dass sie nach einem ganz bestimmten Gesicht suchte, das sie bisher nirgends erspäht hatte. Dunkle, widerspenstige Locken und ein herausforderndes Lächeln. Der Fremde aus dem Zug, der sich als Earl herausgestellt hatte und unerklärlicherweise in einer Waldhütte hauste. Sie konnte sich noch immer keinen Reim auf diesen Mann machen und das belauschte Gespräch trug nur zu ihrer Verwirrung bei, denn insgeheim hatte sie gehofft, der Abend des Fests würde Licht ins Dunkel bringen.

Sie stand nun mitten auf dem Rasen und das Stimmengewirr, das den Schlossgarten wie das Summen von aberhunderten Bienen erfüllte, veränderte sich, wurde unruhiger, und auf einmal stoben die Menschen in der Nähe des Eingangs auseinander.

Dann hörte Rose es ebenfalls: das dumpfe Trommeln von Hufen.

Ein riesiger Rappe erschien aus dem Dunkel des Torbogens. Er hielt direkt auf die Feiernden zu und machte keine Anstalten, langsamer zu werden. Rose wich entsetzt zurück, als das Tier näherkam.

Eines der Bodenfeuerwerke versprühte wilde Kreise aus Funken und Farben und der Rappe donnerte über den Rasen darauf zu. Seine Hufe wirbelten die Erde auf, hinterließen tiefe Narben auf dem makellosen Gras. Kurz vor dem Feuerwerk stieg er schnaubend auf die Hinterbeine und Rose sah die Silhouette des Reiters dunkel und dräuend in die Höhe ragen.

Menschen schrien auf und einige ergriffen die Flucht, doch Rose rannte direkt auf ihn zu. Sie wusste nicht, welcher Instinkt sie vorwärts trieb, doch sie war sich vage bewusst, dass sie etwas tun musste, ihr Anwesen gegen diesen Eindringling verteidigen musste. In ihrem Kleid kam sie nur langsam voran, es war wie ein Alptraum, in dem sie durch knöchelhohen Morast lief.

Als sie näherkam, hörte sie, wie der Mann mit tiefer Stimme beruhigend auf den Rappen einredete.

Das Murmeln und Raunen der Menschen hinter ihr war unruhig, aufgepeitscht.

»Der Earl ist gekommen.«

»Er will Rache nehmen.«

Die Menge wich weiter zurück.

Ein Schauder packte Rose am ganzen Körper. Dann erstarrte sie, als der Mann auf dem Pferd sich aufrichtete und den Blick in stolzer Haltung über die Anwesenden schweifen ließ.

Etwas geschah mit der Menge, etwas Sonderbares. Als würden sie alle unter seinem Blick erzittern, gebeugt von einem stummen Vorwurf, als hätte er sie an etwas gemessen und sie hätten versagt.

Der elfte Earl of Greymont zuckte kaum merklich mit den Zügeln und das Tier setzte sich langsam in Bewegung, schlug einen weiten Bogen ein und hielt wieder auf das Tor zu, durch das es gekommen war. Als er an Rose vorbeiritt, ohne sie eines Blickes zu würdigen, merkte sie, dass die Flanken des Pferdes zitterten, ebenso wie die Hände des Mannes.

Dann verschwanden Pferd und Reiter in der Dunkelheit.

21

»Das Pferd ist ihm durchgegangen«, murmelte jemand.

»Das glaube ich keine Sekunde lang«, kam eine gedämpfte Antwort. »Er ist mit voller Absicht über den Rasen geritten und hat die Rosen ruiniert.«

Außer Atem blieb Rose stehen. Nun erst wurde ihr bewusst, wie schnell ihr Herz schlug.

Was hatte all das zu bedeuten? Was hatte Damian zu diesem merkwürdigen Auftritt bewogen? Sie ballte die Fäuste und ihre Nägel gruben sich schmerzhaft in ihre Handflächen. Sie spürte die Blicke der Umstehenden und die Hitze, die ihre Wangen überzog. Wie konnte er es wagen? Wie konnte er sie einer solchen Peinlichkeit aussetzen und sie derart bloßstellen?

Sie ließ sich mit der Menge auf das Saalgebäude zutreiben, durch dessen weit geöffnete Tore Lichter und Tanzmusik auf den Rasen strömten. Doch Rose stand der Sinn nicht nach Tanz. Sie machte auf dem Absatz kehrt und lief über den Rasen zu dem kleinen Eingang, der über die Wendeltreppe in den Westturm führte.

Sie erreichte ihr Zimmer, ohne irgendjemandem zu begegnen. Die dicken Steinmauern schlossen den Trubel draußen aus und sie atmete tief ein. Lange saß sie unbewegt auf ihrem Bett, bevor Dory sie fand.

»Was ist denn los, Miss?«, fragte sie besorgt und zu ihrem eigenen Entsetzen brach Rose in Tränen aus.

»Um Himmels willen, Miss«, rief Dory und reichte ihr eilig ein Taschentuch.

»Es ist nichts«, beteuerte Rose unter Schluchzern. »Ich weiß selbst nicht, warum ich auf einmal weine, es tut mir leid.«

»Es braucht Ihnen nicht leidzutun. Vielleicht war der heutige Tag ein bisschen viel für Sie? Immerhin sind Sie erst seit Kurzem hier und es ist eine ganze Menge passiert.«

»Ja«, sagte Rose hicksend, »das wird es sein.« Doch die Tränen flossen ungehindert weiter.

»Ich vermisse ihn so sehr«, sagte sie schluchzend, überrascht von sich selbst. »Er feierte so gern. Er hätte dieses Fest geliebt. Und ich verstehe wirklich nicht, warum er mir nie von diesem Schloss erzählt hat. Ich meine, er hat es mir vererbt, um Himmels Willen. Aber anscheinend war er so gut wie nie hier. Niemand aus Rhodeward scheint ihn wirklich gekannt zu haben. Alle hielten ihn für furchteinflößend, aber das war nur eine Fassade, das weiß ich. Sobald man Vater besser kannte, war er so harmlos wie ein Hauskater.«

Sie presste das Taschentuch gegen ihr Gesicht.

»Meine Mutter wundert sich bestimmt schon, warum ich ihr nicht öfter schreibe. Aber ich weiß einfach nicht, wie ich ihr sagen soll, dass ich vorhabe, hierzubleiben. Sie hasst England, sie würde mich nie verstehen. Wenn es nach ihr ginge, würde ich den langweiligen Sohn einer ihrer reichen Prager Freundinnen heiraten und zu einer braven Ehefrau werden.«

Nach und nach versiegten ihre Tränen und plötzlich war Rose ihr Gefühlsausbruch peinlich.

»Verzeihung, Dory, ich wollte deine Feierlaune nicht mit meinen Sorgen trüben. Ich bekomme das schon hin.« Sie rang sich ein Lächeln ab.

Dory sah nachdenklich aus. »Wie war er denn wirklich, Ihr Vater?«, fragte sie mit uncharakteristischer Schüchternheit.

Rose dachte einen Moment lang nach. »Er war stur«, sagte sie schließlich. »Er wich selten von einem Weg ab, den er einmal eingeschlagen hatte. Wir hatten oft unterschiedliche Ansichten, er und ich. Aber er hörte mir immer zu. Nahm mich ernst.«

Sie schluckte. »Sag mal, Dory, meinst du, du kannst mir aus diesem Kleid helfen? Mir ist die Feierlaune vergangen und das Korsett schnürt mir die Luft ab.«

22

Die Geräusche des Festes waren gedämpft und draußen war es nun vollkommen dunkel. Der Turm lag verlassen da, erleuchtet nur vom Widerschein des Feuerwerks, doch als Rose durch die schmalen Gänge ging, glaubte sie Schritte zu hören, die von den Wänden widerhallten. Wahrscheinlich nur ihre aufgewühlten Nerven, die ihr einen Streich spielten.

In ihrem Zimmer hatte sie es nicht mehr ausgehalten, aber sie brachte es auch nicht über sich, zur Feier zurückzukehren, als wäre der Vorfall mit dem Reiter nie passiert. Dieser exzentrische Earl hatte kein Recht, ihre sorgfältig geplante Feier zu ruinieren, und das würde sie ihm bei ihrem nächsten Zusammentreffen in aller Deutlichkeit zu verstehen geben. Sie würde ihm vor Augen führen, wie geschmacklos sein Auftreten war, sie würde –

Was war das?

Die Härchen in ihrem Nacken stellten sich auf und sie zog unwillkürlich die Schultern hoch. Da waren leise Schritte, obwohl sie nicht sagen konnte, aus welcher Richtung sie kamen. Es klang, als wären sie hinter ihr, doch das Echo auf dem Steinboden mochte täuschen.

Rose verharrte, doch die Schritte erklangen erneut. Folgten sie ihr? Nein, sie schienen leiser zu werden. Nun war ihre Neugier geweckt.

Das Echo führte sie durch die leeren Korridore des Westturms. Aus Wandnischen folgen ihr die Augen von Ölporträts, ein Netz aus Rissen durchzog die Gesichter in der vom Alter düsteren Farbe.

Dann fiel ihr Blick auf eine Silhouette, die am Ende des Korridors um die Ecke verschwand, und sie atmete scharf ein. Ihr Instinkt hatte sie nicht getrogen: Damian war hier. Er bewegte sich mit einer Selbstverständlichkeit durch die Dunkelheit, als sei er einem der Gemälde entstiegen, als sei er selbst ein Teil des Schlosses.

Mit angehaltenem Atem folgte sie ihm in einigem Abstand, und sah, wie er das Ende des Korridors erreichte und vor einer unscheinbaren Tür stehenblieb. Er zog etwas aus der Tasche und Rose erhaschte einen Blick auf einen reich verzierten Schlüssel, der dem, den sie am Haken im Großen Saal gefunden hatte, zum Verwechseln ähnlichsah. Dieb, schoss es ihr durch den Kopf.

Damian öffnete die Tür, dann nahm er eine Stange von der Wand, hängte sie an einem Deckenhaken ein und offenbarte eine Falltür samt Leiter.

Behände erklomm er die Sprossen und sobald seine Beine verschwunden waren, wagte sie sich weiter vor, bis sie direkt unter der Öffnung stand. Anscheinend befand sich dort der Zugang zur Turmplattform.

Kurz erwog sie umzukehren, bevor er sie entdeckte, doch dann schlug sie ihre Bedenken in den Wind. Schließlich war sie im Begriff, das Phantom von Rosewood Hall auf frischer Tat zu ertappen.

Sie stieg die Leiter vorsichtig hinauf, da ihr langer Rock ein Hindernis darstellte. Auf der obersten Sprosse angelangt, sah sie sich neugierig um. Die Zinnen ragten wie krumme Zahnreihen in den Nachthimmel, der aus dieser Höhe viel näher schien. Damian war nirgends zu sehen. Ein Windstoß wirbelte ihr die Haare ins Gesicht und trug die Geräusche des Rosenfests zu ihr, das noch immer in vollem Gange war.

»Aha«, sagte eine Stimme hinter ihr und sie zuckte zusammen. Die Leiter geriet ins Schwanken, sie taumelte und wurde auf einmal unter den Achseln gepackt und grob nach oben gerissen, während sie zusah, wie die Leiter klappernd unten aufprallte.

»Verdammt, jetzt sitzen wir hier oben fest«, sagte Damian ungehalten und setzte sie ab. »Das war unklug von dir.«

Sie schüttelte seinen Arm ab und strich wütend ihren Rock glatt. »Unklug? Du bist derjenige, der hier wie ein Dieb durch die Gänge schleicht. Was zum Geier treibst du hier?«

»Dasselbe könnte ich dich fragen«, gab er zurück und hob eine Augenbraue. »Warum bist du mir gefolgt?«

»Ich habe zuerst gefragt«, sagte sie streitlustig.

Er zuckte mit den Achseln und deutete hinunter auf den Rasen. »Ich bin deshalb hier.«

Rose riskierte einen Blick über die brusthohen Zinnen und ihr stockte der Atem. Von ihrer Warte aus konnte sie das gesamte Bodenfeuerwerk sehen, das den Garten wie ein sternenförmiges Muster durchzog. Funken in allen erdenklichen Farben schossen in die Höhe und bildeten Springbrunnen aus Licht.

»Also, warum bist du mir gefolgt?« Er war hinter sie getreten und blickte auf den Garten hinunter, als läge dort die eigentliche Antwort auf seine Frage.

Sie stützte sich mit den Ellbogen auf der Brüstung ab. »Wenn du es genau wissen willst«, sagte sie schneidend, »wollte ich nur ein wenig allein sein, um meine Gedanken zu ordnen. Es passiert nämlich nicht alle Tage, dass ein rücksichtsloser Reiter direkt auf die Gäste zugaloppiert und sie in Panik versetzt. Ich frage mich, was dieser dramatische Auftritt bezwecken sollte.«

Sein Seufzen war so leise wie der Wind. Sie löste den Blick von dem Feuerwerk und musterte ihn. Er trug die gleiche Kleidung wie damals, als sie ihm im Zug begegnet war, doch sein Hemdkragen stand offen und die smaragdgrüne Weste war zerknittert. Er wich ihrem Blick aus.

»Nachdem ich so freundlich eingeladen wurde, hätte ich es für unhöflich gehalten, nicht zu erscheinen«, sagte er schließlich.

Sie schnaubte. »Es war also nicht unhöflich, den Rasen zu ruinieren?«, sagte sie anklagend. »Das Fest zu stören?«

Er hob abwehrend die Hände. »Das war nicht meine Absicht. Ich gebe zu, dass ich eine gewisse Vorliebe für Theatralik habe.« Ein schuldbewusster Ausdruck trat auf seine Züge. »Ich wusste, dass mein Erscheinen für Trubel sorgen würde, also dachte ich mir, warum nicht den Leuten eine gute Vorstellung liefern? Aber ich hatte nicht mit den Feuerwerken gerechnet. Faustus ist schreckhaft, er mag Feuer nicht. Er kämpfte gegen die Zügel und ich tat mein Bestes, damit er nicht in die Menge hineingaloppierte, auch wenn das hieß, die Rosen zu zertrampeln.« Er schüttelte den Kopf. »Der arme Jack.«

»In der Tat«, sagte Rose kühl. Sie war nicht gewillt, ihm so schnell zu verzeihen, auch wenn seine Worte aufrichtig klangen. »Und wo ist Faustus jetzt?«

»Im Stall eines Bauern, etwa eine halbe Meile von hier. Eigentlich gehört mir das Pferd nicht mehr, aber der Bauer erlaubt mir, mit Faustus auszureiten, wenn ich in der Gegend bin.«

»Nun, es freut mich, dass es dem Tier gut geht«, sagte Rose kühl, »aber das erklärt nicht, weshalb du hier nachts herumschleichst. Und sag nicht, es wäre nur, um das Feuerwerk anzusehen – es ist eindeutig, dass du öfter durch die Korridore schleichst, so gut, wie du dich hier auskennst. Ich nehme an, die Gerüchte über Geisterspuk im Schloss kommen nicht von ungefähr.«

»Dafür, dass du erst so kurz hier bist, hast du bereits erstaunlich viel Dorfklatsch aufgeschnappt«, sagte er mit gespieltem Tadel.

Sie verdrehte die Augen. »Ich weiß jedenfalls, dass es keine Geister gibt. Du hingegen scheinst mir durchaus aus Fleisch und Blut zu sein. Da liegt es nahe, dass sich hinter dem ›Phantom‹ ein ganz gewöhnlicher Mensch verbirgt. Außerdem essen Geister keine Scones.«

»Na gut, ich gebe es zu.« Er lachte und strich sich eine widerspenstige Locke aus der Stirn. »Mollys Scones konnte ich noch nie widerstehen. Aber warum spielst ausgerechnet du dich so zum Moralapostel auf? Immerhin schleichst du selbst im Schloss herum, und zwar in Teilen, zu denen Besucher keinen Zutritt haben.« Spielerisch hob er einen Zeigefinger. »Wie wäre es mit einem Handel? Ich verrate nichts von deinen Umtrieben und du erweist mir den gleichen Gefallen.«

»Nun gut.« Rose unterdrückte ein Schmunzeln. Er hatte also noch nicht erfahren, wer sie war oder dass das Schloss ihr gehörte. Seine nächsten Worte bestätigten dies.

»Verrätst du mir, was dich nach Rhodeward verschlagen hat? Du bist doch nicht nur wegen des Rosenfests hier?«

Anstelle einer Antwort legte sie den Kopf schief und lächelte geheimnisvoll. Ihren Wissensvorsprung wollte sie so schnell nicht aufgeben.

Eines der wirbelnden Bodenfeuerwerke löste sich von seiner Stange und raste in wild kreisendem Taumel in die Höhe, sodass Rose glaubte, nur die Hand ausstrecken zu müssen, um die sengenden Funken zu spüren.

Damian seufzte und lehnte sich gegen die Zinnen. »Nun gut, wenn du den Grund deiner Anwesenheit nicht preisgeben willst, muss ich eben raten. Ich nehme an, du bist nicht aus freien Stücken in dieses verschlafene Nest gekommen. Deine Eltern haben dich eine Weile lang zu Verwandten aufs Land geschickt, weil du zu Hause zu viele Verehrer hattest, habe ich recht?«

Sie schüttelte den Kopf. »In gewisser Weise sind meine Eltern der Grund, weshalb ich hier bin, das stimmt. Aber nicht, weil ich über die Stränge geschlagen hätte. Mein Vater … Er ist gestorben. Vor ein paar Wochen. Wäre ich nicht hergekommen, würde meine Mutter mich jetzt von einem langweiligen Ball zum nächsten zerren, um einen akzeptablen Heiratskandidaten für mich zu finden.«

Der Höhenflug des Feuerwerks fand ein jähes Ende, als sein sprühendes Licht versiegte und es wieder zu Boden fiel. Beim Aufprall stoben die letzten Funken in die Luft und ließen zischende Schwärze zurück.

»Tut mir leid, das mit deinem Vater«, sagte er leise.

»Danke.« Sie fuhr sich mit der Hand über die Augen. »Ich versuche, nicht daran zu denken, aber manchmal brechen die Erinnerungen einfach über mich herein.« Sie gab ein kleines Lachen von sich, das eher wie ein Seufzen klang. »Er hat mir das Schachspielen beigebracht, da war ich gerade mal sechs Jahre alt. Es war unser Ritual, weißt du. Jeden Abend vor dem Schlafengehen spielten wir ein paar Züge, während ich ihm berichtete, was ich den Tag über getan hatte. Ich konnte ihm alles erzählen, ob ich nun meiner Gouvernante einen Streich gespielt oder ein besonders spannendes Buch gelesen hatte.«

Sie merkte, dass ihre Stimme brüchig klang, und zuckte zusammen, als sie Damians warme Hand auf der ihren spürte. Er ließ sie einen Herzschlag lang dort, gerade so lang, bis sie sich wieder gefangen und die Tränen zurückgedrängt hatte.

Sie war dankbar, als er das Thema wechselte. »Und wie kommt es, dass du dem Damenverein geholfen hast, diesen Ball zu organisieren? Wo du Bälle doch so hasst?«

Sie musste lachen. »Nur solche, auf denen ich verkuppelt werden soll. Und dieser Ball ist bisher alles andere als langweilig, findest du nicht?«

»Irgendetwas sagt mir, dass du ein Talent dafür hast, selbst in den langweiligsten Dingen einen Funken Aufregung zu finden.«

Sie kicherte. »Immerhin habe ich das Rätsel um das geheimnisvolle Schlossphantom gelöst.«

»Gute Arbeit, Sherlock.«

Sie knuffte ihn spielerisch in die Seite. »Wenn ich Sherlock Holmes bin, was bist dann du? Der Hund von Baskerville?«

»Sehe ich so bissig aus?«

»Jetzt vielleicht nicht mehr, aber im Wald …«

»Tja, was soll ich sagen? Im Aufzug eines Edelmannes lässt sich schlecht Holz hacken.«

»Welcher Edelmann hat es nötig, Holz zu hacken?«

»Vielleicht tue ich es der Romantik wegen.« Er schenkte ihr ein schiefes Grinsen, das ein wenig angestrengt wirkte.

»Das glaube ich dir keine Sekunde lang.«

»Tja, mehr gebe ich heute Nacht nicht über mich preis.« Er hob eine Augenbraue. »Den Rest musst du mit deinem detektivischen Spürsinn ermitteln.«

Sie legte den Kopf schief, als würde sie nachdenken. »Ich wette, Mrs Pennyworth hätte so einiges über dich zu erzählen.«

Er zuckte mit den Achseln. »Da bin ich mir sicher. Sie hat mir nie verziehen, dass ich ihr als Junge die Äpfel vom Baum gestohlen habe. Im Dorf wirst du viele Geschichten über mich hören, manche davon sogar wahr.« Der Gedanke schien ihn zu amüsieren.

»Oho, der Earl ist übel beleumundet.«

»Nenn mich Damian«, murmelte er, während er die Hände hinter dem Kopf verschränkte und blinzelnd in den Himmel starrte. »Das tun alle meine Freunde.«

»Sehr erfreut, Damian. Ich bin Rose.«

»Rose auf Rosewood Hall«, sagte er langsam. »Was für ein passender Zufall.« Sie hörte das Grinsen in seiner Stimme. »Warst du deswegen so verschreckt von meiner Weinanalyse im Zug?«

»Sie klang durchaus anzüglich«, entgegnete sie trocken und ließ sich auf einem steinernen Vorsprung nieder. »Und sag ja nicht, dass das nicht beabsichtigt war.«

»Oh doch, das war beabsichtigt, aber die meisten Frauen reagieren anders darauf.«

»Das zu glauben, fällt mir schwer. Ich bin sicher nicht allein mit meiner Vorliebe für intelligentere Formen der Unterhaltung. Gedichte zum Beispiel. Aber ein Rüpel wie du versteht davon sicher nichts.«

Er setzte sich elegant im Schneidersitz auf den Steinboden. »Da irrst du dich. Einige meiner besten Freunde sind Lyriker.« Er grinste, dann schloss er die Augen und rezitierte leise:

Mondes silbernes Gefieder
streift raschelnd über dunklen Stein,
heischt heimlich einen Weg hinein,
auf bleichem Antlitz flattern Lider.

Noch ist der Sonne goldnes Glühn
Ahnung nur aus tiefem Traum,
der Wolken erster sanfter Saum
so weit entfernt wie Tages Mühen.

»Das ist …« Einen Moment lang fehlten ihr die Worte und eine schwer zu benennende Sehnsucht flatterte in ihrer Brust. »Stammt das von einem deiner Freunde?«

»Es stammt von jemandem, den ich inzwischen fast vergessen habe.«

Weit unter ihnen wurde eine Tür aufgestoßen und Musik ergoss sich ins Freie.

»Ich nehme an, so bald kommen wir hier nicht weg«, sagte Rose wehmütig. Sie spähte zur offenen Bodenluke, doch Damian schüttelte den Kopf.

»Zu hoch«, sagte er. »Es sei denn, du willst einen gebrochenen Knöchel riskieren.«

»Sollen wir rufen?«

»Und in trauter Zweisamkeit entdeckt werden?« Er lachte leise. »Nein, ich will deine Ehre nicht kompromittieren. Außerdem wird uns niemand hören, solange unten die Kapelle aufspielt.«

»Also warten wir?«

Er nickte. »Molly wird uns schon finden. Und mach dir keine Sorgen, wenn sie uns hier zusammen sieht, wird sie nicht darüber tratschen. Darauf gebe ich dir mein Wort.«

Sie lächelte. »Ich weiß. Auf Molly ist Verlass.«

Dann stand Damian auf einmal vor ihr und bot ihr seine Hand. »Da es meine Schuld ist, dass du dich nicht auf der Tanzfläche vergnügen kannst, erlaube mir, dir wenigstens diesen Tanz anzubieten«, sagte er mit einer galanten Verbeugung.

Was habe ich schon zu verlieren? Die Aufrichtigkeit in seinem Blick ließ sie seine Hand ergreifen.

Sie trieben durch die Nacht, aneinandergelehnt, als glitten sie auf Booten über ruhiges Wasser. Der Abendstern strahlte über ihnen wie ein Leuchtfeuer, während unten auf dem Rasen die Feuerwerke eines nach dem anderen erloschen.

Sie konnte seine ruhigen Atemzüge spüren und war sich bewusst, dass ihr eigener Atem unwillkürlich schneller ging, als es der Tanz verlangte.

Das Lied endete und sie verharrten einen Moment lang reglos. Dann, wie zwei gegenläufige Wellen, die gemeinsam eine höhere Woge bilden, beugten sie sich aufeinander zu. Seine Arme umfingen sie und sie verschränkte die Finger hinter seinem Nacken. Plötzlich waren sie einander so nahe, dass nur wenige Zentimeter ihre Lippen trennten.

Sie konnte seinen Duft riechen, dunkel und verführerisch, und auf seinem mondbeschienenen Gesicht stand etwas wie Schmerz, ein tiefes Sehnen.

Dann schloss sie die Augen und ihre Lippen trafen sich.

23

Die Rosengestecke wurden bereits welk, Blütenblätter lagen festgetrampelt am Boden, Weinreste klebten in den Kelchen und lockten Fliegen an. Bedienstete eilten hin und her, um des Chaos Herr zu werden. Im Vergleich zu dem schimmernden Zauber, der nur wenige Stunden zuvor über dem Schloss gelegen hatte, war es entschieden unglamourös.

Rose fühlte sich nach der durchwachten Nacht vollkommen gerädert. Ein dumpfes Pochen hinter ihrer Stirn war alles, was vom Champagnerrausch übrig war. Ihre Lippen waren noch wund von den Küssen, die sie und Damian ausgetauscht hatten. Doch als Molly sie im Morgengrauen aus ihrem luftigen Gefängnis befreit hatte, waren sie auseinandergefahren wie unartige Schulkinder, die bei etwas Verbotenem erwischt wurden.

Molly hatte kein Wort gesagt und Damian lediglich mit einem tadelnden Blick bedacht, bevor sie sie nach unten geführt hatte.

Nun stand Damian wie verloren im Saal und schien nach Worten zu ringen. Sie wusste nicht recht, was sie von dem nächtlichen Gespräch mit ihm halten sollte, von der plötzlichen Nähe zwischen ihnen, die hier unten ebenso plötzlich einem peinlich berührten Schweigen gewichen war.

Sie spürte ein Ziehen in der Brust und mied es, ihn anzusehen. Zu viele Fragen spukten in ihrem Kopf herum, auf die er eine Antwort schuldig blieb.

In diesem Moment wurde die Tür des Saals krachend aufgestoßen. Eine imposante Erscheinung, von Kopf bis Fuß in Schwarz gekleidet, stand im Eingang.

»Rose Whitby, was geht hier vor sich?«, donnerte sie.

Rose' Herzschlag setzte einen Moment lang aus. »Mama?«

Julienne Whitby machte einen Schritt in den Raum hinein und sah sich mit kaum verhohlenem Abscheu um.

»Was soll dieses frivole Treiben?«

»Lass es mich erklären«, sagte Rose hastig, doch Julienne hörte ihr nicht zu.

»Erst lügst du mir dreist ins Gesicht, dann widersetzt du dich meinen Anweisungen und machst dich ohne ein Wort des Abschieds aus dem Staub. Und als ich mich bei meiner Schwägerin nach deinem Befinden erkundige, erfahre ich, dass du nie in ihrem Londoner Haus angekommen bist. Kannst du dir vorstellen, welche Sorgen ich mir um dich gemacht habe? Ich sah dich schon tot in einem Graben liegen! Und dann finde ich heraus, dass du die ganze Zeit über im Schloss deines Vaters warst, obwohl ich dir verboten habe, hierherzukommen. Ich hätte nie gedacht, dass du mich derart enttäuschen würdest. Dein Vater, Gott hab ihn selig, wäre außer sich.«

Auf einmal fiel Rose das Atmen schwer und das Blut rauschte in ihren Ohren. Sie wich dem Blick ihrer Mutter aus und schaute unwillkürlich zu Damian hinüber, doch er hatte den Blick abgewandt und sie konnte sehen, wie sein Kiefermuskel zuckte.

»Mama, es tut mir leid …«

Doch ihre Mutter hatte Damian nun ebenfalls bemerkt.

»Und wer sind Sie, wenn ich fragen darf?«, zischte sie anklagend.

Damians Schultern versteiften sich. Dann hob er den Kopf und sah Julienne direkt in die Augen.

Sie zuckte zurück. »Du? Aber das ist nicht möglich.« Sie wurde bleich, als hätte sie einen Geist gesehen.

»Was?«, sagte Rose scharf und sah von ihrer Mutter zu Damian und wieder zurück. »Was redest du da?«

Ihre Mutter antwortete nicht. Dann weiteten sich ihre Augen in stummem Begreifen. »Natürlich.« Sie nickte.

Damian hielt ihrem Blick stand, das Kinn trotzig vorgereckt, beinahe stolz. »Er ist also endlich tot?«, fragte er heiser.

Doch Julienne wandte sich von ihm ab. Stattdessen richtete sie das Wort an Rose. Ihre Stimme war kühl und tonlos und jagte Rose einen Schauer über den Rücken.

»Ab sofort bist du auf dich allein gestellt. Du kannst tun und lassen, was du willst, aber erwarte nicht, dass ich dir in irgendeiner Form helfe. Von mir wirst du keinen müden Heller bekommen. Ich möchte dich nicht mehr sehen. Adieu.«

Dann machte sie auf dem Absatz kehrt und ließ Rose mit Damian allein.

Rose konnte nicht begreifen, was soeben passiert war. Wie vom Donner gerührt drehte sie sich zu Damian um, suchte nach etwas, das ihr Trost spenden würde.

Doch auf den Ausdruck in seinen Augen war sie nicht vorbereitet. In ihnen stand nichts als purer, unverstellter Hass.

»Du bist also Whitbys Tochter«, zischte er. »Die Erbin von Rosewood Hall.« Er lachte auf, aber es lag keine Freude darin.

»Ich werde dich vernichten, Rose Whitby.«

24

Trübe Augen folgten ihr durch die Korridore. Ihre Öllampe warf einen unsteten Schein über die Gesichter der Ahnengalerie, von denen Rose kein einziges vertraut vorkam. In ihrem Prager Haus hingen keine Porträts, nur Landschaftsgemälde. Hier hingegen warfen ihr die Gestalten unter dem vergilbten Firnis finstere Blicke zu, so kam es ihr zumindest vor.

Auf ihren Streifzügen hatte sie beinahe alle Winkel des Schlosses erkundet, doch diesen Korridor hatte sie erst am vergangenen Abend zusammen mit Damian betreten. Dass ihre Füße nun wie von selbst diesen Weg eingeschlagen hatten, war nicht weiter verwunderlich – ihre Gedanken drehten sich noch immer um die Ereignisse der letzten Nacht und des Morgens. Das unerwartete Erscheinen ihrer Mutter war ein Schock gewesen, ebenso ihre Reaktion. Doch Damians plötzlichen Hass konnte sie sich noch weniger erklären.

Nach Einbruch der Nacht hatte sie stundenlang im Bett gelegen und an die Decke gestarrt, aber irgendwann hatte sie es nicht länger ausgehalten. Sie hatte sich ein Wolltuch über die Schultern geworfen und war auf den Korridor hinausgetreten.

Sie wusste nicht genau, wonach sie suchte. Nach Antworten auf ihre Fragen vielleicht, oder nach irgendeinem Fingerzeig, den ihr Vater an diesem Ort für sie hinterlassen hatte. Aber weder in den ledergebundenen Folianten der Bibliothek noch in den leeren Schubladen der Kommoden versteckte sich ein Hinweis.

Und nun lief sie durch die Ahnengalerie, die sich dunkel und leer vor ihr erstreckte. Sie wollte gerade wieder umkehren, als sie aus dem Augenwinkel ein helles Aufblitzen sah. Neugierig hob sie ihre Öllampe und sah, was das Licht eingefangen hatte. Rechts von ihr befand sich eine Tür, die zwar vollkommen gewöhnlich wirkte, sich in einer Hinsicht aber von den anderen Türen auf dem Gang unterschied: Ihr bronzener Knauf war nicht dunkel vom Alter, sondern glänzte, als würde er häufig benutzt.

Rose lächelte. Wenigstens ein Geheimnis in diesem Schloss, das sie ergründen konnte. Der Türknauf ließ sich problemlos drehen und sie schlüpfte in den Raum dahinter.

Er entpuppte sich als Wäscheschrank, ein tristes fensterloses Viereck, und in den Regalen entlang der Wände lag nichts als Staub. Enttäuscht atmete sie aus. Sie hatte sich geirrt, dieser Raum war unbenutzt; wahrscheinlich war der Knauf vor nicht allzu langer Zeit ersetzt worden und deshalb heller als die anderen.

Sie ließ die Lampe sinken und streckte die Hand aus, um die Tür zum Korridor wieder zu öffnen, als ein leises Rascheln ertönte. Mit klopfendem Herzen dämpfte sie die Öllampe und lauschte in die Dunkelheit. Damians Drohung geisterte wieder durch ihre Gedanken. Er kannte dieses Gemäuer besser als sie selbst, das hatte er in der vergangenen Nacht unter Beweis gestellt. Offenbar konnte er sich nach Belieben Zutritt verschaffen, ohne gesehen oder gehört zu werden. Was, wenn er in diesem Augenblick im Schloss war?

Doch das Rascheln wiederholte sich nicht. Nach einer Weile kam sie sich albern vor, vielleicht hatte sie sich getäuscht, vielleicht war es auch nur eine Maus gewesen, die ihr einen solchen Schrecken eingejagt hatte. Dennoch nahm sie sich vor, mit Jack zu reden. Er könnte ein Gitter vor dem Fenster zum Kohlenkeller anbringen, damit zumindest auf diese Weise niemand mehr ins Schloss gelangte.

Der Staub, den ihr Eintreten aufgewirbelt hatte, kitzelte sie an der Nase und sie musste niesen, was noch mehr Staub aufwirbelte. Hier schien sehr lange niemand mehr gewesen zu sein. Doch irgendetwas kam ihr merkwürdig vor, auch wenn sie nicht genau wusste, was es war. Sie untersuchte den Türknauf auf der Innenseite, der ebenfalls ungewöhnlich hell wirkte. Dann ließ sie erneut den Blick über die leeren Regale schweifen und diesmal erkannte sie, was sie gestört hatte.

Es war leicht zu übersehen, eine staubfreie Stelle auf dem mittleren Regalbrett, kaum größer als ein Fingerabdruck. Unter anderen Umständen hätte sie ihr keine Beachtung geschenkt, aber sie kannte das Geheimfach im Regal ihres Vaters und sie kannte den Mechanismus, der es öffnete – eine versteckte Springfeder unter einem Paneel, das sich perfekt in das umgebende Holz einfügte. Ob es sich hier um etwas Ähnliches handelte?

Sie drückte auf die Stelle und die gesamte Rückwand des Regals schwang geräuschlos nach innen. Sie unterdrückte ihren Triumphschrei, um nicht noch mehr Staub einzuatmen, und hielt die Lampe in die Höhe.

Der Lichtschein offenbarte ein kleines Zimmer. Sie atmete erleichtert auf, als sie sah, dass niemand darin war, aber der Raum wirkte bewohnt. In der Ecke stand ein gemütlich aussehendes Himmelbett. Seine Vorhänge waren zurückgezogen, die Decke ordentlich gefaltet, die Kissen aufgeschüttelt. Der Schreibtisch neben dem Fenster war frei von Staub und im Kamin lag frische Asche. Über der Stuhllehne hing ein altmodisches moosgrünes Jackett, das eindeutig bessere Tage gesehen hatte.

Irgendjemand, vermutlich Damian, hatte sich hier eingenistet, und das schon vor geraumer Zeit.

Aus der Ferne hörte sie erneut ein Rascheln und kurz war ihr, als würde geisterhaftes Lachen von den Wänden widerhallen. Wütend schüttelte sie den Kopf. Der einzige Geist, der hier umging, war Damian. Die Furcht, die sie verspürt hatte, verwandelte sich in Angriffslust und mit einem Mal hoffte sie beinahe, ihm an diesem Ort zu begegnen, damit sie ihm ihre Meinung ins Gesicht sagen konnte. Der Spuk, über den sich ganz Rhodeward das Maul zerriss, war nichts als ein dummer Streich, der Arroganz eines Mannes entsprungen, der glaubte, in diesem Schloss ein und aus gehen zu können, wie es ihm beliebte.

Seine Worte waren wie ein Mahlstrom in ihrem Kopf, die schwarze Silhouette des Reiters, das wirbelnde Feuerwerk, der langsame Tanz, seine Küsse, sein hasserfüllter Blick. *Ich werde dich vernichten, Rose Whitby.*

Soll er es doch versuchen, dachte sie grimmig. Sie würde sich jedenfalls nicht aus dem Schloss vertreiben lassen. Das hier war der erste Ort, an dem sie Freiheit gekostet hatte, Freiheit von den gesellschaftlichen Erwartungen, denen ihre Mutter einen so hohen Stellenwert beimaß. Ihre Mutter, die sie nun allem Anschein nach verstoßen hatte.

Selbst der Gedanke an ihren Vater war weniger tröstlich als sonst. Die bloße Erwähnung seines Namens weckte Misstrauen und Furcht in den Dorfbewohnern.

Und irgendwie war Damian in all das verwickelt. Nur wie? Was hatte Dory über ihn gesagt? *Halten Sie sich besser von ihm fern. Er hat nicht den besten Ruf. Geht irgendwelchen unlauteren Geschäften in der Hauptstadt nach.*

Was hatte sie dazu bewogen, ihn in der vergangenen Nacht zu küssen, wenn es doch eindeutig war, dass sie diesem Mann nicht trauen konnte? Er schien eine tiefe, alles vergiftende Abneigung gegen ihren Vater zu hegen. Und woher kannte Julienne ihn? Was immer in der Vergangenheit vorgefallen war, es musste mit den Lügen ihrer Mutter zusammenhängen.

Lügen, nichts als Lügen, dachte Rose voller Ingrimm. *Meine eigene Mutter, Damian, selbst mein Vater, niemand hat mir die Wahrheit gesagt. Nicht einmal Molly und Jack.*

Nach dem Vorfall hatte Molly versucht, sie zu beruhigen, aber eine Erklärung hatte sie ihr nicht anbieten können.

»Geh nicht zu hart mit deiner Mutter ins Gericht. Vielleicht wäre es wirklich das Beste, du redest noch einmal mit ihr. Sie muss sich riesige Sorgen um dich gemacht haben«, hatte Molly gesagt, während sie Tee aufbrühte und Haferkekse auf einem Teller stapelte. »Und was Damian angeht, steht es mir wohl nicht zu, mehr zu sagen, als er selbst verraten will. Aber er ist ein guter Junge, das weiß ich. Über kurz oder lang wird er dich um Verzeihung bitten.«

Rose waren die Zweifel, die in Mollys Stimme mitschwangen, nicht entgangen.

Nachdenklich trat sie ans Fenster, schob es nach oben und atmete die kalte Nachtluft ein. Unwillkürlich beschlich sie eine Erinnerung an ihren Vater, an Zigarrenrauch und Geborgenheit. Dann frischte der Wind auf und die Erinnerung zerfaserte.

Sie spähte in die Nacht hinaus. War da eine verstohlene Bewegung in der Ferne, das leise Wiehern eines Pferdes? Nein, das bildete sie sich nur ein, doch sie hatte das unbestimmte Gefühl, nicht ganz allein zu sein, als gäbe es irgendeine Präsenz an diesem Ort. Etwas, das so sanft war wie die Berührung eines Spinnennetzes, eine leise Erwartung in der Luft.

Es war besser, sich nicht in Hirngespinste zu verrennen, dachte sie kopfschüttelnd. Jack würde die Eingänge zum Schloss absichern und Damians merkwürdigen Umtrieben damit ein

Ende setzen. Sie würde die Küsse auf dem Turm vergessen und sich ganz ihren Pflichten als Schlossherrin widmen.

Sie schenkte dem Geheimzimmer einen letzten Blick, dann zog sie ihr Schultertuch enger um sich und machte kehrt.

Als sie wieder auf den Flur trat, fiel ihr auf, dass in der Reihe der alten Porträts eines fehlte, direkt gegenüber der Tür. Ein helleres Viereck an der Wand verriet seine Abwesenheit. Irgendetwas daran missfiel ihr. Vielleicht, überlegte sie, war es die Tatsache, dass dieses Schloss irgendetwas vor ihr zu verbergen schien.

»Zum Teufel mit all den Geheimnissen«, murmelte sie.

Leises Kichern antwortete ihr und Rose wirbelte herum. Zwei Gestalten in langen weißen Gewändern standen ihr gegenüber und ihr Herzschlag setzte einen Moment lang aus.

Dann runzelte sie die Stirn. »Dory, Lory«, sagte sie mit gespielter Strenge. »Habt ihr denn nichts Besseres zu tun?«

»Wir haben Geräusche gehört«, sagte Dory aufgeregt und zupfte am Ärmel ihres Nachthemds.

»Und wollten einen Blick auf das Schlossphantom erhaschen«, ergänzte Lory mit einem breiten Grinsen.

»Tja, da habt ihr wohl Pech gehabt«, sagte Rose müde, konnte sich ein Lächeln aber nicht verkneifen. »Das war nur ich. Und jetzt ab ins Bett mit euch.«

25

Rose hatte angenommen, dass sie Damian so bald nicht zu Gesicht bekommen würde, doch sie hatte sich getäuscht. Bereits eine Woche später sah sie von ihrem Schlafzimmer aus eine schwarze Kutsche, die sich dem Schloss näherte.

Als sie aus dem Tor trat, erkannte sie den großen Rappen und seinen Reiter, die sich aus dem Schatten der Kutsche lösten.

Nun gut, dachte sie kämpferisch, immerhin erspart mir das, die Dorfbewohner über ihn auszufragen. *Ich werde ihn selbst zur Rede stellen.*

Damian beugte sich zum Kutschfenster vor, flüsterte der Person im Inneren etwas zu und schwang sich dann von seinem Pferd.

Mit langen Schritten ging er auf Rose zu, die mit verschränkten Armen am Tor stand. Schweigend standen sie einander einen Moment lang gegenüber. Sie konnte seinen Blick nicht deuten, aber freundlich war er nicht. Doch sie war zu stolz, um als Erste zu sprechen, also schwieg sie.

Er sah sie mit zusammengezogenen Augenbrauen an, sein Mund war eine dünne Linie und das dunkle Haar fiel ihm ungebändigt in die Stirn.

»Rose Whitby«, sagte er tonlos.

»Damian.«

»Ich möchte Ihnen ein Angebot unterbreiten, Miss Whitby.« Noch immer konnte sie seine Miene nicht deuten, die nun so sorgfältig von jedem Ausdruck befreit war, als hätte er eine Tafel leergewischt.

»Ich höre.«

Er senkte den Kopf, schien um Worte zu ringen, dann zuckte sein Kiefermuskel und er warf den Kopf in den Nacken. »Du gehörst nicht hierher. Du solltest nach Prag zurückkehren.«

»Was?« Mit aufgerissenem Mund starrte sie ihn an. »Bist du von allen guten Geistern verlassen?«

»Du hast mich verstanden.«

»Letzte Woche wolltest du mich ›vernichten‹ und heute glaubst du, meine Abreise verlangen zu können?« Sie fuhr sich mit der Hand durch die Haare. »Scher dich von meinem Grundstück. Ich weiß nicht, welches Spiel du spielst, aber ich habe es gründlich satt. Und wag es ja nicht, hier noch einmal herumzuschleichen, hörst du? Ich will, dass du dich nie wieder blicken lässt.«

Ihre Stimme war mit jedem Wort lauter geworden und sie spürte ein Brennen im Augenwinkel.

Eine Ader auf seiner Stirn begann zu pochen. »Nun gut, Rose, du hast es nicht anders gewollt.«

Er drehte sich zur Kutsche um und machte eine knappe Handbewegung. Drei Gestalten stiegen aus. Der eine war groß, hatte ein vernarbtes Gesicht und das steife Gebaren eines Butlers. Der andere war ein unauffälliger Mann um die fünfzig, klein und elegant gekleidet. Er wirkte von einer rastlosen Energie durchdrungen, die Rose nervös machte. Den dritten Mann erkannte sie zu ihrer Überraschung wieder: Es war der Mann vom Grund- und Bodenamt, den sie in London aufgesucht hatte.

Ihm war keine Gefühlsregung anzusehen, als er sagte: »Miss Rose Whitby, wir haben kürzlich festgestellt, dass Sie sich nicht im rechtmäßigen Besitz dieses Schlosses und seiner Ländereien befinden. Hiermit fordern wir Sie auf, das Anwesen sofort zu räumen, und untersagen Ihnen außerdem den Zutritt zu sämtlichen Nebengebäuden, Wäldern und Parkanlagen, die zu Rosewood Hall gehören.«

Er drückte ihr ein offiziell aussehendes Schriftstück in die Hand und Rose wollte zu einer Antwort ansetzen, als der kleine Mann sie unterbrach. Er klang nicht unfreundlich, aber in seiner Stimme lag eine Härte, die sein unscheinbares Äußeres Lügen strafte. »Dieses Anwesen gehört nach geltendem Recht dem Earl of Greymont.«

»Dem Earl of Greymont?«, stotterte Rose. »Damian?«

Damian stand mit finsterer Miene da und blickte starr an ihr vorbei.

»Ganz recht«, versetzte der kleine Mann mit einem breiten Lächeln, das seine Augen nicht erreichte. »Wenngleich nicht für lange. Nun, Damian, wollen wir?« Er zückte ein Klemmbrett mit einem Schriftstück, das wie ein Vertrag aussah, und hielt es Damian entgegen. »Wohlan, hier fehlt noch eine Unterschrift.«

Mit einer ruckartigen Bewegung griff Damian nach dem Füllfederhalter, den der Butler ihm reichte, und setzte ein verschlungenes doppeltes D auf das Papier.

Der kleine Mann gab das dünne Durchschlagpapier an Damian weiter, der es achtlos einsteckte, sich ohne ein Wort auf das Pferd schwang und davonjagte.

Rose wusste noch immer nicht, wie ihr gerade geschah, oder was überhaupt geschah. Mechanisch nahm sie den Durchschlag entgegen, den der kleine Mann ihr reichte.

Sein starkes Moschusparfüm trieb ihr Tränen in die Augen, als er sich vorbeugte und sagte: »Nun, Miss Whitby, so schnell wechselt ein Schloss den Besitzer. Faszinierend, nicht wahr? Ich hatte schon lange ein Auge darauf geworfen, aber jetzt gehört es mir endlich offiziell. Ein echtes Kleinod. Wissen Sie, es ist, als hätte ich einen Penny verloren, nur um eine fette, glänzende Pfundmünze zu finden.«

Er legte eine Hand hinter sein Ohr, als würde er lauschen. »Ah, ich glaube, meine Leute treffen bald ein.«

Und in der Tat, Rose sah, wie ein offener Wagen den Pfad hinauffuhr. Männer in Arbeiterkluft saßen darin.

»Was soll das alles?«, fragte sie.

»Tja, Miss Whitby, es sieht so aus, als hätten Sie soeben Ihr Schloss verloren.« Der Mann bleckte eine Reihe strahlend weißer Zähne, dann zog er eine Taschenuhr hervor und warf einen prüfenden Blick darauf. »Sie haben eine halbe Stunde, um Ihre Sachen zu packen.«

26

Feiner Regen lag als Sprühnebel über der Stadt und der graue Himmel war schwer vom Rauch, der aus den Kaminen quoll.

Der Anwaltsgehilfe der Londoner Kanzlei Finnegan and Fowler bot ihr weder Tee noch Kekse an und Rose musste sich die Zeit im Wartezimmer damit vertreiben, abwechselnd auf die Zertifikate an den Wänden und auf ihre dreckverkrusteten Schuhe zu starren.

Auf dem Weg von der Pension der Robinsons bis nach Mayfair hatte sich ihr Rocksaum mit Pfützenwasser und zweifellos auch anderen, weit weniger appetitlichen Substanzen vollgesogen. Der beklagenswerte Zustand ihrer Aufmachung war dem Umstand geschuldet, dass sie sich das Geld für den von Pferden gezogenen Bus nicht leisten konnte. Und das, was die Pferde auf den Straßen hinterließen, war für Fußgänger bei diesem Wetter besonders unangenehm.

Aber in gewisser Weise hatte ihr unfeines Äußeres etwas Gutes, mutmaßte sie, denn der Anwalt, den Mr Eliot ihr damals in Prag empfohlen hatte, würde nicht riskieren wollen, dass die anderen Klienten ihr im Wartezimmer begegneten.

Sie behielt recht: Trotz der frühen Stunde öffnete sich die Tür des Büros einen Spaltbreit und der Gehilfe bedeutete ihr mit einem Nicken einzutreten.

*

»Was soll das heißen, Sie brauchen die originale Besitzurkunde? Ist das, was ich habe, denn nicht das Original?« Rose musste sich zusammenreißen, um sich nicht auf den Anwalt zu stürzen.

Mr Finnegan, ein hagerer Mann mit einer bleistiftdünnen Nase, die seinen Zwicker kaum zu halten vermochte, zuckte mit den Achseln.

»Nun, Miss Whitby, nachdem ich gestern Nachmittag Ihr Telegramm erhielt, war ich so frei, einige Erkundigungen einzuholen.« Er rückte seinen Zwicker zurecht und schob die Papiere auf seinem Schreibtisch beiseite.

»Wie es aussieht, hat ein gewisser Damian Drake, elfter Earl of Greymont, stichhaltige Dokumente vorgelegt, die seinen Anspruch auf das Schloss belegen.« Unwillkürlich fuhr seine Hand zu seiner Krawatte, als schnürte sie ihm plötzlich die Luft ab. »Diese Dokumente waren über jeden Zweifel erhaben, wie mir im Grund- und Bodenamt mitgeteilt wurde.«

»Das müssen Fälschungen sein«, rief Rose verzweifelt. »Hören Sie mir denn gar nicht zu? Diese Männer haben behauptet, das Schloss würde mir nicht rechtmäßig gehören, und Damian, ich meine, der Earl, hat irgendetwas unterschrieben, das habe ich genau gesehen. Ich verstehe rein gar nichts mehr, aber ich lasse mich gewiss nicht aus meinem rechtmäßigen Zuhause werfen!«

Sie warf den Durchschlag der Urkunde auf den Tisch und in diesem Moment wurde ihr bewusst, wie verrückt ihre Geschichte klingen musste. Ihr in Mitleidenschaft gezogenes Äußeres machte es nicht besser.

Mr Finnegan zerrte noch immer an seiner Krawatte und leichte Schweißperlen traten auf seine Stirn, obwohl es in dem Büro kühl war. War es ihm so unangenehm, dass eine aufgelöste junge Frau in schmutziger Kleidung in seinem Allerheiligsten saß, das sonst vermutlich nur von tadellos gekleideten Menschen besucht wurde?

»Mr Finnegan«, begann sie erneut, »das Schloss wurde mir im Testament meines Vaters ausdrücklich vermacht. Ich dachte,

Sie könnten mir helfen? Mr Eliot meinte, Sie wären ein guter Freund meines Vaters gewesen, und er hat Sie mir wärmstens empfohlen.«

Das war ein wenig übertrieben, aber sie hoffte, ihn so für sich einnehmen zu können.

»Hm, ja, wir hatten vor Jahren miteinander zu tun, geschäftlich versteht sich.«

Ihre Schmeichelei schlug nicht an, sie schien ihm vielmehr unangenehm zu sein.

»Nun, wollen wir mal sehen, Miss Whitby.« Er griff nach der Urkunde. »Ja, das stimmt mit meinen Informationen überein. Der Mann, der Ihnen diese Urkunde übergeben hat, ist Mr Wilbur Kane, ein vermögender Investor aus London. Ihm hat der Earl das Schloss übereignet, also müssten Sie Ihre Beschwerde an Mr Kane richten. Aber das zuständige Amt hatte an diesem Transfer nichts zu beanstanden, also fürchte ich, dass Sie in dieser Sache über keine rechtliche Handhabe verfügen.«

Angesichts dieser nüchternen Abfuhr rang Rose nach Worten. »Aber … das ist ein Skandal. Ich bestehe sofort darauf, dass Sie eine genaue Untersuchung dieser Angelegenheit einleiten. Ich verlange zu erfahren, welche angeblichen Beweise vorgelegt wurden, denn ich bin mir sicher, dass es sich um Fälschungen handelt. Ich möchte Klage einlegen.«

»Dafür wäre zunächst eine sehr genaue Untersuchung der Besitzumstände erforderlich«, sagte Mr Finnegan bedächtig. »Mr Kane ist ein äußerst einflussreicher Mann und hoch angesehen. Überdies ist er für seine Gründlichkeit bekannt.« Er verzog den Mund zu einem freudlosen Lächeln. »Eine Untersuchung würde einen großen Teil meiner äußerst knappen Zeit in Anspruch nehmen, ganz zu schweigen von einer möglichen Klage.«

»Ich kann zahlen«, rief Rose ungehalten, kramte einen Umschlag aus ihrer Reisetasche, den ihr der Pfandleiher eine Stunde zuvor mit einem wölfischen Lächeln ausgehändigt hatte, und schob ihn über den Tisch. »Hier, das sollte für Ihren Anwaltsvorschuss ausreichen. Sie sind offiziell beauftragt.«

Er hob eine Augenbraue. »Ihre Mutter ist also einverstanden?«

»Ich bin volljährig«, entgegnete sie kühl. »Und meine Mutter möchte ich mit dieser Angelegenheit nicht belasten. Aber wenn Sie möchten, dass ich einen anderen Anwalt beauftrage –«

»Nein, nein, bei mir ist die Sache in den besten Händen«, sagte er eilig und griff nach dem Umschlag.

Nachdem er das Geld gezählt hatte, beugte er sich vertraulich über den Tisch. »Hören Sie, ich möchte Ihnen mein aufrichtiges Beileid zum Verlust Ihres Vaters aussprechen. Sein plötzlicher Tod ist ein wirklich großer Verlust für uns alle. Ich verstehe, dass sein Ableben Sie … nun ja, mitgenommen hat. Vielleicht sollte ich einen Arzt rufen, damit er Ihnen etwas für Ihre Nerven gibt?«

Rose erstarrte. Ein Nervenarzt war das letzte, was sie gebrauchen konnte. Geschichten, denen zufolge Frauen wegen öffentlicher Hysterie eingesperrt wurden, kannte sie zur Genüge, und sie hatte Nellie Blys haarsträubenden Bericht über das Irrenhaus auf Blackwell's Island gelesen, für den die Journalistin sich selbst hatte einweisen lassen.

»Ich brauche keinen Arzt«, sagte Rose hastig. »Aber Sie verstehen sicher, wie misslich meine Lage ist.«

»Selbstverständlich.« Der Anwalt seufzte. »Ich werde weitere Nachforschungen anstellen und Einsicht in die eingereichten Unterlagen beantragen. Aber bei einem Fall mit derart geringer Erfolgsaussicht werden Sie einen langen Atem und nicht unbeträchtliche Mittel benötigen.«

Sein Blick verharrte eine Sekunde länger als nötig auf ihrem schmutzigen Reisekleid.

Rose dachte wieder an die Drohung mit dem Nervenarzt. Alles in ihr schrie danach, das Büro so schnell wie möglich zu verlassen, aber da gab es noch eine Sache, die an ihr nagte.

»Wie kann es sein, dass bei der Testamentsverlesung niemand wusste, dass das Schloss angeblich gar nicht meinem Vater gehörte? Mr Eliot erwähnte diese Möglichkeit mit keinem Wort. Weder die Gutsverwalter noch die Dorfbewohner scheinen davon gewusst zu haben.«

Doch der Anwalt zuckte mit den Achseln. Seine Miene machte ihr unmissverständlich deutlich, dass er ihr Gespräch als beendet ansah.

*

Als Rose wieder auf der Straße stand, umgeben vom Trubel und Dreck Londons, fühlte sie sich so allein und verlassen wie nie zuvor. Sie kniff die Augen zusammen, als sie an dem Geschäft des Pfandleihers vorbeikam, aber dennoch sah sie aus dem Augenwinkel etwas Schwarzes im Schaufenster aufblitzen – einer der Achatsteine ihres Ballkleids.

Sie ging weiter.

Auf der großen Straße fiel ihr Blick auf ein Theaterplakat und sie blieb so ruckartig stehen, dass ein entgegenkommender Zweispänner sie beinahe umgefahren hätte. Sie sprang gerade noch rechtzeitig aus dem Weg, während der Kutscher ihr einen Fluch hinterherrief.

Wie in Trance machte sie auf dem Absatz kehrt und hastete zurück in die Anwaltskanzlei.

Der Gehilfe sprang auf, als sie hereinstürmte. »Mr Finnegan ist nicht zugegen«, rief er und vergaß dabei seinen würdevollen Tonfall.

Rose ignorierte die Lüge und riss die Tür zum Büro des Anwalts auf. »Ich muss das Dokument noch einmal ansehen, das Mr Kane mir gegeben hat«, rief sie eindringlich. »Bitte, es ist wichtig.«

Einen Moment lang meinte sie, etwas in seinen Augen aufblitzen zu sehen, Ärger oder vielleicht Angst, aber es verflog so schnell, dass es auch eine Spiegelung in seinem Zwicker hätte sein können.

»Sicher doch, Miss Whitby.«

Der Durchschlag lag noch auf seinem Schreibtisch und er reichte ihn ihr mit spitzen Fingern, als wäre das Papier mit Arsen getränkt.

Und tatsächlich, als sie es unter seinem misstrauischen Blick erneut studierte, hätte die Wirkung auf sie nicht verheerender sein können.

Die Unterschrift war ein geschwungenes doppeltes D und der Name, der mit Schreibmaschine getippt darunter stand, lautete:

Damian Nathaniel Drake, elfter Earl of Greymont.

Damian Drake. War es möglich, dass es sich bei ihm um Drake handelte, den Skandalautor, dessen neueste Vorführung draußen auf riesigen Plakaten angepriesen wurde, der Mann, von dessen Stücken Abby so geschwärmt hatte?

Geht irgendwelchen unlauteren Geschäften in der Hauptstadt nach. Treibt sich mit Künstlern und allerlei halbseidenen Leuten herum. Das hatten Dory und Lory ihr über Damian erzählt.

Und das war nicht alles. Als sie genauer hinschaute, erkannte sie die Schrift. Fragte sich, warum sie sie nicht früher erkannt hatte, denn sie hatte sie schon einmal gesehen, diese spitzen Buchstaben und geschwungenen Schnörkel.

Sie verstand jetzt.

Es war dieselbe Schrift, die sie in Prag im Studierzimmer ihres Vaters in einem Brief gesehen hatte. Ebendieser Brief steckte zwischen den Seiten des Gedichtbandes, den sie inzwischen beinahe auswendig rezitieren konnte.

Damian schrieb nicht nur Bühnenstücke, sondern auch Gedichte, das hatte er ihr in der Nacht des Balls selbst bewiesen.

Gedichte, die ihr so viel Trost gespendet hatten.

Dabei war es ausgerechnet ihr Verfasser, der sie verraten hatte.

27

Der Regen prasselte unnachgiebig auf das dichte Blätterdach. Fröstelnd umklammerte Rose den Ledergriff ihrer Reisetasche. Sie wischte sich ein paar Regentropfen von der Nase, glättete ihr Haar und atmete tief durch.

Da sie nun von dem Erlös aus dem Anwesen abgeschnitten war, ihre Mutter nichts mehr von ihr wissen wollte und sie ihre neuen Kleider verpfändet hatte, um den Anwalt zu bezahlen, waren ihre Möglichkeiten begrenzt. Bei der Erinnerung an das Treffen mit dem Anwalt stieg erneut Wut in ihr auf. Er hätte es sicher nicht gewagt, einen Mann so zu behandeln, ihr hingegen hatte er nicht gerade subtil mit dem Nervenarzt gedroht. Das alles war mehr als skandalös und sie war fest entschlossen, sich endlich Antworten zu holen.

Der Anwalt in seinem eleganten Büro mit seinen vielen Zertifikaten und seinem beflissenen Gehilfen hatte sie vertröstet, aber es gab jemanden, von dem sie sich nicht würde abwimmeln lassen. Jemanden, der die Antworten kennen musste, die sie so verzweifelt suchte.

Zu ihren Füßen raschelte es im Unterholz. »Geh weg«, sagte sie ungehalten. Das Rascheln verstummte für einen Moment, dann barst ein schwarzer Schatten aus dem Unterholz, zu schnell für das bloße Auge.

»Verdammte Katze«, murmelte Rose und ging in die Richtung, in die der Schatten verschwunden war.

Sie sah die Hütte erst, als sie fast direkt davor stand. Die verblichene blaue Tür hatte im Halblicht dieselbe Farbe wie das Blattwerk, das den Türrahmen überwucherte.

Die moosbewachsene Mauer neben der Tür verschwand irgendwo im Schatten der hohen Hecke, die den Rest des Gebäudes verbarg.

Rose erschauderte. Irgendwo hinter ihr ertönte ein hohes, kreischendes Miauen. Sie hob einen Arm und klopfte laut gegen die Tür. Einmal. Zweimal. Dreimal.

Nichts.

Dann wurde die Tür so abrupt aufgerissen, dass sie zurückzuckte. Zuerst konnte sie nicht sehen, was sich in dem unbeleuchteten Flur dahinter verbarg, dann blinzelte sie und Damians Gesicht tauchte aus der Dunkelheit auf. Die Verwirrung darauf verwandelte sich in Überraschung, dann Irritation.

Die Tür fiel mit einem lauten Knall ins Schloss.

»He!« Zornig hämmerte sie erneut dagegen. Sie würde nicht aufhören, bis er öffnete. Doch er öffnete nicht und ihre Hand begann mit jedem Schlag stärker zu schmerzen. Der abgesplitterte Lack der Tür scheuerte ihre Knöchel auf.

Nun gut, dann muss ich eben zu anderen Mitteln greifen.

Das Licht des Tages würde bald schwinden und die dichten Regenwolken taten ihr Übriges, um den Wald noch dunkler erscheinen zu lassen. Bald würde es hier stockfinster sein. Die tiefen Radspuren, die die Kutsche auf dem schlammigen Pfad hinterlassen hatte, waren bereits mit brackigem Regenwasser gefüllt. Nun war die Kutsche fort, der Kutscher im Besitz ihrer letzten Münzen und bis nach Wifren-under-Willow oder Rhodeward würde der Weg zu Fuß über eine Stunde dauern.

Rose fror, sie war hungrig und sie war wütend. Bei dem Gedanken daran, sich zum gelben Torhaus zu schleichen und Molly und Jack um Geld für eine Fahrkarte zurück nach Prag anzubetteln, kroch ihr eine unangenehme Röte über die

Wangen, die jedoch die Kälte nicht vertreiben konnte, die ihr bis in die Knochen drang.

Die Wut verlieh ihr neue Kraft. Mit dem Ärmel schlug sie die Zweige und das Gestrüpp rechts von der Tür beiseite und sah, dass ein Pfad an der Hausmauer entlangführte. Eine massive Steinmauer, dunkel vom Regen.

Sie bahnte sich einen Weg durch das Gestrüpp. Irgendwo musste es schließlich ein Fenster geben.

Dann, es hatte länger gedauert als erwartet, erreichte sie den rückwärtigen Teil des Gebäudes. Er war weit weniger überwuchert als die Seite, die von der Straße aus zu sehen war. Vor ihr lag ein kleiner Küchengarten, doch dort blühte vor allem Unkraut. Sie schlug sich durch das hohe Gras und spürte, wie die Nässe bis zu ihrem Unterrock vordrang, der unangenehm kalt an ihren Beinen haften blieb. Schließlich fand sie sich vor einer unauffälligen Holztür auf der Rückseite des Hauses. Das Fenster daneben hatte eine blinde Scheibe, doch sie glaubte, eine schemenhafte Bewegung dahinter zu erahnen. Schnell duckte sie sich.

Ihr Herz klopfte. *Er darf mich nicht sehen.* Sie hatte nur eine Chance und die musste sie nutzen.

Da strich etwas Feuchtes an ihrem Bein entlang. Rose wäre beinahe einen halben Meter in die Höhe gesprungen, doch sie schaffte es, sich zu beherrschen. Gerade so.

»Psspss, braves Kätzchen«, raunte sie in einem, wie sie hoffte, freundlichen Tonfall. »Komm her.«

Die schwarze Katze gab ein klagendes Maunzen von sich und Rose nickte. »Ja, ja, genau so. Lauter, Kätzchen.«

Die Katze begann an der Tür zu kratzen und lauter zu miauen. Rose presste sich seitlich der Tür gegen die Wand und hielt den Atem an.

Das Maunzen der Katze wurde dringlicher. Das Tier schien die Nässe ebenso wenig zu schätzen wie Rose.

Dann, endlich, Schritte im Inneren.

Die Tür öffnete sich ohne das geringste Quietschen und die Katze huschte blitzschnell hinein.

»Au, verdammt«, entfuhr es Rose.

Sie hatte ihren Arm in die sich schnell verringernde Türöffnung gestreckt und nun drohte ihre Hand zerquetscht zu werden. Sie versuchte, die Tür aufzuziehen, um ihre Hand zu befreien, doch sie war schwerer als erwartet.

Plötzlich verringerte sich der Druck auf ihre Hand, die Tür wurde aufgestoßen und sie fand sich Auge in Auge mit dem Earl.

»Bist du von allen guten Geistern verlassen?«, zischte er und einen Moment lang erinnerte er Rose an die schwarze Katze. »Verschwinde von hier. Geh nach Hause.«

Es war kalt, ihre Hand schmerzte und sie hatte jegliche Geduld verloren. »Das würde ich nur zu gern«, brüllte sie aus voller Lunge. »Nichts lieber als das. Aber dank dir *habe* ich kein Zuhause mehr. Und Geld habe ich auch keines und verdammt noch mal, musstest du meine Hand so zerquetschen –«

Wider Willen traten ihr Tränen in die Augen, ob vor Schmerz oder Wut vermochte sie nicht zu sagen. Damian hatte die Tür nun völlig aufgerissen und betrachtete sie mit einem ungläubigen Gesichtsausdruck, als würde er ein unbekanntes Tier in einer exotischen Menagerie studieren.

Rose packte ihre gequetschte Hand und hielt sie schützend vor ihre Brust. Ihr war bewusst, dass sie einen erbärmlichen Eindruck erwecken musste.

»Was soll das?«, sagte er flach. »Was willst du hier?«

Sie hatte dieses Gespräch auf der Kutschfahrt hunderte Male im Geiste geführt, ihm Dinge an den Kopf geworfen und eloquente Argumente vorgebracht. Doch nun wusste sie nicht, was sie sagen sollte, also begnügte sie sich mit vorwurfsvollem Starren.

»Wenn du mein Mitleid erregen willst, gut. Mein Mitleid hast du. Mehr kann ich dir nicht bieten.« Wieder begann die Tür sich zu schließen.

»Nein, warte«, rief Rose verzweifelt.

»Hör zu.« Er seufzte. »Es lässt sich nicht rückgängig machen, verstanden? Selbst wenn ich es wollte, und das tue ich nicht. Es steht nicht mehr in meiner Macht.«

Er warf die Tür zu und diesmal war Rose nicht so dumm, ihre Hand dazwischenzuhalten.

Ihr war nach Weinen zumute, aber innerlich war sie so leer, dass sie nicht einmal mehr Tränen hatte.

28

Das Holz der Tür in ihrem Rücken war glatt und weniger kalt als der Stein, auf dem sie saß. Vom Dach über ihr tropfte Regen auf die Spitzen ihrer Schuhe, deren Satinschleifen traurig herunterhingen. Ruiniert. Wie ihre Zukunft.

Sie wusste nicht, warum sie noch hier war. Sie wusste nur, dass ihr die Kraft für Alternativen fehlte.

Ein markerschütterndes Niesen schüttelte sie durch. Sie richtete sich auf und versetzte der Tür einen Tritt. »Bis du mir mein Schloss zurückgibst, gehe ich nirgendwohin«, brüllte sie.

Sie nieste erneut.

Die Tür öffnete sich einen zögerlichen Spaltbreit.

Damian lehnte im Türrahmen und musterte sie von oben bis unten. »Was muss ich tun, damit du von hier verschwindest?«, fragte er matt.

»Gib mir mein Schloss zurück, du Bastard!« Beinahe hätte sie sich auf ihn gestürzt, doch sie fühlte sich körperlich nicht dazu in der Lage. Sie zitterte und Regentropfen rannen von ihren Haarspitzen über ihren Hals und in ihren Kragen.

»Wo ist deine Kutsche?«, knurrte er.

»Längst fort.«

»Deine Bediensteten?«

»Welche Bediensteten?« Sie lachte freudlos. »Dory und Lory sind wieder zu Hause in Wifren-under-Willow. Ich habe kein Geld für Bedienstete, Damian Drake.«

Sie spie die letzten Worte aus wie etwas Übelschmeckendes.

Er hob eine Augenbraue, nahm zur Kenntnis, dass sie die Verbindung zu seiner Tätigkeit in der Hauptstadt hergestellt hatte. »Ich bin sicher, deine Mutter nimmt dich mit Freuden wieder auf.«

»Klang das für dich etwa so?«

Er schloss einen Moment lang die Augen und Erschöpfung zeichnete sich auf seinem ebenmäßigen Gesicht ab. »Du wirst schon auf die Füße fallen. Reiche Erbinnen wie du sind nie wirklich abgebrannt. Allein dein Familienname reicht als Sicherheit für einen Kredit. Mit ein wenig Geschick könntest du dir in der Londoner Gesellschaft einen Namen machen. Oder dir einen reichen Gönner suchen. Irgendetwas wird dir schon einfallen. Und jetzt wäre ich dankbar, wenn du mich in Ruhe ließest.«

Sie war hergekommen, um ihn zur Rede zu stellen, aber was hatte sie eigentlich erwartet? Dass er ihr den Schlüssel zum Schloss mit einer Verbeugung überreichen würde? Er hatte ihr das Schloss gestohlen und nun empfahl er ihr allen Ernstes, zur Mätresse irgendeines reichen Mannes zu werden.

Zitternd vor Wut und Erschöpfung drehte sie sich um und ging den Pfad entlang, den sie gekommen war.

»Ha-tschu.« Ein erneutes Niesen schüttelte sie durch.

Sie stapfte durch nasses Gras, schob sich an der Rosenhecke vorbei und achtete nicht darauf, dass die Zweige sich in ihrem Wollkleid verhakten.

Inzwischen war es fast dunkel und einen Moment lang wusste sie nicht mehr, in welche Richtung sie gehen sollte. Der Lederriemen ihrer Reisetasche schnitt unangenehm in ihre Handfläche und ihre andere Hand pochte dumpf.

Sie hörte ein Rascheln hinter sich. »Geh weg, Katze«, sagte sie resigniert.

Das Rascheln wurde lauter, dann spürte sie plötzlich eine Hand auf ihrer Schulter und fuhr herum.

»Warte.«

Sie schüttelte die Hand ab und stapfte weiter, ohne zu wissen, welche Richtung die richtige war.

»Sei doch nicht so stur. Warte. Du kannst in deinem Zustand nicht durch den Wald laufen, schon gar nicht nachts.«

»Plötzlich kümmert dich mein Zustand? Du hast mich stundenlang vor deiner Tür im Regen warten lassen. Du hast mir mein Zuhause genommen, du Dieb. Du hast …«

Auf einmal stand er vor ihr, ein fahler Umriss gegen das tiefe Schwarz des Waldes. »Nenn mich nie wieder so.«

»Was?«

»Nenn mich nie wieder einen Dieb.« Seine Stimme war gefährlich ruhig und er betonte jedes Wort. »Ins Haus. Sofort. Bevor ich es mir anders überlege.«

Sie blieb stehen. Vor ihr lag der dunkle Pfad mit den Spuren der Kutschräder, in denen das Wasser stand. Die gedrungenen Arme der Bäume ragten bedrohlich auf den Pfad hinaus. Dann dachte sie an das von Efeu überwucherte Haus mit der verblichenen Tür, hinter der sich wer weiß was verbergen mochte.

Er trat vor sie und sie reckte das Kinn. Sie durfte nicht zulassen, dass er die Furcht in ihren Augen las.

»Molly würde mir nie verzeihen, wenn dir etwas zustößt«, sagte er kühl. »Glaub nicht, dass dein Wohlergehen mir am Herzen liegt« – sie schnaubte – »aber Mollys Meinung bedeutet mir viel und ich werde sie nicht deinetwegen gegen mich aufbringen.«

Er wies auf die Hütte.

»Komm.«

29

Das Zimmer im ersten Stock war geräumig, so viel konnte sie im schwindenden Licht erkennen. Es gab nur wenige Möbelstücke: ein breites Bett, einen Stuhl, einen Schrank und einen kalten Kamin. Er blieb hinter ihr im Türrahmen stehen und stellte ihre Reisetasche auf dem Boden ab. Sie warf ihm einen langen, prüfenden Blick zu.

Damian Drake, berühmter Verfasser skandalöser Theaterstücke und Dandy von zweifelhaftem Ruf, fristete in diesem halbverfallenen Haus eine geheime Schattenexistenz als Waldschrat. Nichts davon ergab einen Sinn und sie hätte Angst gehabt, wäre sie nicht so erschöpft gewesen. Doch da war die Tatsache, dass Molly große Stücke auf ihn zu halten schien – und umgekehrt. Inzwischen war Rose zu müde, um die Erklärung zu verlangen, die sie so dringend brauchte, aber Damian machte ohnehin nicht den Eindruck, als würde er so einfach damit herausrücken.

Wenigstens war sie aus dem Regen heraus, auch wenn es im Haus nicht unbedingt wärmer war. Zumindest war es trocken, das Dach schien gnädigerweise dicht zu sein.

Damian verschwand, um kurze Zeit später mit einer Wolldecke im Arm zurückzukehren.

»Hier«, sagte er und warf sie ihr zu. »Ich schlafe unten im Salon. Morgen früh dürfte der Regen aufhören, dann steht deiner Abreise nichts mehr im Weg.« Sie hörte seine Schritte auf der gewundenen Eisentreppe, die ins Erdgeschoss hinabführte.

Sie schloss die Tür und entledigte sich mühsam ihres durchnässten Reisekleides. Dann wickelte sie sich in die Wolldecke, legte sich auf das Bett und lauschte dem Regen, der gegen die Bogenfenster prasselte.

*

Ein dumpfes Pochen hinter ihrer Stirn weckte sie. Sie setzte sich auf und einen Moment lang wusste sie nicht, wo sie war, bis die Erinnerung sie wie ein Schlag traf: Sie war in der Behausung des Earls.

Sie wollte sich aufsetzen, doch ihre Gliedmaßen fühlten sich seltsam matt und schwer an. Das graue Licht, das durch die Fensterscheiben fiel, war noch schwach; es musste früher Morgen sein.

Nur noch ein paar Minuten, dachte sie, bevor sie wieder in die Kissen sank.

*

Eine Hand auf ihrer Stirn.

»Du glühst ja!«

Ein unterdrückter Fluch. Schritte. Dann wieder Stille und nebelweißer Schlaf, der sie einhüllte.

Irgendwann später wurde sie wach und helle Sonnenstrahlen fielen ins Zimmer. Hier im ersten Stock konnten die Strahlen die Fenster erreichen, die unten von Sträuchern und Ästen überwuchert waren. Die Staubkörner tanzten im Licht. Sie fühlte sich noch immer matt und schwer. Was für ein verflixtes, grandioses Pech. Sie war im Haus ihres Feindes und hatte sich eine Erkältung eingefangen. *Na wunderbar.*

Ein Feuer prasselte im Kamin, sie roch den Duft frischer Pfefferminze und sah sich um. Auf dem Stuhl neben dem Bett standen eine Kanne und eine Tasse, in der der Tee noch dampfte. Daneben befand sich ein Stapel säuberlich gefalteter Stofftücher. Dankbar griff sie nach einem und schnäuzte sich trompetend die Nase.

Die Tür flog auf.

»Gut, du bist wach.« Damian musterte sie. »Du siehst aus wie Gevatter Tod höchstpersönlich.« Der Hauch eines Lächelns spielte um seine Mundwinkel.

»Schau ruhig genau hin«, gab sie mürrisch zurück und schniefte. »Ergötze dich an meinem Elend.«

»Wenigstens deinen Humor hast du noch, so fragwürdig er auch sein mag.«

»Gewöhn dich nicht zu sehr daran.« Sie schlug die Decke beiseite und schwang die Beine über die Kante. Zu spät wurde ihr bewusst, dass sie nur ihr Unterkleid trug, doch in diesem Moment war ihr das herzlich egal. »Ich reise ab.«

»Ach ja? Wohin denn?«

»Das geht dich nicht das Geringste an.«

Sie bückte sich nach ihrer Reisetasche, doch selbst diese kleine Bewegung trieb ihren Puls in die Höhe und sie ließ sich wieder auf die Bettkante sinken.

»Du schaffst es ja nicht einmal bis zur Tür«, stellte er nüchtern fest. »Bis auf Weiteres gehst du nirgendwohin.«

»Aber –«

»Trink deinen Tee. Ruh dich aus. Alles Weitere kannst du später planen.«

Sie musste sich eingestehen, dass er recht hatte, also kletterte sie wieder ins Bett und wickelte sich in die Wolldecke. Nachdem sie ein paar Schlucke von dem Tee genommen hatte, strömte eine angenehme Wärme durch ihre Glieder.

*

Nebelfinger, die über ihre Stirn strichen. Die kristalline Kälte einer Schneeflocke. Weiße Stille. Und dann, hinter der Stille, ein leises Murmeln. Etwas Kühles legte sich über ihre Augen. Sie öffnete sie und sah seinen dunklen Umriss wie durch einen leuchtenden Schleier. Er öffnete das Fenster und kehrte dann zu ihr zurück, steckte die Decke um sie herum fest, damit sie die Zugluft nicht spürte.

Später träumte sie, dass sie im Moor versank. Keuchend wachte sie auf, schlug die verschwitzte Decke zurück und schwang die Beine über die Bettkante. Ihr Kopf schien zu brennen und ihre Gedanken waren wie Sirup. Auf einmal war die Matratze zu weich, gab unter Rose nach wie das Moor aus ihrem Traum. Sie griff nach einem Zipfel der Wolldecke und ließ sich zu Boden gleiten. Die dunklen Eichendielen waren fest und unnachgiebig und sie wickelte sich in die Wolldecke, presste ihren glühenden Kopf gegen das kühle Holz und schlief ein.

*

Knarren. Schritte auf den Holzbohlen.

»Was tust du da?« Er beugte sich über sie, befühlte ihre Stirn. Plötzlich war ihr kalt, so kalt, dass sie zitterte.

»Schhh«, murmelte er beruhigend, dann wurde sie mitsamt der Decke in die Höhe gehoben. So gegen seine Brust gelehnt fühlte sie sich geborgen wie ein kleines Kind.

Dann bettete er sie sanft auf die weiche Matratze.

»Uff«, keuchte er. »Leicht bist du nicht gerade.«

»Gesprochen wie … ein wahrer Gentleman«, ächzte sie und öffnete die Augen mühsam einen Spaltbreit, doch seine Schritte entfernten sich bereits. Als er zurückkam, hatte er eine weitere Decke und mehrere Kissen dabei, die er ihr hinter den Rücken schob. Dann verschwand er erneut und kehrte mit einer metallenen, in dicken Stoff gewickelten Wärmflasche und einer Tasse Tee zurück.

Hinter ihm verharrte die schwarze Katze im Türrahmen und beobachtete sie neugierig.

Rose hätte zu gern eine schlagfertige Bemerkung gemacht, doch ihr fehlte jegliche Energie und sie musste ihre ganze Kraft darauf verwenden, ihren Tee nicht zu verschütten.

Währenddessen schürte Damian das Feuer im Kamin neu.

Rose trank ihren Tee in kleinen Schlucken und spürte, wie die Wärme langsam in ihre Gliedmaßen zurückkehrte.

Sobald das Feuer prasselte, drehte er sich zu ihr um und musterte sie mit einer Falte zwischen den dunklen Brauen. »Möchtest du, dass ich bei dir bleibe?«

Sie musste sich eingestehen, dass dies nicht der richtige Zeitpunkt für falschen Stolz war, also nickte sie einmal kurz, bevor sie wieder die Augen schloss und sich in die Decke wickelte.

Die Dielen knarzten, als Damian sich im Schneidersitz auf dem Boden neben dem Bett niederließ. Papier raschelte, dann hörte sie das Kratzen einer Feder, beruhigend und gleichmäßig. Irgendwann gesellte sich ein behagliches Schnurren dazu.

Der Kokon aus Wärme, in dem sie sich befand, ließ ihre Gliedmaßen schwer wie Blei werden und ihre Gedanken verloren sich wie Farbschlieren in einer Pfütze, bunte Wirbel ohne Form und Sinn.

30

Laute Stimmen weckten sie. Sie kamen aus dem Untergeschoss.

»Was hast du getan, Damian? Wie konntest du nur?«

»Hör mir zu, Molly –«

»Nein, mein Junge, du hörst mir zu. Das war eine riesengroße Dummheit von dir. Warum hast du nicht mit uns darüber gesprochen?«

Rose setzte einen Fuß auf die Treppe und klammerte sich am Geländer fest. Langsam setzte sie einen Fuß auf der Treppe vor den anderen und wäre beinahe über die schwarze Katze gestolpert, die auf einer der Stufen saß.

»Schhh«, machte Rose sanft und die Katze legte den Kopf schief und blinzelte sie an. Ihre Augen waren ebenso grün wie die ihres Besitzers.

»Warum hast du mir nicht gleich nach ihrer Ankunft erzählt, dass sie Whitbys Tochter ist?«

»Mein Junge, du hängst schon viel zu lang der Vergangenheit nach. Ich dachte, auf dem Ball hättet ihr euch gut verstanden. Ich hatte gehofft, ihr beide … Und sieh an, was jetzt passiert ist. Ach, es ist bereits Dorfgespräch. Du kannst dich nicht mehr in Rhodeward blicken lassen. Nicht nach dem, was du getan hast. Mrs Puffin, Mrs Hunt und Mrs Pennyworth haben sich in drei Furien verwandelt. Nicht viel, und sie hätten angefangen, Feuer zu speien.«

Ein Schnauben.

»Ich meine es ernst, Damian. Die Leute mögen Rose und die Veränderung, die sie eingeläutet hat. Eine schöne Sache, die du uns da eingebrockt hast. Jack und ich müssen uns mit diesem Giftzwerg Kane herumschlagen.«

Damian senkte die Stimme zu einem Flüstern und Rose konnte nicht ausmachen, was er antwortete. Dann hörte sie eine gemurmelte Verabschiedung und Schritte, die sich entfernten. Die Eingangstür fiel ins Schloss.

In die schwere Wolldecke gewickelt nahm sie eine Stufe nach der anderen und die schwarze Katze folgte ihr lautlos, bis sie den Eingang zur Küche erreichten.

Damian stand mit dem Rücken zu ihr an einem alten gusseisernen Herd, einer Miniaturausgabe des Ungetüms, das sie in der Küche von Rosewood Hall gesehen hatte. Er trug ein loses Leinenhemd mit weiten Ärmeln und rührte in einem großen Topf. Es duftete nach geschmorten Zwiebeln. Sein dunkles Haar, länger als die aktuelle Mode es vorschrieb, fiel ihm offen bis auf die Schultern. So düster und abweisend ihr das Innere des Hauses bislang erschienen war, hatte diese Küche doch etwas Behagliches an sich.

Sie räusperte sich.

Damian zuckte zusammen und fuhr herum. »Du bist wach.«

Sie bemerkte die Zornesfalten zwischen seinen dunklen Brauen. So viel zur Behaglichkeit, dachte sie und verdrehte die Augen.

»Ich reise ab«, sagte sie und schlang die Wolldecke fester um sich.

Der Topf auf dem Herd gab ein leises Zischen von sich. Damian drehte sich wieder um, ohne etwas zu erwidern.

»Gleich heute Abend«, sagte sie, lauter diesmal. »Mir geht es schon viel besser. Ich gehe zu Fuß ins Dorf und nehme von dort aus eine Kutsche zum Bahnhof.«

Er nahm einen Löffel und probierte. Dann griff er nach dem Salztopf. Schließlich sagte er: »Ach ja? Und mit welchem Geld bezahlst du die Kutsche?«

Sie atmete tief durch. »Nun … Du bist sicher erpicht darauf, mich loszuwerden. Ich nehme an, der Preis für eine Kutschfahrt ist gering im Vergleich zu der Erleichterung, mich nie wieder sehen zu müssen.«

»Ich soll deine Kutschfahrt bezahlen? Und wie willst du den Rest deiner Heimreise bewerkstelligen?«

»Mir fällt schon etwas ein.« Sie unterdrückte ein Husten.

Er füllte etwas aus dem Topf in eine Schüssel, stellte sie auf den Tisch und bedeutete ihr, Platz zu nehmen.

»Was ist das?«

»Eintopf. Das siehst du doch. Keine Sorge, er ist nicht vergiftet.«

»Die Tatsache, dass du das betonst, macht dich nicht weniger verdächtig.«

Er verdrehte die Augen, dann griff er nach einem Löffel und bediente sich aus ihrer Schüssel.

»He!«

»Was denn?« Er grinste. »Siehst du, nicht vergiftet. Und verdammt lecker, wenn ich mich selbst loben darf.«

Sie kostete. Er hatte recht, der Eintopf war köstlich: Heiß und nahrhaft, genau das, was sie gerade brauchte.

Eine Weile lang aß sie schweigend und sah ihn nicht an, doch sie spürte seinen Blick auf ihr ruhen.

Schließlich schaute sie auf und legte den Löffel beiseite.

»Du bist in keiner Verfassung, um zu reisen«, sagte er unerwartet sanft.

Sie wollte protestieren, wurde aber von einem Hustenanfall geschüttelt.

»Sag ich doch.« Er fuhr sich mit der Hand durch das Haar. »Molly wird es mir nie verzeihen, wenn ich dich so auf den Weg schicke, auch wenn ich dich lieber heute als morgen los wäre.«

»Kennst du Molly schon lange?«

»Fast mein ganzes Leben.«

»Du bist also hier aufgewachsen?«

Seine Augen verengten sich. »Das bin ich in der Tat.«

»Ich dachte, ein berühmter Theaterautor wie Damian Drake lebt in London in Saus und Braus, nicht in einer heruntergekommenen Hütte im Nirgendwo. Schon gar nicht, wenn er den Titel eines Earls sein Eigen nennt.«

»Da hast du wohl falsch gedacht.«

»Bist du wirklich Drake? *Der* Drake? Du trägst nicht nur zufällig denselben Namen?«

Das schien ihn zu amüsieren. »Soweit ich weiß, gibt es nur einen von meiner Sorte.«

»Hmm«, machte sie. »Tja, *ich* habe keines deiner Stücke gesehen.« Den Gedichtband, den sie inzwischen auswendig konnte, und Abbys Schwärmereien überging sie geflissentlich.

»Das wundert mich nicht.«

»Und wie kommst du auf die absurde Idee, mein Schloss, das ich rechtmäßig von meinem Vater geerbt habe, würde dir gehören?« Mit jedem Wort wurde ihre Stimme lauter, auch wenn sie heiser war und das Sprechen wehtat.

Er stand auf und griff wortlos nach der leeren Schüssel. Die Katze sprang auf den Tisch und miaute vorwurfsvoll. Damian nahm sie hoch und setzte sie auf dem Boden ab, was das Tier mit einem beleidigten Maunzen quittierte. »Tu nicht so, als hätte ich dich nicht bereits gefüttert, Mephisto«, sagte er stirnrunzelnd. »Na los, fang ein paar Mäuse, wenn du hungrig bist.«

Dann wandte er sich wieder Rose zu, machte aber keine Anstalten, ihre Frage zu beantworten. Sein Schweigen stachelte ihren Zorn weiter an. »Was du getan hast, kann unmöglich rechtens sein. Mein Vater war ein ehrbarer Mann. Sobald ich von meinem Anwalt höre, werde ich dafür sorgen, dass ich das Schloss zurückbekomme. Ich werde mich an die Behörden wenden, die Presse, ich werde –«

Er zuckte mit den Achseln und ein Schatten huschte über sein Gesicht. »Tu, was du willst. Mir ist es gleich. Außerdem ändert es nichts.«

Rose hatte das Gefühl, als würde ihr ganzer Körper glühen, und sie spürte ein Klingen in den Ohren. »Und woher kannte meine Mutter dich?«, fragte sie spitz.

Damian maß sie mit einem langen Blick. Seine Miene war zu einer abweisenden Maske erstarrt, die keine Gefühlsregung verriet. »Das wirst du sie selbst fragen müssen«, sagte er schließlich. »Außerdem würdest du mir ohnehin nicht glauben.«

*

Rose lag im Bett.

Eine Erinnerung flackerte in ihr auf, so verschwommen wie die Fieberträume, die sie gehabt hatte.

Das angespannte Lachen ihrer Mutter bei der Testamentsverlesung.

Ich bin mir sicher, dass in seinem Testament keine Überraschungen zu finden sind. Wir stehen das durch, du und ich. Wir sind stark.

Der Brief im Studierzimmer ihres Vaters.

Ihre Mutter, die zurückzuckte, als sie Damian sah.

Er ist also endlich tot?

Rose biss die Zähne zusammen. Bitte nicht, dachte sie und starrte in die Dunkelheit. Bitte, Vater, das darf nicht wahr sein. Das kannst du Mutter und mir unmöglich angetan haben.

Am nächsten Morgen fühlte sich ihr Kopf schon besser an und sie schaffte es problemlos nach unten.

Damian saß in der Küche am Tisch und nahm kaum Notiz von ihr, als sie hereinkam. »Porridge steht auf dem Herd«, brummte er und kritzelte etwas in ein ledergebundenes Büchlein.

Rose nahm sich von dem nach Zimt duftenden Porridge und gab Honig obenauf, bevor sie sich Damian gegenüber an den Tisch setzte.

Schließlich sah er auf. »Na, bist du immer noch so erpicht darauf, abzureisen?«, fragte er mit hochgezogener Augenbraue. »Ich denke, damit solltest du bis nach London kommen.« Er wies mit dem Kinn auf einen Lederbeutel auf dem Tisch.

Rose griff danach. Er war schwer und die Münzen darin klimperten verheißungsvoll.

»Mehr habe ich im Moment nicht«, sagte er knapp. »Aber von London aus kannst du sicher an deine Mutter telegrafieren und um Geld für die Heimreise bitten.«

Sie schob den Beutel wieder über den Tisch. »Ich will kein Geld, Damian. Ich will Antworten.«

Er seufzte und lehnte sich mit verschränkten Armen zurück. Er trug wieder ein schlichtes Leinenhemd wie am Vortag und hatte die Ärmel hochgekrempelt. »Es gibt keine Antworten. Zumindest keine, die dich zufriedenstellen würden.«

Rose sah ihn an. Er wirkte müde, und doch war da eine Tatkraft in seinem Blick, vielleicht auch eine Spur Stolz. Ein Junge, der einen Apfel gestohlen hat, aber lieber die Strafe in Kauf nimmt, als die Tat zu gestehen.

Sie sah sich um. Das Morgenlicht, das durch das Fenster drang, malte wilde Tupfen auf die grobe Holzplatte des Tischs. In seiner Mitte stand eine Kanne mit herb duftendem

Schwarztee und der Herd verbreitete eine angenehme Wärme. Mephisto, der schwarze Kater, hatte es sich schnurrend auf einer Decke gemütlich gemacht.

»Ich habe es mir anders überlegt«, sagte sie schlicht und sah Damian in die Augen. »Ich bleibe hier.«

31

»Es erklärt sich von selbst«, sagte Rose entschlossen und rückte die Leiter zurecht. »Du hast mir mein Zuhause genommen, also ist es nur angemessen, dass du mir deines zur Verfügung stellst.«

Sie erklomm die erste Leitersprosse, und als sich das Holz als stabil erwies, wagte sie sich weiter hinauf. »Immerhin werfe ich dich nicht hinaus. Nein, ich richte mich lediglich in diesem Zimmer ein, bis ich eine Antwort von meinem Anwalt erhalten habe, was die Rechtmäßigkeit – oder vielmehr die Unrechtmäßigkeit – des Verkaufs angeht.«

Sie rüttelte an der Vorhangstange und Damian rief: »Nein, nicht«, dann kam ihr auch schon die Stange mitsamt dem Vorhang entgegen. Damian wurde unter dem schweren Stoff begraben und eine Staubwolke stieb in die Luft.

Als er wieder zum Vorschein kam, war er alles andere als amüsiert.

Hastig kletterte Rose von der Leiter und trat neben ihn. Mit der Hand wischte er über den Vorhang und seine Miene erhellte sich, als unter der gräulichen Staubschicht ein Rankenmuster aus Jacquard in satten Burgunder- und Goldtönen hervorblitzte.

»Her damit«, befahl Rose munter. »Ich klopfe den Staub unten an der Teppichstange aus.«

*

Damians Irritation war eine Wohltat.

»Du kannst hier nicht einfach einziehen«, sagte er zum wiederholten Mal an diesem Abend, während er im Kamin herumstocherte, um das Feuer anzufachen.

»Solltest du versuchen, mich hinauszuwerfen, marschiere ich geradewegs zur Rhodewarder Damengesellschaft. Meinte Molly nicht, dass du bereits alle Dorfbewohner gegen dich aufgebracht hast? Was sie wohl sagen würden, wenn sie wüssten, dass du mich zum zweiten Mal herzlos auf die Straße setzen willst?«

»Sie würden sich herzlich wenig mit Reden aufhalten, sondern die Mistgabeln schwingen«, murrte er.

Schließlich gelang es ihm, das Feuer in Gang zu bringen. Das gemütliche Prasseln im Kamin verströmte Wärme und Behaglichkeit.

In den vergangenen Tagen hatte das Haus eine Verwandlung durchgemacht. Nachdem Rose begonnen hatte, ihr Schlafzimmer aufzuräumen und zu putzen, hatte Damian es ihr in den restlichen Zimmern nachgetan. Das Holz der alten Möbel war nicht länger matt, sondern glänzte frisch poliert. Den Efeu auf der der Straße zugewandten Seite des Hauses hatte er nicht angerührt, aber der Garten auf der Rückseite war von Unkraut und Gestrüpp befreit, die Hecke war zurückgeschnitten und selbst die Hintertür war neu lackiert.

Der einfache, aber gemütliche Salon im Erdgeschoss war von dieser Putzkampagne nicht verschont geblieben und erstrahlte nun in neuem Glanz.

Rose lehnte sich in ihrem Sessel zurück und betrachtete die Flammen.

Zwischen ihr und Damian herrschte ein fragiler Waffenstillstand. Schweigen wechselte sich mit Sticheleien ab, aber Damian hatte sich nur halbherzig gegen ihre ›feindliche Übernahme‹ gewehrt. Irgendetwas schien ihn zu beschäftigen.

Rose war ebenfalls beschäftigt. Sie hatte vom Postamt aus mehrere Briefe und Telegramme an Mr Finnegan verfasst, aber noch keine Antwort erhalten. Dennoch stand ihr Verstand nicht still. Sie war nicht gewillt, Rosewood Hall einfach so aufzugeben. Und Damian hüllte sich noch immer in Schweigen. Sie hatte auf tausend verschiedene Arten versucht, ihn zum Reden zu bringen, jedoch ohne Erfolg.

Als sie ihm nun einen verstohlenen Blick zuwarf, schienen seine Züge sich im Schattenspiel des Feuers von Sekunde zu Sekunde zu wandeln, und sie war ratloser als je zuvor. Als er merkte, dass sie ihn beobachtete, öffnete er die Augen und sah sie direkt an. Sie spürte es wie ein Beben in ihrer Brust, ein dunkles Vibrieren, das bis unter ihre Haut drang.

»Diese alte Hütte glänzt und funkelt«, sagte er unvermittelt. »Wir haben gute Arbeit geleistet heute. Wie wäre es zur Feier des Tages mit einem Whiskey? Ich habe irgendwo noch eine Flasche.«

»Ja, gerne«, sagte sie lächelnd.

Sobald er weg war, sprang sie auf. Das war ihre Gelegenheit, endlich mehr über den Verkauf herauszufinden. Sie hatte Damian ihre Hilfe beim Putzen und Herrichten des Häuschens nicht aus Selbstlosigkeit angeboten. Vielmehr hatte sie die Gelegenheit nutzen wollen, sich umzusehen und vielleicht auf diese Weise einige seiner Geheimnisse zu ergründen. Doch anstatt ihr die unliebsamen Arbeiten zu überlassen, hatte er den Löwenanteil selbst übernommen, was bedeutete, dass sie nie lang genug allein gewesen war, um herumzustöbern. Sie vermutete, dass er alles Wichtige im Salon aufbewahrte, dessen Sofa er nachts als Bett nutzte. Dort befanden sich auch Regalreihen voller Bücher und ein kleiner Sekretär aus schwarz gebeiztem Rosenholz.

Als sie auf den Sekretär zuschlich, hob der Kater, der in der Ecke auf einer Decke lag, den Kopf und beobachtete sie mit funkelnden Augen.

Einen Moment lang kamen ihr Zweifel an ihrem Vorhaben, doch sie schob sie beiseite. Eine weitere Gelegenheit würde sich nicht so schnell bieten. Sie öffnete die Klappe und ein Wust von handbeschriebenen Papieren quoll ihr entgegen. Sie wühlte darin herum, bis sie einen Stapel mit offiziell aussehenden Dokumenten fand. Dort war der Durchschlag, identisch mit ihrem eigenen, der Kane als neuen Besitzer von Rosewood Hall auswies. Und darunter lag ein zweites Blatt, das ebenfalls Damians Unterschrift trug. Ein Vertrag. Gerade wollte sie ihn überfliegen, als sie hinter sich ein Räuspern hörte.

Sie fuhr herum und sah Damian im Türrahmen, zwei Gläser mit einer bernsteinfarbenen Flüssigkeit in den Händen.

»Warum bin ich nicht überrascht«, sagte er mehr zu sich selbst als zu ihr.

Er seufzte, ließ sich in den Sessel fallen und leerte eines der Gläser in einem einzigen Zug.

»Gib mir das Dokument.« Seine Stimme klang dunkel und rauchig.

Sie schüttelte den Kopf.

Er stellte beide Gläser mit einem Knall ab und bevor sie reagieren konnte, war er neben ihr. Sie konnte das schwere Aroma des Whiskeys in seinem Atem riechen, den Zederndurft der Holzpolitur an seinen Händen.

Der Kater gab ein bedrohliches Grollen von sich.

Jede Faser ihres Körpers schrie danach, klein beizugeben. Doch sie war eine Whitby. Sie straffte die Schultern und zwang sich, seinem Blick ruhig zu begegnen.

»Nein«, sagte sie. »Zumindest das bist du mir schuldig.«

»Ich«, erwiderte er und beugte sich zu ihr herunter, sodass sein Gesicht nur wenige Zentimeter von ihrem entfernt war,

»bin dir überhaupt nichts schuldig. Weder eine Bleibe noch eine Erklärung.«

Ihr Herz klopfte so laut, dass er es trotz des prasselnden Feuers hören musste. Doch sie stellte überrascht fest, dass sie keine Angst vor ihm hatte. Irgendwo unter seiner zur Schau gestellten Abneigung, seiner Irritation, seinem Zynismus, war etwas, das zum Vorschein kam, wenn er sie ansah. Ein Blitzen in seinen grünen Augen, das auch der Widerschein des Feuers hätte sein können. Sie hatte es schon einmal gesehen, in der Nacht des Rosenfests, als er ihr die Hand zum Tanz geboten hatte. Irgendein Teil von ihm begehrte sie noch immer, das wusste sie instinktiv.

Sie machte einen Schritt zurück, auf das Feuer zu. Streckte den Arm mit dem Vertrag aus.

»Was tust du da?«, fragte er alarmiert. »Nicht!«

Doch sie hielt das Papier bereits über das Feuer. Ließ die Flammen daran lecken.

»Was steht darin?«, fragte sie scharf.

Er schloss die Augen. Sein Kiefer mahlte. Dann schien er eine Entscheidung zu treffen.

»Nun gut, aber nimm es vom Feuer weg.«

Sie zog es außer Reichweite der Flammen. »Also?«

»Dieses Stück Papier ist der Grund, weshalb ich dir nicht helfen kann. Weshalb ich all das nicht rückgängig machen kann, selbst wenn ich wollte. Was nicht der Fall ist.« Er seufzte. »Lies es, von mir aus. Schlimmer kann es kaum werden.«

Schwer ließ er sich wieder in den Sessel fallen und griff nach dem vollen Whiskeyglas.

Rose blieb stehen und hielt sich das Papier, dessen angekokelte Ränder noch leicht rauchten, dicht vor die Augen, um es im schummrigen Licht entziffern zu können.

Schließlich ließ sie es sinken. Sah zu Damian hinüber, der ihren Blick mied und stattdessen sein Glas in der Hand hin und her drehte und hineinstarrte, als enthielte es die Antwort auf alle Fragen, die ihn umtrieben.

»Spielschulden?«, fragte sie mit brüchiger Stimme. »Du hattest Spielschulden bei Kane und deswegen hast du Rosewood Hall verkauft?«

»So war es nicht«, sagte er müde.

»Wie sonst häuft man einen so gewaltigen Schuldenberg an, wenn nicht durch Wetten oder am Kartentisch?« Ihre Stimme klang selbst in ihren eigenen Ohren schrill und verzweifelt.

»Es waren keine Spielschulden, verflucht noch mal.«

Die Ohren des Katers zuckten und er gab ein beleidigtes Maunzen von sich.

»Tut mir leid«, sagte Damian. »Keine Spielschulden«, wiederholte er leiser. »Zumindest nicht am Anfang.«

Langsam setzte Rose sich in ihren Sessel, den Vertrag noch immer fest umklammert.

»Es ist ohnehin unerheblich, woher die Schulden stammten«, sagte sie mit leiser, fester Stimme. »Ich glaube, ich habe es jetzt verstanden. Wie du an das Schloss kommen konntest. Warum meine Mutter so erschüttert war, als sie dich sah.«

Damian blickte starr geradeaus und sagte kein Wort, auf seinem Gesicht nichts als stumme Resignation.

32

»Es war ein Skandal, als meine Eltern heirateten«, sagte Rose leise und starrte auf die tanzenden Flammen im Kamin. »Meine Mutter stammt aus einer verarmten Adelsamilie, die nie zugelassen hätte, dass mein Vater um sie warb, wenn nicht …«

Sie verstummte und kämpfte das Ziehen in ihrer Brust nieder. »Mein Vater war nicht adlig, aber er stammte aus einer reichen Unternehmerfamilie. Er war ein berüchtigter Salonlöwe und kostete das Leben als Junggeselle in vollen Zügen aus. Aber als er meine Mutter bei einem Ball kennenlernte, war es um ihn geschehen. Noch in derselben Nacht hielt er um ihre Hand an. Sie hingegen hatte ein Geheimnis, von dem nicht einmal ihre Eltern wussten.«

Rose zögerte, schluckte, setzte von Neuem an. »Dieses Geheimnis war ich. Einige Monate zuvor war sie eine unerlaubte Liebschaft mit einem Soldaten eingegangen. Ihre Eltern fanden es heraus und sorgten dafür, dass er nach Indien versetzt wurde, wo er bald darauf am Fieber starb. Doch der Schaden war bereits angerichtet: Sie war schwanger mit mir, als sie meinen Vater kennenlernte. Meine Mutter rechnete fest damit, dass ihr Geständnis ihn in die Flucht schlagen würde, aber …«

Rose lächelte versonnen. »Das tat es nicht. Im Gegenteil. Er überzeugte meine Großeltern, sie heiraten zu dürfen, und drängte auf eine baldige Hochzeit. Der genaue Zeitpunkt meiner Geburt wurde verschleiert und niemand ahnte, dass ich nicht seine leibliche Tochter bin.«

Damian starrte sie mit einem schwer zu deutenden Ausdruck in den grünen Augen an.

Unbeirrt fuhr sie fort: »Meine Mutter wollte ihm unbedingt einen männlichen Nachkommen schenken, doch das Schicksal hatte andere Pläne: Ich blieb ihr einziges Kind. Ich glaube nicht, dass sie sich das je verziehen hat, aber Vater machte ihr nie einen Vorwurf, im Gegenteil. Er sah mich immer als seine Tochter an, gab mir nie das Gefühl, weniger wert zu sein.«

Sie senkte den Blick auf ihre Hände, die leicht zitterten. »Aber vielleicht ist das ja nicht die ganze Wahrheit.« Als sie Damian erneut ansah, fühlte es sich an, als würde sie versuchen, einen Mund voller Glasscherben zu schlucken.

»Es ist kein Zufall, dass meine Mutter dich erkannt hat. Sie wusste, wer du bist. Und es ist auch kein Wunder, dass sie über deinen Anblick alles andere als erfreut war. Du … Du musst der uneheliche Sohn meines Vaters sein, den er irgendwann vor der Ehe mit meiner Mutter gezeugt hat.«

Sie holte tief Luft. »Und deswegen konntest du nach englischem Erbrecht als Erstgeborener und einziger Sohn Anspruch auf das Schloss erheben.«

Da, sie hatte es ausgesprochen, diesen fürchterlichen Verdacht, der schon seit Tagen an ihr nagte. Es war die einzige Erklärung, die Sinn ergab. Sie beobachtete sein Gesicht, wartete seine Reaktion auf ihre Worte ab. Er würde es zugeben und alles, was sie bislang für selbstverständlich gehalten hatte, würde in tausend Teile zerbersten.

Ein Moment lang wirkte er völlig verblüfft.

Dann warf er den Kopf in den Nacken und stieß ein bellendes Lachen aus.

Sie saß wie erstarrt da, während er sich die Lachtränen aus den Augen wischte. »Du glaubst, ich wäre Whitbys Bastard?«

Ihre Wangen fühlten sich heiß an, sie musste dunkelrot angelaufen sein.

»Ist es denn nicht so?«

Damian sprang auf und streckte die Hand aus. »Komm mit«, sagte er.

*

Der dunkle Dachstuhl des Waldhäuschens war ein Irrgarten aus Gerümpel und Rose verlor schon nach wenigen Augenblicken die Orientierung.

Damian hingegen schien sich in dem Durcheinander bestens auszukennen und führte sie zielsicher zu einem Winkel des Speichers, wo eine verdeckte Staffelei stand. Als er das Leintuch mit einer ruckartigen Bewegung herunterzog, wirbelte eine Staubwolke bis zu den niedrigen Deckenbalken auf. Sobald sie sich verzogen hatte, erkannte Rose ein goldgerahmtes Porträt.

Es zeigte eine hübsche Frau mit zarten Gesichtszügen und Damians grünen Augen. Sie trug ein lindgrünes Kleid mit weitem Reifrock und bauschigen Ärmeln, die sich zu ihren Handgelenken hin verengten. Der Mann, der mit stolzer Miene neben ihr stand, trug ein weit geschnittenes, moosfarbenes Jackett und passende lockere Hosen. Auf den ersten Blick hätte Rose ihn für Damian gehalten, wäre da nicht die altmodische Kleidung gewesen, die verriet, dass das Porträt aus den Sechzigerjahren stammen musste. Auf den zweiten Blick sah sie, dass die Miene des Mannes einen strengen, angespannten Zug hatte, der bei Damian fehlte. Aber es war offensichtlich, dass es sich um seinen Vater handelte.

»Das ist Darius Drake, der zehnte Earl of Greymont«, erklärte Damian mit leiser, beinahe ehrfürchtiger Stimme. »Die Frau neben ihm ist meine Mutter Alea. Wie du siehst, bin ich meinem Vater wie aus dem Gesicht geschnitten. Und was deine Frage nach dem Schloss angeht …«

Er hielt inne, schien einen Moment zu überlegen. »Das hat nichts mit meiner Herkunft zu tun, zumindest nicht so, wie du zu glauben scheinst.«

»Oh.« So enttäuscht sie war, die Antwort auf ihre Fragen noch immer nicht zu kennen, so immens war ihre Erleichterung, dass Damian nicht der heimliche Sohn ihres Vaters war.

So viele Lügen und Geheimnisse, dass ich nicht einmal mehr weiß, was die Wahrheit ist.

Damian kniff die Augen zusammen und warf ihr einen amüsierten Blick zu. »Aber dass du nicht Whitbys echte Tochter bist, ist eine interessante Wendung.«

»Wag es ja nicht«, zischte sie. »Er war mein Vater, Blutsverwandtschaft hin oder her. Er hat mir immer zu verstehen gegeben, dass er mich als seine echte Tochter ansieht.«

Damian hob entschuldigend die Hände, bevor er das Bild sorgfältig wieder verhängte. »Das war ehrenhaft von ihm«, sagte er nachdenklich, mehr zu sich selbst als zu ihr, aber Rose hörte ihm nur noch mit halbem Ohr zu.

Die Erkenntnis, dass ihre Theorie nicht stimmte, warf mehr Fragen als Antworten auf. Doch sie brauchte Antworten, und wenn Damian sie ihr nicht geben würde, musste sie eben an anderer Stelle nach ihnen suchen.

33

Der Anblick von Rosewood Hall war ein Schock. Männer mit Schaufeln hoben Gräben aus und die grüne Rasenfläche, Jacks ganzer Stolz, hatte sich in ein pockennarbiges Schlachtfeld verwandelt. Ausgehobene Rosensträucher lagen achtlos auf einem Haufen und große, mit Möbeln beladene Karren standen vor dem Tor. Männer strömten ein und aus, während ein Vorarbeiter Befehle brüllte.

Unter ihrem Wolltuch verborgen, das sie wie eine Kapuze über Kopf und Schultern gelegt hatte, gelang es Rose, unbemerkt bis zum Eingang des Torhauses zu schleichen. Molly, die gerade mit einem Korb schmutziger Wäsche aus der Tür kam, stieß ein überraschtes Keuchen aus, ließ den Korb fallen und zerrte sie hastig am Ärmel in den dunklen Flur.

Oben in der Küche setzte Molly fahrig eine Kanne Tee auf, während sie immer wieder nervöse Blicke aus dem Fenster über die verunstaltete Rasenfläche warf.

»Wie schön, dich zu sehen, Rose«, sagte sie mit zittriger Stimme, sobald sie am Tisch saßen und sie den viel zu kurz gezogenen Tee einschenkte.

»Du scheinst nicht allzu überrascht von meinem Besuch zu sein«, sagte Rose und legte den Kopf schief. »Heraus mit der Sprache, Molly. Hat Damian dir verraten, wo ich mich aufhalte?«

Endlich trat ein leises Lächeln auf Mollys angespanntes Gesicht. »Dieser dumme Junge«, sagte sie liebevoll. »Seine Sturheit hat ihn schon zu mancherlei Torheit verleitet, aber dass er so weit gehen würde …« Sie seufzte. »Ich habe ihm gesagt, er könne etwas erleben, sollte er dich ein zweites Mal auf die Straße setzen.«

»Im Moment haben wir eine Art Waffenstillstand geschlossen.« Rose nahm einen Schluck von ihrem Tee und dachte über ihre nächsten Worte nach. Sie hatte das unbestimmte Gefühl, dass Molly die Antworten auf die Fragen kannte, die ihr auf der Seele brannten.

Warum hat Damian Anspruch auf das Schloss erhoben?

Warum hat er Recht bekommen?

Wer ist dieser Kane?

Und was weißt du darüber, Molly?

Aber sie hatte das Gefühl, dass Molly ihr nichts erzählen würde, wenn sie sie drängte, also versuchte sie es auf andere Weise.

»Ist Kane noch hier?«

»Inzwischen ist er wieder in London, aber er hat Jack und mir erlaubt, bis auf Weiteres hier wohnen zu bleiben, jedenfalls solange wir die Arbeiter versorgen. Wer weiß, wie lang es dauert, bis er seine Meinung ändert.«

»Hat er Dory und Lory wieder zurückgeschickt?«

Molly schüttelte den Kopf. »Die Mädchen sind noch immer im Schloss. Wir kommen selbst zu viert kaum hinterher: Eine Horde Arbeiter verköstigen, ihre Wäsche waschen und ihnen hinterherräumen – und alles nur, damit sie das Schloss weiter verunstalten können.«

»Was hat Kane denn mit dem Schloss vor?« Rose wies aus dem Fenster auf den verwüsteten Garten.

Molly rührte ihren Tee unablässig um, obwohl sie weder Zucker noch Milch hinzugegeben hatte. »Weißt du, er will Rosewood Hall nicht selbst bewohnen, sondern plant, eine Hotelanlage daraus zu machen. Für reiche Amerikaner. Er will es komplett umbauen, Böden und Wände einreißen, moderne Leitungen verlegen und Zwischengeschosse einziehen. Es wird nicht wiederzuerkennen sein, wenn er fertig ist.« Sie schluckte. »Aus unserem herrlichen Rosengarten und den umliegenden Wäldchen will er einen Golfplatz machen. Die Amerikaner sind wohl ganz verrückt nach dieser seltsamen Sportart.«

Rose schüttelte entsetzt den Kopf. »Aber das Gebäude hat historischen Wert«, protestierte sie. »Es ist Jahrhunderte alt! Er kann es doch nicht halb einreißen, um dann irgendeine kitschige Monstrosität daraus zu machen, in der amerikanische Vergnügungsreisende Bälle über einen durchlöcherten Rasen schubsen.«

»Anscheinend schon. Mein Gott, wie konnte Damian nur? Der Junge war schon immer ein Racker, aber so unbesonnen habe ich ihn noch nie erlebt.«

Rose stellte ihre Teetasse ab, ohne mehr als einen Schluck getrunken zu haben. »Molly, ich glaube, es ist an der Zeit, dass du mir die ganze Geschichte erzählst. Damian hat mir nur gesagt, dass er es verkauft hat, um seine Schulden zu begleichen.«

Molly seufzte. »Ich habe Damian immer gesagt, er dürfe sich nicht weiter verschulden. Es hat nichts als Unglück gebracht.«

»Nach allem, was passiert ist, habe ich ein Recht darauf, die ganze Geschichte zu erfahren, findest du nicht?«

»Nun, also …« Das Thema schien Molly unangenehm zu sein. »Ich glaube, du solltest mit Damian selbst darüber sprechen.«

Rose sah sie bittend an. »Wir sind uns doch einig, dass dieses Schloss nicht in Kanes Hände gehört, oder? Ich stehe mit einem Anwalt in Kontakt. Wenn ich beweisen kann, dass das Schloss rechtmäßig mir gehört, kann der Verkauf an Kane rückgängig gemacht werden. Dann können wir den Umbau und den Golfplatz verhindern. Aber ohne weitere Informationen sind mir die Hände gebunden.«

Molly dachte nach.

»Ich weiß nicht, ob es noch möglich ist, Kane aufzuhalten«, sagte sie mit leiser, brüchiger Stimme. »Und ich will nicht, dass du dich in Gefahr begibst, dafür scheinst du nämlich ein Talent zu haben. Und Kane bedeutet Gefahr, vergiss das nie.«

Sie stockte, dann beugte sie sich vertraulich vor. »Hast du dich schon mal gefragt, warum das Schloss so lang leer stand? Zwanzig Jahre lang?«

»Nun, wegen des angeblichen Spuks, glaube ich«, erwiderte Rose, doch dann runzelte sie die Stirn. »Nein, das kann nicht sein. Vor zwanzig Jahren war Damian noch ein kleiner Junge – unwahrscheinlich, dass er damals schon das Schloss heimgesucht hat.« Sie überlegte laut. »Mutter und Vater lebten damals noch nicht in Prag, sondern in London. Vielleicht haben sie das Schloss einfach vergessen?« Aber noch während sie das sagte, wurde ihr klar, dass das nicht stimmen konnte.

Ihre Eltern hatten ihr die Existenz von Rosewood Hall bewusst verschwiegen. Ihre Mutter hatte es als Bruchbude bezeichnet, sich über den tadellosen Zustand des Schlosses jedoch nicht überrascht gezeigt. Ihr Vater war ein guter Geschäftsmann gewesen, da ergab es keinen Sinn, dass er ein Schloss einfach leerstehen ließ.

Die Antwort lag zum Greifen nah, das spürte Rose. Aber sie spürte auch Wut in sich aufsteigen. Sie bemühte sich nach Kräften, die wenigen Informationen, die sie besaß, zu einem Gesamtbild zusammenzufügen, aber es war zum Haareraufen. Die Menschen um sie herum schienen dieses Bild bereits zu kennen und bewahrten absichtlich Stillschweigen darüber.

Sie schüttelte den Kopf. »Ich bin sicher, dass ich den Verkauf anfechten kann«, sagte sie. »Wenn mir mein Anwalt nur endlich antwortet.«

Mit zusammengebissenen Zähnen dachte sie an die beträchtliche Anzahlung, die sie geleistet hatte.

Ein Hämmern an der Tür ließ sie beide zusammenzucken.

»Schnell, nimm den Hinterausgang«, zischte Molly. »Kanes Männer dürfen dich hier nicht finden, sonst wirft er mich und Jack noch hinaus.«

34

Das Wasser in dem riesigen kupfernen Zuber schwappte auf den Küchenboden, als Damian wieder auftauchte. Er hielt die Augen geschlossen und als der Dampf sich teilte, sah Rose die winzigen Wassertröpfchen an seinen langen Wimpern.

Die Nachmittagssonne fiel schräg durch die Spitzenvorhänge und malte verschlungene Muster auf seine Schultern. Obwohl der Rest seines Körpers unter Wasser lag, lief sie rot an und schlug die Augen nieder. Als sie einen erneuten Blick riskierte, merkte sie, dass er die Augen geöffnet hatte und sie interessiert beobachtete.

»Ich, ähm, wusste nicht, dass du badest«, sagte sie und wünschte, sie hätte eine schlagfertigere Bemerkung parat, doch der Anblick des nackten Mannes in der Küche hatte ihr die Sprache verschlagen.

»Und ich wusste nicht, dass du so bald schon zurück sein würdest«, sagte er grinsend und lehnte sich gegen die Rückwand des Zubers. »Vielleicht ist das Badewasser noch warm, wenn ich fertig bin, dann kannst du in die Wanne.«

Rose schnaubte. »Da wäre ich hinterher ja noch dreckiger als vorher«, sagte sie spitz und war insgeheim erleichtert, ihre Schlagfertigkeit nicht völlig eingebüßt zu haben.

»Frechheit«, protestierte er. »Ich bade regelmäßig. Und im Gegensatz zu gewissen anderen Leuten wechsle ich sogar die Kleidung.«

Rose lief feuerrot an und sah an ihrem Reisekleid hinunter. Sie wusch regelmäßig Chemise und Unterrock und bürstete das Kleid stets vor dem Schlafengehen aus, doch sie hatte nicht verhindern können, dass es inzwischen recht mitgenommen aussah.

»Tut mir leid, so habe ich es nicht gemeint«, sagte Damian beschwichtigend. Anscheinend war ihm nicht entgangen, dass er einen wunden Punkt getroffen hatte.

Es war merkwürdig, eine Entschuldigung von einem derart unbekleideten Gesprächspartner entgegenzunehmen. Verlegen wandte sie sich ab und steckte die Hände in die Taschen. Etwas Kühles berührte ihre Fingerspitzen und sie ertastete eine verschlungene metallene Form – es war der Schlüssel mit den Drachenschwingen, den sie an einem Haken im Großen Saal von Rosewood Hall gefunden hatte.

Mehr aus Verlegenheit denn aus Interesse zog sie ihn heraus und drehte ihn hin und her.

»Was hast du da?« Sie hörte, wie Wasser über den Rand schwappte.

»Ach, nichts«, gab sie zurück und wollte den Schlüssel wieder einstecken, doch irgendetwas hielt sie davon ab.

Es war ein schöner Schlüssel, das schwere Metall hatte eine dunkle Patina und die verschlungenen Formen wirkten handgeschmiedet. Er musste alt sein, hundert Jahre, zweihundert? Oder noch älter?

Und diese Formen, die da zwischen den Flügeln verliefen, bildeten sie nicht Buchstaben? Etwas Ähnliches hatte sie schon einmal gesehen, ein verschlungenes doppeltes C oder D …

Sie hob den Kopf und begegnete Damians Blick. Das Haar, nass vom Badewasser, lag eng an seinem Kopf und das Sonnenlicht fiel golden auf seine eleganten Züge. Die kaum merkliche Biegung seiner Nase, die dunklen Brauen, das stolze Kinn, das er von seinem Vater geerbt hatte. Etwas an seinen Zügen erinnerte sie an die Gesichter unter der rissigen

Ölfarbe im schummrigen Licht der Ahnengalerie auf Rosewood Hall.

»Darf ich dich etwas fragen, Damian?«

»Nur zu.«

Sie hielt den Schlüssel in die Höhe. »Bekamen alle Söhne in deiner Familie einen Vornamen, der mit D beginnt, oder nur die Erstgeborenen?«

Er fuhr sich mit der Hand durch das Haar und blinzelte, als ihm Wasser übers Gesicht lief. »Nur die Erstgeborenen. In meiner Generation bin ich allerdings der einzige Sohn. Und der einzige noch lebende Drake.« Ein bitterer Tonfall schlich sich in seine Stimme. »Mein Vater war Darius, und sein Vater hieß Darwin. Irgendwo in der Ahnenlinie gibt es auch einen Drake Drake.« Er grinste schwach. »Wahrscheinlich sind meinen Vorfahren da die Ideen ausgegangen.«

»Und einer von ihnen hat Rosewood Hall erbaut, richtig?«, fragte sie, obwohl sie es im Grunde genommen bereits wusste.

»Richtig, im frühen dreizehnten Jahrhundert. Fast sieben Jahrhunderte lang blieb es im Familienbesitz. Nun, zwischendurch wurde es im englischen Bürgerkrieg von einer Horde Parlamentaristen erobert, aber das hielt nicht lange an.«

»Fast sieben Jahrhunderte«, wiederholte sie nachdenklich. »Bis …«

»Bis es deiner Familie in die Hände fiel«, vervollständigte Damian. Er sah aus, als bereitete es ihm körperliche Schmerzen, fortzufahren.

Sie sprach an seiner Stelle weiter. »Ich hätte früher darauf kommen müssen. Ich hatte mich ja gefragt, wie es kam, dass der Sohn eines Earls in einem einfachen Torhaus lebt, dabei war die Antwort so naheliegend.«

Einen Moment lang wurde seine Miene leer, dann trat eine resignierte Entschlossenheit auf seine Züge. »Und ich hatte mich schon gefragt, wie lange du brauchen würdest, um die richtigen Fragen zu stellen.«

Sie nickte langsam und dachte an das kahle Viereck an der Wand, das ihr gegenüber des Zugangs zum geheimen Zimmer aufgefallen war. »Du siehst den Ahnenporträts in der Galerie von Rosewood Hall zum Verwechseln ähnlich. Doch ich denke, ich wäre früher darauf gekommen, wenn das Porträt deiner Eltern noch dort hinge.«

Er nickte. »Durch eine, tja, nennen wir es eine unglückliche Wendung des Schicksals, geriet das Schloss vor etwa zwanzig Jahren in den Besitz deines Vaters.« Er rang sich ein Lächeln ab, das seine Augen nicht erreichte. »Der Londoner Fabrikantensohn Alexander Whitby wurde zum neuen Besitzer von Rosewood Hall, während meine Mutter und ich unseren Stammsitz aufgeben mussten. Ich nehme an, du kannst nachfühlen, wie misslich unsere Lage damals war, Rose. Aus dem eigenen Zuhause geworfen zu werden …«

Sie atmete ruckartig ein. »Vor zwanzig Jahren«, flüsterte sie und dachte an Mollys Worte. »Das Schloss steht seit zwanzig Jahren leer.«

»In der Tat. Soweit ich weiß, hat dein Vater es nur ein einziges Mal betreten. Seitdem hat niemand aus deiner Familie auch nur einen Fuß nach Rosewood Hall gesetzt. Damals war ich noch ein Junge, kaum zehn Jahre alt. Zum Glück konnten meine Mutter und ich in diesem Gebäude unterkommen.« Er machte eine Geste, die das kleine Waldhaus und den Garten einschloss.

»Es war früher ein Torhaus, aber das Herrenhaus, zu dem es gehörte, brannte schon vor langer Zeit nieder. Das Torhaus geriet in Vergessenheit, bis wir vor zwanzig Jahren hier eingezogen. Es ist das letzte Besitztum meiner Familie, deren Geschichte Jahrhunderte zurückreicht. Ein Earl ohne Land, das bin ich. Letzter Überlebender und größte Schande der Drakes.« Er lachte freudlos.

»Aber wieso hätte Vater das tun sollen?«, rief Rose. »Er hätte euch sicher nicht grundlos auf die Straße gesetzt.«

Damian ballte die Fäuste und seine Knöchel wurden weiß. »Du hast die Wahl, Rose«, knurrte er. »Lässt du mich nun erzählen oder nicht?«

Sie verstummte und er fuhr fort.

»Es war eine bittere Ironie, dass das Schloss all die Jahre ungenutzt blieb. Aber weitaus schlimmer war, dass meine Mutter krank wurde. Die Behandlung war langwierig und teuer und sie musste Schulden aufnehmen. Trotzdem bestand sie darauf, mich auf ein angesehenes Internat zu schicken, aber das stürzte sie nur noch tiefer in die Schulden. Kurz, nachdem ich meinen Abschluss machte, starb sie. Um den Gläubigern zu entgehen, zog ich nach London und ertränkte meine Trauer in Alkohol, doch nach einer Weile spürten sie mich auf. Ich war fest entschlossen, ihnen keinen Penny zu geben – ihre horrenden Zinsen und Einschüchterungsversuche trugen zum frühen Tod meiner Mutter bei, da bin ich mir sicher. Anstatt eine anständige Arbeit zu beginnen, verschrieb ich mich also der Kunst, verfasste Theaterstücke und erlangte irgendwann ein gewisses Maß an Bekanntheit. Ich fürchtete, mit dem Erfolg würden auch die Gläubiger zurückkehren, aber das taten sie nicht. Ich dachte bereits, sie hätten mich vergessen, als eines Tages Kane vor meiner Tür stand und mir eröffnete, dass er all meine Schulden aufgekauft habe. Erst hielt ich es für einen Glücksfall, denn er war freundlich, lud mich in seinen Klub ein und schien sich ehrlich für mich zu interessieren.«

Damian schnaubte abfällig. »Nun, sein Klub entpuppte sich als illegale Spielhölle. Zuerst spielte ich nur kleine Einsätze, doch eines Abends drückte er mir einen Jeton im Wert von fünfhundert Pfund in die Hand. Ich wollte ihn an Ort und Stelle einlösen, aber er bestand darauf, dass ich mich an den Baccarat-Tisch setzte.«

Er machte Anstalten, sich aus der Wanne zu erheben, und sie wandte hastig den Blick ab, konnte jedoch nicht verhindern, dass eine leichte Röte über ihre Wangen kroch. Sie schloss die Augen und konzentrierte sich auf den gleichmäßigen Klang seiner Stimme, auf seine Worte, die ein düsteres Bild zeichneten.

»Und tatsächlich, das Glück war mir hold. Ich gewann, einmal, zweimal, dreimal, ich war wie im Rausch. Irgendwann lag genug Geld vor mir, um mich all meiner Sorgen auf einen Schlag zu entledigen. Tja, und dann spielte ich eine weitere Runde. Ich verlor. Und verlor und verlor. Am Ende war mein Schuldenberg größer als je zuvor.«

Sie hörte das Rascheln von Stoff und versuchte, sich nicht vorzustellen, wie er nach dem bereitliegenden Handtuch griff und sich abtrocknete.

Als er weitersprach, war seine Stimme voller Bitterkeit. »Kane lachte nur, als er davon erfuhr. Was hätten ein paar Schulden mehr hin oder her schon zu bedeuten? Er lud mich weiterhin in seinen Klub ein, obwohl ich nicht mehr spielte, und fragte mich über meine Vergangenheit und meine Familie aus. Nach einer Weile wurde mir klar, dass er es auf das Schloss abgesehen hatte.«

Alarmiert riss sie die Augen auf und sah ihn an. Mit Verspätung fiel ihr ein, dass er außer einem um die Hüften geschlungenen Handtuch nichts trug, aber sie nahm es kaum wahr, denn was er sagte, war verstörend.

»Das hatte er die ganze Zeit über«, flüsterte sie. »Deshalb hat er deine Schulden aufgekauft und dich in die Spielhölle eingeladen. Er hat dich manipuliert, weil er dachte, das Schloss würde noch immer dir gehören.«

Damian nickte. »Zum ersten Mal war ich froh, dass dem nicht so war. Kane war enttäuscht, als er die Wahrheit erfuhr, aber ihm wurde bald klar, dass ich noch nützlich für ihn sein könnte. Als mein Erfolg am Theater wuchs, bot er mir einen Handel an, den ich nicht abschlagen konnte: Er würde meinen gesamten Verdienst einstreichen und mir im Gegenzug ein monatliches Gehalt auszahlen. Für einen Künstler wie mich war das ein verlockendes Angebot und er stellte mir in Aussicht, in einigen Jahren schuldenfrei zu sein.«

»Du bist darauf eingegangen?« Sie konnte es nicht fassen.

Nun war es an ihm, den Blick abzuwenden. »Dass ich mich dadurch völlig von ihm abhängig machte, wurde mir erst später klar. Ich hätte wissen müssen, dass Kane nie uneigennützig handelt. Das monatliche Gehalt, das er mir zahlte, war zu mager, um meine Kosten zu decken, die in gleichem Maße stiegen wie mein Erfolg. In den Londoner Kreisen, in denen ich verkehre, ist Schein wichtiger als Sein. Mein Erfolg hängt davon ab, wie gut ich mich mit reichen Gönnern und Kritikern stelle. Oft musste ich mir Geld von Kane leihen, um meine wahren finanziellen Verhältnisse zu verschleiern. Er hatte mich voll und ganz in der Hand. Er genießt es, Macht über andere zu haben.«

Auf einmal hatte sie das Gefühl, ihre Beine würden sie nicht viel länger tragen. Sie lehnte sich gegen die Tischkante und dachte an ihr Gespräch mit dem Anwalt, an seine Versicherung, dass Kane ein hoch angesehener Mann sei. *Eine weitere Lüge.*

»Um seinem Einfluss zu entgehen, verließ ich London so oft wie möglich«, sagte Damian und strich sich das nasse Haar aus den Augen. »Ich sparte heimlich Geld an, um mich irgendwann freizukaufen. Ich hatte vermögende Freunde gefunden, die mir aushalfen – nicht mit Geld, aber sie liehen mir Kleider, damit ich den Anschein wahren konnte, oder luden mich in ihre Ferienhäuser an der Riviera ein. Ich achtete darauf, nicht zu oft hierher zurückzukehren, um Kanes Aufmerksamkeit nicht unnötig auf das Schloss zu lenken, denn ich hatte von einer Möglichkeit erfahren, es wieder in meinen Besitz zu bringen. Ich wusste, dass Kane mich zwingen würde, es an ihn zu verkaufen, solange ich noch Schulden bei ihm hätte. Und das wollte ich um jeden Preis verhindern.«

»Aber genau das hast du nun getan. Was hat sich geändert?«, flüsterte Rose, obwohl sie die Antwort bereits zu kennen glaubte.

Er lehnte den Kopf in den Nacken und schloss die Augen.

»Du, Rose«, sagte er schließlich. »Das ist es, was sich geändert hat.«

»Du musst mich sehr hassen«, erwiderte sie leise. »Wenn du das Schloss geopfert hast, nur um mir eins auszuwischen.«

35

Eine Weile lang war sie wie erstarrt. Dann holte sie ruckartig Luft, als hätte sie vergessen, wie Atmen ging.

»Warum bin ich immer noch hier, Damian?«, sagte sie tonlos. »Was hält dich davon ab, mich einfach vor die Tür zu setzen, wenn du mich so sehr hasst? Und sag nicht Molly oder die Dorfbewohner.«

Er sah sie mit ernster Miene an. »Ich hasse dich nicht, Rose.«

Das reichte, um den Ballon in ihrem Inneren zum Platzen zu bringen, der seit dem unerwarteten Auftauchen ihrer Mutter immer schwerer geworden war.

Sie wischte sich mit der Hand über die Augen, als könnte sie so die Tränen zurückhalten, die bereits über ihre Wangen und in ihren Kragen liefen.

»Du sagtest, mein Vater hätte deine Mutter und dich aus dem Schloss geworfen«, stieß sie hervor und ließ sich auf den Küchenstuhl sinken. »Aber so grausam war er nicht. Stur, ja, aber nicht grausam. Er hätte Rosewood Hall nie behalten, wenn das bedeutet hätte, euch ins Unglück zu stürzen, vor allem, da es all die Jahre ungenutzt blieb. Ich verstehe das nicht. Von der Existenz des Schlosses erfuhr ich erst bei der Testamentsverlesung. Mutter behauptete damals, es sei eine Bruchbude, und versuchte zu verhindern, dass ich überhaupt herkomme.«

Sie hörte Schritte, nackte Füße auf dem Steinboden, sah jedoch nicht auf.

»Warum hat er mir nie von dem Schloss erzählt?«, flüsterte sie. »Ich wünschte, ich könnte ihn fragen, eine Erklärung verlangen, verdammt. Ich vermisse ihn so.« Die letzten Worte brachen aus ihr heraus, bevor sie es verhindern konnte.

Einen Herzschlag später spürte sie eine Berührung an ihrer Schulter, so zaghaft und zart wie ein Schmetterling. Ohne nachzudenken, lehnte sie sich zurück, schmiegte sich an seine nackte Brust und barg das Gesicht an seiner Schulter. Sie nahm nur verschwommen wahr, dass sein feuchtes Haar über ihre Wange strich und er ihr nah war, so unglaublich nah. Sie weinte einfach weiter, hätte nicht aufhören können, selbst wenn sie gewollt hätte. Er strich ihr sanft übers Haar, während sie von einem erneuten Weinkrampf geschüttelt wurde.

»Schhh«, wisperte er beruhigend. »Ist schon gut. Schon gut.«

Irgendwann ebbten die Schluchzer ab und Erschöpfung setzte ein. Damian hielt sie noch immer im Arm und murmelte ihr beruhigende Worte ins Ohr. Dann merkte sie, dass er eine Gänsehaut hatte.

»Du bist ja ganz kalt«, sagte sie und zuckte zusammen.

Erst jetzt wurde ihr bewusst, in welch kompromittierender Lage sie sich befanden. Sie duckte sich hastig aus seiner Umarmung und lief die Treppe zu ihrem Zimmer hinauf, bevor er etwas erwidern konnte.

36

Die Dämmerung schlich so leise heran wie eine Katze auf der Jagd und kleidete den Wald in ihre verschwenderischen Farben: Das Rot reifer Himbeeren, leuchtendes Kobaltblau und zartes Perlviolett, durchbrochen von Schatten, die sich wie Krähenfedern über die Zweige legten.

Das Fenster stand offen und ihr Blick wanderte zwischen den Efeuranken hindurch nach draußen, dorthin, wo das Geräusch von splitterndem Holz die sonnenwarme Stille des Abends durchbrach.

Damian ließ die Axt niedersausen, ihr steter Rhythmus begleitet von seinen keuchenden Atemzügen. Das Hemd klebte ihm am Körper und er hatte die Ärmel bis zur Mitte der Oberarme hochgekrempelt.

Gedankenverloren strich sie mit der Fingerspitze über den Gedichtband, der vor ihr lag. Das glatte Leder fühlte sich warm unter ihrer Haut an. Wie sollte sie weiter vorgehen? Sie hatte sich alle Mühe gegeben, wütend auf Damian zu sein. Nicht nur, dass er ihr noch immer die ganze Wahrheit vorenthielt, seine Version der Ereignisse ließ auch ihren Vater in keinem guten Licht erscheinen. Rose konnte sich kaum vorstellen, dass er ein Schloss erworben hatte, nur um dessen Bewohner ihres Heims zu berauben. Ein Schloss, dass er nicht einmal nutzte, verdammt.

Aber der Schmerz auf Damians Zügen war echt gewesen, ebenso wie die Zärtlichkeit, mit der er sie an sich gezogen und getröstet hatte.

Die Farben der Dämmerung wurden dunkler und ein Windhauch strich über ihre Wangen. Unten im Garten geriet der

Rhythmus der Axt ins Stocken, bevor er ganz erstarb. Damian stützte sich schwer atmend auf den Stiel und strich sich mit einer Hand übers schweißnasse Haar, das vom Abendwind liebkost wurde.

Auf einmal überkam sie ein Frösteln. Verfolgte sie ihren Plan weiter, würde der Waffenstillstand zwischen ihr und Damian ein jähes Ende finden. Denn wenn sie bewies, dass sein Anspruch auf das Schloss nichtig war, galt auch der Verkauf als unwirksam und Damians erdrückende Schulden wären mit einem Schlag wieder da. Er wäre wieder Kanes Leibeigener.

Nein, das würde sie zu verhindern wissen, und wenn sie ihn selbst freikaufen musste.

Draußen sog das Zwielicht nach und nach die Farben der Umgebung auf und fütterte die Schatten, die zu konturloser Dunkelheit anwuchsen, ganz ähnlich wie die Sorgen in ihrem Kopf.

37

»Ah, der Rausch der Verschwendung«, sagte Damian genüsslich.

Er nahm den Whiskey entgegen, ließ sich auf das Sofa fallen und drehte sein Glas im Licht des Feuers hin und her, sodass die goldene Flüssigkeit aufblitzte.

Sein Haar war leicht feucht und fiel ihm in lockeren Wellen bis auf die Schultern. Anscheinend hatte er sich nach dem Holzfällen in der Küche gewaschen, bevor er den Salon betreten hatte. Nun trug er ein frisches Leinenhemd und eine schlichte dunkle Hose, die an einigen Stellen geflickt war. Der leichte Bartschatten auf Kinn und Wangen verlieh ihm ein verwegenes Aussehen. Wie ein vornehmer Freibeuter, dachte Rose und unterdrückte ein Lächeln.

Er schien ihren Blick zu bemerken und hob eine Augenbraue. Er wirkte völlig entspannt, ganz im Gegensatz zu der Unruhe, die ihr Inneres aufwühlte.

Sein Lächeln kam unerwartet und ließ sie ihre Sorgen einen Moment lang vergessen. »So vieles ist geschehen und dennoch sitzen wir hier beisammen«, vervollständigte er ihren Gedankengang, als wüsste er genau, was ihr durch den Kopf ging. »Ist das nicht verrückt? Wir hätten allen Grund, einander zu hassen. Und doch fällt es mir schwer, Rose.« Er sah sie aus seinen absinthgrünen Augen an.

»Mir fällt es ebenfalls nicht leicht«, erwiderte sie mit einem Augenzwinkern. »Obwohl ich mir alle Mühe gebe.«

Er hob sein Glas zum Mund und sie tat es ihm gleich. Der Feuerschein brach sich in der bernsteinfarbenen Flüssigkeit. Sie musterte die harten Kanten seines Gesichts, die Schatten, die das Feuer auf seine nachdenklichen Züge malte. Hitze stieg in ihr auf, ein Flattern irgendwo hinter ihrem Magen, Verwirrung und Begehren gleichermaßen.

Sie verspürte den Impuls, etwas Waghalsiges zu tun. Bevor sie sich eines Besseren besinnen konnte, beugte sie sich vor und strich ihm eine verirrte Strähne hinters Ohr. Die Berührung sandte einen Schauder über ihren ganzen Körper. Es fühlte sich auf verbotene Weise gut an.

Überrascht wandte er den Kopf, ließ die Berührung geschehen. Seine halbgeschlossenen Augen hatten einen hungrigen Ausdruck angenommen. *Er spürt es ebenfalls.*

Unwillkürlich dachte sie an ihre Umarmung in der Küche, an das Gefühl ihm so nahe zu sein. Ermutigt ließ sie eine Hand durch sein Haar gleiten. Das hatte sie schon tun wollen, seit sie einander zum ersten Mal begegnet waren.

Er schloss die Augen und erzitterte unter ihrer Berührung. Ihr Atem ging schneller, ihre Finger wanderten zu seinem Hals, fuhren die Wölbung seines Ohrs entlang, dann hinunter zu seiner Kehle. Seine Kiefermuskeln spannten sich an und ein dunkler Laut drang aus seinem Mund.

Plötzlich packte er ihre Hand. »Tu das nicht«, sagte er und sah ihr direkt in die Augen. Sein Blick war wie kalter Stahl. Eine Warnung. »Nicht, wenn du es nicht wirklich willst.«

»Aber ich will«, flüsterte sie. Es war die Wahrheit, noch nie hatte sie etwas so sehr gewollt.

Bei ihren Worten schien irgendeine vor langer Zeit errichtete Abwehrmauer in seinem Inneren zusammenzubrechen. Er schloss die Augen und als er sie wieder öffnete, las sie keine Kälte darin, sondern Verletzlichkeit, Einsamkeit, haltloses Begehren. Er führte ihre Hand, die er noch immer umklammert hielt, an seinen Mund. Sanft strichen seine Lippen über ihre Haut, hinterließen ein Kribbeln.

Er zog sie auf seinen Schoß und sie schmiegte sich an ihn. Durch den Stoff seines Hemdes spürte sie seinen Herzschlag, einen schnellen, erregten Rhythmus. Sie war ihm so nahe, doch es reichte nicht, um die Sehnsucht zu stillen, die in ihr aufflammte. Sie wollte mehr. Brauchte mehr.

Sie drehte sich um, bis sie rittlings auf ihm saß, dann umfassten seine Hände ihre Hüften, wanderten ihren Rücken hinauf und über ihren Nacken. Sie hatte das Gefühl, in einem Traum zu sein, in einem seiner Gedichte, der Realität entflohen.

Er schenkte ihr ein langsames Lächeln, ein Raubtierlächeln, das das Feuer in ihrem Inneren anfachte.

»Ich könnte dich nie hassen, Damian«, sagte sie atemlos und ein Teil von ihr hatte Angst, dass er sie von sich stoßen würde, doch er umfasste mit einer Hand sanft ihren Nacken und zog ihren Kopf zu sich heran.

Seine Lippen berührten die empfindsame Haut an ihrer Schläfe, als er flüsterte: »Rose.« Mehr nicht. Nur ihren Namen, doch eine ganze Welt voller Sehnsucht lag darin.

»Es ist mir gleich, welchen Schmerz du mir zufügst. Denn er ist köstlicher als alle Freuden, die ich mir ausmalen könnte«, raunte er und sie roch den Whiskey, der in seinem Atem lag wie ein bittersüßes Versprechen. »Ich habe mich nach dir verzehrt, seit ich dich zum ersten Mal sah.« Seine Hand ruhte noch immer in ihrem Nacken, während seine andere zu seinem Hemd glitt und begann, es aufzuknöpfen.

»Was für einen seltsamen Streich mir das Schicksal spielt«, murmelte er, doch sie war nicht sicher, ob sie ihn richtig verstanden hatte.

Ihm so nah zu sein war die süßeste aller Qualen. Die Worte schienen ihr zu entfliehen, doch ihre Muskeln gehorchten ihr noch, also beugte sie den Kopf und einen erwartungsvollen Moment lang schwebten ihre Lippen über seinen.

Dann, wie zwei Wellen im sturmgepeitschten Meer, trafen sich ihre Lippen und jeder Zweifel in ihrem Kopf erlosch. Seine Zunge strich spielerisch über ihren Mund, sanft saugte er mit den Zähnen an ihren Lippen, es war ein Tanz, in dem mal er führte, mal sie. Atemlos lösten sie sich voneinander, ihre Augen trafen sich in stummer Übereinkunft, dann versanken sie wieder in ihrem Kuss.

Sein Geruch war betörend, die Hitze seines Körpers schien sich durch ihre Kleider zu brennen, sie spürte einen wilden Triumph in sich aufsteigen und warf alle Bedenken über Bord.

»Damian«, keuchte sie. »Ich … will … dich.«

Sie hatte es geschafft, hatte die Worte ausgesprochen, die alle Bedenken beiseitewischten. Er holte tief Luft, seine Lippen bebten, er schien etwas sagen zu wollen, doch dann machte er eine verlegene Geste, wickelte eine ihrer Haarsträhnen um seinen Finger. Diese unbeholfene Zärtlichkeit war zu viel für sie. Sie hatte das Gefühl, dass ihr etwas entglitt, dass das Flattern, das sie im Inneren spürte, sich verselbstständigt hatte und ihm nun ein Teil ihres Herzens gehörte, der ihm nicht zustand – und doch hätte sie nichts dagegen tun können, selbst wenn sie gewollt hätte.

Sie rutschte von seinem Schoß und stand auf. Was würde nun passieren? Sie war natürlich nicht völlig ahnungslos, sie hatte einige verbotene französische Romane gelesen, doch sie war sich ihrer Unerfahrenheit schmerzlich bewusst. Er hingegen war für seine skandalösen Theaterstücke berühmt, er musste mehr Erfahrung haben als sie.

»Was passiert jetzt?«, fragte sie und versuchte, das erwartungsvolle Zittern ihrer Stimme zu unterdrücken.

»Was immer du willst«, flüsterte er und erhob sich ebenfalls. Er legte den Kopf schief und betrachtete sie, ein langer, suchender Blick, der sie zärtlich abtastete. »Du brauchst keine Angst zu haben«, sagte er schließlich. Langsam, ohne ihren Blick loszulassen, zog er sich das Hemd über den Kopf.

Das Spiel seiner Muskeln, als er sich bückte, um sich seiner Hose zu entledigen, war betörend. Sie hielt den Atem an, als er nackt vor ihr stand. Unverwandt begegnete er ihrem Blick und ein leises Lächeln umspielte seine Lippen.

»Schau ruhig hin«, sagte er. »Es gefällt mir, wie du mich ansiehst.«

»Mir gefällt es auch«, sagte sie heiser. Und es stimmte: Langsam ließ sie den Blick über seinen Körper wandern. Von den breiten Schultern hinab zu den schmalen Hüften, folgte der Spur dunklen Haars hinunter zu der Stelle, wo … Einen Moment lang verspürte sie den Impuls, die Augen niederzuschlagen, doch dann überwand sie das Gefühl, rief sich in Erinnerung, dass es keinen Grund für Scham gab. Nicht hier. Nicht mit ihm.

Sein Glied ragte steif in die Höhe, fein gezeichnete Adern durchzogen die empfindliche Haut und die hellere Spitze glänzte leicht. Noch während sie ihn betrachtete, durchlief ein Zucken seine Erektion und sie spürte, wie ihre Erregung die seine spiegelte, ein köstliches Prickeln, das ihren ganzen Körper elektrisierte.

Sie stand auf und trat unbeholfen auf ihn zu. Langsam griff sie nach seiner Hand und legte sie an ihre Wange. Seine Finger, die sanft über ihre Schläfe strichen, lösten einen Sturm in ihrem Inneren aus.

»Hilf mir.« Sie drehte sich um und hob ihr Haar im Nacken an, damit er die Knöpfe lösen konnte, die ihr Kleid im Rücken verschlossen. Mit flinken Fingern löste er einen nach dem anderen, dann ging er langsam in die Hocke, während er ihr Kleid nach unten schob, bis es zu ihren Füßen lag. Dann, ebenso langsam, schob er ihren Unterrock nach oben. Seine Hände fühlten sich warm auf ihrer Haut an und sein Geruch war so vertraut wie der Duft von frisch gemähtem Gras im Sommer. Sie schloss die Augen und konzentrierte sich ganz auf das Gefühl seiner Hände auf ihrer Haut. Seine Finger wanderten höher und ihr entfuhr ein kurzer, überraschter Laut, als sie spürte, wie seine Lippen sich auf die Innenseite ihres Oberschenkels pressten.

Er hielt inne. »Soll ich aufhören?«

»Nein«, keuchte sie. »Mach weiter.«

Seine Lippen wanderten höher, seine Hände umfassten ihre Hüften und zogen sie näher zu sich heran, sie spürte, wie seine Zunge zwischen ihre Beine vordrang und schließlich den Punkt erreichte, den sie gesucht hatte.

Ihre Knie wurden weich.

Das Gefühl, als seine Zunge in sie vordrang, war unbeschreiblich.

Er spielte mit ihrer verborgenen Perle und Feuchtigkeit troff wie Honig an ihren Schenkeln herab. Ein Stöhnen drang aus ihrem Mund und sie krallte ihre Hände in sein Haar, reckte sich ihm entgegen, und ein Zucken durchlief ihre Beine.

»Oh, hör nicht auf«, stöhnte sie. Sie schloss die Augen, warf den Kopf in den Nacken und spreizte die Beine weiter, um sich ihm vollständig zu öffnen, um die Ekstase noch weiter zu steigern. Es gab nur noch ihn und das Spiel seiner Zunge, das sanfte Saugen seiner Lippen.

Tief in ihrem Inneren baute sich eine Woge auf, gewann an Fahrt, brauste übermächtig heran, gleich würde sie über ihr zusammenschlagen, gleich – er schien zu ahnen, was passierte, in immer schnellerem Rhythmus umkreiste er ihre empfindsamste Stelle mit der Zunge, trieb sie in den Wahnsinn, steigerte ihre Lust ins Unermessliche.

Alles in ihr zog sich zusammen, konzentrierte sich auf den kleinen Punkt in ihrem Inneren und dann, ruckartig, in zitternden Wellen, brach es über sie herein, bis ihre Knie nachgaben und sie nach hinten in den Sessel sank, noch immer bebend.

Als sie wieder zu Atem kam und ihre Augen öffnete, sah sie ihn vor sich knien. Ihr wurde bewusst, dass ihr Unterrock bis zum Bauch hochgerutscht war, halb lag, halb saß sie völlig entblößt vor ihm und er betrachtete sie mit einem zufriedenen Funkeln in den Augen.

»Anscheinend hat es dir gefallen?« Er lächelte und legte den Kopf schief.

Ihr fehlten die Worte, aber sie konnte das breite Lächeln nicht unterdrücken, das sich auf ihr Gesicht gestohlen hatte.

Ihre Brust hob und senkte sich noch immer schnell und ihr entging nicht, dass er ebenfalls außer Atem war. Ihr Blick wanderte nach unten und sie sah, dass sein Glied noch immer steif war, größer als zuvor. Zögernd streckte sie eine Hand aus und berührte die Spitze leicht.

»Oh!« Er zuckte zusammen und schloss einen Herzschlag lang die Augen.

Sie zog ihre Hand zurück, als hätte sie sich verbrannt.

»Nein, nein«, keuchte er. »Hör nicht auf … Deine Berührung, sie fühlt sich unbeschreiblich an.«

Ermutigt berührte sie ihn erneut, ließ die Fingerkuppe über die erstaunlich weiche Haut gleiten, ertastete die feinen Adern, die glatte Spitze. Als sie die Finger um sein Glied schloss, stöhnte er erneut auf, ein rauer, ungeschönter Laut, der ihr Innerstes erbeben ließ.

Sie beugte sich vorsichtig vor, ließ sich aus dem Sessel gleiten, bis sie vor ihm kniete, dann senkte sie den Kopf und berührte die Spitze seiner Erektion vorsichtig mit den Lippen.

»Oh, Rose«, keuchte er und vergrub seine Hände in ihrem zerzausten Haar. »Pass auf, ich –«

Doch sie hatte bereits die Zunge über die glatte Spitze gleiten lassen, einmal, zweimal, spürte, wie sich sein Glied verhärtete, schmeckte Salz auf ihren Lippen, da –

Beinahe gewaltsam stieß er sie von sich, ein dunkles Grollen drang aus seiner Kehle und ein Strom milchiger Flüssigkeit ergoss sich in Schüben aus seinem Glied. Er atmete heftig, dann rappelte er sich eilig auf, griff nach seinem Hemd und versuchte, die Flüssigkeit fortzuwischen.

»Es tut mir so leid, Rose, ich wollte dich warnen.«

»Ist alles in Ordnung?« Sie starrte ihn mit aufgerissenen Augen an und bemerkte erstaunt, dass er rot anlief.

»Ich hoffe, dein Kleid hat nichts abbekommen.« Erschöpft ließ er sich wieder in den Sessel sinken. »Du … Du hast … Deine Berührung … Ich konnte mich nicht mehr beherrschen.«

Rose begriff und lächelte. »Dann hat es dir auch gefallen?«

Nun grinste er. »Oh ja. Du bist wunderschön, Rose, weißt du das?«

*

Wenig später lagen sie zusammen unter einer Decke auf dem weichen Teppich und schmiegten sich aneinander, während das Feuer im Kamin prasselte. Seine Hände ruhten warm auf ihrer Hüfte.

Es war ein Gefühl der Nähe, wie sie es noch nie gespürt hatte, als wäre sie in eine weiche Wolke gehüllt. Ein kleiner Teil von ihr fragte sich, was wohl passiert wäre, wenn sie weiter gegangen wären, aber für den Augenblick fühlte es sich perfekt an.

Sein Haar kitzelte ihre Wange und sie musste kichern. »Ich wette, du bist froh, mich nicht hinausgeworfen zu haben.«

Statt einer Antwort gab er ein Schnurren von sich und schloss die Arme fester um sie.

Welcher Moment wäre besser geeignet, ihm eine der Fragen zu stellen, die ihr auf der Seele brannten? Sie holte tief Luft und atmete seinen herben Duft nach Zedernholz ein, bevor sie scheinbar beiläufig sagte: »Weißt du, ich habe einen Brief bei den Sachen meines Vaters gefunden. In deiner Handschrift. Ich frage mich nur … Nun, es klang, als hätte er dir einen Gefallen erwiesen.«

Sie sah sein Gesicht nicht, doch sie spürte die Veränderung der Atmosphäre. Er antwortete nicht und schließlich drehte sie den Kopf zu ihm. Im flackernden Halblicht waren seine Züge mal hell, mal voller Schatten.

»Einen Gefallen?«, fragte er schließlich und seine Stimme klang brüchig.

»In der Tat.« Ihre alte Sturheit regte sich erneut. Sie stützte sich auf die Ellbogen und sah ihn an. »Deswegen habe ich mich gefragt, ob da nicht mehr an deiner Geschichte ist. Dinge, die du mir nicht erzählt hast …«

»Du denkst, ich hätte ihn in einem schlechten Licht dargestellt? Du glaubst nicht, dass er meine Mutter und mich auf die Straße gesetzt hat, dass er –«

»Ich habe deinen Brief selbst gelesen«, unterbrach sie ihn hitzig. »Darin gibst du zu, dass er etwas für dich getan hat. Das Schreiben lag in einem Gedichtband, der zweifellos von dir stammt. Du hast mir etwas verschwiegen, Damian, da bin ich mir sicher. Außerdem hast du selbst zugegeben, dass du ein Spieler bist, dass du nicht mit Geld umgehen kannst –«

»Ist es das, was du denkst?« Abrupt schleuderte er die Decke beiseite und erhob sich. »Das zwischen uns – das hatte also den Zweck, mich auszuhorchen?«

»Wie kannst du so etwas sagen?« Wütend zog sie die Decke über ihren nackten Oberkörper und funkelte ihn an. »Außerdem liegen sowohl der Brief als auch der Gedichtband oben in meinem Zimmer, also versuch gar nicht erst, es abzustreiten.«

Sie sah, wie die Farbe aus seinem Gesicht wich, doch sie war bereits so in Fahrt, dass sie sich nicht mehr bremsen konnte. »Ich habe es so satt, dass alle Welt Geheimnisse vor mir hat. Ich verstehe, dass der Verlust des Schlosses ein Schlag für deine Familie war, aber das rechtfertigt nicht, es sich mit irgendwelchen Tricks zu erschleichen. Keine Geheimnisse mehr, Damian. Ich will die Wahrheit erfahren.«

»Nun gut.« Seine Augen wirkten dunkler als zuvor, selbst im flackernden Licht des Feuers. »Du wolltest es nicht anders, Rose. Du sollst die Geschichte erfahren. Die ganze Geschichte.«

»Endlich.« Sie atmete langsam aus. »Ich höre.«

Doch er schüttelte den Kopf. »Nicht hier.«

Ohne sie anzusehen, verließ er den Raum und Rose war allein mit dem Schattenspiel der Flammen und der Erkenntnis, dass soeben etwas zwischen ihnen zerbrochen war.

Die Neugier einer Frau hat schon so manches Rätsel gelöst.
Miss Pemberleys Reiseführer für die unerschrockene Dame

Teil 3

Schall und Rausch

38

Die Brokatbezüge glänzten in sattem Burgunderrot unter dem prunkvollen elektrischen Licht, das den weitläufigen Saal erstrahlen ließ. Das Alhambra war das erste Theater in ganz London, das voll elektrisiert war, und obwohl Rose elektrisches Licht aus ihrem Stadthaus gewohnt war, starrte sie dennoch wie gebannt zur Decke, an der Aberhunderte von Glühbirnen ihren goldenen Schein verströmten.

Auf der Kutschfahrt nach London war sie sich Damians Nähe nur allzu bewusst gewesen, doch er hatte kaum ein Wort mit ihr gewechselt. Nach einer Weile hatte sie es aufgegeben, ihn mit Fragen zu löchern. *Warum erzählst du es mir nicht einfach? Was wartet in London auf uns?* Keine davon hatte ihn zu einer Antwort bewegt.

»Nun gut«, hatte sie schließlich gesagt. »Aber glaub nicht, du könntest mich in einen Zug zurück nach Prag setzen. So einfach wirst du mich nicht los.«

Das hatte ihm ein schmallippiges Lächeln entlockt. Vor dem Theater hatte die Kutsche angehalten und obwohl die Vorstellung erst in zwei Stunden beginnen sollte, hatte ein Pförtner sie eingelassen.

Noch war das Theater leer und Rose war sich nicht sicher, was Damian ihr zeigen wollte. Doch er ging mit zielstrebigen Schritten über den Mittelgang auf die Bühne zu. Dann wandte er sich abrupt nach links, hob einen unscheinbaren Wandvorhang an und bedeutete ihr mit einer Geste, hindurchzuschlüpfen.

Stimmengewirr drang aus den höhlenartigen, weit verzweigten Gängen, die sich hinter dem Vorhang auftaten wie eine unterirdische Welt. Hier gab es kein elektrisches Licht, nur trübe Gasleuchten an den Wänden, und die Luft schmeckte nach Aufregung, Parfum und Schweiß, eine abstoßende und zugleich seltsam betörende Mischung.

Zögernd wagte sich Rose ein paar Schritte in diese Katakomben vor, dann spürte sie eine sanfte Berührung in ihrem Rücken. »Hier entlang«, sagte Damian dicht an ihrem Ohr und wies auf einen Seitenkorridor, der ihr zuvor nicht aufgefallen war.

»Du sprichst also wieder mit mir?«, zischte sie.

»Ich will nur nicht, dass du dich hier unten verirrst«, murmelte er. »Ich habe keine Zeit, mich um verlorene Mädchen zu kümmern.«

»Kümmere dich lieber um deine eigene verlorene Seele«, fauchte sie.

In der Dunkelheit hörte sie ihn glucksen.

Ein weiterer Durchgang, dann erreichten sie ein schlauchförmiges Zimmer voller Spiegel und Kleiderständer. Menschen eilten hin und her, Puderstaub wirbelte von riesigen Quasten auf und tanzte im Licht. Eine schwarze Frau mit verschmitztem Lächeln trat auf sie zu, gefolgt von einer rundlichen rothaarigen Frau, die mehrere Kleider über den Arm gelegt hatte.

»Damian! Wir haben dich gar nicht erwartet«, rief die erste Frau mit amerikanischem Akzent. »Du warst doch erst zur Premiere hier.«

»Hallo Amy, hallo Caoimhe. Heute bin ich inkognito hier.« Er zwinkerte den beiden zu. »Nur als Zuschauer. Rose benötigt noch ein Kleid für die Loge, denn wie unschwer zu erkennen ist, ist ihr eigenes in einem bedauernswerten Zustand.«

»He«, protestierte Rose. »Du tust ja gerade so, als wärst du Oscar Wilde höchstpersönlich, nur weil du zur Abwechslung deine Waldschrat-Aufmachung gegen einen richtigen Anzug eingetauscht hast.«

»Überlass das uns«, sagte Caoimhe grinsend an Damian gewandt. Dann lächelte sie Rose zu. »Keine Sorge, wir finden etwas Schönes für dich in der Kostümabteilung.«

Rose folgte ihnen durch den langen Raum, vorbei an Schauspielerinnen und Schauspielern, deren Kostüme und Schminke sich in verschiedenen Stadien der Fertigstellung befanden. Köpfe hoben sich, als sie vorbeiging, und einige Augenbrauen wanderten verwundert nach oben. Amy stellte sie einigen Leuten vor und Rose versuchte vergeblich, sich die Gesichter unter der grellen Bühnenschminke zu merken.

Sie bemühte sich mit den beiden Frauen Schritt zu halten. »Was wird denn heute Abend aufgeführt?«, fragte sie.

»Na, Damians Stück, natürlich«, sagte Amy. »Wusstest du das nicht?«

»Das klingt ja fabelhaft«, sagte Rose, aber sie war nicht überzeugt. Die Auflösung von Damians Rätsel war so nahe, und so dringend sie sie auch erfahren wollte, irgendetwas daran fühlte sich unheilvoll an. Würde er es ihr nach der Vorstellung sagen? Oder enthielt die Vorstellung selbst die Auflösung? Aber wenn alles so geheim war, dass er es ihr bislang nicht hatte sagen können, war es wohl kaum in einem derart öffentlichen Schauspiel enthalten.

Sie erreichten die Garderobe und Rose wurde das Herz schwer. Alles schien zu glitzern und zu funkeln, die Kleider wirkten übertrieben und unpassend. Dirnenhaft, hätte ihre Mutter sie genannt.

Doch Amy und Caoimhe machten sich mit Begeisterung ans Werk.

»Hier, wie wäre es damit?«, fragte Amy und hielt ein grellrotes, eng anliegendes Kleid in die Höhe.

»Ja, das könnte funktionieren«, sagte Caoimhe mit einem prüfenden Blick auf Rose.

»Ich glaube nicht, dass …«, begann Rose, aber Amy unterbrach sie.

»Vertrau uns.« Sie tauschte einen vielsagenden Blick mit Caoimhe. »Also, raus mit der Sprache.«

»Wie bitte?« Rose war verwirrt.

»Nun, es ist das erste Mal, dass Damian jemanden mitbringt«, sagte Amy mit einem nachsichtigen Lächeln.

»Es ist … kompliziert.« Rose seufzte.

»Ist es das nicht immer?« Caoimhe lachte schallend. »Und bei Damian noch komplizierter als bei den meisten, nehme ich an.«

»Das kannst du laut sagen.« Irgendetwas in ihrem Inneren löste sich und unwillkürlich musste Rose laut lachen.

Die beiden Frauen stimmten ein.

»Nun, da ich annehme, dass alle Warnungen in Bezug auf Damian an dir abprallen werden, können wir direkt zum nächsten Schritt übergehen und dir einen wahrhaft atemberaubenden Auftritt bereiten«, sagte Caoimhe bestimmt und hielt das Kleid so, dass Rose hineinschlüpfen konnte.

»Und welche Warnungen wären das?«, erkundigte sie sich beiläufig, während sie mit Amys Hilfe in die Ärmel schlüpfte.

Die beiden Frauen tauschten erneut einen vielsagenden Blick. Amy war die erste, die das Wort ergriff.

»Nun, unser Damian steckt in einer prekären finanziellen Lage, wie du vielleicht weißt. Er ist der sprichwörtliche verarmte Adlige. Wenn er in London ist, arbeitet er pausenlos, und dann, üblicherweise nach der Premiere, verschwindet er wochenlang und lässt nichts von sich hören. Wer weiß, wo er sich in dieser Zeit herumtreibt. Er macht ein großes Geheimnis daraus und es sind allerlei Gerüchte im Umlauf.« Amy seufzte. »Jedenfalls gibt er sich große Mühe, den Anschein eines ausschweifenden Lebensstils zu erwecken. Ich weiß aber aus sicherer Quelle, dass er kaum etwas einnimmt, denn seine Gage wird stets von einem unsympathischen kleinen Kerl eingestrichen. Aber so unstet sein Lebenswandel auch sein mag, Damian hat ein gutes Herz. Versprich dir nur nicht zu viel.«

Rose' Gedanken rasten. Sie wusste, wohin er verschwand, wenn er der Londoner Bohème den Rücken kehrte. Und sie wusste, wer der kleine Mann war, der die Gage einsteckte. In der glitzernden Nachtwelt Londons war Damian ein Paradiesvogel, ein Mann, der den Dandy spielte, aber in ständiger Angst lebte, auch noch das Letzte zu verlieren, was er besaß.

Amy hatte recht. Eine solide Zukunft war von einem solchen Mann nicht zu erwarten. Und dieser Gedanke war ohnehin müßig, wenn sie an ihre Auseinandersetzung am Vorabend und das eisige Schweigen während der Kutschfahrt dachte.

»Ich bin auch nicht gerade ein Musterbeispiel für einen soliden Lebenswandel«, sagte sie aus einem Impuls heraus. Sie hörte Caoimhe glucksen, während sie das Kleid mit einer Vielzahl von Haken und Bändern verschloss. Rose sprach weiter, denn aus irgendeinem Grund hatte sie nicht das Gefühl, dass hier über sie geurteilt werden würde.

»Als ich nach England aufbrach, dachte ich, eine Flucht aus meinem bisherigen Leben wäre eine wundervolle Idee«, erklärte sie, »aber ich muss zugeben, dass ich ausgesprochen naiv war. Meine Mutter hat mich enterbt und ich weiß nicht, was ich getan hätte, wenn ich nicht bei Damian untergekommen wäre.«

»Moment mal, du *wohnst* bei Damian?« Caoimhe schlug sich die Hand vor den Mund und Amys Augen wurden groß.

»Ähm, ja«, gab Rose zu. »Er hat mich bei sich aufgenommen. Zugegeben, ich musste ein wenig Überzeugungsarbeit leisten, aber noch hat er mich nicht auf die Straße gesetzt. Also, in gewisser Weise schon, aber er war nicht allzu erfolgreich.« Sie merkte, wie sie leuchtend rot anlief. »Wie ich bereits sagte, es ist kompliziert. Wir verstehen uns im Moment nicht besonders gut.«

Die beiden Frauen tauschten erneut einen Blick und mit Schrecken wurde Rose bewusst, dass sie viel mehr gesagt hatte als beabsichtigt.

»Nun«, sagte Amy gedehnt, »ich weiß nicht, was genau sich zwischen euch abgespielt hat, aber ich weiß, dass Damian noch nie jemanden zu einer seiner Aufführungen mitgebracht hat.«

»So ist es nicht«, sagte Rose hastig und spürte, wie ihre Wangen noch heißer wurden. »Wir sind nicht … Ich meine, alles ist …« Sie verstummte.

»Ich fürchte, dabei können wir dir nicht helfen«, sagte Amy und ihre Mundwinkel zuckten belustigt. »Aber wobei wir dir helfen können, ist das hier.« Schwungvoll drehte sie Rose zu einem hohen Spiegel in der Ecke um.

»Na, was sagst du?«

Rose stockte der Atem. Das Kleid, das an der Stange noch übertrieben und schrill gewirkt hatte, saß perfekt. Das leuchtende Rot passte wunderbar zu ihrem dunklen Haar und die funkelnden Glassteinchen fingen das Licht ein wie echte Diamanten.

Sie sah aus wie eine Königin.

*

Damians Augen weiteten sich, als er die Garderobe betrat. Dann räusperte er sich und wandte den Blick von Rose ab.

»Bald beginnt die Vorstellung.«

»Nun denn, raus mit euch beiden.« Amy scheuchte sie aus der Garderobe und zwinkerte Rose zu.

Als sie wieder auf dem spärlich beleuchteten Gang standen, zog Damian etwas aus der Tasche und reichte es ihr. Sie drehte es in den Händen. Eine schwarze Maske, mit weichen Federn besetzt.

»Zieh sie auf«, sagte Damian und zog eine zweite Maske hervor. »Ich werde ebenfalls eine tragen. Die Öffentlichkeit kennt mein Gesicht nicht und das soll auch so bleiben.«

»Wenn dich niemand kennt, ist es doch gleich, ob du die Maske aufsetzt oder nicht? Im Gegenteil, die Maske zieht die Aufmerksamkeit doch erst an?«, fragte Rose und hob eine Augenbraue.

Damian seufzte. »Wir sind oben in einer der privaten Logen. Falls Reporter im Saal sitzen, werden sie sich fragen, wer wir sind. Vielleicht werden sie es ahnen, aber wir können durch einen Privateingang ungestört wieder hinausgelangen.«

»Warum sind wir dann in einer Loge und mischen uns nicht unter die anderen Besucher?«, flüsterte sie, während sie sich die Maske über die Augen zog.

»Weil du das hier sehen musst und ich nicht weiß, wie du reagieren wirst«, sagte er schlicht, dann ging er zielstrebig voraus, durch das verschlungene Gewirr aus Korridoren und Aufgängen. Schließlich zog er einen Vorhang beiseite, wartete, bis Rose hindurchgetreten war, und folgte ihr.

Der Effekt war schwindelerregend: Rose blickte von einer winzigen Empore mit geschwungenem Geländer viele Meter hinab auf die Bühne, eine Insel aus Licht, die aus dieser Höhe winzig wirkte. Ihre Brust wurde einen Moment lang eng, dann spürte sie, wie Damian hinter sie trat.

Die Wärme, die von ihm ausging, war beruhigend und obwohl er sie nicht berührte, war sie sich seiner Nähe allzu bewusst. Erinnerungen an die vergangene Nacht drängten sich ihr auf und sie war froh, dass die Röte, die über ihre Wangen kroch, dank der Maske nicht zu sehen war.

Als sie den Kopf halb nach ihm umdrehte, sah sie, dass er seine Maske ebenfalls aufgesetzt hatte. Blauschwarze Rabenfedern auf tiefschwarzem Samt verliehen ihm das Aussehen einer fremdartigen Gottheit. Seine Knöchel traten weiß hervor, als er neben ihr das Geländer umklammerte.

Rose konnte sich keinen Reim darauf machen, was in ihm vorgehen mochte, doch die erwartungsvolle Atmosphäre, dieses Knistern, das einer Vorstellung vorausging, ließ ihr Herz schneller schlagen.

Schweigend warteten sie, während sich der Saal nach und nach füllte.

So harrten sie aus, bis das Murmeln im Saal erstarb und einer erwartungsvollen Stille wich.

Die elektrischen Lichter über ihren Köpfen verdunkelten sich, ein Scheinwerfer tauchte die Bühne in helles Licht und alles andere versank in Schwärze.

Etwas flatterte wie ein aufgeregter Vogel in Rose' Brust. In dem Bühnenlicht, das die geschminkten Gesichter der Schauspieler erhellte, war ihr, als schmelze die Kulisse, um sich wie weiches Wachs zu etwas Neuem zu formen, etwas, das gleichermaßen fremd wie vertraut war.

39

Rosewood Hall, 1873

Die Lichter des alljährlichen Jagdballs überzogen die Schlossmauern mit ihrem goldenen Schein.

Ein wenig abseits des Schlosses ertönten eilige Schritte auf dem Kies, als gelte es dieses warme Licht zu meiden, das sich wie Sirup über die Mauern ergoss.

Die verstohlenen Schritte waren kaum verklungen, als ein elegantes Paar aus einer Kutsche stieg. Das wilde Haar des Mannes löste sich bereits aus dem samtenen Band, das es im Nacken zusammenhielt, und die Frau an seiner Seite stieß ein silberklirrendes Lachen aus, das aus dem Wald mit einem Käuzchenschrei erwidert wurde.

Bedienstete mit Laternen eilten ihnen entgegen wie hüpfende Glühwürmchen, die immer größer wurden und schließlich eine Eskorte bildeten, die beide Paare in das Innere des Schlosses geleitete.

Kaum, dass ihre Füße die Tanzfläche betreten hatten, drehte die Frau mit dem Silberlachen sich um und fragte ihren Begleiter: »Meinst du, es war ein Fehler, hierherzukommen, Alexander?«

Der Angesprochene neigte den Kopf mit dem leonisch schimmernden Haar und lächelte kühl. »Lass uns tanzen, Julienne«, sagte er dicht an ihrem Ohr und wirbelte sie herum, bis ihr helles Lachen nicht mehr vom Kitzel der Geigen zu unterscheiden war.

Zur gleichen Zeit schlich jemand auf leisen Sohlen durch verborgene Dienstbotengänge und näherte sich dem Treiben in dem Ballsaal mit der gleichen Faszination, die eine Motte für die Kerzenflamme hegt.

Der Beobachter schmiegte sich in eine Wandnische, die hinter einem Vorhang verborgen lag. Durch einen Spalt konnte er erahnen, was im Ballsaal vor sich ging.

Er sah Paare selbstvergessen über die Tanzfläche wirbeln, sah, wie die Gastgeber die Halle betraten, sah schließlich, wie ein ahnungsloser Dienstbote mit seinem Tablett einen falschen Schritt tat, mit den Tanzenden zusammenstieß und sich Wein aus funkelnden Kristallgläsern über ein Kleid ergoss.

Die Stimme der Besitzerin gellte lauter als das Stakkato der Geigen, das gleich darauf in einem Missklang erstarb, während ihr Schrei noch durch den Saal hallte.

*

»Du Tollpatsch«, kreischte Julienne, während der Diener unter vielen Entschuldigungen in die Knie ging, um die Scherben aufzusammeln.

»Mein Kleid ist ruiniert. Das wirst du mir büßen, du Trampel. Dieses Kleid ist mehr wert, als du in zehn Jahren verdienst.« Sie strich mit den Händen über die sanfte Rundung ihres Bauches, wo Weinflecken auf dem seidenen Jacquard erblühten, und fixierte den Lakaien mit empörtem Blick.

Die Menge der Tanzenden teilte sich, um ein elegant gekleidetes Paar durchzulassen.

»Alea, Darius«, begrüßte Julienne die beiden Gastgeber mit gepresster Stimme, dann wies sie anklagend auf den Diener. »Ich erwarte Wiedergutmachung von diesem Mann.«

»Julienne«, sagte Alea besänftigend. »Beruhige dich. Jack hat das sicher nicht absichtlich getan.«

»Er hat mich mit Wein übergossen! Ich verlange, dass er mir das Kleid ersetzt. Zieht es von seinem Gehalt ab.«

Der Lakai schaute mit hilflosem Blick zu Alea auf, die sich schützend vor ihn stellte.

»Ist es so schlecht um die Finanzen deines Gemahls bestellt, dass du dir kein neues Kleid leisten kannst?«, sagte Alea mit schneidender Stimme.

»Du wagst es«, zischte Julienne empört. »Dabei sind du und dein Mann diejenigen, die nicht mit Geld umgehen können. Wie ich höre, wirft dein werter Gatte es beim Glücksspiel mit beiden Händen zum Fenster hinaus. Nicht gerade ein Paradebeispiel von ehrenhaftem Gebaren, wenn du mich fragst.«

»Ausgerechnet du willst mir Vorträge über Ehrenhaftigkeit halten?«, gab Alea mit vor Zorn gerötetem Gesicht zurück. »Mein Mann mag in finanziellen Schwierigkeiten stecken, aber er hat wenigstens die Gewissheit, dass sein Sohn von ihm stammt.«

»Was sagst du da?« Das Lächeln, das Julienne aufgesetzt hatte, war so dünn und schneidend wie eine Mondsichel.

Ihr gegenüber war Alea, die Gastgeberin, in der Haltung eines fluchtbereiten Tieres erstarrt. Ihr schien bewusst zu sein, dass sie soeben etwas ausgesprochen hatte, das sich nicht zurücknehmen ließ. Ihre Miene war unstet im Tanz der Kerzen, mal reuevoll, mal zornverzerrt. Der Zorn gewann schließlich die Oberhand.

»Dein Alexander hält sich für etwas Besseres«, zischte sie zurück, »bei jeder Gelegenheit verhöhnt er uns; er genießt es, Darius in der Rolle des Bittstellers zu sehen. Wie gut ihr zueinander passt, Julienne. Beide seid ihr arrogant und nur auf euren eigenen Vorteil bedacht. Während er jedem Rock hinterherjagt, hast du ihm ein Kuckuckskind untergeschoben, welche Ironie des Schicksals. Aber das kümmert ihn nicht, nicht wahr, er wollte einfach in eine adlige Familie einheiraten, um sich den gesellschaftlichen Aufstieg zu sichern.«

»Alea, nein!« Darius Drake versuchte, den Streit abzuwenden, aber es war bereits zu spät. Juliennes Mann war vorgetreten und die beiden Männer standen einander gegenüber, goldener Löwe und dunkler Panther.

»Deine Frau«, spie Alexander, »wagt es, mich so zu beleidigen? Die Vaterschaft meines ungeborenen Kindes infrage zu stellen?«

»Ihr solltet gehen«, sagte Darius kalt. »Es mag deinem Stand entsprechen, schmutzige Wäsche in aller Öffentlichkeit zu waschen, aber inzwischen solltest du gelernt haben, dass das in Kreisen wie den unseren nicht dazu beitragen wird, dein Ansehen zu steigern.«

»Ach?« Alexander lächelte freudlos. »Dem Adel ist alles erlaubt, nicht wahr, solange es nur hinter verschlossener Tür bleibt? Warst du es nicht, der uns hergebeten hat? Warst du nicht an einem Kredit bei mir interessiert, weil du dich und die Deinen durch dein unablässiges Glücksspiel in die Bredouille gebracht hast? Du brauchst Geld, Darius, leugne es nicht.«

»Ich bin nur zu dir gekommen, weil ich hereingelegt wurde«, zischte Darius finster. »Dieser Kane hat mich hinters Licht geführt und nun sitzt er mir im Nacken. Aber von dir nehme ich keinen Penny an, du erbärmlicher Emporkömmling.«

Alea schnappte hinter ihm nach Luft und im gleichen Moment stieß Julienne ein empörtes Schnauben aus. »Ich wurde tödlich beleidigt, Alexander, und du ebenfalls, hast du das bereits vergessen?«, raunte sie. »Diese Schmach kannst du nicht auf dir sitzen lassen.«

Alexander legte den Kopf schief. »Mag sein, aber wenn wir jetzt gehen, kommt er morgen angekrochen wie ein getretener Hund, um mich erneut um Geld anzubetteln. Diesen Anblick will ich mir ungern entgehen lassen. Gehen wir, Julienne.«

Er hatte sich bereits umgedreht und seine harten Absätze hallten unangenehm laut auf dem Marmorboden wider, da ertönte auf einmal ein lautes Klirren, das die Gehenden herumfahren ließ.

Wutentbrannt hatte Darius eine Handvoll Münzen aus der Tasche gezogen und sie Alexander hinterhergeschleudert.

»Da, du nichtsnutziger Schuft. Ich pfeife auf dein Geld, ja, ich bin sogar bereit, es dir hinterherzuwerfen, wenn du dich nur nie wieder auf meinem Grund und Boden blicken lässt.«

Alea ächzte wie getroffen, doch Alexander ging mit gerunzelter Stirn in die Hocke, griff mit einer träumerischen Geste nach ein paar der davonrollenden Münzen und drehte sie nachdenklich in der Hand hin und her.

Als er aufsah, lag ein harter Zug um seinen Mund.

»*Das* ist unverzeihlich, Darius.«

Die Worte schienen trotz der Wandbehänge und Schilde von der hohen Decke widerzuhallen.

In Darius' Augen brannte ein selbstzerstörerischer Zorn, als er sagte: »Du verlangst Satisfaktion? Die sollst du bekommen.«

»Nein«, protestierte Alea, »das ist barbarisch.«

Doch Julienne ergriff ungerührt das Wort.

»Ein Duell ist die einzige Möglichkeit, diese ungeheure Beleidigung zu sühnen. Doch es soll nicht umsonst sein. Wir sollten einen Einsatz festlegen, der demjenigen gebührt, der einen Treffer erlangt.«

Darius leckte sich nervös über die Lippen. Der Zorn in seinen Zügen war noch nicht abgeklungen, als er einen Schritt auf Julienne und Alexander zumachte.

»Welchen Einsatz forderst du, Whitby?«

»Dieses Schloss«, unterbrach Julienne mit eisklirrender Stimme. »Gewinnt Alexander, überschreibst du uns dieses

Schloss mitsamt den Ländereien. Barvermögen ist euch ja nicht geblieben.«

»Nein, Darius, nicht«, sagte Alea beschwörend, die neben ihren Mann getreten war.

»Es ist ohnehin mit zahllosen Krediten belastet«, sagte Darius aus zusammengebissenen Zähnen, dann fügte er lauter hinzu: »Und wenn ich gewinne …« Er zögerte, und Alea kämpfte das Entsetzen auf ihrem Gesicht nieder, bevor sie hastig das Wort ergriff: »Gewinnt Darius, behält er das Schloss und Alexander zahlt ihm fünfundzwanzigtausend Pfund.«

Angesichts dieser ungeheuerlichen Summe zuckten sowohl Darius als auch Alexander zusammen, doch Julienne verzog keine Miene.

»Abgemacht«, sagte sie kühl und versetzte ihrem Gatten einen leichten Stoß, der daraufhin vortrat und Darius grimmig die Hand entgegenstreckte.

»Morgen bei Sonnenaufgang.«

»Bei Sonnenaufgang«, wiederholte Darius und packte die dargebotene Hand fester als nötig. »So wahr Gott uns helfe.«

Seine Worte drangen bis zu der kleinen Dienstbotentreppe, die die Küche mit dem Ballsaal verband. Sie wurden von der glatten Steinwand zurückgeworfen und waren hinter dem Vorhang, der eine kleine Wandnische auf der ersten Treppenstufe verdeckte, noch deutlich zu vernehmen.

Die Gestalt in der Nische war klein genug, um von dem Vorhang vollständig verdeckt zu werden, und so ahnte niemand etwas von ihrer Anwesenheit.

Wenige Augenblicke später löste sie sich aus ihrem Versteck, huschte die Stufen hinunter, wich behände den Bediensteten aus, die die Treppe nach oben strömten und die Hände voller Schüsseln und Silbertabletts hatten.

Als die Gestalt über den nächtlichen Rasen rannte, war sie so schnell, dass der Mond ihre blassen Züge als Lichtschweif in die Dunkelheit malte. Wäre sie stillgestanden, wäre die Gestalt als kleiner Junge mit wildem dunklem Haar zu erkennen gewesen.

Aber Damian stand nicht still, er rannte, glitt beinahe schwerelos durch die Nacht, als könnte er damit seinem immer näherkommenden Schicksal entgehen.

*

Die spitzen Schatten der Baumwipfel ragten wie Lanzen auf die Lichtung hinaus.

Der Mann, der dort stand, war breitschultrig und sein langes Haar umgab sein Gesicht wie die Mähne eines Löwen. Alexander Whitby hielt die Steinschlosspistole locker in der Hand, seinen Mantel hatte er achtlos beiseitegeworfen. Seine hochgekrempelten Ärmel entblößten kräftige Unterarme, deren feine Härchen sich in der morgendlichen Kälte aufgestellt hatten.

In seinem Versteck presste Damian sich die Hand vor den Mund, um zu verhindern, dass sein Atem, der in hektischen Stößen aus seinem Körper entwich, als verräterischer Nebel in die kalte Luft stieg.

Der Löwe hob leicht den Kopf und einen Herzschlag lang weiteten sich seine Nüstern, als hätte er etwas gewittert. Dann zuckte sein Kopf herum und der Junge erstarrte.

Doch es war das Geräusch donnernder Hufe, das die Aufmerksamkeit des Mannes erregt hatte.

Das Pferd näherte sich in schnellem Trab und als es die Lichtung erreicht hatte, glitt sein Reiter in einer flüssigen Bewegung aus dem Sattel.

Damian spürte eine plötzliche Kälte, die über seinen Körper kroch und nichts mit der kühlen Luft des Morgens zu tun hatte.

Wie oft hatte er seinen Vater angefleht, in bei der Jagd begleiten zu dürfen. Doch nun dachte er zum ersten Mal daran, wie sich der Fuchs fühlte, wenn er sich hechelnd und bebend vor der Meute im Unterholz versteckte.

Ein Fuchs wäre vielleicht klüger gewesen als der Junge, der nicht daran gedacht hatte, dass er verräterische Spuren im Grund des Waldes hinterlassen würde. Gebrochene Zweige, feuchte Gräser, die noch die Abdrücke seiner Stiefelabsätze trugen. Ein leichtes Rascheln im Gebüsch.

Der angekommene Reiter, ein Mann um die dreißig mit schmaler Nase und halbmondförmiger Brille, trat ehrerbietig auf den Löwen zu.

»Ich habe alles vorbereitet, Mr Whitby«, sagte er. »Die Urkunden, die Listen für die Adjutanten und die Verträge.«

Der Löwe nickte, dann machte er plötzlich einen Schritt auf das Gebüsch zu, in dem sich Damian verkrochen hatte. Der Junge versuchte, sich wegzuducken, doch er war zu langsam. Er wurde am Nacken gepackt und auf die Lichtung gezerrt.

»Was haben wir denn da?«, höhnte der Löwe. »Ein kleiner Frischling, der sich im Dreck suhlt?«

Der Junge presste die Lippen zu einem harten Strich zusammen.

»Warum versteckst du dich wie ein Dieb im Gebüsch, Bauernlümmel?«

Der Junge schwieg weiter.

»Du wolltest den hochwohlgeborenen Herren wohl bei der Jagd zusehen«, sagte der Löwe und fuhr sich mit der Hand durch das Haar, »tja, du hast Glück. Was heute stattfindet, ist keine Jagd, wohl aber ein Spektakel.«

Der Junge stand zitternd da und betrachtete die weißen Kringel, die sein Atem in der Luft bildete.

Der Löwe breitete die Arme aus wie ein Schausteller auf dem Jahrmarkt. »Du, mein Kleiner, wirst heute in der ersten Reihe sitzen.« Er lachte.

Der Junge starrte ihn mit aufgerissenen Augen an, dann nickte er einmal kurz.

»So ist's recht«, donnerte der Löwe und klopfte ihm so stark auf die Schulter, dass seine Knie nachgaben.

»Halt dich im Hintergrund, während wir Männer unsere Geschäfte regeln. Lass dich nicht blicken, ja? Und zu niemandem ein Wort über das, was du heute siehst.«

Damian nickte zaghaft und musterte den Löwen mit einem durchdringenden Blick aus seinen dunklen Augen. Dann, rasch wie ein Fuchs, kauerte er sich wieder ins Dickicht und spähte durch die Äste nach draußen.

In der Ferne waren zwei weitere Reiter erschienen, die rasch näherkamen. Das Donnern der Hufe trug an diesem kühlen Morgen weit und von den Pferdeleibern stieg Dampf auf.

Der Löwe, gefolgt von seinem Adjutanten, machte einige rasche Schritte auf die beiden Neuankömmlinge zu.

Sie ließen sich aus dem Sattel gleiten. Darius Drake, der Größere von beiden, begrüßte den Löwen mit Handschlag – eine Geste bar jeder Freundlichkeit, bei der jeder der Männer mit verbissener Miene so fest zudrückte, dass die Knöchel weiß hervortraten.

Der Junge konnte nicht hören, was sie sagten, aber der Austausch schien sich auf wenige gemurmelte Worte zu beschränken.

Die Adjutanten überprüften schweigend die geladenen Pistolen und die Männer bezogen Stellung.

Die Augen des Jungen wanderten von dem blonden Mann zu seinem Gegner, Darius Drake, der mit seinem hohen, schlanken Wuchs und dem dunklen Haar ein geschmeidiges Gegenstück zu der schieren Körperkraft des Löwen bildete. In der Ferne verschwamm er beinahe zu einem dunklen Punkt und der Junge hielt den Atem an.

Wenn Darius jetzt den Kopf gedreht hätte, hätte er seinen Sohn erblickt, einen schmalen Umriss, der sich aus dem Unterholz erhoben hatte, die Finger in einen Ast gekrallt, zitternd.

Doch beide Duellanten hatten die Augen auf den Adjutanten gerichtet, der das Signal gab. Verriet die Haltung des dunkelhaarigen Mannes ein leichtes Zögern? Flackerten seine Augen zu dem Jungen hinüber?

Doch da zerriss bereits ein Schuss die klare, kühle Luft. Vögel flatterten auf. Ein Mann wankte und fiel. Der Junge schrie, dann setzten sich seine Füße wie von selbst in Bewegung, uneinholbar, und er sank auf die klamme Erde, sah helle Haut und rotes Blut, spürte weder die Hände, die ihn zurückrissen, noch hörte er die entsetzten Rufe.

»Vater«, schrie er, während die vertrauten Augen blicklos zum Himmel starrten, als läge dort oben irgendeine Antwort, irgendein Trost.

Doch da war nichts.

40

Damians Hände umklammerten die Balustrade und sein Kiefer zuckte angespannt, während seine Augen keine Sekunde lang von der kleinen Gestalt auf der Bühne wichen, die gepackt und in die Höhe gerissen wurde.

Der Junge trat und schlug wild um sich, doch der Mann mit der Löwenmähne hielt ihn wie eine Puppe in die Höhe, bevor er ihn auf dem Boden absetzte, ohne ihn loszulassen.

Das Kunstblut sammelte sich in einer rubinroten Pfütze um den Kopf des reglosen Schauspielers und über dem Saal lag eine schreckliche, erschrockene Stille, die nur von dem Schluchzen des Jungen durchbrochen wurde.

Auch wenn Damian für sein Stück fiktive Namen gewählt hatte, waren Rose die Parallelen völlig klar.

Damian. Der Junge war Damian und er rief nach seinem Vater.

Darius Drake, der bei dem Duell tödlich getroffen worden war.

Sie wagte kaum zu atmen, völlig reglos verharrte sie auf der Kante ihres Sitzes. Auf der Bühne die qualvollen Schreie des Jungen, neben ihr Damians ausdrucksloses Gesicht, blutleer, die Augen hinter der Maske dunkle Höhlen.

Leider muss ich Ihr überaus großzügiges Angebot ablehnen. Behalten Sie dieses Buch, ich will es nicht zurück. Betrachten Sie es als Erinnerung an das, was Sie für mich getan haben.

Es war kein Dankschreiben gewesen. Es war die zynische Zurückweisung eines Mannes, der dem Mörder seines Vaters nicht vergeben wollte.

Alles in ihr wehrte sich gegen das Begreifen und sie hatte Angst, sich zu bewegen, als würde dann ihre gesamte Realität in sich zusammenstürzen wie ein Kartenhaus im Wind.

Das Bühnenbild änderte sich, Darsteller kamen und gingen, aber sie nahm alles nur verschwommen wahr. Irgendwann kam Bewegung in das Publikum, stürmischer Applaus brandete auf und der plötzliche Lärm ließ Rose zusammenzucken.

Auf einmal wurde ihr übel.

Sie sprang auf und stürzte aus der Loge. Das Gewirr der Korridore verschluckte sie wie der Bauch eines Wals. Sie fand den Waschraum nicht, verlor die Orientierung und kauerte sich schwer atmend in einer schwach beleuchteten Ecke zusammen, während sie darauf wartete, dass das ferne Fußgetrappel der Theatergäste und ihr eigener Herzschlag leiser wurden.

Irgendwann schaffte sie es, sich aufzurappeln, und irrte durch die Korridore, bis sie die Garderobe fand, wo sie auf Caoimhe traf. Amy sei bereits zur nächsten Vorstellung aufgebrochen, sie trete mit zwei amerikanischen Musikern in einem Varieté auf, erklärte die Irin, während Rose mechanisch nickte, ohne die Information wirklich aufzunehmen.

Damian war nirgends zu sehen. Vermutlich war er bereits auf dem Rückweg nach Rhodeward. Sie würde ihm also nicht gegenübertreten müssen. Kurz erwog sie, das Haus ihrer Tante in London aufzusuchen. Von dort aus könnte sie ihrer Mutter schreiben, um Geld für die Heimreise bitten, doch bei dem Gedanken drehte sich ihr erneut der Magen um.

Nein, unmöglich.

Sie konnte nicht wieder zurück nach Prag, in dieses Haus voller Lügen.

Das nächtliche London begrüßte sie mit dem Geruch von Pferdedung und Rauch, der aus aberhunderten Kaminen quoll.

Männer mit Tüchern vor dem Gesicht zogen einen Karren, aus dem ein übler Geruch aufstieg. Sie passierte Musikvarietés mit großen Plakaten, die leicht bekleidete Tänzerinnen und Burlesken anpriesen, doch sie beachtete sie kaum, während sie ziellos weiterlief.

Sie zweifelte keine Sekunde lang an der Echtheit von Damians Geschichte. Die Tatsachen lagen nun vor ihr wie aufgedeckte Karten und ließen keinen anderen Schluss zu. Ihr eigener Vater hatte Damians Vater bei einem Duell tödlich getroffen. Und Damian, damals noch ein Junge, hatte zugesehen.

Der Ausgang des Duells hatte sein Leben verändert wie ein Blitz, der in eine Buche einschlägt und sie in eine verdrehte, falsche Richtung wachsen lässt. Damian hatte an jenem Morgen nicht nur seinen Vater verloren, sondern auch seine Zukunft. Das Schloss, das sich seit Jahrhunderten im Besitz seiner Familie befand, war laut den Dokumenten, die die beiden Duellanten und ihre Adjutanten unterzeichnet hatten, an Alexander Whitby übergegangen. Und seitdem hatte es niemandem mehr als Zuhause gedient, war zum Spukort geworden und Damian selbst zum ruhelosen Gespenst.

Bis Rose gekommen war. Kein Wunder, dass Damian es nicht ertragen hatte, wie die Tochter des Mörders in dem Schloss Einzug hielt. Ihm war lieber, dass es zerstört wurde, anstatt dabei zuzusehen, wie Rose darin rauschende Feste feierte.

Sie war so naiv gewesen.

Molly und Jack mussten davon gewusst haben, zumindest in Grundzügen. Ihre Mutter ebenfalls. Sie hatte Damian erkannt, oder vielmehr seinen Vater, dem er so ähnlich sah.

Ich hätte auf ihre Warnung hören sollen, dachte Rose bitter.

Als Alexander Whitby den Sohn seines Widersachers bei dessen Leiche gesehen hatte, musste ihm klargeworden sein, dass das, was er getan hatte, nichts anderes als Mord war. Rose fröstelte. Und dennoch hatte er Alea und ihren kleinen Sohn auf die Straße gesetzt. Hatte das Schloss behalten wie ein eifersüchtig gehütetes Kleinod im Hort eines Drachen, ein Dorn, der das Herz vergiftet.

Und er hatte es Rose vermacht.

Sie blieb unter einer Laterne stehen und starrte auf die dunkle Straße, ohne wirklich etwas wahrzunehmen.

Dann zuckte sie zusammen, als sich eine Hand auf ihre Schulter legte. Damian sah mit regloser Miene auf sie herab. Er hatte die Maske abgelegt und noch immer war er unnatürlich blass.

»Wir sollten gehen«, sagte er ausdruckslos.

41

Das Pensionszimmer war klein und schlicht, aber sauber. Damian hatte sie der Wirtin als Mr und Mrs Smith vorgestellt und Rose hatte nicht widersprochen. Im Grunde hatte sie überhaupt nicht gesprochen.

Was hätte sie auch sagen sollen?

Während sich Damian hinter ihr über die Waschschüssel beugte und sich kaltes Wasser ins Gesicht spritzte, trat sie ans Fenster, um auf die Lichter des nächtlichen Londons hinauszublicken.

»Meine Eltern haben mir nie etwas davon erzählt«, brach es schließlich aus ihr heraus. »Es tut mir so leid, Damian … Wie konnte er deinen Vater erschießen, nur wegen dieser dummen Gerüchte? Wegen … wegen mir. Die Gerüchte entsprachen ja der Wahrheit.« Ihre Stimme erstarb. Die Worte fühlten sich leer und unzureichend an, kaum dass sie sie über die Lippen brachte.

»Warum hast du es mir nicht gleich gesagt?«, flüsterte sie. »Warum hat mir niemand davon erzählt? Du, Molly oder Jack?«

Sie spürte den leichten Luftzug, als er hinter sie trat, doch sie sah sich nicht um.

»Was hätten wir denn sagen sollen?«, fragte er sanft. Seine Stimme war dunkel von einer Trauer, die so alt war, dass ihre Ecken und Kanten ganz glattgeschliffen waren. »Ich selbst konnte jahrelang nicht darüber sprechen. Ich versuchte zu vergessen. Aber irgendwann ging das nicht mehr. Ich musste das, was geschehen war, in Worte fassen. Für die Bühnenfassung änderte ich die Namen, die Orte, so dass niemand, der damals nicht dabei war, etwas davon ahnen würde. Aber ich konnte nicht länger Stillschweigen bewahren. Es hätte mich von innen zerfressen. Das Theater schien mir die beste Möglichkeit.«

Er seufzte. »Was deine Frage angeht, warum ich dir nicht früher die ganze Geschichte erzählt habe … Ich muss zugeben, dass ich anfangs schlicht und einfach zu wütend war, um einen klaren Gedanken zu fassen. Als ich am Morgen nach dem Ball herausfand, wer du bist, war ich so rasend wie noch nie in meinem Leben.«

Er schob das Fenster hoch und schaute hinaus. »Zuerst glaubte ich, du würdest die Geschichte kennen. Nachdem ich erfuhr, wer du bist, dachte ich, du hättest mich nur zum Ball eingeladen, um mich zu demütigen. Der Kuss auf den Zinnen …«

Er warf einen prüfenden Blick aus dem Fenster, bevor er vorsichtig hinauskletterte und einen Fuß auf den Dachvorsprung setzte. Er tat einen langsamen Schritt nach dem anderen, bis er den vorspringenden Giebel des darunterliegenden Fensters erreichte und sich rittlings darauf niederließ.

Als sie sprach, klang ihre Stimme, als gehöre sie ihr nicht, es war die flache, gepresste Stimme einer Fremden. »Die ganze Zeit über habe ich nicht verstanden, warum du sagtest, du wolltest mich vernichten, aber jetzt sehe ich, dass du allen Grund dazu hattest.«

Er saß reglos auf dem Giebel, eine dunkle Gestalt vor dem noch dunkleren Himmel, wie ein Rabe, der über der Stadt thront.

Sie trat einen Schritt vom Fenster zurück, da hörte sie seine Stimme, so leise wie das Rauschen des Windes.

»Als ich Kane kontaktierte, um dir das Schloss wegzunehmen, wollte ich, dass du einen Abglanz des Schmerzes empfindest, der mir zugefügt wurde. Aber dann lernte ich dich besser kennen und mir klar, dass du nichts von alldem wusstest. Ich konnte dich nicht hassen für etwas, was dein Vater getan hat, aber ich konnte dir auch nicht die Wahrheit sagen. Die Art, wie du von ihm sprichst – es ist offensichtlich, dass der Schmerz über seinen Tod noch frisch ist, dass der Alexander Whitby aus deiner Erinnerung ein völlig anderer ist als der, den ich kennenlernen musste. Ich wollte deine Erinnerung nicht vergiften. Außerdem fürchtete ich, du würdest mir ohnehin nicht glauben.«

Sie spürte ein Reißen in ihrer Brust, ein schmerzhaftes Zerren. »Ich glaube dir.«

Seine Schultern senkten sich um eine Winzigkeit und er atmete aus. »Gut.«

Sie hatte das Bedürfnis, etwas zu sagen, irgendetwas, doch er kam ihr zuvor. »Würdest du mir einen Gefallen tun, Rose?«

»Natürlich.«

»Ich habe heute Abend eine Verabredung. Begleitest du mich?«

Sie lachte erleichtert. »Ich begleite dich, wohin auch immer du willst.«

42

Er öffnete die Tür des Kaffeehauses, das trotz der Sperrstunde brechend voll war. Schwaden von Zigarrenrauch quollen ihnen entgegen.

Sie konnte Damians Gesichtsausdruck nicht deuten, und sie fühlte sich unsicher, da sie nicht wusste, wie sie sich verhalten sollte. Doch als er das Kaffeehaus betrat, schien eine gewisse Anspannung von ihm abzufallen und er ging mit großen Schritten auf einen Tisch im hinteren Drittel des langen Raumes zu.

Dort saßen eine Frau mit schwarzem Haar, ein rothaariger Bursche in fadenscheinigem Frack und ein elegant gekleideter Mann, den Rose als den berüchtigten Oscar Wilde erkannte.

»Damian«, rief Wilde überschwänglich und prostete ihm mit einem giftgrünen Drink zu. »Ich habe gehört, dein neues Stück sei eingeschlagen wie eine Bombe.«

Damian nahm die Glückwünsche der am Tisch Versammelten mit einem verlegenen Lächeln entgegen, dann revanchierte er sich, indem er verkündete, eine Runde auszugeben.

Rose folgte ihm an den Tresen. Beinahe hätte sie ihn im Gedränge verloren, und als sie sich wieder in seiner Nähe fand, stand bereits eine schlanke Frau mit hartem Kinn und hoch aufgetürmten Haaren bei ihm. Sie krallte die beringten Finger besitzergreifend in seine Schulter, während ihr Ehemann, dessen glänzendes, faltenloses Gesicht an einen Cherub erinnerte, Damian ein volles Glas in die Hand drückte.

»Wie wundervoll Ihr neues Stück ist«, sagte die Frau mit aufgerissenen Augen und einem beinahe manischen Lächeln.

»So *dramatisch*. Erlauben Sie, dass wir Ihnen einen Drink ausgeben.«

Die Frau ließ ihren Blick hungrig über Damian streifen und Rose entging nicht, wie bemüht sein Lächeln wirkte, beinahe festgefroren.

Schließlich schaffte er es unter einem Vorwand, sich der beiden zu entledigen, und er und Rose trafen einander am anderen Ende der langen Theke wieder.

»Das war die Marquise de la Roix mit ihrem Mann. Frag nicht.« Er verdrehte die Augen und winkte den Barkeeper heran.

»Hast du denn das Geld, um eine Runde auszugeben?«, flüsterte Rose. »Oder betätigst du dich auch im Taschendiebstahl?«

»Pass gut auf.«

Er beugte sich über den Tresen und Rose wurde Zeugin eines äußerst faszinierenden Vorgangs. Der Barkeeper zog eine kleine Schiefertafel zurate, zählte eine Strichliste ab und nach einer kurzen, gemurmelten Verhandlung drückte er Damian eine Handvoll Münzen in die Hand und schob dann ein Tablett mit verschiedenen Flaschen über die Theke.

»Wie hast du das angestellt?«, fragte Rose verblüfft.

Er grinste. »Ein gut gehütetes Geheimnis meines Metiers. Es verhält sich nämlich so: Mir werden mehr Drinks ausgegeben, als ich trinken kann. Der Barkeeper und ich haben eine Abmachung – er schenkt mir in solchen Fällen Wasser statt Alkohol aus und wir teilen uns den Profit.« Er grinste in sich hinein. »Zuweilen löse ich mein Guthaben auch zugunsten meiner trinkfesten Freunde ein. Auf diese Weise kann ich mich zumindest ein wenig für ihre Großzügigkeit revanchieren.«

»Sag, wie kommt es, dass die Marquise dich erkannt hat? Ich dachte, du würdest dein Gesicht nicht in der Öffentlichkeit zeigen.«

Er machte eine Geste, die den gesamten Raum einschloss, den dichten Zigarrenrauch, das schummrige Licht.

»Den Kreisen, in denen ich verkehre, ist mein Gesicht selbstverständlich bekannt, auch wenn ich mich niemals für die Zeitung ablichten lasse.«

Rose nickte nachdenklich. Diese Kreise taten alles Erdenkliche, um sich von der Masse der Gewöhnlichen abzusetzen. Damian spielte die Rolle des exzentrischen Künstlers, und er spielte sie gut. Für reiche Gönner, die Künstler sammelten wie Pfauenfedern, war er sicher unwiderstehlich, doch sie hatte den Eindruck, dass Menschen wie die Marquise sich auf Dauer nicht damit zufriedengaben, Drinks auszugeben oder zu Theaterpremieren eingeladen zu werden. Eine Gänsehaut kroch über ihre Arme und sie war froh, dass sie die Aristokratin im Gedränge abgeschüttelt hatten.

Als sie mit den Getränken zu Damians Freunden zurückkehrten, dominierte die dunkelhaarige Frau gerade die Konversation. »Und ich sage ihm: Warum darf ich mein Stimmrecht nicht ausüben? Weil ich als Frau rechtlich nicht als eigenständige Person zähle? Aber warum soll ich dann Steuern und Abgaben zahlen? Nein, nein, sage ich, solange ich nicht wählen darf, werde ich einen Teufel tun und Steuern bezahlen. Beides zugleich geht nicht, diese elenden Aasgeier …«

Begeistert stimmte Rose ein. »Das habe ich kürzlich auch in einem Artikel von Sophia Duleep Singh gelesen.«

Überrascht hielt sie inne, als alle am Tisch in schallendes Gelächter ausbrachen. Sie lief rot an. Hatte sie etwas Falsches gesagt?

Wilde beugte sich über den Tisch und tätschelte ihre Hand. »Verehrteste, Sie können sich heute Abend glücklich schätzen, denn Sie befinden sich in Gesellschaft der geschätzten Prinzessin Sophia höchstselbst.«

Die schwarzhaarige Frau lächelte Rose aufmunternd zu. »Es freut mich stets, auf Gleichgesinnte zu treffen«, sagte sie und Rose widerstand dem Impuls, mit feuerrotem Kopf unter den Tisch abzutauchen.

»Ich habe alles von Ihnen gelesen«, sagte sie. »Nun ja, zumindest alles, was ich in Prag bekommen konnte.«

»Wie schön, das zu hören. Und was bringt Sie nach England?«, fragte Sophia, doch der junge Mann im abgetragenen Frack, der bislang geschwiegen hatte, meldete sich nun zu Wort.

»Pfeifen wir auf die Höflichkeiten. Entschuldige, meine liebe Sophia, aber mir scheint, viel interessanter ist doch der eigentliche Skandal des Abends: Die Tatsache, dass unser geschätzter Damian ein weibliches Wesen in unsere Mitte gebracht hat – zweifellos, damit wir sie einer eingehenden Prüfung unterziehen.«

»Die Prüfung besteht natürlich darin, ob sie in einer so blasphemischen Runde wie der unseren bestehen kann«, gluckste Wilde und warf seine braunen Locken zurück, während Sophia die Stirn runzelte.

»Es widerstrebt mir zutiefst, den Wert einer Frau daran zu bemessen, mit welcher männlichen Gesellschaft sie sich umgibt«, sagte sie und trotz ihrer ernsten Miene zuckten ihre Mundwinkel verräterisch. »Sonst müsste ich diese Runde tunlichst meiden.«

Das löste eine neue Welle von Gelächter aus und diesmal stimmte Rose mit ein. »Damian und ich sind einander im Zug begegnet«, sagte sie, da sie das Gefühl hatte, eine Art Erklärung abgeben zu müssen. »Und, ähm, wir reisten beide zufällig nach –«

»Genau, eine zufällige Begegnung«, unterbrach Damian sie rasch. »Rose und ich fanden heraus, dass wir … gemeinsame

Bekannte haben. Ich erklärte mich bereit, ihr die dunkleren Seiten Londons zu zeigen.«

»Dort, wo wir uns herumtreiben«, ergänzte der junge Mann im Frack mit einem schelmischen Lächeln. »Ich bin übrigens Zach, der Einzige in dieser Runde, der nicht berühmt ist, wie Sie sicher schon gemerkt haben.«

»Da sind wir schon zu zweit«, gab Rose amüsiert zurück.

»Hast du vor, länger in London zu bleiben?« Sophia war nahtlos zum vertraulichen Du übergegangen. »Ich gebe nämlich nächste Woche einen kleinen Suffragetten-Salon. Du bist herzlich eingeladen.«

»Liebend gern«, sagte Rose erfreut. »Ich weiß nur nicht, ob ich es einrichten kann. Ich bin nämlich nicht sicher, wo ich gerade zu Hause bin.«

Und ohne, dass sie es beabsichtigt hätte, erzählte sie Sophia von ihrer Flucht aus London, den Wünschen ihrer Mutter und schließlich von der Tatsache, dass sie enterbt worden war. Die Details, die mehr über Rhodeward, Damian und das Schloss verraten hätten, ließ sie allerdings unerwähnt.

Sophia nickte grimmig. »Keine ungewöhnliche Geschichte, vor allem nicht in den Kreisen, in denen ich verkehre. Es ist einfach, Suffragette zu sein und sich gegen die Konventionen aufzulehnen, wenn man über unabhängige Mittel verfügt. Aber dieses Glück hat nicht jede.«

Zach ließ seinen Blick von Rose zu Damian wandern. »Habt ihr euch deshalb zusammengetan?«, fragte er interessiert. »Weil ihr beide in einer ähnlichen Lage seid?«

»Lass gut sein, Zach«, sagte Sophia sanft. »Du siehst doch, dass ihr deine Fragerei unangenehm ist.«

»Ich nehme an, er hat nur gefragt, weil Damian noch nie irgendwelche glücklichen Damen – oder Herren – an unseren

Tisch gebracht hat«, fügte Oscar grinsend hinzu. »Und diese Wendung des Schicksals, ich gebe es frei heraus zu, ist mir eine überaus willkommene Ablenkung von meinen eigenen erdrückenden Sorgen in Liebesdingen. Also, erzählt mehr! Zerstreut und erheitert mich.«

Rose verbarg ihren hochroten Kopf hinter einer Serviette und Damian verschluckte sich an seinem Drink, was erneut schallendes Gelächter ihrer Tischgenossen zur Folge hatte.

43

Als sie in die Pension zurückkehrten, fühlte Rose eine seltsame Gelöstheit, die womöglich mit dem Drink zu tun hatte, auch wenn sie nur daran genippt hatte. Auch Damian war in Anwesenheit seiner Freunde aufgetaut, hatte gescherzt und Geschichten zum Besten gegeben.

Vor der Tür der Pension schwankte sie auf der Stufe und stieß kurz mit der Schulter gegen ihn. Unwillkürlich streckte er eine Hand aus, um sie zu stützen, und die Berührung sandte ein Kribbeln über ihren ganzen Rücken.

Im Zimmer angekommen standen sie einander gegenüber, und eine erwartungsvolle, gespannte Stille legte sich zwischen sie. Rose verspürte den unerklärlichen Drang zu kichern, sie war überreizt, jeder ihrer Nerven zum Zerreißen gespannt.

Sie konnte sich den inneren Zwiespalt ausmalen, der Damian schier zerreißen musste. Sie fühlte sich auf geradezu magnetische Weise von ihm angezogen und spürte, dass es ihm ebenso ging, aber die Vergangenheit drängte sich zwischen sie, das blutige Vermächtnis ihres Vaters. Es war eine Situation, in der es weder Schwarz noch Weiß gab, nur endloses Grau in allen Schattierungen.

In diesem Moment fasste sie einen Entschluss. Sie ging auf ihn zu, streckte die Hand nach ihm aus, jedoch ohne ihn zu berühren.

»Lass uns heute Nacht nicht schlafen Damian. Lass uns brennen. Das zulassen, was zwischen uns ist – für wenige Stunden nur.«

Danach reise ich ab, fügte sie in Gedanken hinzu. *Danach musst du mich nie wieder sehen.*

Anstelle einer Antwort beugte er sich vor und zog sie an sich. Sie erwiderte die Umarmung und ihre Lippen trafen sich zu einem langen Kuss. Es fühlte sich köstlich und süß an, wie das Aufglühen eines vorbeiziehenden Kometen am Nachthimmel. Er vergrub seine Hand in ihrem Haar und der Laut, den er dabei ausstieß, raubte ihr den Atem.

Er half ihr, sich zu entkleiden, und kurze Zeit später lagen auch seine Sachen auf dem Boden. Sie ließen sich aufs Bett fallen und kicherten, als die Sprungfedern verräterisch quietschten.

Ihre Körper waren einander so nah, dass sie glaubte, eins mit ihm zu werden. Sie spürte seine Nacktheit, das Spiel seiner Muskeln, als sie eine Hand über seinen Rücken wandern ließ, die Hitze seiner Haut, die auf sie überging, als er sie an sich presste. Sie wollte ihn festhalten, diesen gestohlenen Moment auskosten.

Als sie die Augen schloss, spürte sie die Kraft, die durch seinen Körper pulsierte. Sie spürte sie in seinem schnellen Atem, der langsamen Kontrolliertheit seiner Bewegungen, der Härte seiner Erektion an ihrem Oberschenkel. Und in diesem Augenblick war es ihr egal, wie er ihr gegenüber empfand. Solange er sie in seinen Armen hielt. Solange er nicht aufhörte.

Seine Lippen an ihrem Hals, der leise, willkommene Schmerz, als seine Zähne die weiche Haut ihrer Kehle streiften. Sie warf den Kopf in den Nacken und stöhnte, sie wollte nicht mehr warten, wollte ihn endlich in sich spüren.

Doch er hielt inne. »Bist du dir sicher, Rose?«

Sie öffnete die Augen wieder, suchte seinen Blick, hielt ihn fest. Morgen mochte von diesem Moment nichts als glimmende Asche übrigbleiben, doch das kümmerte sie nicht.

Er las die Antwort in ihren Augen und küsste sie hungrig. Dann ließ er eine Hand zwischen ihre Beine gleiten und berührte sie so unendlich zärtlich, dass sie ein überraschtes Stöhnen nicht unterdrücken konnte. Doch sie wollte diese Sanftheit nicht, die ihr das Herz brach, die sich bittersüß auf ihrer Zunge anfühlte und Gefühle in ihr weckte, Gefühle, die sie nicht zulassen wollte.

»Nein, Damian«, keuchte sie. »Hör endlich auf, so verdammt zärtlich zu sein.«

Er gab einen Laut von sich, irgendetwas zwischen einem Lachen und einem Knurren. »Na schön, wie du willst.«

Mit einer einzigen, fließenden Bewegung packte er ihre Handgelenke und drückte ihre Arme hinter ihren Kopf, presste sie zurück in die Kissen.

»Ja«, stöhnte sie, als er sie erneut berührte, diesmal rauer, drängender.

Er kniete über ihr, die Muskeln angespannt, nacktes, unverstelltes Begehren auf seinen Zügen. Einen Herzschlag lang trafen sich ihre Augen, dann drückte er sie mit seinem Gewicht nach unten, sie spürte sein Glied pochend und heiß zwischen ihren Beinen.

»Oh, Damian«, stöhnte sie. Mehr brauchte er nicht. Mit einer langsamen, kontrollierten Bewegung seiner Hüften schob er sich vorwärts, und im gleichen Moment reckte sie sich ihm entgegen.

»Weiter«, sagte sie atemlos, während eine merkwürdige Mischung aus heftiger, schmerzhafter Lust und Entschlossenheit sie überkam. Dann, unvermittelt, atmete sie scharf ein, als die Spitze seines Glieds in sie eindrang.

Sie riss die Augen auf. »Weiter«, sagte sie, doch ihre Stimme war diesmal leiser und weniger entschlossen. Es fühlte sich nicht richtig an, ein stechender Schmerz durchzuckte sie und sie biss die Zähne zusammen.

Seine Pupillen weiteten sich erschrocken.

»Weiter«, keuchte sie verbissen.

»Nein«, sagte er rau und zog sich zurück.

Sie war sich nicht sicher, was gerade geschah, doch sie fühlte sich unendlich verletzlich, und die plötzliche Besorgnis in seinem Blick machte sie wütend und verwirrt zugleich.

»Das kann ich nicht«, sagte er, noch immer heftig atmend, als fiele es ihm schwer, sich zu kontrollieren. »Ich kann nicht so tun, als würde es mich nicht kümmern, dass du Schmerzen hast. Egal, was zwischen uns steht, Rose, ich will dir nicht wehtun.«

»Aber ich *will* es tun«, sagte sie verzweifelt. »Wir wollen es beide, nicht wahr? Worauf wartest du?«

Er stützte sich auf und sah auf sie herab. Als er die Hand in ihrem Haar vergrub und sein Mund die Vertiefung unter ihrem Ohr streifte, beschleunigte sich ihr Herzschlag erneut.

»Ich werde dir nicht wehtun, und wenn du mich noch so sehr darum anflehst«, murmelte er dicht an ihrem Ohr. »Aber es gibt da etwas anderes, das wir tun können.«

Sie stöhnte auf, als seine Hand zwischen ihre Beine glitt. Sanft kreisten seine Fingerkuppen über die empfindliche Haut und fanden ihre verborgene Perle. Dieses köstlich intensive Gefühl verdrängte die Erinnerung an den Schmerz und sie öffnete sich ihm weiter.

Doch dann zog er seine Hand zurück.

»Was …?« Sie war verwirrt.

»Vertrau mir«, flüsterte er heiser.

Sie schloss die Augen und ihr Atem ging schneller, als er sein Glied langsam gegen ihren Unterleib presste, aber nicht eindrang. Das Gefühl, als er sich zwischen ihren Schenkeln hin und her bewegte und sanft über ihre Perle glitt, war berauschender als alles, was sie bisher erlebt hatte.

Sein Rhythmus wurde schneller, sie legte die Arme um seinen Nacken, bewegte sich im Gleichklang mit ihm, und jedes Mal, wenn er sich gegen sie presste, noch immer ohne einzudringen, entfuhr ihr ein Stöhnen. Ihre Körper bewegten sich miteinander, immer schneller, bis sie einen erbarmungslosen Rhythmus erreicht hatten, der sie beide mit sich riss.

Sie bäumte sich unter ihm auf und grub die Nägel in seinen Rücken.

»Gleich«, murmelte sie an seinem Ohr.

Einen Herzschlag später spürte sie, wie seine Hand nach unten zwischen ihre Körper wanderte. Atemlos legte sie ihre Hand auf seine und führte sie an die richtige Stelle.

Es dauerte nur wenige Augenblicke, bis sich die Welle in ihr aufbaute, ein Zittern, das aus ihrem Innersten zu kommen schien und sich ihres ganzen Körpers bemächtigte.

Er stöhnte laut auf, ein kehliges Grollen, dann zog er sich hastig zurück und griff nach einem Taschentuch, um das Laken nicht zu ruinieren.

Irgendwann, nachdem die letzte Erschütterung verklungen war, sanken sie erschöpft in die Kissen.

44

Der Londoner Morgen dämmerte grau. Schmutzige Sonnenstrahlen ließen die Ascheflocken aufleuchten, die aus den Schloten und Kaminen stiegen, und die Kolonnen von Pferden und Kutschen, die sich durch die schlammigen Straßen wälzten, wirkten nicht frischer als am Vorabend. Milchkarren hielten vor den Häusern und müde Fabrikarbeiter kehrten von ihren Schichten heim.

Rose hastete durch die Straßen. Der Gedanke an das, was in der vergangenen Nacht zwischen ihr und Damian passiert war, löste verwirrende Gefühle und eine ebenso verwirrende Wärme in ihrem Inneren aus. Trotzdem lief sie jetzt mit klappernden Absätzen über das schmutzige Kopfsteinpflaster, fort von der Pension, in der sie die Nacht verbracht hatten.

Was sie über die Verflechtungen ihrer beider Familien erfahren hatte, war so monströs, so ungeheuerlich, dass sie es noch immer kaum fassen konnte. Es war besser, wenn sie einander nie wieder sahen. Sonst würde die Vergangenheit alle Gefühle vergiften, die Damian für sie hegte; nicht sofort, aber mit einer schleichenden Stetigkeit, bis er irgendwann nur noch Hass für sie übrig hätte. Nicht wegen etwas, das sie getan hatte, sondern wegen dem, was sie war: die Tochter ihres Vaters.

Der schnelle Takt ihrer Schritte gab den Rhythmus ihrer Gedanken vor. Tap-tap. Tap-tap. *Dein Vater hat dich angelogen. Er war nie der, für den du ihn gehalten hast.* Tap-tap.

Wütend biss sie die Zähne zusammen.

Sie erreichte die Adresse in Chelsea und fand sich vor einer Vordertreppe, die zu einer dunklen, mit reichen Schnitzereien verzierten Eichentür führte. Beherzt stieg sie die Stufen hinauf und ließ den schweren Türklopfer auf das Holz niedersausen. Einmal. Zweimal.

Dann ertönten Schritte im Inneren des Hauses, die aus weiter Ferne zu kommen schienen.

*

Die Frau, die ihr gegenüberstand, war Alexander Whitby so ähnlich, dass es Rose den Atem verschlug. Sie hatte die gleiche honigfarbene Löwenmähne, das gleiche kantige, trotzig vorgestreckte Kinn und die gleichen stechend blauen Augen.

Patricia musterte Rose von oben bis unten, bevor sie die Tür mit einem Ruck aufstieß. Sie machte auf dem Absatz kehrt und verschwand im dunklen Inneren des Hauses.

»Worauf wartest du noch?« Ihre herrische Stimme hallte in dem langen Korridor wider. »Komm herein.«

Die hohen Wände waren von alten Porträts gesäumt, die Rose irritierend vertraut vorkamen, obwohl sie sie noch nie gesehen hatte. Sie folgte dem Echo der Schritte in einen Salon, dessen Wände in einem kühlen Blau tapeziert waren. Durch die halb geöffneten Vorhänge fielen Lichtstrahlen in den Raum und überall herrschte Chaos: Schalen mit Essensresten standen wahllos herum, Kleidungsstücke lagen auf dem Boden verstreut und die Möbel wiesen klebrige Ringe auf.

Patricia hatte sich auf eine graublaue Chaiselongue geworfen und die Beine hochgelegt.

»Worauf wartest du?«, wiederholte sie ungehalten. »Herein mit dir. Ignorier die Unordnung, ich habe hier keine Bediensteten. Für gewöhnlich ist das Haus voll, aber heute hast du dir einen Tag ausgesucht, an dem alle ausgeflogen sind.« Sie hob eine Augenbraue. »Hast du Angst, dich zu setzen? Hast du etwa den ausgeprägten Ordnungssinn deiner Mutter geerbt?«

Rose lief rot an und setzte sich behutsam auf die Kante eines dunkelgrünen Sofas, neben einen seidenen Unterrock und einen zerknautschten Filzhut.

»Warum hast du keine Bediensteten?«, fragte sie. »Bei einem Haus dieser Größe?«

Patricia schnaubte abfällig. »Eine aristokratische Unart, andere für sich arbeiten zu lassen. Außerdem habe ich nicht das Geld dazu.« Sie machte eine fahrige Handbewegung, die nicht nur den Salon, sondern auch das ganze Haus zu umfassen schien. »Hier gehen jeden Tag eine Menge Menschen ein und aus und jeder trägt seinen Teil dazu bei, dass es bewohnbar bleibt. Mehr oder weniger.«

»Aha.« Mit gespielter Höflichkeit sah Rose sich um.

»Meist, das gebe ich offen zu, haben wir Wichtigeres zu tun. Hier finden Zusammenkünfte von Menschen statt, die mit Konventionen wenig anfangen können. Suffragetten, Gewerkschaftler, Anarchisten und Künstlerinnen, sie alle können sich ungestört treffen und finden bei Bedarf eine sichere Bleibe.«

»Oh.« Rose spürte, wie ihr Gesicht noch stärker glühte, vermutlich war sie inzwischen tomatenrot angelaufen. »Dann ist das hier eine Art geheimer Unterschlupf?«

»Nun ja, als geheim kann man ihn wohl kaum bezeichnen.« Patricia schlug die Beine übereinander und zündete sich eine Zigarre an. »Sonst würde ich dir ganz sicher nichts davon erzählen. Nein, den Behörden ist mein Haus wohlbekannt. Sie stellen es alle paar Wochen auf den Kopf, aber –«, bei diesen Worten tippte sie sich verschwörerisch an die Nase, »wir sind gerissener.«

»Wie aufregend«, sagte Rose und meinte es auch so. Wer hätte gedacht, dass die Schwester ihres Vaters ein so abenteuerliches

Leben führte? Kein Wunder, dass ihre Mutter alle Einladungen ausgeschlagen hatte.

»Also, was bringt dich hierher?« Patricia grinste, als hätte sie Rose' Gedanken gelesen. »Deine Mutter war vor einer Weile hier und suchte nach dir. Ich dachte, du hättest längst klein beigegeben und wärst wieder zu Hause in Prag.«

»Ich war in Rhodeward.«

»Oh.«

Dieses eine Wort sagte Rose alles, was sie wissen musste. »Du weißt über Rosewood Hall Bescheid«, stellte sie fest.

»Ja, ich weiß alles über dieses verfluchte Schloss.« Patricia stippte Asche in ein Kristallglas. »Wie oft habe ich Juliette und Alexander geschrieben, dass sie in der Sache eine endgültige Entscheidung treffen sollten, anstatt es leer stehen zu lassen. Ehrlich gesagt wundert es mich, dass sie dir überhaupt davon erzählt haben.«

Unwillkürlich grub Rose die Hände in den Stoff ihres Rocks. »Genau das ist das Problem, Tante Patricia. Sie haben nie auch nur ein Wort darüber verloren. Nicht einmal, nachdem ich bei der Testamentseröffnung erfuhr, dass Vater es mir vermacht hatte, hielt Mutter es für notwendig, mich einzuweihen.«

Sie hielt inne, um Luft zu holen, und merkte, wie laut ihre Stimme geworden war, doch sie konnte und wollte sie nicht dämpfen. »Und dass mein Vater bei diesem elenden Duell eine ganze Familie ins Unglück stürzte, musste ich selbst herausfinden. Und zwar von keinem anderen als dem Sohn seines Gegners.«

Patricia blieb auf der Chaiselongue liegen und hörte rauchend zu, während Rose erzählte, was sich zugetragen hatte. Vielleicht lag es daran, dass Patricia sie nicht unterbrach und sich keine Gefühlsregung anmerken ließ, jedenfalls brach alles aus Rose heraus. Als sie geendet hatte, war das Sonnenlicht, das durch die Vorhänge drang, wärmer geworden und verfing sich in den bläulichen Rauchschwaden, die aus Patricias Zigarre aufstiegen.

»Sie haben es mir mein ganzes Leben lang verheimlicht«, sagte Rose erschöpft. »Ich kann es noch immer nicht fassen.«

Patricia blies nachdenklich Rauch in die Luft. »Es ist ungewöhnlich, dass ein Duell einen tödlichen Ausgang nimmt«, sagte sie. »Meist handelt es sich um eine Formalität, ein albernes Schauspiel, bei dem es darum geht, die angekratzte Ehre eines Mannes wiederherzustellen.« Sie schnaubte abfällig. »Ein harmloser Schuss in die Luft genügt, damit die Duellanten ihr Gesicht wahren können. Dass die Kugel deines Vaters seinen Gegner tödlich traf, war vermutlich ein trauriger Zufall. Die Eltern deiner Mutter ließen daraufhin ihre Beziehungen spielen und vertuschten das Ganze. Es wurde als Jagdunfall deklariert.«

Rose schüttelte entsetzt den Kopf. »Aber wieso hat Vater das Schloss behalten?«

»Nun«, sagte Patricia gedehnt, »in dem Chaos, das auf das Duell folgte, hatte einer der Adjutanten die Papiere für die Übergabe des Schlosses bereits finalisiert. Hätte dein Vater es zurückgegeben oder verkauft, hätte das bedeutet, sich unangenehmen Fragen auszusetzen. In England sind Duelle schon lange verboten. Für die Oberschicht gelten zwar andere Regeln als für die gewöhnliche Bevölkerung, aber dein Vater konnte sich nicht sicher sein, dass er nicht doch belangt werden würde. Im schlimmsten Fall hätte ihn eine Anklage wegen Mordes und letztendlich der Galgen erwartet.«

Rose fröstelte auf einmal, trotz der warmen Sonnenstrahlen. Sie hielt es nicht länger auf dem Sofa aus und trat ans Fenster, zog den Vorhang zurück und starrte auf die Straße hinaus.

»Wahrscheinlich werde ich nie herausfinden, warum er mir das Schloss vermacht hat. Vielleicht dachte er, ich würde das vergangene Unrecht wiedergutmachen.«

»Weißt du, ich habe den beiden oft geschrieben«, sagte Patricia. »Ich wollte euch hierher einladen, aber deine Eltern weigerten sich, jemals wieder englischen Boden zu betreten.«

»Ich weiß.« Draußen erwärmte die Sonne allmählich die Straßen und Dampf stieg von dem Pferdedung auf, der auf dem Londoner Pflaster allgegenwärtig war.

»Ich hasse ihn«, zischte sie schließlich. »Ich hasse sie beide, aber ihn hasse ich noch mehr. Wie konnte er nur?«

Patricia bedachte sie mit einem langen, nachdenklichen Blick. »Was wirst du nun mit dem Schloss tun?«

»Nichts. Damian, der Sohn des getöteten Earls, hat die Besitzverhältnisse angefochten und tatsächlich recht bekommen. Wie genau weiß ich nicht. Doch der windige Geschäftsmann, bei dem Damian Schulden hatte, hat das Schloss gleich danach als Bezahlung übernommen.«

»Du hast also im Moment kein Zuhause?«

Rose nickte grimmig.

»Dann ist es beschlossene Sache.« Patricia lächelte, zum ersten Mal seit Rose' Ankunft. Es war ein aufrichtiges Lächeln, das charmante Fältchen um ihre Augen zauberte und ihr kühles Auftreten Lügen strafte. »Du bleibst hier, solange du willst. Und solange dir die Unordnung nichts ausmacht.« Sie hob eine Augenbraue. »Du wirst schnell merken, dass es hier nicht langweilig wird.«

45

In dem Londoner Stadthaus war es tatsächlich alles andere als langweilig.

Tagsüber half Rose zusammen mit Patricia in Suppenküchen aus, machte sich im Haushalt nützlich oder stellte Flugblätter auf der Druckpresse im Keller her. Abends lauschte sie aufmerksam, wenn schwarz gekleidete Frauen und Männer im Salon die Geschichte der Pariser Kommune diskutierten, oder nahm an den Treffen der Suffragetten teil, bei denen sie auch Sophia wiedertraf. Sogar Zach sah sie ein paar Mal. Was er tat, blieb ihr schleierhaft, aber er wirkte immer beschäftigt und unterhielt sich meist in konspirativem Tonfall mit ein oder zwei der Anwesenden. Als er Rose zum ersten Mal in Patricias Haus sah, weiteten sich seine Augen überrascht, aber er begrüßte sie freundlich, wenn auch ein wenig zurückhaltend.

Sie vermied es allerdings, Damians Namen in Zachs oder Sophias Gegenwart zu erwähnen, und sie taten es auch nicht.

*

Rose drückte ihr Ohr an die Tür. Die Stimmen, die aus dem Salon kamen, verrieten ihr, dass das Treffen bereits begonnen hatte, also drückte sie die Klinke so leise wie möglich herunter und schlüpfte in den Raum. Auf einem Sofa in der Nähe war noch ein Platz frei und Rose ließ sich unauffällig darauf nieder. Sie zupfte ihre Ärmel zurecht, die vom Gemüseputzen in der Küche noch ein wenig feucht waren, und versuchte, im Zigarrenrauch auszumachen, wer gerade sprach.

Obwohl sie in Prag mehrere Zeitschriften von Frauenrechtlerinnen abonniert hatte, war es ein völlig anderes Gefühl, mit einigen dieser Frauen in einem Raum zu sitzen und ihren Diskussionen zu lauschen. Größer hätte der Kontrast zu den gesellschaftlichen Zusammenkünften ihrer Mutter, die Rose als erdrückend förmlich empfunden hatte, nicht sein können. Die Frauen in Patricias Salon stammten aus den unterschiedlichsten Gesellschaftsschichten, aber jede bekam die gleiche Redezeit, auch wenn Patricia als Gastgeberin sie manchmal, wenn Gespräche und Gemüter sich erhitzten, daran erinnern musste.

Eine Frau mit rundem, freundlichem Gesicht und wilden Locken war gerade an der Reihe. »Das Reden ist ja schön und gut«, sagte sie, »aber wann hören wir endlich mit den Kaffeekränzchen auf und lassen unseren Worten Taten folgen? Um etwas zu bewirken, müssen wir uns organisiert zusammenschließen.«

»Das sehe ich auch so, Emmie«, bekräftigte Sophia. »Wie ihr wisst, plädiere ich schon seit Jahren dafür, dass Frauen ihre Steuerzahlungen verweigern, solange sie nicht wählen dürfen. Allein lässt sich auf diese Weise nicht viel ausrichten, aber ich habe vor, eine Liga für Gleichgesinnte zu gründen. Zusammen sind wir stark.«

»Ich muss zugeben, dass mir das zu passiv ist«, entgegnete Emmie. »Ich bin der festen Überzeugung, dass wir uns direkt in der Politik engagieren müssen, auch wenn die dortigen Strukturen hoffnungslos veraltet sind.«

»Eine Frau in der Politik? Und welcher Mann würde eine Frau in ein offizielles Amt wählen? Nein, solange wir selbst nicht wählen dürfen, ist es müßig, solche Überlegungen anzustellen. Hoffen wir, dass wir im Dezember zumindest das Recht bekommen, bei den Lokalwahlen abzustimmen. Erst das Wahlrecht, dann der Vorstoß in die Politik«, widersprach Patricia.

»Das ist wie die Frage nach der Henne und dem Ei«, brummte Emmie und verdrehte die Augen. »Mir ist es gleich, was zuerst kommt, solange wir überhaupt irgendeine Veränderung anstoßen. Solange wir nach den Regeln der Männer spielen, können sie uns weiterhin ignorieren. Wir müssen entschlossener auftreten.«

»Und wir sollten nicht nur über die Rechte hochwohlgeborener Damen sprechen«, sagte Maggie, die neben Rose saß und ungefähr in ihrem Alter war. »Die Bedingungen, unter denen wir Verkäuferinnen schuften müssen, sind abscheulich. Für diejenigen, die eine Anstellung in einem der besseren Läden ergattern konnten, sind Arbeitszeiten von siebzig Stunden pro Woche an der Tagesordnung. In den weniger schicken Vorstadtgeschäften sind es sogar neunzig Stunden. Wohnen müssen wir zusammengepfercht in den billigsten Unterkünften, bis zu zwanzig Menschen in einem einzigen Zimmer. Es ist eine Schande! Und wenn wir uns beschweren, müssen wir damit rechnen, aus den fadenscheinigsten Gründen hinausgeworfen zu werden.«

Sie reichte einen Stapel Gewerkschaftsflugblätter an die Frauen weiter, die zusicherten, sie zu verteilen. Während Patricia das Gespräch auf die anstehenden Petitionen und Briefe an Politiker lenkte, las Rose mit Entsetzen ihr Flugblatt durch. Es führte aus, unter welchen Vorwänden unliebsame Angestellte Kündigungen bekommen hatten: Eine Frau war entlassen worden, weil sie sich geweigert hatte, im Haus ihres Arbeitgebers unentgeltlich zu putzen, eine andere, weil sie zum Abendessen einen Scone anstatt Brot und Butter gegessen hatte. Eine dritte hatte die Kündigung erhalten, nachdem sie einen einzigen Tag krank gewesen war.

Einfach so war es möglich, einem Menschen die ohnehin schon karge Lebensgrundlage zu entziehen.

Und eine Entlassung bedeutete kein Zeugnis, keine weitere Anstellung, nur eine Spirale nach unten, deren Ende nicht in Sicht war.

46

Der blaue Salon, in dem normalerweise kalter Rauch in der Luft hing und dessen große Fenster ein Panorama der geschäftigen Kreuzung draußen zeigten, war an diesem Donnerstagabend zwei Wochen nach Rose' Ankunft nicht wiederzuerkennen.

Die Vorhänge waren geschlossen, der Geruch von Bienenwachs und schweren Ölen hing in der Luft. Zahlreiche Kerzen waren so geschickt im Raum platziert, dass sie mehr Schatten warfen als Licht spendeten.

»Eine Séance wird dich auf andere Gedanken bringen, Rose«, hatte Patricia am Vorabend aufmunternd gesagt. Das wöchentliche Treffen der Suffragetten war gerade zu Ende gegangen und einige der Frauen zündeten sich Zigarren an, während Rose Brandy ausschenkte.

»Ich glaube nicht an Geister.« Rose hatte den Kopf geschüttelt. »Der letzte Spuk, den ich erlebt habe, hat sich als ganz und gar menschlicher Natur herausgestellt.«

»Ich glaube auch nicht daran.« Patricia hatte ihr zugezwinkert. »Aber zuweilen bringen mir diese Sitzungen Klarheit, vor allem, wenn mich etwas umtreibt. Es kann nicht schaden, oder?«

Nun, im stickigen Halbdunkel, kamen Rose Zweifel daran, dass es eine gute Idee gewesen war. Die mit Tüchern verhangenen Möbelstücke warfen merkwürdige Schatten und verwandelten die vertrauten Konturen des Salons in unbekanntes Terrain, auf dem es sich in Acht zu nehmen galt.

Das Medium, eine junge Frau, die sich als Asadeh vorgestellt hatte, schwenkte eine bronzefarbene Kugel an einer Kette langsam hin und her. Weißer Qualm stieg auf und erfüllte den Raum mit dem unverkennbaren Duft von Weihrauch. Er kitzelte Rose an der Nase und sie strich sich mit der Hand über die Stirn, um das Pochen zu vertreiben, das sich zwischen ihren Brauen ankündigte.

Als alle zur Genüge eingenebelt waren, sah sich das Medium im Kreis der Versammelten um.

Patricia und Rose teilten sich das eine Tischende gegenüber von Asadeh, während die beiden Längsseiten von Sophia, Emmie und zwei Frauen namens Charlotte und Rosalind eingenommen wurden.

»Lasst uns einander die Hände reichen«, sagte Asadeh und sie leisteten ihr Folge.

»Wir rufen die Geister an«, raunte sie mit kehliger Stimme und Rose musste ein nervöses Kichern unterdrücken. »Stimmt alle in den Ruf mit ein.«

Sie fing an, in langsamem Rhythmus zu sprechen. »Wir sind bereit euch zu empfangen, Geister der Vergangenheit.«

Während Rose sich am Tisch umsah, fing sie Charlottes Blick auf, die offenbar ebenso verwirrt war wie sie selbst. Doch die anderen Frauen wirkten keine Spur überrascht. Sie taten so etwas wohl häufiger.

Alle wiederholten die Worte des Mediums, einmal, zweimal, dreimal, und bei diesem dritten Mal schien sich etwas im Raum zu verändern. Vielleicht war es nur die Wirkung der Kerzen und des Weihrauchs, aber Rose kam es so vor, als funkelten Asadehs Augen heller, als hätte sich eine weitere Stimme in ihren Chor gemischt, als hielten sie alle einander fester an den Händen. Sie konnte sich des Fröstelns, das über ihren Körper kroch, nicht erwehren.

Auf einmal ertönten mehrere dumpfe Schläge, als hätte jemand mit der Faust auf den Tisch gehämmert. Als Rose sich erschrocken umsah, stellte sie fest, dass alle einander noch immer an den Händen hielten. Woher kam also das Klopfen?

»Sie sind hier«, wisperte Asadeh, und ihre Stimme wurde von einem erneuten Klopfen begleitet, das Rose zusammenzucken ließ. »Die Geister wollen sich uns mitteilen. Lösen wir unseren Kreis, um sie in unsere Mitte zu lassen.«

Langsam ließen sie einander los und tauschten verstohlene Blicke, was von den Weihrauchschwaden jedoch erschwert wurde. Asadeh erhob sich gemessen und zog das Tuch von einem der klobigen Umrisse. Darunter kam eine Staffelei zum Vorschein.

»Was gleich passieren wird, ist noch nie zuvor dagewesen«, raunte sie, doch Rose hörte jedes einzelne Wort überdeutlich, als hätte sie ihr ins Ohr geflüstert. »Ich werde unseren überirdischen Besuchern erlauben, meine Hand zu führen, um sich einer jeden von euch auf dem Papier mitzuteilen.«

Patricia war als erste an der Reihe. Sie setzte sich auf den Stuhl vor Asadeh, während diese mit abwesendem, leicht entrücktem Gesichtsausdruck den Kohlestift führte.

Rose konnte kaum etwas erkennen, aber als Asadeh Patricia schließlich das Papier überreichte, sah sie nichts als gekreuzte Linien und Striche, die zufällig durcheinanderliefen.

»Oh«, rief Patricia freudig und drehte es hin und her. »Ich sehe dieses Haus, ja, ganz eindeutig.«

»Deine Ahnen wollen dir eine Botschaft überbringen«, sagte Asadeh rauchig. »Dieses Haus steht unter einem besonderen Schutz. Solange es geliebt wird, wird es seinen Zweck erfüllen.«

Rose sah, wie Patricia schluckte und sich verstohlen eine Träne aus dem Augenwinkel wischte.

Auch Charlotte und Rosalind wirkten tief beeindruckt von den abstrakten Bildern, die das Medium ihnen mit geflüsterten

Worten überreichte. Doch Rose selbst war nicht von Asadehs angeblichen Fähigkeiten überzeugt. Es war nur eine Spielerei, eine Abendunterhaltung ohne tiefere Bedeutung. Geister gab es nicht.

Aber sie hatte in den letzten Monaten selbst erfahren, dass die Vergangenheit lange Schatten auf die Zukunft werfen konnte, dass Menschen einen nicht losließen, nur, weil sie tot waren. Sie dachte an ihren Vater, dem sie wieder und wieder in Gedanken Fragen stellte, ohne je eine Antwort zu erhalten.

Unwillkürlich schüttelte sie sich und warf einen Blick zur Tür. Im Raum war es dunkel genug, dass sie sich im Schutz der Weihrauchschwaden unbemerkt zur Tür schleichen könnte. Sie würde behaupten, sie hätte plötzlich Kopfschmerzen bekommen, sie würde –

Doch es war bereits zu spät: Auch Emmie hatte ihr Bild erhalten, explodierende kreisförmige Strahlen, auf die Rose sich keinen Reim machen konnte, und schon winkte Asadeh Rose zu sich.

Widerwillig nahm sie auf dem Stuhl vor der Staffelei Platz.

Die junge Frau sprach nicht, fixierte nur Rose' Gesicht mit einem merkwürdig starren und zugleich abwesenden Blick, während ihre Hände fieberhaft über die Leinwand flogen, als hätte der Kohlestift ein Eigenleben.

Die Sekunden schienen sich ins Unendliche zu dehnen. Hatte es bei den anderen auch so lang gedauert? Ihre Gedanken begannen abzuschweifen, zu Damian, zu den Tagen, die sie gemeinsam in dem kleinen Torhaus verbracht hatten, nur sie beide.

Was er wohl in diesem Moment tat?

Sie wurde aus ihren Gedanken gerissen, als das Medium das Bild von der Staffelei löste und es ihr mit einer energischen Bewegung präsentierte. Asadeh schien aus ihrer seltsamen Trance erwacht zu sein und musterte Rose nun mit zusammengekniffenen Augen.

Rose senkte ihren Blick auf das Bild und zuckte zurück.

»Nein«, flüsterte sie. »Unmöglich.«

Die kruden Kohlestriche schienen unter dem Kerzenlicht in der rauchgeschwängerten Luft zum Leben zu erwachen, sich schlangengleich zu winden, miteinander zu verschmelzen, bis ihr Damians Augen aus dem Gewirr der Striche entgegenblickten.

Rose blinzelte und erwartete, dass sich die Illusion wieder auflöste, doch das tat sie nicht, sie wirkte so real wie das Papier in ihrer Hand. In dem Bild lag etwas Unausgesprochenes, ein Warten, vielleicht ein Sehnen? Es spiegelte ihre eigenen Gefühle so ganz und gar wider, Gefühle, die sie sich bis zu diesem Moment nicht bewusst gemacht hatte.

Asadeh schien zu spüren, dass ein Sturm in ihrem Innerem tobte, sagte jedoch nichts.

»Ich habe Angst, dass er mich hasst«, flüsterte Rose schließlich.

Das Medium hob einen kohleverschmierten Finger. »Das glaube ich nicht.« Sie neigte den Kopf, sodass ihr Gesicht im Schatten lag, und raunte, so leise, dass Rose es beinahe für Einbildung hielt: »Aber sieh dich vor. Ich spüre etwas, eine böse Macht, die nach dir greift und nach denen, die du liebst.«

47

Zach drängte sich durch die Tür und schüttelte die Regentropfen von seinem abgetragenen Wollmantel wie ein nasser Hund. Er roch auch nach nassem Hund, dachte Rose, wenn dieser Hund sich tagelang in einer verrauchten Kneipe herumgetrieben hätte.

»Der Salon der Suffragetten wird über deine Anwesenheit nicht gerade beglückt sein«, zischte sie. »Männer sind freitags eigentlich nicht zugelassen.«

Doch Zach machte eine hektische Geste in Richtung der grünen Tür am Ende des Flurs. »Küche«, krächzte er heiser und ging mit langen Schritten auf den Durchgang zu.

Rose folgte ihm die grob behauenen Steinstufen hinunter in die höhlenartige Küche. Zach beschäftigte sich mehrere Minuten lang damit, das Feuer zu entzünden, und Rose griff nach der Dose mit Teeblättern.

Wenig später saßen sie an dem großen Tisch. Das Salz, mit dem die Oberfläche regelmäßig gereinigt wurde, hatte weiße Kreise auf dem Holz hinterlassen und Rose fuhr das Muster abwesend mit dem Finger nach. Zach rührte in seinem Tee und wärmte sich den Rücken am Feuer.

»Also, weshalb bist du hier?«, fragte sie schließlich. »Und sag nicht, wegen des Suffragetten-Salons da oben.«

Er grinste schief und verschüttete prompt ein wenig Tee auf sein Hemd. »Verdammt! Nein, natürlich bin ich nicht wegen der Ladys da oben hier, ich hab's nicht so mit Brandanschlägen und Streitschriften.« Er atmete tief aus. »Ich bin wegen etwas anderem hier. Jemand anderem, um genau zu sein.«

Er musste den Namen nicht aussprechen, Rose wusste dennoch, von wem er sprach. Sie schluckte, um die Gefühle zurückzuhalten, die in ihr aufstiegen.

»Damian?«, flüsterte sie und befürchtete, ihre Stimme könnte brechen.

Zach nickte. »Es geht ihm nicht gut. Seit du weg bist.« Er senkte den Kopf. »Er ist noch immer in London, aber ich fürchte, das ist eine schlechte Nachricht. Dieser Ort bietet viele Möglichkeiten des Vergessens, und keine davon gut.«

Er seufzte. »Er glaubt, du hättest die Stadt bereits verlassen. Sophia und ich haben ihm nicht gesagt, dass du noch hier bist. Wir wollten ihm keine unnötigen Qualen bereiten.«

Rose schüttelte den Kopf. Der Schmerz in ihrem Inneren war so verdichtet, dass sie befürchtete, er könnte sich beim kleinsten Funken entzünden wie Gas.

Unter Aufbietung all ihrer Selbstbeherrschung sagte sie: »Die Geschichte von Damian und mir ist zu Ende. Ich werde ihm aus dem Weg gehen und er kann mich in aller Ruhe hassen. Mehr kann ich im Moment nicht für ihn tun. Ich habe kein eigenes Geld, wenn es das ist, worum du mich bittest.«

Zach schnaubte beleidigt. »Ihr reichen Leute denkt immer, alles dreht sich nur um Geld. Geld löst alle Probleme, was?« Er beugte sich vor. »Du bist einfach vor Damian weggelaufen, Rose. Du redest dir ein, er würde dich hassen, aber hast du schon einmal daran gedacht, dass die Situation zwischen euch womöglich komplizierter ist? Dass es nicht um Hass geht? Vielleicht muss Damian erst einmal verarbeiten, was passiert ist. Seine Vergangenheit. Seine Gefühle für dich. Vielleicht sind das ja zwei verschiedene Dinge.«

Rose schob trotzig die Unterlippe vor. Sie kam sich vor, als würde Zach sie schelten wie ein aufsässiges Kind.

»Ich würde ihm ja helfen, wenn ich könnte. Aber ich kann nicht.«

»Feigling.« Zachs Gesicht war ruhig, sein Tonfall gefasst, aber das Wort traf sie wie eine frisch gewetzte Klinge. »Du und Damian, ihr seid euch so verdammt ähnlich. Die Antwort liegt direkt vor eurer Nase, aber aus Stolz verschließt ihr die Augen davor.«

Rose sprang auf. »Das muss ich mir nicht bieten lassen.«

Sie war bereits an der Tür, riss sie auf und stürmte die Treppe hinauf. Doch ihre Wut nahm mit jeder Stufe, die sie erklomm, ab. Als sie oben angekommen war, blieb sie stehen. Sie musste sich eingestehen, dass sie nicht wusste, was sie tun sollte.

Langsam drehte sie sich um.

Ging langsam wieder nach unten, eine Stufe nach der anderen.

Zach saß am Tisch und trank in aller Ruhe seinen Tee, als sei nichts geschehen.

Sie ließ sich wieder auf den Stuhl ihm gegenüber sinken und faltete verlegen die Hände.

»Ich glaube, ich habe dich nicht ausreden lassen«, sagte sie.

Zach sah auf und hob eine Augenbraue. »Es lässt sich ohnehin besser zeigen als beschreiben.«

48

London glich einem Labyrinth. Die Stadt wuchs nicht auf natürliche Weise, sie war eine wabernde Wolke, die alles schluckte, was sich ihr in den Weg stellte.

Als sie durch das verschlungene Gewirr der Gassen eilten, die keiner erkennbaren Richtung folgten, musste Rose unwillkürlich an die Morde in dieser Gegend denken, die sechs Jahre zuvor für Schlagzeilen gesorgt hatten, selbst in Prag. Fünf Frauen, bestialisch ermordet, und ein Täter, der ganz London in Angst versetzte. Jack the Ripper, wie die Zeitungen ihn getauft hatten, war nie gefasst worden.

Sie musste sich beeilen, um mit Zach mitzuhalten, der mit tänzerischer Sicherheit durch die Straßen schritt. Er nickte den Frauen grüßend zu, die in den Hauseingängen standen oder sich gegen die schiefen Mauern lehnten.

»Sag, hast du Angst vor ihnen?«, fragte er an Rose gewandt, die dicht hinter ihm blieb und es vermied, die Frauen anzusehen, von denen einige obszöne Bemerkungen in ihre Richtung riefen.

»Nein, aber … Sie sind mir unangenehm«, flüsterte Rose zurück.

»Nicht jeder kann sich glücklich schätzen, in eine reiche Familie geboren zu werden«, gab Zach zurück.

»Meine Mutter hat mich verstoßen, falls du es vergessen hast. Und Patricia betont immer wieder, wie wenig Geld sie hat«, erwiderte Rose ungehalten.

»Für euch Reiche gelten andere Regeln«, sagte Zach nüchtern. »Außerdem besitzt Patricia ein Haus und einen einflussreichen

Namen. Sag, was würdest du tun, wenn sie dich hinauswerfen würde?«

Rose überlegte, während sie versuchte, mit Zach Schritt zu halten. »Ich würde meiner Mutter schreiben und zu Kreuze kriechen, schätze ich. Wenn es nicht anders ginge. Aber zuvor würde ich mich nach einer Anstellung umsehen. Ich hatte gute Hauslehrer, ich spreche Französisch und Deutsch, also würde ich wohl eine annehmbare Gouvernante abgeben.«

»Tja.« Zach lachte, aber er klang nicht amüsiert. »In den Genuss einer solchen Ausbildung kamen diese Frauen nicht, aber viele von ihnen *hatten* eine Anstellung, als Hausmädchen etwa. Was aber, wenn ein Hausmädchen ohne Vorwarnung entlassen wird? Und schlimmer noch, ohne Empfehlungsschreiben? Oder wenn ein solches Mädchen von seinem Hausherrn zu einem folgenschweren Fehler gedrängt oder gar gezwungen wird und die Gesellschaft sie daraufhin verstößt?«

Rose verstummte und dachte an die Flugblätter mit den fadenscheinigen Kündigungsgründen, die Maggie verteilt hatte. Verstohlen warf sie einen Blick auf die Frauen in den Hauseingängen. Frauen jeden Alters, manche Gesichter freundlich, manche misstrauisch. Aus manchen Augen sprach Neugier, aus anderen nichts als Müdigkeit.

Dann dachte sie an Damian. Dachte daran, was er wohl getan hatte, um so lang in dem Morast dieser Stadt, in diesem Pfuhl aus Lügen, Sünden und Gaukelei zu überleben.

Doch einem Mann standen immer Möglichkeiten offen. Mehr als einer Frau.

Sie schluckte und folgte Zach weiter durch die Nacht.

*

Das Glas, das Damian in der Hand hielt, war bis zum Rand gefüllt. Jedes Mal, wenn er gestikulierte, liefen ein paar Tropfen über den Rand und tränkten den Ärmelaufschlag seines Hemds. Er trug dieselbe elegante Kleidung wie damals im Zug, eine Zurschaustellung von Selbstbewusstsein und Dekadenz, eine bis zur Vollkommenheit geübte Lüge.

Damian war im Gespräch mit der Frau, die ihn schon im Kaffeehaus in Beschlag genommen hatte. Der gierige Blick, mit dem sie ihn bedachte, bescherte Rose einen sauren Geschmack im Mund.

Zach beugte sich an ihr Ohr. »Das ist die Marquise de la Roix. Sie ist steinreich, frisch verwitwet und hat es schon eine ganze Weile auf Damian abgesehen. Keine schlechte Partie für einen mittellosen Künstler, der immerhin einen Adelstitel sein Eigen nennt.«

Rose warf ihm einen grimmigen Blick zu, doch dann erkannte sie das Funkeln in seinen Augen. »Glaubst du, mich so manipulieren zu können?«, fragte sie bissig, aber insgeheim wusste sie, dass er recht hatte. Es machte ihr etwas aus, Damian so zu sehen.

Obwohl er sie aus dieser Entfernung nicht gehört haben konnte, drehte er sich um, als hätte er ihre Anwesenheit erspürt. Doch sein Blick ging durch sie hindurch und er hob das Glas an die Lippen.

Auf der Bühne bewegte sich eine Frau langsam, lasziv, schlangengleich. Ihr enges, hautfarbenes Kostüm schuf im trüben Licht die Illusion von Nacktheit, und das spärliche Licht verfing sich in dem Schmuck, der sich um ihre Gliedmaßen wand. Sie öffnete den Mund und melancholische Töne flossen durch die rauchige Luft.

Die Marquise bedachte Rose mit einem vernichtenden Blick, als sie nähertrat.

»Dies ist kein Ort für Straßenmädchen«, zischte sie und ließ ihren Blick über Rose' schmuckloses Kleid wandern. Diese

Prüfung befand sie offenbar nicht als würdige Gegnerin, denn die Marquise wandte sich ab und legte eine Hand besitzergreifend auf Damians Arm.

»Es hat keinen Zweck«, murmelte Zach an ihrem Ohr und Rose ließ zu, dass er sie wieder Richtung Ausgang zog.

Kurz bevor sich die schwere Tür hinter ihnen schloss, erhaschte Rose einen Blick auf Damian, der den Kopf einen Moment lang in ihre Richtung drehte. Sein Blick war so düster und leer wie die Oberfläche eines unterirdischen Sees.

»Warum hast du mich hierhergebracht, Zach?« Es gelang ihr nicht, die Verzweiflung aus ihrer Stimme herauszuhalten, während sie ihren Rückweg durch das verschlungene Gewirr der Gassen antraten.

Zach ging schnellen Schritts weiter, als hätte er sie nicht gehört. Wütend schloss Rose zu ihm auf. »Es reicht«, sagte sie entschlossen. »Ich lasse mich nicht den ganzen Abend über ignorieren. Welchen Zweck hatte dieser kleine Ausflug? Dachtest du wirklich, Damian und ich würden uns aussprechen?«

Ohne den Kopf zu drehen bog Zach scharf links ab und Rose erkannte die Uferlichter entlang der Themse wieder. Vertrautes Terrain.

»Ich wollte dir zeigen, dass es hier nicht nur um dich geht«, sagte Zach schließlich ungehalten. »Vielleicht ist das eine neue Vorstellung für dich, aber es gibt in Damians Leben noch andere Faktoren außer dir, die seine Entscheidungen beeinflussen.«

»Was zum Teufel soll das heißen?«, sagte Rose schroff.

Zach fuhr herum. Im Gegenlicht der Hafenlaternen wirkte er in seinem Mantel wie eine Krähe mit langen Schwingen.

»Es bedeutet«, sagte er mit fester Stimme, »dass du Damian verletzt hast, indem du einfach weggelaufen bist. Und jetzt befindet er sich in einer Zwickmühle, aus der er nicht aus eigener Kraft herausfindet.«

»Aber … Seit dem Verkauf des Schlosses ist er seine Schulden doch los, nicht wahr?« Rose verstand nicht, warum Zach so wütend war.

»Bist du wirklich so naiv?«, herrschte er sie an. »Glaubst du allen Ernstes, dass Kane keine Macht mehr über ihn hat? Ein Mann wie Kane entlässt niemanden aus seinen Klauen, wenn er ihn einmal damit aufgespießt hat. Nein, er blutet seine Opfer so lange aus, bis sie völlig leer sind.«

»Was hat Damian denn noch zu verlieren?«, fragte Rose tonlos.

Zach verzog einen Moment lang das Gesicht, als verspüre er einen plötzlichen Schmerz. »Seine Schwäche«, sagte er schließlich, »der wunde Punkt, an dem Kane ihn noch immer treffen kann – bist du, Rose.«

49

Das Ticken der imposanten Standuhr klang seltsam dumpf, die tiefen Teppiche und weichen Lehnsessel schluckten jedes Geräusch, selbst die Fenster hatten doppelte Glasscheiben, die weder einen Luftzug noch die Geräusche der Straße hereinließen. Überhaupt erhielt hier nichts Einlass, was einen Anschein von Ärmlichkeit oder gar Verzweiflung hatte. In dieser Hinsicht bildete Rose eindeutig eine Ausnahme, denn sie war schon zum zweiten Mal hier.

Sie lauschte in die Stille hinein. Gleich musste es soweit sein. Da – gedämpfte Schritte auf der Treppe, das leise Klicken der Vorzimmertür, die sich an gut geölten Angeln öffnete und wieder schloss.

Als sich auch die gegenüberliegende Tür öffnete, war Rose nicht überrascht, musste sich aber dennoch beherrschen, um nicht wie ertappt zusammenzuzucken. Stattdessen drückte sie den Rücken durch und blickte dem Mann, der soeben eingetreten war, direkt ins Gesicht.

»Was geht hier vor sich?«, donnerte Mr Finnegan. »Wer hat Sie eingelassen?«

»Ich bin heute diejenige, die die Fragen stellt, nicht Sie. Sie antworten nur.« Rose lehnte sich in den Sessel des Anwalts zurück und legte die Handflächen auf die Lederunterlage seines Schreibtisches.

Er erstarrte im Türrahmen.

»Kommen Sie herein und schließen Sie die Tür hinter sich«, sagte sie kühl. »Ihr Gehilfe wird noch eine ganze Weile lang wegbleiben. Das ist auch in Ihrem Sinne, denn Sie wollen sicher nicht, dass er erfährt, in welche Machenschaften Sie verwickelt sind.«

»Wie sind Sie hereingekommen?« Wütend schlug Mr Finnegan die Tür zu, verharrte jedoch einen Schritt vor dem Tisch, als würde er seine Optionen abwiegen. Als wäre sie ein wildes Tier, dessen nächste Bewegung völlig unvorhersehbar war.

Gut, dachte Rose grimmig. Sie würde jeden Vorteil gebrauchen, den sie sich verschaffen konnte.

»Wir haben einiges zu besprechen«, sagte sie. »Setzen Sie sich bitte.«

Kleine Schweißperlen hatten sich auf seiner Stirn gebildet und er wischte sich mit einem seidenen Taschentuch fort.

Rose griff nach der Kanne, die vor ihr auf dem Tisch stand, und schenkte dampfenden Tee in die beiden Tassen, die sie bereitgestellt hatte.

»Eine schöne Kanzlei haben Sie sich hier aufgebaut«, sagte sie in freundlichem Tonfall. »Zucker?«

»Was soll diese Scharade, Miss Whitby?«, zischte er. »Haben Sie völlig den Verstand verloren?«

»Setzen Sie sich.« Diesmal war es ein Befehl, ohne die Freundlichkeit, die sie zuvor an den Tag gelegt hatte. Sie erlaubte sich, ihre wahre Wut eine Sekunde lang an die Oberfläche zu lassen, und sie zeigte Wirkung: Mr Finnegan ließ sich auf der Stuhlkante nieder.

Sein Ledersessel, auf dem Rose nun saß, war erhöht, und ihr wurde klar, dass das Absicht war, damit seine Klienten zu ihm aufschauen mussten. Anders als bei ihrem ersten Treffen war nun sie diejenige, die ihn um einen halben Kopf überragte.

Sie schob eine Tasse über den Tisch. »Ihre Kanzlei, die Sie in Partnerschaft mit Mr Fowler betrieben haben, blickt auf eine interessante Geschichte zurück.«

»Ich habe nicht die geringste Ahnung, wovon Sie sprechen.« Er machte keine Anstalten, nach der Tasse zu greifen.

Rose ließ drei Zuckerwürfel in ihren Tee fallen und rührte gemächlich um. Ein paar Tropfen landeten auf der Lederunterlage, doch sie wischte sie nicht weg.

Der Anwalt betupfte sich erneut die Stirn und warf einen schnellen Blick zur Tür.

»Sie denken, Ihr Gehilfe könnte jeden Moment aus seiner Mittagspause zurückkommen, nicht wahr?« Rose lächelte. »Nun, da täuschen Sie sich. Ein Freund von mir sorgt dafür, dass er beschäftigt ist und wir möglichst lang ungestört bleiben. Also, wo waren wir? Ach ja. Der Mitgründer Ihrer Kanzlei, Mr Fowler, ist vor einer Weile verstorben, nicht wahr?«

»In der Tat«, knurrte Mr Finnegan, »aber ich wüsste nicht, was Sie das an–«

»Sie beide haben die Kanzlei im Jahr 1873 gegründet«, fiel Rose ihm ins Wort. »Laut den Dokumenten, die im Companies House öffentlich einsehbar sind.«

»Worauf zum Geier wollen Sie hinaus?«

»Ich will darauf hinaus, Mr Finnegan, dass Sie bis zum Jahr 1873 für meinen Vater gearbeitet haben. Sie beide waren gut befreundet, gingen auf dasselbe Internat. Sie hatten nicht nur ›geschäftlich miteinander zu tun‹, wie Sie mir weismachen wollten.«

»Ich weiß noch immer nicht, worauf Sie hinauswollen«, sagte Mr Finnegan ungehalten. »Das alles liegt zwei Jahrzehnte zurück.«

»Nun, Ihre Freundschaft nahm 1873 ein abruptes Ende, als mein Vater nach Prag übersiedelte. Aber für Sie, Mr Finnegan, war es der Anfang einer strahlenden Laufbahn. Sie und Mr Fowler riefen eine Kanzlei ins Leben, die zu ihrer Gründung eine beträchtliche Finanzspritze erhielt, und zwar von keinem anderen als meinem Vater. Die Archive des Companies House waren sehr aufschlussreich. Ich hätte ihnen schon viel früher einen Besuch abstatten sollen.«

Sie tauchte einen Finger in die Teespritzer und malte geistesabwesend ein paar Kringel auf die Lederunterlage. »Sehen Sie, Mr Fowler arbeitete früher für die Familie Drake, aber kurz nach Darius Drakes Tod tat er sich mit Ihnen zusammen. Diese Entscheidung erwies sich als sehr profitabel für ihn.«

»Und wenn schon? Kommen Sie zum Punkt!« Das Gesicht des Anwalts war gefährlich rot und er starrte mit angewiderter Miene auf die verschmierte Unterlage.

Ein Knacken erklang von irgendwoher und unwillkürlich zuckte Rose zusammen, doch schon im nächsten Augenblick erfüllte der tiefe Klang der Standuhr den Raum. Als das Läuten endete, legte Rose den Kopf schief und lauschte, aber vor der Tür herrschte nach wie vor nichts als Stille. Sie fuhr fort.

»Ich weiß alles über das Duell, Mr Finnegan. *Sie* waren der Adjutant meines Vaters, *Sie* bereiteten die rechtlichen Unterlagen und Verträge vor, *Sie* bezeugten die Übertragung des Schlosses und reichten die dafür notwendigen Dokumente bei den zuständigen Stellen ein. Aber auf allen offiziellen Papieren bleibt eine Sache unerwähnt. Wissen Sie, was das ist, Mr Finnegan?«

Er sackte in sich zusammen, zog sich in seinen Anzug zurück wie eine Schildkröte in ihren Panzer, doch Rose ließ nicht locker. »Ich kann es Ihnen sagen. In keinem der Dokumente taucht die Tatsache auf, dass ein *Duell* stattgefunden hatte, dessen Einsatz das Schloss war. Ein Duell mit tödlichem Ausgang.«

Endlich sprach der Anwalt. Wut glomm in seinen Augen. »Diese dummen Hitzköpfe. Ich sagte Alexander, dass Duelle in

England verboten sind. Schon seit 1737, um genau zu sein. Ein Duell hätte vielleicht außer Landes stattfinden können, aber die beiden Streithähne waren zu ungeduldig, sie verlangten sofortige Satisfaktion. Ich wollte es ihnen ausreden, erklärte ihnen, dass die Strafe für ein Duell der Tod durch den Galgen oder im besten Fall lebenslängliche Haft sei, aber sie wollten nicht hören.«

»Um Sie umzustimmen, bot mein Vater Ihnen Geld an. Viel Geld. Ihnen und Mr Fowler, damals der Familienanwalt der Drakes.«

»Ich leugne es nicht.« Finnegan starrte sie finster an. »Sie haben große Ähnlichkeit mit Ihrem Vater«, fügte er vorwurfsvoll hinzu.

Rose ignorierte die Bemerkung. »Und nach Drakes Tod zahlte mein Vater weiter, nicht wahr? Regelmäßig, obwohl er Ihre Dienste gar nicht in Anspruch nahm. Ich nehme an, damit kaufte er das Stillschweigen von Ihnen und Mr Fowler.«

»Drakes Tod war ein Unfall. Völlig unvorhersehbar. Steinschlosspistolen sind ungenau, es ist völlig unmöglich, damit einen gezielten Schuss abzugeben. Und jeder Duellant feuert seine Waffe nur ein einziges Mal ab. Niemand ging davon aus, dass einer von beiden auch nur einen Kratzer abbekommen würde.«

»Und doch war es so. Ein Zufallstreffer.« Rose spie das Wort aus. »Sie haben die Papiere zur Übertragung des Schlosses dennoch beglaubigt. Und Mr Fowler, der im Interesse der Drakes hätte handeln müssen, beschloss, seine Arbeitgeber zu verraten. Anstatt das illegale Duell publik zu machen, bewahrte er Stillschweigen und tat sich mit Ihnen zusammen.«

»Dieser Verrat, wie Sie es nennen, hätte nie stattfinden können, wenn Ihr Vater nicht die Geldbörse geöffnet hätte«, zischte Mr Finnegan.

»Was Ihnen zugutekam«, sagte Rose schneidend. »Ein Pech für Sie, dass Mr Fowler es kurz vor seinem Ableben mit seinem Gewissen zu tun bekam. Er war es doch, der Damian ein Dokument zukommen ließ, das bewies, dass ein illegales Duell stattgefunden hatte, nicht wahr?«

Dieser Teil war pure Spekulation, aber Mr Finnegan widersprach nicht. Er saß mit verschränkten Armen da und sein Kiefer mahlte.

Rose setzte zum letzten, alles entscheidenden Vorstoß an. »Seitdem leben Sie in ständiger Angst. Wenn die Öffentlichkeit erfährt, was Sie getan haben, könnte es das Ende Ihrer Karriere bedeuten.«

Sie schlug mit der Handfläche so fest auf den Tisch, dass der Tee überschwappte. »Aber jetzt werden Sie ein einziges Mal in Ihrem Leben das Richtige tun. Sie werden mir dabei helfen, dem wahren Bösewicht in dieser Geschichte das Handwerk zu legen. Wenn Sie nicht wollen, dass ich alles an die Öffentlichkeit bringe, arbeiten Sie von jetzt an für mich. Helfen Sie mir dabei, Gerechtigkeit herzustellen und Damian das Schloss wiederzubeschaffen. Helfen Sie mir dabei, Kane zu vernichten.«

Einen Moment lang hatte sie den Eindruck, Finnegan würde ja sagen. Etwas in seinem Inneren war durch ihre wütende Ansprache ins Wanken geraten, doch dann verhärteten sich seine Züge.

»Sie haben eine Sache vergessen, Miss Whitby.« Er lächelte freudlos. »Ich arbeite nicht mehr für Ihre Familie. Mit dem Tod Ihres Vaters endeten auch seine Zahlungen. Seitdem haben sich meine Loyalitäten geändert.«

Die Tür flog auf.

Kane stand dort, eingerahmt von zwei dunklen Gestalten. »Was für eine hübsche kleine Überraschung, Rose Whitby.« Er sprach ihren Namen so langgezogen aus, als wolle er prüfen, wie er sich in seinem Mund anfühlte.

50

Die Kutsche holperte über unebenen Stein. Bei jedem Ruckeln stieß Rose gegen die Schultern von Kanes Handlangern, die links und rechts neben ihr saßen.

Der eine war ein hagerer, hochgewachsener Mann mit dem würdevollen Gebaren eines Butlers. Kane hatte ihn mit Morgan angesprochen, und Rose war nicht sicher, ob es sich dabei um seinen Vor- oder Nachnamen handelte. Ein Netz alter Narben überzog eine Seite seines Gesichts und er blickte starr geradeaus, aber sie zweifelte keine Sekunde lang daran, dass er jede ihrer Bewegungen registrierte. Mehrmals hatte sie versucht, den Wagenschlag zu öffnen, doch er hatte sie jedes Mal daran gehindert. Inzwischen hatte sie es aufgegeben zu fliehen und harrte schweigend der Dinge, die da kommen mochten.

Zu ihrer anderen Seite saß ein Junge, Sam. Rose schätzte ihn auf vielleicht vierzehn Jahre. Er wirkte wendig und flink und sie vermutete, dass er eine Art Laufbursche war. Von seiner Sorte gab es viele in London, Waisen, die sich gegen ein paar Münzen bei Buchmachern verdingten und zwischen Wettbüro und Kundschaft hin und her flitzten, um Einsätze und Gewinne zu überbringen. Obwohl es nicht kalt war, hatte er sich einen Schal vor Mund und Nase gebunden und seine haselnussbraunen Augen schauten hellwach dahinter hervor.

Sie beobachtete den Butler und den Jungen, um Kane nicht ansehen zu müssen, der ihr gegenübersaß.

»Ein kluger Schachzug von dir, den Anwalt aufzusuchen, Rose«, sagte er. »Aber du hast seine Gier unterschätzt. Er geht mehreren äußerst kostspieligen Vergnügungen nach, die die Einnahmen seiner Kanzlei übersteigen. Nach dem Tod deines Vaters sah sich unser Mr Finnegan nach einem anderen Geldgeber um. Ich war eine naheliegende Wahl.«

Kane schmunzelte. »Sein Gehilfe ist nicht ganz so dumm, wie er aussieht. Er merkte, dass dein rothaariger Freund etwas im Schilde führte, und kam auf direktem Wege zu mir.«

»Was haben Sie Zach angetan?«, fragte Rose mit zusammengebissenen Zähnen.

Kane machte eine wegwerfende Handbewegung. »Wenn er wieder zu sich kommt, wird ihm der Kopf brummen, mehr nicht. Morgan ist sehr präzise, nicht wahr, alter Knabe?«

Kein Muskel regte sich im Gesicht des Butlers und Rose überlegte, ob er dazu überhaupt fähig war. Vielleicht hinderten ihn die Narben daran?

»Sieh mich an, Rose«, zischte Kane und beugte sich bedrohlich vor. »Hast du irgendeine Ahnung, wie lange ich darauf gewartet habe, dieses Schloss in die Finger zu bekommen? Wie sorgfältig ich vorgehen musste?«

Er ließ den Blick aus dem Fenster schweifen, als könnte er durch die Scheibe in die Vergangenheit schauen. Draußen war nichts als flache Marschlandschaft, kleine Flüsse, in denen sich die untergehende Sonne spiegelte.

»Geld allein genügt nicht, um ein solches Schloss zu kaufen«, fuhr er fort. »Für seinen Besitzer ist es nicht nur ein Gebäude, es ist eine Geschichte. Es verleiht ihm das Anrecht, in den höchsten Kreisen der Gesellschaft zu verkehren. Du hast ja gesehen, was ein Aristokrat ohne Stammsitz ist, ohne Land. Weniger als nichts.«

Rose schluckte, ihre Kehle war trocken und unter dem Kragen ihres Kleides sammelte sich Schweiß.

Kane senkte die Stimme zu einem eindringlichen Flüstern. »Vor über zwei Jahrzehnten gelang es mir, Darius Drake in mein Netz zu locken. Ich sah zu, wie er sich darin verfing, wie er immer erdrückendere Schulden anhäufte und nicht einmal mehr die Zinsen bezahlen konnte. Das Schloss war in greifbarer Nähe, bald würde er gezwungen sein, es mir zu verkaufen … Und dann starb Darius Drake bei einem angeblichen Jagdunfall.«

Er schüttelte den Kopf. »Seine Familie war finanziell ausgeblutet, seine Schulden blieben unbezahlt und das Schloss war für mich unerreichbar geworden. Gegen deinen Vater kam ich nicht an, ich war noch nicht mächtig genug.«

Rose fröstelte. Ein Tümpel am Wegesrand fing die untergehende Sonne ein und sie musste an glühendes Eisen in einer Schmiedeesse denken.

Kane sprach weiter. »Ich dachte, Darius Drake hätte das Schloss vor seinem Tod an Alexander Whitby verkauft und das Geld beiseitegeschafft, um es vor seinen Schuldnern zu verstecken. Ich konnte allerdings nirgends einen Hinweis auf das Geld finden, und ich mag es nicht, wenn jemand Geheimnisse vor mir hat. Ich behielt Drakes Sohn im Auge. Als er nach London ging und begann, Theaterstücke zu schreiben, war es ein Leichtes, ihn ebenfalls in mein Netz zu locken.«

»Davon hat er mir erzählt«, sagte Rose bitter, doch Kane ließ sich nicht in seinem Redefluss bremsen.

»Damians Mutter war krank und er brauchte Geld. Also nahm ich ihn mit in meine Spielhölle. Am ersten Abend sorgte ich dafür, dass er eine kleine Summe gewann. Am zweiten Abend eine höhere Summe, genug für die Behandlung seiner Mutter. Er wollte aufhören, aber ich sagte, er müsse seine Glückssträhne ausnutzen. Am dritten Abend lud ich ihn erneut ins Kasino ein, wo der Wein in Strömen floss und ich ein privates Pokerturnier veranstaltete, das exklusivste seiner Art. Die Einsätze waren hoch, der Gewinntopf gewaltig. Und Damian … Es war, als hätte Fortuna selbst ihn geküsst, denn die Summe, die er gewann, war genug, um sein Leben für immer zu verändern.«

Wie gebannt hörte Rose zu.

»Und dann … dann spielten wir noch eine Partie. Damian war wie berauscht vom Geld, vom Gewinnen, vom Wein. Und er verlor. Runde um Runde. Er war wie ein Besessener, wollte das Verlorene wieder gutmachen, doch je länger er spielte, desto mehr verlor er, es rann ihm wie Wasser durch die Finger. Du kannst dir sicher denken, wie es ausging, Rose. Am Ende hatte er alles verloren, den Gewinn der gesamten drei Tage und noch mehr. Ich war so freundlich, ihm einen kleinen Kredit anzubieten.«

Als er grinste, hatte er unverkennbare Ähnlichkeit mit einem Haifisch. »Am nächsten Morgen war Damian wieder nüchtern und ihn traf die Erkenntnis, dass ich ihn hereingelegt hatte. Ich wollte ihn zu einer weiteren Runde bewegen, aber er hatte mich durchschaut und schwor dem Spielen ab. Doch es nützte nichts, ich hatte ihn bereits in der Hand.«

»Sie Teufel!«, spie Rose wütend.

»Mag sein.« Kane war völlig unbeeindruckt. »Ich dachte, spätestens da würde er mit dem Geld aus dem Verkauf herausrücken, aber ich hatte mich getäuscht. Irgendwann glaubte ich selbst nicht mehr daran, dachte, das Geld wäre für etwas anderes draufgegangen. Damian jedenfalls hatte keines.« Er schnalzte mit der Zunge. »Du kannst dir meine Überraschung vorstellen, als er vor wenigen Wochen mit Mr Fowlers Dokumenten und der ganzen Geschichte zu mir kam. Er bot mir das Schloss an und im Gegenzug versprach ich, ihm seine Schulden zu erlassen.«

Rose machte Anstalten, sich auf ihn zu stürzen, doch Morgan, der Butler, grub seine Finger so tief in ihre Schulter, dass sie mit einem schmerzerfüllten Stöhnen zusammensackte.

»Sei also gewarnt«, sagte Kane. »Damian tanzt nach meiner Pfeife. Es dauerte nicht lange, bis er zu mir kam und mich anflehte, den Verkauf rückgängig zu machen. Selbst jetzt will er dich noch schützen, kleine Rose, will verhindern, dass ich das Duell publik mache und deinen Familiennamen in den Schmutz ziehe.« Er stieß ein raues Lachen aus. »Ich kann alles mit ihm tun, was ich will, du wirst sehen. Und wenn du nicht willst, dass die Dinge noch schlimmer kommen, solltest du lieber nichts tun, was mich verärgert.«

»Was haben Sie jetzt mit mir vor?«, zischte Rose. »Mich umbringen?«

»Aber nicht doch.« Kane verzog angewidert das Gesicht. »Meine Methoden sind weit subtiler als das, außerdem nützt du mir tot nichts. Nein, ich möchte dir lediglich etwas zeigen, also vergeude meine Zeit nicht mit Fluchtversuchen.«

»Sagen Sie mir wenigstens, wohin Sie mich bringen«, verlangte sie. Sie hatten London schon vor einer Stunde hinter sich gelassen und die Dämmerung schritt schnell voran.

»Wir sind gleich da. Schau, da vorne.«

Sie bogen von dem gepflasterten Weg ab und holperten über einen Feldweg.

Ein dunkler Umriss schob sich in ihr Blickfeld, umgeben von Laternen, kleinen Lichtpunkten, die nicht stark genug waren, ihn zur Gänze zu erleuchten.

»Das ist Abbey Mills«, sagte Kane und in seiner Stimme schwang ein Beben mit, das Ehrfurcht sein mochte, oder auch Stolz. »Ein Pumpwerk, das vor einem halben Jahrhundert erbaut wurde, als die Stadt in ihrem eigenen Schmutz zu ersticken drohte. Viele von Londons Flüssen verschwanden unter den wild wuchernden Bauten der Stadt und wurden zu unterirdischen Kanälen. Alles Abwasser endete irgendwann in der Themse, die zu einer faulig stinkenden Brühe verkam. Immer wieder gab es Choleraausbrüche, wenn Menschen das Wasser tranken, doch erst als der Gestank aus der Themse so unerträglich wurde, dass die Parlamentsmitglieder im Palace of Westminster ihre Arbeit niederlegten, änderte sich etwas.«

Die Lichter der Laternen wurden nun größer und ebenso das Gebäude.

»Die Architekten und Ingenieure, die beauftragt wurden, die Stadt vom Schmutz zu befreien, waren ebenso wahnwitzig wie visionär«, sagte Kane mit offenkundiger Bewunderung. »Sie erdachten ein Abwassersystem für die ganze, sich unaufhaltsam ausdehnende Stadt. Gebäude, groß wie Kathedralen, waren notwendig, um das Schmutzwasser aus den tieferliegenden Kanälen nach oben zu pumpen und zu sammeln, um es dann in die neu errichteten Klärwerke weiterzuleiten.«

Vor dem Kutschfenster zog eine Reihe spitzer Giebel vorbei, die wie Reißzähne in den violetten Himmel ragten.

»Ironisch, nicht wahr?« Kane verzog die Lippen zu einem freudlosen Lächeln und wies auf das Gebäude, das nun direkt vor ihnen lag. »Eine Kathedrale des Abwassers. Hier wird der Abschaum der Gesellschaft nach oben gespült.«

»Abschaum wie Sie?«, fragte Rose und der Butler neben ihr machte eine jähe Bewegung, doch Kane warf ihm einen warnenden Blick zu.

»Wie ich«, sagte er gedehnt und zum ersten Mal wirkte sein Lächeln echt.

Auf den ersten Blick hätte Rose das Bauwerk tatsächlich für ein Gotteshaus gehalten. Seine erhabene Form wurde von schlanken, minarettartigen Türmen durchbrochen, aus denen Dampf aufstieg, und aus seiner Mitte wuchs ein achteckiger Turm, dessen Kuppel von schmiedeeisernem Zierwerk umgeben war.

Als der Kutscher den Wagenschlag öffnete, stieg Morgan als Erster aus. Rose ignorierte seine ausgestreckte Hand, sprang auf den gepflasterten Boden und sah sich um. Es wurde nun zusehends dunkler und sie konnte ein dumpfes Stampfen hören, als würde die Erde selbst unter einem gewaltigen Herzschlag erbeben.

Aus dem Schatten neben dem Eingang löste sich auf einmal eine Gruppe von Männern in militärischer Haltung, jedoch ohne Abzeichen auf den dunklen Mänteln. Sie wirkten gelangweilt, als hätten sie sich inmitten eines Feuergefechts wohler gefühlt. Kanes Auftauchen schien sie nicht zu überraschen, im Gegenteil, sie wichen beflissen zurück und einer von ihnen zog die schwere, mit vergoldeten Blüten und Astwerk überzogene Eingangstür auf.

Kane umschloss ihren Unterarm mit schraubstockfestem Griff und zog sie mit sich über die Schwelle. Im Inneren war das Dröhnen ohrenbetäubend und sie erkannte es nun als den Puls von riesigen dampfbetriebenen Pumpen. Sie erhaschte einen Blick auf Eisenstreben in satten Rot- und Grüntönen, die sich nach oben hin verästelten und im Dunkel über ihren Köpfen verloren.

Sie konnte Bewegungen zwischen den Pumpen ausmachen, hin und her huschende Menschen, doch niemand schenkte Kane und ihr Beachtung. Dafür fließt das Schmiergeld zu gut, dachte sie grimmig.

Dann führte Kane sie durch eine Seitentür, fort von dem unerbittlichen Rhythmus der Maschinen. Sie begannen einen langen Abstieg, mehrere Treppenfluchten hinunter und Gänge entlang, die nur spärlich von Öllampen beleuchtet wurden. Schließlich öffnete Sam eine Bodenluke und bedeutete Rose, als Erste hinabzusteigen. Sie bedachte ihn mit einem mordlustigen Blick, fügte sich aber. Welche Wahl hatte sie schon?

Sie raffte ihre Röcke und ließ sich vorsichtig in die Öffnung hinab, die unter ihr gähnte. Ihre Füße fanden Halt auf eisernen Sprossen und sie stieg eine nach der anderen hinunter. Unten angekommen wurde das Wummern der Pumpen von etwas anderem überlagert, das an diesem Ort völlig unpassend wirkte: Stimmen, Musik, ausgelassenes Gelächter.

51

Wenig später waren auch Kane und seine beiden Handlanger unten angekommen und führten sie auf die Quelle der Geräusche zu.

Die Halle, die sich vor ihnen erstreckte, war voller Menschen: Männer in dunklen Fracks und Bedienstete, deren goldene Livreen aufleuchteten, während sie mit Tabletts voller Speisen und Getränke hin und her hasteten.

Über ihren Köpfen befand sich ein Geflecht aus eisernen Balken und Streben. Dunkle Nischen taten sich links und rechts des Mittelschiffs auf, getrennt durch schwere gemauerte Pfeiler. Öllampen entlang der Wände ließen die Schatten dazwischen umso dunkler wirken.

»Wenn die Kanalisation bei Starkregen überläuft, sind an die Pumpstation angeschlossene Speicher wie dieser nötig, in die die überschüssigen Wassermassen eingeleitet werden«, erklärte Kane. »Doch dieser hier wurde nie in Betrieb genommen. Ein kostspieliger Fehler in der Planung, aber ein Glücksfall für mich.«

Das Sammelbecken war leer, die Zuläufe zugemauert. Kane hatte hölzerne Stege errichten lassen, die sich kreuz und quer durch die untere Ebene der Halle spannten. In der Mitte, wo sie sich trafen, befand sich eine runde Plattform.

»Majestätisch, nicht wahr?«, raunte Kane. »Weißt du wie viele Gotteshäuser es in dieser Stadt gibt? Allein im Zentrum sind es fast fünfzig, aber von diesen Pumpstationen gibt es nur vier an der Zahl. Was, glaubst du, würde passieren, wenn von heute auf morgen alle Kirchen verschwunden wären? Nichts, rein gar nichts. Doch eine einzige Pumpstation weniger, und

London würde in seinem eigenen Dreck ersticken. Hier sollten die Menschen auf Knien beten, nicht in den Kirchen und Kapellen …«

Kanes weitere Ausführungen gingen unter, als die Musik von Neuem aufbrandete. Zuerst konnte Rose nicht ausmachen, woher sie kam, doch als sie aufsah, bemerkte sie die schmale Galerie aus Eisen, die sich hoch über ihr an die gemauerten Wände schmiegte. Dort befand sich das Orchester. Kurz meinte sie eine schattenhafte Bewegung auf der anderen Seite der Galerie auszumachen, vielleicht ein Vogel, der sich unter der Gewölbedecke eingenistet hatte.

»Willkommen in meinem Reich!« Kane machte eine ausschweifende Geste und trat auf den Mittelsteg. »Hier«, er wies auf die Wandnischen, »wird alles gespielt, was du dir vorstellen kannst. Quinze, Poker, Roulette … Dein Vater hätte es geliebt, er war seinerzeit der berüchtigtste Salonlöwe Londons.« Er stieß ein herzhaftes Lachen aus. »Hast du seinen Sinn für das Spiel geerbt, Rose?«

Sie verzog abfällig das Gesicht. »Seit ich denken kann, war Schach das Einzige, was er spielte.«

»Wie langweilig.« Kane zeigte auf die runde Plattform, die voller Menschen war. »Das Königsspiel: Baccarat. Siehst du, wie sie sich um den Tisch scharen? Es ist verführerisch, eine eifersüchtige Geliebte, die einen nie wieder loslässt. Lass uns näher herantreten.«

Er griff in seine Tasche und zog etwas heraus, das er Rose in die Hand drückte. Es war ein Jeton, der sich so perfekt in ihre Handfläche schmiegte, als wäre er eigens für sie hergestellt. Sie ließ die Finger über das gedrechselte Holz gleiten und bemerkte das Muster auf der Rückseite, eine Einlegearbeit aus schillerndem Perlmutt.

Während sie Kane durch die Halle folgte – was blieb ihr anderes übrig? –, spürte sie ein merkwürdiges Kribbeln im Nacken, als würden Augenpaare ihr folgen. Als eine der wenigen Frauen in der Halle erregte sie Aufsehen, aber Kanes Anwesenheit sorgte dafür, dass niemand allzu lange starrte. Dennoch, das Gefühl ließ sie nicht los.

Warum hatte Kane ausgerechnet diesen Ort für seine Spielhölle gewählt? Aber hatte er ihr die Antwort darauf nicht längst gegeben? Es war die Ironie des Ganzen, die ihn reizte – er genoss es, die höchsten Kreise Londons hier zu versammeln, in dieser Kathedrale des Abwassers. Hier erlagen sie dem Reiz des Spiels und mit jeder Partie floss ein Teil ihres Reichtums an Kane.

Ob es derselbe verdrehte Sinn für Ironie war, der ihn dazu bewegt hatte, Rosewood Hall in ein Hotel verwandeln zu wollen? Es genügte ihm nicht, das Schloss zu besitzen, nein. Er wollte es zerstören, weil das bedeutete, dass er mächtiger war als der jahrhundertealte Einfluss des Adels.

In der Mitte der runden Plattform befand sich ein großer Tisch, um den die Spieler saßen und standen. Ein junger Mann fiel ihr ins Auge, blass und mit einer Krone aus Schweißperlen auf der Stirn. Die blonden Locken waren strähnig vom vielen Darüberstreichen und seine Fingernägel waren schmutzig, sein Hemd hingegen sauber.

Der Bankhalter verkündete den schwindelerregenden Einsatz von fünfhundert Pfund. Rose beobachtete, wie der junge Mann einen einzigen, perlmuttschimmernden Jeton über den Tisch schob, und auf einmal fühlte sich das identische Plättchen in ihrer Hand glühend heiß an.

»Messieurs, faites votre jeu«, rief der Croupier. »Rien ne va plus.«

Der Bankhalter, der dem Jungen gegenübersaß, deckte seine Karten auf und der Junge tat es ihm gleich.

Einen Moment lang wurden seine Augen glasig und er erinnerte Rose an eine Puppe, die sie einmal besessen hatte, ein porzellanweißes Gesicht, in dem die aufgerissenen blauen Augen wie Fremdkörper wirkten. Sie musste nicht auf die Karten blicken, die er offen auf den Tisch geworfen hatte, um zu wissen, dass er verloren hatte.

»Faites votre jeu.«

Schon ging das Spiel weiter und eine neue Runde begann. Der blonde Junge bewegte sich mit einer schläfrigen Langsamkeit, als nähme er alles wie aus weiter Ferne wahr, schob seinen nächsten Einsatz über den Tisch und nahm ein volles Glas von einem der livrierten Diener entgegen, ohne hinzusehen.

»Das ist verrückt«, entfuhr es Rose.

Warum nahm jemand an diesem Irrsinn teil? Aber sie konnte sich die Antwort bereits denken. Aus dem gleichen Grund, weshalb diese Menschen auf die Jagd gingen, Bälle besuchten und sich jede Saison neue Anzüge schneidern ließen. Wer etwas gelten wollte, mischte hier mit oder fiel der gesellschaftlichen Bedeutungslosigkeit anheim.

Ein Spiel mit dem Feuer.

»Faites votre jeu«, rief der Croupier erneut.

Der blonde Junge beugte sich mit fiebriger Miene über den Tisch. Der Schock auf seinen Zügen war längst abgelöst durch rauschhafte Konzentration.

52

Rose spürte eine Berührung in ihrem Rücken. Kane schob sie vor und ein finsterer Blick von ihm genügte, dass die Umstehenden zurückwichen und sie in ihre Mitte nahmen.

Sie hörte seine Stimme dicht an ihrem Ohr und zuckte zusammen, als sein feuchter Atem über ihre Haut strich.

»Wäre doch schade, wenn du diesen Jeton nicht einsetzt«, raunte er.

Unter seinem wachsamen Blick öffnete sie die Faust, die sie um die Spielmarke geschlossen hatte, und offenbarte sie. *Fünfhundert Pfund.*

Der Croupier sah sie mit erwartungsvollem Blick an. Sie hatte genug begriffen, um zu wissen, dass sie ihre Wette entweder auf die Bank oder den Spieler platzieren musste. Einen Moment lang schoss ihr die wilde Vorstellung durch den Kopf, ihren Jeton einzulösen und sich mit dem Geld aus dem Staub zu machen, doch dann wurde ihr klar, wie aussichtslos das angesichts der Wachleute war, die zweifellos an jedem Ausgang postiert waren.

Sie schob ihren Jeton über den Tisch.

»Rien ne va plus.«

In diesem Moment ertönte ein lautes Krachen und Kane fuhr herum, kurz streiften seine Rockschöße ihre Beine. Mit zusammengekniffenen Augen sah er sich nach der Quelle des Lärms um. Wieder meinte sie auf der Galerie etwas Dunkles zu sehen, nur einen Herzschlag lang, doch als sie blinzelte, war da nichts.

Dann wurde erneut ein schreckliches Scheppern laut und diesmal erkannte Rose, was es war: Eines der Instrumente des

Orchesters war im hohen Bogen über die Brüstung der Galerie geflogen und auf den Boden des leeren Sammelbeckens gekracht.

»Bleib hier«, befahl Kane ungehalten und wies Sam an, Rose zu bewachen, bevor er mit Morgan in der Menge verschwand. Offenbar war er entschlossen, den Störenfried ausfindig zu machen, der es wagte, in seinem Heiligtum mit Instrumenten zu werfen.

Rose senkte den Blick auf den Stapel Jetons, der nun vor ihr lag. In der ganzen Verwirrung hatte sie nicht bemerkt, dass sie gewonnen hatte. Das Perlmutt der Plättchen vor ihr schimmerte verheißungsvoll und sie spürte ein Kribbeln im Nacken, einen Anflug von Wildheit, der sie selbstvergessen werden ließ, doch dann fing sie den Blick des blonden Jungen auf, den sie zuvor beobachtet hatte. Er betrachtete sie mit unverstellter Begierde, dem Hunger eines Spielers nach einer Glückssträhne. Hastig senkte sie den Blick.

Dann hörte sie Schritte näherkommen und versteifte sich. Kane musste zurückgekehrt sein. Doch als sie den unverwechselbaren Duft wahrnahm, diese leichte Note von Zedernholz, wusste sie schlagartig, wer da hinter ihr stand.

»Was tust du hier?«, zischte sie und fuhr herum, warf einen nervösen Seitenblick auf Sam, der ein paar Schritte von ihr entfernt an der Tischkante lehnte.

»Dasselbe könnte ich dich fragen«, erwiderte Damian ungehalten und gab sich keine Mühe, seine Stimme zu senken. »Kane wird jeden Moment zurück sein, ich bezweifle, dass mein kleines Ablenkungsmanöver ihn lange fernhalten wird. Was hast du mit Kane zu schaffen? Warum bist du nicht längst zurück in Prag?«

»Mit Kane habe ich nichts zu schaffen, jedenfalls nicht freiwillig. Aber ich habe herausgefunden, dass der Anwalt, den ich beauftragt hatte, damals als Adjutant bei dem Duell anwesend war.«

Bei dem Wort »Duell« legte sich ein Schatten auf Damians Gesicht und blieb dort, während sie ihm hastig erzählte, was in Mr Finnegans Büro vorgefallen war.

»Er arbeitet jetzt für Kane«, schloss sie bitter.

Damian stieß ein Ächzen aus. »Du hast dich meinetwegen in Gefahr gebracht? Verdammt, du legst es wirklich darauf an, mir das Leben schwer zu machen«, sagte er und fuhr sich mit der Hand durchs Haar.

»Ich dir? Das erledigst du selbst doch bestens. Ich hätte gedacht, du wärst klug genug, einen weiten Bogen um Kane zu machen.«

»Oh, aber das ist er nicht«, unterbrach eine höhnische Stimme hinter ihnen.

»So einfach ist es nicht, nicht wahr, Damian?«, sagte Kane hämisch. »Ach, Liebende sind so einfach zu durchschauen. Ich habe es dir ja gesagt, Rose, er will dich beschützen.« Er deutete auf einen Mann am anderen Ende der Halle, dessen hagere Gestalt die Umstehenden überragte. »Das ist Eneas Byrn, einer der angesehensten Kolumnisten Englands. Ein Wort von mir genügt und die Schande der Whitbys steht morgen in allen Zeitungen.«

»Lass dich nicht von ihm erpressen, Damian«, sagte Rose aufgebracht und blinzelte das Brennen in ihren Augenwinkeln fort. »Vergiss mich und führe dein Leben, frei von Kane, frei von Schulden. Mein Familienname bedeutet mir nichts mehr.«

Kane unterbrach sie. »Sei nicht dumm, Rose. Dein Familienname hat noch immer Gewicht in London. Zusammen könnten wir Großes bewirken, mit deinem Namen und meinen Verbindungen. Dann lasse ich Damian gehen, das verspreche ich.

Oder du behältst ihn als deinen Liebhaber, mir soll es gleich sein.«

Rose stockte der Atem, so ungeheuerlich war dieser Vorschlag. »Ich denke gar nicht daran, mich Ihnen anzuschließen. Und ich werde erst recht nicht Ihre abscheulichen Unternehmungen mit meinem Familiennamen legitimieren.«

Sie hatte so viel Ablehnung wie möglich in ihre Worte gesteckt, doch Kanes Miene blieb unbewegt. Nur die leichte Röte, die über seinen Hals kroch, verriet, dass ihre Worte ihn getroffen haben mochten.

»Ihr solltet nicht vergessen, dass es in meiner Macht steht, euch *beide* zu vernichten«, sagte er und zuckte betont beiläufig mit den Achseln. »Außerdem bin ich diese Geschichte mit dem Schloss langsam leid, also verschwendet eure Mühen nicht länger darauf. Demnächst treffen zwei Kaufinteressenten aus Amerika ein, die sich Rosewood Hall ansehen wollen.«

Er zwinkerte Rose zu. »Ich habe ihnen meine Pläne gezeigt, das Schloss in ein Hotel zu verwandeln, und sie waren begeistert. Ich muss gestehen, dass ich froh bin, das Projekt an sie zu übergeben. Dieses alte Gemäuer beginnt mich zu langweilen. Ich bin ein Mann der Jagd; sobald ich etwas errungen habe, reizt es mich nicht mehr.« Er schenkte ihr ein durchtriebenes Grinsen. »Auch Damian interessiert mich nicht mehr. Anstatt dich hier um ihn zu bemühen, Rose, solltest du vielleicht an anderer Stelle achtgeben. Künstler haben es in diesen Tagen nicht einfach, wie ich höre. Vor allem nicht, wenn sie so mit Skandalen kokettieren wie unser lieber Damian.«

»Genug!« Ohne nachzudenken griff Rose nach ihren Jetons und schleuderte die glänzenden Spielmarken über den Tisch. »Da, ich spiele nicht mehr mit.«

Die Spieler starrten mit offenen Mündern, niemand regte sich, bis der blonde Junge sich über den Tisch warf und nach den Marken grabschte. Damit war der Bann gebrochen und Chaos brach aus, alle stürzten durcheinander, wollten ihr Teil von dem Reichtum ergattern, der sich so unerwartet über sie ergoss.

Das Chaos war perfekt.

Rose wand sich geschickt zwischen den Spielern hindurch und rannte so schnell sie konnte über den hölzernen Steg auf den Ausgang zu. Als sie einen letzten Blick zurück warf, stand Kane noch immer inmitten des Trubels. Weder er noch einer seiner Handlanger machten Anstalten, ihr zu folgen.

Damian hingegen war dicht hinter ihr, sie konnte seine eiligen Schritte hören, als sie durch die dunklen Gänge hastete, die fort von dem Saal führten.

»Dass du noch immer mit ihm zu schaffen hast«, keuchte sie bitter, gerade so laut, dass er es hören konnte. »Dass du noch immer spielst.«

»Ich habe nicht gespielt«, gab Damian zwischen zwei Atemzügen zurück. »Kane genießt es lediglich, mich herumzukommandieren. Für gewisse Personen ist meine Anwesenheit Grund genug, sich in sein liederliches Etablissement zu begeben.« Sein Tonfall klang bitter.

»Lass mich raten: Du solltest den Lockvogel für die Marquise de la Roix spielen?«, fragte Rose bissig.

»Kane ist auf ihr Vermögen aus«, erwiderte Damian kühl. »Für gewöhnlich halte ich mich vom Spieltisch fern, aber als ich dich sah, musste ich einen Weg finden, mit dir zu sprechen. Dich zu warnen.«

»Nun, das ist wohl gründlich schiefgegangen«, murrte sie. »Wie alles heute.«

Sie nahmen denselben Weg hinaus, den Rose gekommen war. Draußen stand Sam, der Laufbursche, der es unerklärlicherweise geschafft hatte, vor ihnen dort zu sein. Er musste eine geheime Abkürzung genommen haben.

Er ist wirklich gut in dem, was er tut, schoss es Rose durch den Kopf. Kein Wunder, dass Kane ihn eingestellt hatte – der Junge war so flink, dass die Bobbys keine Chance hatten, ihn zu erwischen, wenn er unlautere Aufträge ausführte.

Sam bedeutete den militärisch wirkenden Männern vor dem Haupteingang, sie ungehindert gehenzulassen, was Rose überrascht und dankbar zur Kenntnis nahm.

Damians Miene hingegen verfinsterte sich. »Kane lässt uns nur laufen, weil er weiß, dass er uns in der Hand hat.«

»Was allein deiner Sturheit zu verdanken ist. Du hättest ihm aus dem Weg gehen sollen, anstatt dich direkt in seine Arme zu flüchten. Was kümmert dich mein guter Familienname? Der Skandal ist ohnehin überfällig.«

»Vielleicht bist du mir nicht vollkommen gleichgültig«, gab er schneidend zurück.

»Das ist sehr unklug von dir.« Sie wandte sich ab, damit er nicht sehen konnte, wie heiß ihre Wangen geworden waren.

53

Der Fußweg zurück nach London war lang und beschwerlich. Als sie die Ausläufer der Stadt erreichten, färbte sich der Himmel im Osten bereits ein wenig heller.

Rose berichtete Damian von Zach, doch obwohl sie sich beide um ihn sorgten, beschlossen sie, dass es klüger war, erst nach ihm zu suchen, sobald es hell war. Außerdem wollten sie das Risiko nicht eingehen, dass Kane nach ihnen Ausschau hielt, also suchten sie Zuflucht im Theater.

Ihr Klopfen am Hintereingang wurde von Amy, der Varietésängerin beantwortet. »Habt ihr ein Glück, dass ich hier praktisch wohne«, sagte sie trocken und trat zur Seite, um sie einzulassen.

Damian ging mit langen Schritten voraus und war bald darauf im Gewirr der Gänge verschwunden. Rose stieß ein irritiertes Schnauben aus. »Erst will er unbedingt mit mir sprechen, dann läuft er vor mir davon«, murmelte sie.

Amy warf ihr einen schiefen Blick zu. »Ich weiß ja nicht, was zwischen euch vorgefallen ist, aber du siehst mir aus, als könntest du einen Schluck vertragen. Ich habe noch Pfefferminzlikör in meiner Garderobe.«

»Pfefferminzlikör? Trinken das nicht nur alte Jungfern?« Gegen ihren Willen musste Rose kichern, vermutlich war es die Übermüdung.

»Ich habe gerade kein Glück in der Liebe, und deines hält sich allem Anschein nach auch in Grenzen, also sind wir auf dem besten Weg, welche zu werden.« Amy knuffte sie spielerisch in die Seite. »Außerdem interessiert mich brennend, was zwischen dir und Damian los ist, und ich schätze, nüchtern wirst du mir nichts verraten.«

*

Als der Morgen dämmerte, war Amy auf dem mottenzerfressenen Sofa der Garderobe eingeschlafen und schnarchte leise. Rose saß in einem Lehnstuhl und tappte unruhig mit ihrem Stiefelabsatz auf den Boden, während sie nachdachte. Ihr Glas mit Likör war noch halbvoll. Jedes Mal, wenn Amy ihr nachgeschenkt hatte, hatte sie den Inhalt unauffällig in einen Blumentopf geleert. Es gab eben Geheimnisse, die sie nicht ausplaudern wollte.

Mit dem ersten Tageslicht waren auch ihre Sorgen zurückgekehrt und sie beschloss, dass sie etwas tun musste. Nachdem sie in den verzweigten Korridoren einige Male falsch abgebogen war, fand sie den Hinterausgang und blinzelte in den grauen Morgen.

Zwei Kreuzungen weiter stieß sie auf Zach, unweit der Stelle, an der er sich mit dem Anwaltsgehilfen verabredet hatte, angeblich, um ihm schlüpfrige Fotografien zu verkaufen.

»Alles in Ordnung?«, rief Rose außer Atem, als sie die schlaksige Gestalt im dunklen Mantel erkannte, die über die Straße taumelte.

Zach rieb sich die Beule auf seiner Stirn und zuckte zusammen. »Es ist nicht allzu schlimm«, ächzte er. »Mir brummt nur der Schädel. Ich weiß noch, dass ich den Anwaltsgehilfen ablenken wollte, aber danach ist alles schwarz. Was ist passiert?«

Rose berichtete ihm alles.

Zach blinzelte, dann trat ein besorgter Ausdruck auf sein Gesicht. »Und was jetzt?«

Sie hakte sich eilig bei ihm unter. »Am besten kommst du mit ins Theater, dort wartet Damian.«

In der Straße, die zum Alhambra führte, kam ihnen Amy entgegen. Rose merkte sofort, dass etwas nicht stimmte, denn die Sängerin war barfuß und das Haar stand ihr wirr vom Kopf ab.

»Wo ist Damian?«, rief sie gehetzt. »Ist er nicht bei dir, Rose?«

Als Rose verblüfft den Kopf schüttelte, stieß Amy einen unterdrückten Fluch aus und zog sie und Zach in einen Hauseingang.

»Sie haben Damians Stück verboten«, flüsterte sie und spähte um die Ecke. Rose tat es ihr gleich und erkannte einen Trupp Polizisten, der vor dem Haupteingang des Theaters Stellung bezogen hatte.

»Als ich aufwachte, hatte ich fürchterliche Kopfschmerzen von diesem vermaledeiten Likör«, erklärte Amy hastig. »Ich öffnete ein Fenster, um frische Luft zu schnappen. Ein Glück, denn so konnte ich belauschen, wie der Hauptmann seinen Leuten Befehle gab.« Sie packte Rose am Ärmel. »Sie wollen Damian festnehmen, angeblich wegen unsittlicher Inhalte in seinen Stücken.«

»Um Himmels willen«, entfuhr es Rose. »Ich habe ihn seit unserer Ankunft in der Nacht nicht mehr gesehen, er muss noch irgendwo im Theater sein.«

»Wir müssen ihn da rausholen«, flüsterte Zach mit bleichem Gesicht.

»Ich kam schon zu oft mit dem Gesetz in Konflikt«, sagte Amy. »Sie dürfen mich nicht sehen, sonst lande ich selbst hinter Gittern. Ihr seid auf euch allein gestellt.«

Zach wandte sich Rose zu. »Nimm den Hintereingang. Ich lenke die Bobbys ab, solange ich kann. Wenn alles gut geht, treffen wir uns an der Ecke Brick Lane und Thrawl Street wieder. Ich kenne dort ein sicheres Versteck.«

Rose schluckte, dann nickte sie entschlossen.

54

Im Theater herrschte Chaos. Offenbar war die Kunde von der vorrückenden Polizeieinheit bereits durchgedrungen; die Schauspieler und Bühnenhelfer, die bereits zu den frühen Proben eingetroffen waren, versuchten sich in Sicherheit zu bringen. Rose kämpfte sich so gut es ging durch die engen Gänge.

»Wo ist Damian?«, rief sie, doch alle waren zu panisch, um ihr zu antworten.

Schließlich sah sie Caoimhe, die Maskenbildnerin, und zwängte sich zu ihr durch.

»Schnell, wo ist Damian?«, zischte sie, als weiter vorn eine Tür aufflog und eine Schar uniformierter Bobbys in den Korridor strömte. »Ich muss ihn erreichen, bevor die Polizei es tut. Die Sittenwächter wollen ein Exempel an ihm statuieren.«

»Dann läufst du in die falsche Richtung.« Caoimhe packte Rose am Ärmel und duckte sich in einen Seitengang. »Da, die Tür am Ende des Korridors. Ich kann nicht hierbleiben, du musst allein weiter«, zischte sie mit gehetzter Miene.

»Lauf, ich mach das schon«, erwiderte Rose und hastete auf die Tür zu. Sie schlüpfte hindurch, zog sie hinter sich ins Schloss und legte mit zitternden Fingern den Riegel vor. Dann drehte sie sich um.

Das Bild, das sich ihr bot, war entmutigend.

Damian wirkte wie gelähmt, er saß am Tisch, den Kopf in die Hände gestützt, vor sich eine halbleere Weinflasche.

Mit wenigen Schritten hatte sie den Raum durchquert und ihn am Ärmel gepackt. »Komm mit«, zischte sie.

Von draußen erklangen eilige Schritte und irgendwo in der Ferne knallte eine Tür.

»Du hast mich ruiniert.«

»Was hast du gesagt?« In dem bodenlangen Spiegel hinter Damian konnte sie ihr Gesicht sehen, blass und ungläubig. So oft hatte sie diese Worte bereits in Gedanken formuliert, aber sie so ausgesprochen zu hören war ein Schock.

Die Schritte auf dem Korridor kamen nun näher und Damian erhob sich endlich. Doch anstatt ihr zu folgen, blieb er mitten im Raum stehen.

»Dich zu lieben war der größte Fehler, den ich je begangen habe.« Die Worte klangen undeutlich, lallend, und er schwankte leicht.

»Darüber können wir später reden. Die Polizei ist hinter dir her.« Ihre Stimme war die einer Fremden, kalt und unnahbar. »Sie haben deine Stücke verboten, du sollst festgenommen werden.«

Damian reagierte nicht.

Ein Teil von ihr wollte aufgeben, sich selbst in Sicherheit bringen und Damian mit seiner vermaledeiten Sturheit seinem Schicksal überlassen. Doch dann regte sich ihr alter Trotz. *Bleib stark, Rose.*

Fluchend sah sie sich im Raum um. Das einzige Möbelstück, das infrage kam, um die Tür zu verbarrikadieren, war der schwere Eichentisch, an dem er gesessen hatte. Ihnen blieben nur noch wenige Augenblicke.

»Hilf mir«, zischte sie und ruckelte am Tisch, doch der gab keinen Millimeter nach. »Sie sind gleich hier – wir müssen die Tür blockieren.«

Damians Augen weiteten sich einen Moment lang, als würde ihm eben erst bewusst, in welch prekärer Lage er sich befand.

Dann schüttelte er den Kopf. »Nein.«

»Verdammt noch mal, du elender Schuft«, rief Rose und verlor die Fassung. »Ich versuche dir zu helfen und du hast nichts anderes im Sinn, als dich zugrunde zu richten. Das kannst du mir nicht in die Schuhe schieben.«

»Nein«, wiederholte Damian ruhig und nickte mit dem Kinn zur Tür. »Keine gute Idee. Uns zu verbarrikadieren. Irgendwann müssen wir sowieso hinaus, und dann werden sie auf uns warten.«

Plötzlich fiel ihr ein, was Kane in der Nacht zu ihr gesagt hatte. *Künstler haben es in diesen Tagen nicht einfach, wie ich höre. Vor allem nicht, wenn sie so mit Skandalen kokettieren wie unser lieber Damian.*

»Kane! Das ist sein Werk. Deshalb hat er uns gehen lassen. Irgendjemand von ganz oben muss den Befehl gegeben haben, dich zu verhaften, jemand, der ihm einen Gefallen schuldet.«

Damian schien davon nicht im Mindesten überrascht. »Das leuchtet ein. Er will seine Drohung wahrmachen und sich meiner auf elegante Weise entledigen.«

»Und was tun wir jetzt?«

»Sollen sie kommen. Ich werde keinen Widerstand leisten. Ich bin das alles so leid.« Auf einmal wirkte er unendlich müde. »Am besten, du versteckst dich unter dem Tisch, dann kannst du später ungesehen hinausschlüpfen.«

»Kommt nicht infrage«, rief Rose aufgebracht. Doch es war zu spät, die Schritte waren bereits vor der Tür, Fäuste prasselten auf das Holz nieder, der Riegel knarzte bedrohlich, als daran gerüttelt wurde. Er würde nicht mehr lang halten.

Rose schaute sich hektisch um. Sie saßen in der Falle.

»Du bist ein verdammter Taugenichts, weißt du das?« Die Verzweiflung machte ihre Stimme ganz zittrig. »Wenn du nicht so stur wärst, hätten wir es vielleicht nach draußen geschafft. Und dann hätte ich dir erzählt, dass ich einen Weg weiß, wie wir Kane kolossal piesacken können.«

Damians resignierte Miene machte einem schiefen Grinsen Platz. »Ach ja?«

Sie nickte erschöpft.

Er seufzte. »Also schön, verrate es mir, dann zeige ich dir einen Weg aus diesem Raum.«

»Was?« Völlig verblüfft starrte sie ihn an. »Aber es gibt weder einen zweiten Ausgang noch ein Fenster.«

Er warf der Weinflasche einen wehmütigen Blick zu, bevor er mit wenigen Schritten den Raum durchquerte und vor dem bodenlangen Spiegel stehenblieb. Eine leichte Berührung von ihm genügte und der goldene Rahmen schwang geräuschlos auf. Rose hätte vor Erleichterung beinahe geweint.

Ohne sich umzusehen, verschwand Damian in dem dunklen Tunnel, der sich hinter dem Spiegel auftat, und sie beeilte sich ihm zu folgen, aber nicht, ohne die Spiegeltür vorsichtig wieder zuzuziehen. Sie waren nur wenige Schritte weit gekommen, als hinter ihnen das Krachen von berstendem Holz ertönte.

Der Riegel hatte nachgegeben.

55

Der Geheimgang führte geradewegs in die Kostümkammer, wo sie hinter einem Vorhang ins Freie kamen.

Damian nahm gelassen auf einer Chaiselongue Platz, legte einen Arm auf die Lehne und sah sie mit hochgezogener Augenbraue an. »Und? Verrätst du mir deinen Plan?«

Mit klopfendem Herzen lief sie zur Tür auf der anderen Seite des Raums, aber als sie ihr Ohr gegen das Holz drückte, konnte sie im Flur bereits das aufgeregte Stimmengewirr hören. Ihre Häscher waren nicht weit.

Mit zitternden Händen legte sie den Riegel vor und drehte sich dann zu Damian um. »Selbst wenn sie den Geheimgang nicht sofort entdecken, werden sie das ganze Theater auf den Kopf stellen, um dich zu finden.«

»Gut beobachtet.« Seine Lippen kräuselten sich amüsiert und er wirkte nüchterner als noch vor wenigen Augenblicken.

»Gibt es hier noch einen Ausgang?«

Er schüttelte den Kopf. »Bedauerlicherweise nein.«

»Du hast also gelogen«, zischte sie. »Wir sitzen in der Falle.«

»Gelogen? Nein, ich sagte lediglich, es gebe einen Ausgang aus dem Raum, von mehr war nicht die Rede. Aber die Aussicht, deinem Plan zu lauschen, ist wirklich verlockend. Und wenn mich nicht alles täuscht, werde ich in naher Zukunft auf bedauerlich wenig Zerstreuung zurückgreifen können. Also, heraus mit der Sprache.«

»Du hast bereits aufgegeben?« Wut war besser als Angst, sie brannte alle störenden Gefühle hinfort und konzentrierte sich ganz auf das Wesentliche.

»Der Damian, den ich kenne, würde sich niemals so leicht geschlagen geben. Und er würde es sich nie verzeihen, wenn er jetzt aufgäbe.«

Beinahe hätte sie mit dem Fuß aufgestampft wie ein trotziges Kind, aber sie versuchte, so wenig Lärm wie möglich zu machen. Wie sollte sie Damian nur dazu bewegen, seine Lethargie abzuschütteln?

Vielleicht hast du dir die Antwort bereits selbst gegeben. Ein Gefühl, das stärker ist als Angst.

Wut, oder besser noch, Rache.

»Also gut, du willst von meinem Plan erfahren?« Ohne seine Antwort abzuwarten, fuhr sie fort. »Du hast gestern Nacht selbst gehört, was Kane mit Rosewood Hall vorhat. Am Ende wird von deinem Stammsitz nichts mehr übrig bleiben, sie werden ihn dem Erdboden gleichmachen und an seiner Stelle irgendeine seelenlose Monstrosität errichten.«

»Es kümmert mich nicht. Nicht mehr.«

»Aber wir könnten die Amerikaner von ihrem Kaufvorhaben abbringen«, sagte Rose aufgeregt. »Das würde Kane ganz und gar nicht gefallen.«

»Und wie genau sollen wir das bewerkstelligen?«

»Bring uns hier raus und ich erzähle es dir.«

»Du lässt nicht locker, was?«

Sie grinste, aber ihr blieb keine Zeit, dem Moment auszukosten, denn Damian war aufgesprungen und hielt inne, als würde er lauschen. Schließlich nickte er. »Ich glaube, sie sind noch mit den anderen Zimmern auf diesem Korridor beschäftigt. Für den Augenblick sind wir sicher.«

Fieberhaft wühlte er in den Regalen und Kisten, bis er einige Gegenstände zutage förderte, die Tischplatte leerfegte und sie darauf verteilte.

Er öffnete ein Glas, roch daran und verzog angewidert das Gesicht. »Eingetrocknet«, fluchte er. »Irgendwo muss doch noch … Ah, ja.«

Triumphierend hielt er eine kleine Dose in die Höhe. »Wusste ich's doch. Schnell, siehst du irgendwo einen Krug mit Wasser? Ich brauche nicht viel, nur etwa eine Tasse.«

Er machte sich wieder daran, die Regale und Kisten zu durchwühlen, und als Rose ihm das Wasser brachte, hatte er bereits ein Sortiment aus scheinbar bunt zusammengewürfelten Gegenständen zusammengestellt.

Farbdosen in Blau, Gelb und Rot, eine gelblich-mehlige Substanz, Löffel, Holzstäbe und, was am verwirrendsten war, ein großes Gefäß mit Zuckerrübensirup.

Sie verkniff sich die Frage, ob er vorhatte, einen Kuchen zu backen, denn Damian schwenkte bereits einen der Holzstäbe wie ein Magier und schenkte ihr ein Grinsen, das keinen Zweifel daran ließ, dass seine Tatkraft zurück war.

Fasziniert sah sie zu, wie er eine großzügige Menge Sirup in einen leeren Glasbehälter füllte. Dann gab er die Pigmentpulver hinein, die Schlieren in der dickflüssigen Masse bildeten. Unter stetigem Rühren mit dem Holzstab fügte er das Mehl hinzu, das er zuvor mit dem Wasser vermischt hatte.

»Natürlich«, flüsterte sie, als ihr klar wurde, was er vorhatte. Es war riskant. Aber ihnen blieb nicht viel Zeit, schon ertönte ein Klopfen an der Tür.

Damian hatte es auch gehört, denn er rührte mit verbissener Miene weiter, bis die bunten Schlieren ineinander übergingen und schließlich ihre volle Farbe entfalteten, satt und glänzend.

Als sie Damian erneut ansah, lag ein Funkeln in seinen Augen.

»Ich werde das Opfer sein, nehme ich an?«, fragte sie trocken.

»Ich sehe leider keine andere Möglichkeit.«

Die Schritte vor der Tür wurden lauter, blieben abrupt stehen.

Rose grinste. »Na dann. Worauf wartest du?«

*

Wenige Augenblicke später wurde die Tür der Kammer krachend aufgestoßen und die Polizisten wichen verblüfft zurück, als Damian herausstürzte, eine blutüberströmte Rose in den Armen. Dunkel troff es von ihrem Kleid und hinterließ eine rote Spur auf dem Boden, als die erschrockenen Bobbys ein Spalier bildeten. »Sie ist verletzt, sie muss sofort ins Hospital«, brüllte Damian und hastete den Gang entlang.

Sobald sie die Eingeweide des Theaters hinter sich gelassen hatten und um eine Ecke gebogen waren, setzte er Rose vorsichtig ab. Sie sprang auf die Beine und gemeinsam rannten sie in wahnwitzigem Tempo weiter. Erst, als sie das Gewirr der Gassen in der Nähe des Themseufers erreicht und sich vergewissert hatten, dass ihre Verfolger nirgends zu sehen waren, verlangsamten sie ihre Schritte. Rose atmete auf.

»Das wäre also geschafft. Du meine Güte«, sie rümpfte die Nase und zog ihr grünes Schultertuch zurecht, sodass es die Flecken notdürftig verdeckte. »Ich fürchte, diesmal ist mein Kleid endgültig ruiniert. Oder meinst du, das Kunstblut lässt sich auswaschen?«

»Da muss ich Caoimhe fragen, es ist ihr Geheimrezept. Sie hat es eigens für das Theater entwickelt und wird mir den Kopf abreißen, wenn sie erfährt, dass ich es dir verraten habe.«

»Ich tue so, als wüsste ich von nichts.«

»Und was sieht dein schlauer Plan jetzt vor? Oder hattest du nicht so weit gedacht?«

Sie knuffte ihn in die Seite. »Zu Patricia können wir nicht, womöglich hält die Polizei dort nach uns Ausschau. Ich habe mit Zach vereinbart, uns in der Brick Lane zu treffen, falls ich es mit dir aus dem Theater schaffe.«

»Würde ich Zach und dich nicht kennen, würde ich vermuten, dass ihr ganz und gar wahnsinnig seid«, sagte Damian grinsend. »Aber da ich euch kenne, weiß ich es mit Sicherheit.«

Auf jeder Reise kommt der Moment,
in dem das Ziel in unerreichbare Ferne rückt.
Miss Pemberleys Reiseführer für die unerschrockene Dame

Teil 4

Gäste und Geister

56

Das Haus, wo sich Brick Lane und Thrawl Street trafen, hatte kaum noch Ähnlichkeit mit dem heruntergekommenen Gebäude, vor dem Mary Nichols eines Nachts Jack the Ripper zum Opfer gefallen war. Sie war die erste der fünf Frauen gewesen.

Nun, sechs Jahre später, war von dem ursprünglichen Haus nur der gemauerte Giebel erhalten, erklärte Zach auf ihrem Weg durch die Brick Lane.

Rose zog das Schultertuch enger um sich. Das Vorwärtskommen gestaltete sich als schwierig, weil ein Lieferkarren die enge Straße blockierte. Niemand schenkte ihnen in der Menge Beachtung. Ein Straßenhändler hatte einen Stand mit Stoffen und Kurzwaren aufgebaut. Ein paar Frauen drängten sich darum und feilschten. Ein kleines Mädchen in weißem Rüschenkleid starrte fasziniert auf die Zeitungsverkäufer, die lautstark die Schlagzeilen des Tages verkündeten.

»Bestialischer Mord in Whitechapel«, brüllte einer dicht an Rose' Ohr und sie zuckte zusammen, sowohl wegen der unerwarteten Lautstärke als auch wegen des Gesagten.

Sie blieb stehen und kramte bereits in ihrer Tasche nach einer Münze für den Verkäufer, doch Damian streckte einen Arm zwischen sie und den Mann und zerrte sie weiter.

»Nicht darauf eingehen«, zischte er.

»Was? Aber –«

»Die Burschen wollen Zeitungen verkaufen, daher rufen sie sensationslüsterne Schlagzeilen aus, die nichts mit den tatsächlichen Berichten zu tun haben. Geh weiter.«

Einmal machte Zach Halt und erwarb eine Flasche billigen Sherry von einem Straßenverkäufer, bevor sie schließlich ein kleines Schaufenster erreichten, in dem sich Bücher türmten, die allerdings hinter den unzähligen Plakaten an der Scheibe kaum sichtbar waren. Sie verkündeten Varietéveranstaltungen und waren mit abenteuerlichen Illustrationen versehen, die Rose sich nur zu gern genauer angeschaut hätte, aber ihr blieb keine Zeit, denn Zach zog sie zu einer versteckten Seitentür.

»Sobald ich die Tür öffne, lauft ihr so schnell ihr könnt die Treppe hinauf in den dritten Stock«, flüsterte er eindringlich. »Verriegelt die Tür von innen und lasst niemanden außer mir herein.«

Sie nickte und holte tief Luft, dann drehte Zach den Schlüssel im Schloss und zog die verwitterte Tür mit einer fließenden Bewegung auf. Überrascht registrierte Rose, dass die Scharniere nicht das geringste Quietschen von sich gaben, dann setzten sich ihre Füße in Bewegung und sie hastete vor Damian die hohen, schiefen Stufen hinauf.

Sie war bereits im zweiten Stock, als sie hörte, wie weiter unten eine Tür aufflog und eine schrille Stimme laut wurde.

»Zachs Vermieterin«, flüsterte Damian, nachdem er die Wohnungstür hinter ihnen zugezogen hatte. »Hier sind eigentlich keine Gäste erlaubt, aber wenn wir Glück haben, lässt sie sich mit einer Flasche Sherry besänftigen.«

*

Die Nacht war hereingebrochen, doch der Tag war noch nicht zu Ende. Er schien eine Ewigkeit gedauert zu haben, und das war kein Wunder, denn schon in der vergangenen Nacht hatte Rose kein Auge zugetan. Die Ereignisse schienen in ihrer Erinnerung miteinander zu verschmelzen, ein einziger Taumel aus Aufregung, Angst und neuen Enthüllungen. Nervös fuhr sie mit dem Finger über den Saum ihres Ärmels, der steif und klebrig vom eingetrockneten Theaterblut war.

Zach war es zum Glück gelungen, seine Vermieterin zu besänftigen. Danach hatten sie ihm ausführlich berichtet, was sich in Kanes geheimer Spielhölle zugetragen hatte. Damian war irgendwann auf dem schäbigen Sofa eingenickt und Rose hatte die Gelegenheit genutzt, sich mit Zach zu besprechen. Dann war er aufgebrochen, um ein paar Dinge zu erledigen.

Nun saß sie auf der Bettkante und versuchte ihre Gedanken zu ordnen.

Das Rascheln von Stoff ließ sie aufschauen und sie sah, dass Damian wach war. Mit seinem wirren Haar, dem zerknitterten Jackett und dem offenen Hemdkragen sah er aus wie ein Opiumesser, doch sein Blick war klar und die leichte Furche zwischen seinen Brauen verriet, dass er ebenfalls nachdachte.

Als endlich das vereinbarte Klopfsignal ertönte, sprang sie erleichtert auf und schob den Riegel zurück, um Zach einzulassen. Er warf Rose einen bedeutungsvollen Blick zu und räusperte sich.

Damian setzte sich auf und streckte sich wie eine Katze. »Werdet ihr mir nun endlich die Details eures Plans verraten?«

Nun, da es an der Zeit war, die Einzelheiten zu enthüllen, kamen Rose auf einmal Zweifel, aber für einen Rückzieher war es zu spät. Sie trat ans Fenster und starrte auf die Straße hinaus, während Zach aufgeregt auf und ab ging.

Die Brick Lane hatte sich geleert, nur vereinzelte Gestalten waren noch unterwegs, Pubbesucher oder nächtliche Arbeiter. Rose riss den Blick vom Fenster los, atmete tief ein und sah Damian direkt an. »Eigentlich ist der Plan ganz simpel. Den Grundstein hast du selbst bereits gelegt.«

Er hob eine Augenbraue. »Ich?«

»Du hast das Phantom von Rosewood Hall erschaffen, und genau dieses Phantom wird uns nun dabei helfen, die Amerikaner von ihrem Kaufvorhaben abzubringen.«

»Du willst einen Spuk auf Rosewood Hall inszenieren?« Damian wirkte alles andere als überzeugt. »Soll ich im Leintuch durch die Gänge geistern? Ich glaube kaum, dass das die gewünschte Wirkung erzielen wird.«

Zach schüttelte den Kopf. »Nimm es nicht persönlich, mein Guter, aber ich glaube nicht, dass ein Leintuch ein besonders vorteilhafter Aufzug für dich ist.«

»Oh, ich weiß nicht, es könnte durchaus eine Verbesserung meiner gegenwärtigen Garderobe darstellen«, gab Damian mürrisch zurück und strich über sein zerknittertes Jackett.

Rose verdrehte die Augen. »Mag sein, aber auf eine derartige Darbietung können wir verzichten. Zach hat vorhin an Molly und Jack telegrafiert und bereits eine Antwort erhalten. Sie wollen ebenso wenig wie wir, dass Rosewood Hall einem Hotel weichen muss. Mit ihrer Hilfe können wir eine Reihe unerklärlicher Vorfälle im Schloss inszenieren, die die Amerikaner von ihrem Kaufvorhaben abschrecken.«

»Und Kane?«, wandte Damian ein.

Zach winkte ab. »In Mollys Telegramm stand, dass er ihr die Anweisung gab, die beiden Kaufinteressenten im Schloss unterzubringen und ihnen das Anwesen zu zeigen. Ich vermute, dass er selbst noch in London zu tun hat. Sicher will er sich deine Festnahme nicht entgehen lassen, Damian.«

»Spätestens morgen wird deine waghalsige Flucht aus dem Theater in aller Munde sein«, bekräftigte Rose. »Aber Rosewood Hall ist der letzte Ort, an dem Kane nach uns suchen würde.«

»Und wie erklären wir den Amerikanern unsere Anwesenheit dort?«, fragte Damian, doch sein Widerstand bröckelte bereits.

»Ganz einfach«, erwiderte sie und grinste. »Wir geben uns als Geisterjäger aus.«

57

Im Zimmer war es dunkel geworden und Zach hatte eine dicke, rußende Talgkerze angezündet.

Rose schlug die dünne Wolldecke auf dem schmalen Bett zurück. Die Matratze darunter war zwar durchgelegen, aber mit einem sauberen Leintuch bezogen.

Sie sah auf und schüttelte den Kopf. »Ich kann unmöglich das Bett für mich allein beanspruchen«, sagte sie. »Ich werde mit dem Sofa vorliebnehmen.«

»Kommt nicht infrage«, unterbrach Zach. »Du bekommst das Bett, Damian nimmt das Sofa und ich mache es mir auf dem Boden bequem.« Er wies mit dem Kinn auf die Ecke unter dem Fenster, wo er bereits seinen Mantel ausgebreitet hatte.

»Aber du hast nur eine einzige Decke«, entgegnete Rose. »Ich würde mir fürchterlich vorkommen, wenn du wegen mir auf dem Boden schlafen müsstest. Ich nehme das Sofa, dann könnt ihr beide euch das Bett teilen.«

»Es ziemt sich nicht, dass eine Dame auf dem Boden oder dem Sofa nächtigt«, sagte Zach entschieden. »Nicht, solange ich euer Gastgeber bin. Ich bin vielleicht nicht reich, aber ich habe meine Ehre.«

Rose schnaubte und warf ihm die Decke zu. »Dann schlafen wir eben alle auf dem Boden.«

Zach fischte die Decke mit einer geschickten Bewegung aus der Luft und verdrehte die Augen. »Ist sie immer so stur, Damian?«

Damian war den ganzen Tag über merkwürdig ruhig gewesen, aber vielleicht war das nur die Nachwirkung der Geschehnisse.

»Es hat keinen Sinn, dass wir alle auf dem Boden schlafen«, stellte er fest. »Aber ich denke nicht, dass wir es in unserer gegenwärtigen Lage allzu genau mit den Gepflogenheiten nehmen müssen. Zach, du tust schon genug für uns, weit mehr als nötig, um ehrlich zu sein. Ich würde sofort mit dem Boden vorliebnehmen, aber wenn du unbedingt auf dem schlechteren Schlafplatz bestehst, schlage ich vor, dass du das Sofa bekommst und ich neben Rose im Bett schlafe.«

Er sah sie nicht an, sondern klopfte mit scheinbar unbeteiligter Miene die Kissen aus, während Rose erneut rot anlief. Zum Glück hatte er darauf verzichtet zu erwähnen, dass sie bereits mehr als einmal eine Schlafstatt geteilt hatten, auch wenn sie vermutete, dass Zach das bereits wusste, denn der schaute mit hochgezogenen Brauen zwischen ihnen hin und her und seine Augen funkelten amüsiert.

»Ich werde mich natürlich wie ein Gentleman verhalten, Rose, falls dir das Sorgen bereitet.« Noch immer mied Damian ihren Blick.

War es überhaupt möglich, noch röter anzulaufen?

»Natürlich«, sagte sie verärgert, mehr über sich selbst als über ihn. »Daran zweifle ich keine Sekunde lang. Also gut, dann ist das beschlossene Sache. Aber ich bestehe darauf, dass Zach die Wolldecke bekommt.«

»Abgemacht. Ich gebe mich geschlagen, solange ihr beiden Ruhe gebt«, sagte Zach. »Ich möchte eure Zankereien nicht auch noch nachts hören müssen. Der Sherry mag meine Vermieterin zur Genüge benebelt haben, aber ich sitze bei euren Darbietungen gewissermaßen in der ersten Reihe.«

»Da kannst du dich glücklich schätzen«, sagte Rose spitz. »So gute Plätze bei einem Damian-Drake-Stück zu bekommen.«

Damian gab ein Geräusch von sich, irgendetwas zwischen Ächzen und Lachen, und die merkwürdige Spannung im Raum verpuffte.

*

Es war Nacht, aber von draußen drang immer wieder Lärm herein. Rose war Stadtgeräusche gewohnt, aber sie hatte immer in vornehmen Gegenden gelebt, in dem Prager Haus mit Blick auf den Hradschin oder in Patricias vornehmem Viertel. Doch hier, im dritten Stock des schmalen Hauses, dessen Ziegelwände so dünn waren, dass sich die Wärme des Tages sofort verflüchtigte, kam ihr das nächtliche London viel näher vor. Jedes Mal, wenn sich die Tür des Pubs an der Ecke öffnete, ergoss sich ein Schwall Lärm ins Freie. Ab und an flog ein Fenster auf und keifende Stimmen beschwerten sich über den Radau. Das Rattern von Wagenrädern wurde lauter und wieder leiser.

Zach hatte darauf bestanden, ihr seinen Mantel als Decke zu überlassen, und Rose lag in ihrem Unterkleid auf dem Bett, während ihr Kleid, aus dem sie das Kunstblut so gut es ging herausgeschrubbt hatte, über dem kalten Kamin trocknete. In dem beengten Raum gab es keinen Ort, an dem sie Korsett und Unterrock hätte aufhängen können, also hatte sie beides gefaltet und über das Kopfteil des Bettes gelegt. Nun lag sie da, horchte auf Damians Atem und sog den Geruch von Zachs Mantel ein, der sie an Pubs und Zigarrenrauch erinnerte, und ein wenig auch an billige Seife.

Zach schnarchte leise, aber Damians Atemzüge waren ein wenig zu regelmäßig. Bestimmt lag er ebenso wach wie sie und grübelte.

Sie versuchte, sich nicht in dem schmalen Bett zu bewegen, um nicht aus Versehen gegen ihn zu stoßen. Die Spannung zwischen ihnen war schwer zu deuten – nicht hasserfüllt, wie damals nach dem Ball, aber irgendetwas stand unleugbar zwischen ihnen.

Wahrscheinlich war es die Tatsache, dass sie nach ihrer gemeinsamen Nacht lieber die Flucht ergriffen hatte, als mit ihm zu reden. Dass sie Angst vor den Gefühlen hatte, die sich keinen Deut um die Vergangenheit scherten, die sie beide unfreiwillig miteinander verband.

Es tut mir leid, formte sie lautlos mit den Lippen, während sie sich Damians Nähe nur allzu bewusst war. *Ich hätte bleiben und reden sollen. Jetzt ist es vielleicht zu spät.*

Aber was das Schloss anging, bestand noch Hoffnung. Und wenn sie es schaffte, zumindest einen Teil dieser alten Schuld, die sie geerbt hatte, zu begleichen, konnte sie wieder nach vorn blicken.

Die Matratzenfedern ächzten, als Damian sein Gewicht verlagerte. Sie wagte es, den Kopf zu drehen, und der Mantel raschelte leise.

Er lag auf dem Rücken, die Arme vor der Brust verschränkt, den Kopf zur Decke gerichtet. Im schwachen Lichtschein, der durch das Fenster fiel, sah sie, dass seine Augen geöffnet waren.

»Ist dir kalt?«, flüsterte sie. »Ich kann dir den Mantel geben.«

Er holte tief Luft, wandte ihr aber den Kopf nicht zu. »Schlaf, Rose. Morgen wird ein langer Tag.«

Es war die Hölle, ihm so nah zu sein, während die Distanz zwischen ihnen unüberbrückbar schien.

Sie wusste, dass sie lieber schweigen sollte, aber bevor sie sich zurückhalten konnte, flüsterte sie: »Was hältst du von unserem Plan?«

Nun drehte er sich doch zu ihr um. Seine Nasenspitze war nur wenige Zentimeter von ihrer entfernt.

»Zach hat jedenfalls mehr Verstand als wir beide zusammen. Wenn er den Plan für aussichtsreich hält, vertraue ich ihm.«

»Was tut er eigentlich? Um über die Runden zu kommen, meine ich.«

Ein leises Lachen. »Ich bin mir sicher, dass ich nicht einmal die Hälfte davon weiß. Aber das, was er verdient, schickt er an seine Familie in Lancashire. Seine Eltern können nicht mehr arbeiten und er hat vier unverheiratete Schwestern …«

Er ließ die Worte zwischen ihnen verklingen und Rose erschauderte unter dem Mantel, als ihr bewusst wurde, wie wenig Zach besaß und wie viel er für sie beide riskierte.

Damian, der ihr Schweigen falsch deutete, flüsterte eindringlich: »Er ist der treuste und verlässlichste Freund, den ich mir vorstellen kann. Und er ist mit einem untrüglichen Sinn für Gerechtigkeit ausgestattet. Es mag da einen Unterschied zwischen dem geben, was das Gesetz vorsieht und was er selbst für gerecht hält – aber einen aufrechteren Menschen wirst du in ganz London nicht finden, wahrscheinlich sogar in ganz England.«

Er verstummte abrupt, als das Schnarchen vom Sofa her einen Moment lang aussetzte, doch Zach hatte sich wohl nur im Schlaf umgedreht, sein Schnarchen setzte gleichmäßig wieder ein.

»Und was unseren Plan angeht, so habe ich nicht vor, Kane kampflos gewinnen zu lassen«, fuhr Damian fort. »Jahrelang habe ich mich aufgerieben, um seine Geldforderungen zu erfüllen, und jetzt, da ich endlich ein wenig Freiheit gekostet habe, werde ich nicht klein beigeben. Er hat mir fast alles genommen, was mir etwas bedeutet, aber er hat nicht bedacht, dass ich dadurch auch kaum etwas zu verlieren habe. Ich werde nicht mein Leben in Angst vor der Obrigkeit verbringen.«

Auf einmal spürte sie seine Hand an ihrer Wange, ganz sanft.

»Du hattest recht, Rose. Ich würde es mir nie verzeihen, wenn ich jetzt aufgäbe. Dennoch, je länger wir brauchen, um die Amerikaner zu verjagen, desto größer die Gefahr, entdeckt zu werden. Bist du sicher, dass du mich begleiten willst?«

Sie suchte seine Augen in der Dunkelheit. »Ich komme mit, egal, was passiert.«

Seine Stimme war schwer von unterdrückten Gefühlen, als er sagte: »Du hast mich nicht ruiniert. Das hätte ich niemals sagen dürfen. Es war eine Lüge, die ich mir selbst erzählt habe, um mein eigenes Versagen erträglicher zu machen.«

»Das ist nicht der Grund, weshalb ich dir helfe«, flüsterte sie. »Das weißt du doch, oder?«

58

Am nächsten Morgen kam Rose ihr nächtliches Gespräch so unwirklich vor, dass sie beinahe glaubte, es sich eingebildet zu haben. Zwischen ihr und Damian herrschte noch immer eine unbestimmte Spannung, und die Tatsache, dass sie auf so engem Raum festsaßen, machte es nicht einfacher.

Deswegen war sie erleichtert, als zur Mittagszeit ein paar Kieselsteinchen gegen die Fensterscheibe prasselten und Zach die Treppe hinunterschlich, um kurz darauf mit einer jungen Frau zurückzukommen.

»So sehr ich deine Bemühungen, was Geisterspuk angeht, zu schätzen weiß, Damian«, sagte er, »hielt ich es doch für angebracht, eine echte Expertin auf diesem Gebiet hinzuzuziehen.«

»Sadie«, rief Damian herzlich. »Was für eine Überraschung.«

»Gleichfalls«, erwiderte die junge Frau lachend. »Als ich hörte, dass deine Stücke verboten wurden, hatte ich schon Sorge, du würdest im Kerker schmoren.«

»Hast du es nicht in deiner Kristallkugel gesehen?«

»Pff«, gab sie zurück und wandte sich Rose zu. »Schön, dich wiederzusehen.«

Rose stellte erstaunt fest, dass es sich bei Sadie um niemand anderen als Asadeh handelte, das Medium, das in Patricias Haus zu Besuch gewesen war.

»Hast du bei Patricias Séance absichtlich ein Bild von Damian gezeichnet, weil du wusstest, dass ich ihn kenne?«, fragte Rose mit gerunzelter Stirn, noch bevor Zach sie einander vorstellen konnte.

Sadie grinste. »Ach, Zach hatte mir davon erzählt, und deine Gedanken waren nicht schwer zu erraten – so liebeskrank, wie du ausgesehen hast.«

Rose verschlug es die Sprache und zu allem Überfluss spürte sie, wie ihre Wangen brannten. Sie wich Damians Blick aus.

»Bei der Séance hatte ich tatsächlich kurz Zweifel, ob es nicht doch übernatürliche Phänomene gibt«, gestand sie. »Aber wie es aussieht, ist alles nur Lug und Trug, ja?«

»Nun ja, nicht ganz.« Sadie setzte sich auf das Sofa zwischen Zach und Damian, während Rose nichts anderes übrigblieb, als auf der Bettkante Platz zu nehmen.

»Übrigens heiße ich wirklich Asadeh, nach meiner persischen Großmutter, aber nenn mich ruhig Sadie, das tun alle meine Freunde.« Sie nahm ihre Umhängetasche auf den Schoß und zog einige eingewickelte Gegenstände daraus hervor, die sie mit großer Sorgfalt vor sich ablegte.

»Lug und Trug, das sagt sich so einfach, aber eine gelungene Täuschung ist eine große Kunst.« Sie erlaubte sich ein keckes Lächeln. »Und genau deswegen hat Zach mich hergebeten. Ich weiß, wie ihr eurem Geisterspuk Glaubwürdigkeit verleihen könnt. Mein russischer Großvater kannte Helena Blavatsky persönlich, diese berühmte alte Schwindlerin, und konnte sich so einige Tricks von ihr abschauen. Und jetzt, Rose, kommst du in den Genuss meiner Familiengeheimnisse …«

*

»Aber das ist lächerlich.« Rose musste ein Niesen unterdrücken, als ihr der dichte Weihrauch in die Nase stieg. Sie hatte gerade die Kerzen angezündet, trotz des hellen Lichts, das durch die klapprigen Fensterläden hereinfiel und breite Streifen über den Klapptisch warf, auf dem sich das Alphabetbrett befand. Sadie hatte es als Ouija-Brett bezeichnet.

Sadie zuckte mit den Achseln. »Es mag dir lächerlich vorkommen, und bei Tageslicht ist es das auch. Aber es ist ein bisschen wie im Theater. Aus einem Meter Entfernung und bei guter Beleuchtung wirkt selbst der beste Bühnentrick billig. Aber wenn du das Licht dimmst und ein Rauchschleier über allem liegt, sieht es schon ganz anders aus. Außerdem *wollen* die Leute bei einer Séance etwas Unheimliches oder Übernatürliches erleben.«

Rose musste zugeben, dass es zumindest in Patricias Haus funktioniert hatte.

Das Problem war, dass sie es einfach nicht schaffte, die Sprechgesänge anzustimmen oder die Teilnehmer – in diesem Fall Zach, Damian und Sadie – anzuleiten, ohne an irgendeinem Punkt die Contenance zu verlieren und loszukichern.

Draußen auf der Straße unterhielten sich zwei Frauen und ein paar Kinder spielten mit einem Ball, ließen ihn immer wieder gegen die Hauswand prallen. Aus dem Stockwerk unter ihnen kam der Geruch von Eintopf und Rose fiel es immer schwerer, sich auf Sadies Anweisungen zu konzentrieren.

»Ihr Geister, ich rufe euch an«, sagte sie nun schon zum dritten Mal in dem leiernden Tonfall, den Sadie ihr vorgegeben hatte. »Zeigt eure Anwesenheit. Gebt uns Sterblichen ein Zeichen, damit wir – Damian, würdest du bitte aufhören zu lachen? Ich kann mich nicht konzentrieren, wenn deine Mundwinkel ständig zucken.«

Einen Moment lang sah es aus, als könnte Damian eine ernste Miene beibehalten, dann brach ein Lachen aus ihm hervor und Rose musste gegen ihren Willen einstimmen.

In dem einfachen Hemd, das er von Zach geliehen hatte, glich er wieder ein wenig mehr dem Mann, mit dem sie so viel Zeit in der Waldhütte verbracht hatte – als hätte er mit dem

Anzug auch den Panzer aus Arroganz abgelegt, den er sonst in London zur Schau trug. Sein Lachen löste ein merkwürdiges Flattern in ihrem Magen aus.

»So hat das keinen Sinn«, seufzte Sadie, nachdem sie sich wieder beruhigt hatten. »Versuchen wir es mit dem automatischen Schreiben.« Sie drückte Rose Stift und Papier in die Hand.

»Was soll ich tun?«

»Schreib einfach irgendwas auf, Wörter, einzelne Sätze, was auch immer, aber denk um Himmels willen nicht darüber nach. Und hör nicht auf zu schreiben, nicht mal eine Sekunde lang.«

Während Zach sich verabschiedete, um auf dem Postamt zu erfragen, ob bereits ein neues Telegramm aus Rosewood Hall gekommen sei, griff Rose nach dem Papier.

Während sie anfing, etwas zu kritzeln, hörte sie, wie Damian Sadie zuflüsterte: »Bist du sicher, dass sie das Medium sein sollte und nicht ich?«

Rose umklammerte den Stift fester und fluchte, als das Papier an einer Stelle einriss, weil sie den Stift zu stark darauf drückte. Ihr gelöstes Gefühl von eben verflog. *Was bildet sich dieser Mistkerl nur ein?*

»Vergiss es«, erwiderte Sadie ungehalten. »Ein Medium ist immer weiblich. Die Leute schenken Frauen einfach mehr Vertrauen.« Sie fing Rose' Blick auf und zwinkerte ihr zu.

»Lass mal sehen, was du geschrieben hast.« Sie zog das Papier weg und überflog es mit gerunzelter Stirn. »Hmm …«

»Das soll eine Geisterbotschaft sein?« Damian hatte sich vorgebeugt und sah ihr über die Schulter. »Da steht drei Zeilen lang nur ›Mistkerl‹.«

»So? Das muss mir wohl ein Geist eingegeben haben«, erwiderte Rose schnippisch.

»Lasst uns noch ein paar andere Sachen probieren«, schlug Sadie vor. »Da ist noch der Streichholztrick, und ich schreibe euch das Rezept für die Zubereitung von falschem Ektoplasma auf …«

Rose biss sich auf die Lippe. »Vielleicht hat Damian recht und er sollte wirklich die Rolle des Mediums übernehmen«, sagte sie. Sie wollte es nicht zugeben, aber sie hatte das Gefühl, auf ganzer Linie zu versagen.

»Nein, nein«, widersprach Sadie. »Es geht nicht um den Inhalt, verstehst du? Es geht darum, was die Menschen sehen und hören wollen. Du musst es einfach mit dem nötigen Ernst verkünden.«

»Ich weiß doch, dass es eine ernste Sache ist«, sagte Rose verzweifelt. »Ich weiß, um wie viel es geht. Aber gerade deshalb kommt mir unser Plan immer lächerlicher vor.«

Sadie schwieg einen Moment lang, dann sah sie Rose direkt an. »Es ist Mumpitz, nicht wahr? Geister anzurufen? Nichts als Schall und Rauch? Lächerlich?«

»Ja, natürlich.«

»Ich bin also nichts als eine Hochstaplerin?«

»Ähm, also …«

»Rose, ich habe dich beobachtet. Ich kann dir am Gesicht ganz genau ablesen, was du denkst. Du fühlst dich unwohl, weil du deiner Meinung nach eine Lügnerin und Hochstaplerin spielst. Das werden auch alle anderen merken, die anwesend sind.«

»Aber so ist es doch.« Rose sah verlegen auf das Alphabetbrett hinab. »Du sagst den Leuten einfach, was sie hören wollen.«

Sadie wirkte auf einmal ruhig, beinahe traurig.

»Ja, ich unterhalte die Damen der feinen Gesellschaft, die sich ein wenig gruseln wollen und gut für meine Dienste zahlen.

Aber ich nehme niemanden aus, der es sich nicht leisten kann. Und da ist noch mehr. Der größte Teil meiner Arbeit besteht darin, Menschen Trost zu spenden oder sie wachzurütteln für die Dinge, die sie im Innersten wollen, auch wenn sie sich diese nicht eingestehen. Darum geht es im Grunde. Zu erkennen, was die Menschen umtreibt. Weißt du, der Trost, den ich manchmal spenden kann, ist echt, auch wenn meine Mittel es nicht sind. Und ich würde dir meine Tricks nicht verraten, wenn ich glauben würde, dass du sie zu einem unlauteren Zweck verwendest.«

»Ich habe da eine Idee«, sagte Damian in das betretene Schweigen hinein. »Wir sollten uns das zunutze machen, was das Schloss zu bieten hat. Warum uns Geister ausdenken, wenn es genug von ihnen gibt, die uns das Leben schwer machen?«

»Wie meinst du das?«

»Ich meine die echte Geschichte von Rosewood Hall. Eine blutigere, entsetzlichere Geschichte werden wir uns schwerlich ausdenken können.«

Ein kalter Schauer lief Rose über den Rücken.

Dann ertönten Schritte auf der Treppe und Zach riss die Tür auf. »Das Telegramm! Es ist da.« Strahlend schwenkte er den Zettel durch die Luft und überreichte ihn Damian.

Sie versammelten sich alle und lasen:

vorbereitungen für spuk in vollem gange STOPP erwarten amerikaner morgen mit 2-uhr-zug ab london victoria STOPP

»Es kann losgehen«, sagte Damian und seine Augen funkelten angriffslustig.

59

Das geschäftige Treiben des Bahnhofs hüllte sie ein, kaum dass sie durch die breiten Türen getreten waren.

Rose fing Damians Blick auf und nickte ihm zu. Da war wieder dieser Funke in seinen Augen, der sie bereits bei ihrer ersten Begegnung gleichermaßen fasziniert wie irritiert hatte, eine Mischung aus Abenteuerlust und Unverfrorenheit. Er trug wieder seinen Anzug, der zwar ein wenig zerknittert, aber dennoch elegant war.

Sie strich ihr inzwischen arg mitgenommenes Kleid glatt. Dort, wo sie das Kunstblut aus dem Stoff gewaschen hatte, fühlte sich die Wolle steif und unbequem an, doch ihr Schultertuch verbarg die Verfärbung zum Glück. Sie legte den Kopf in den Nacken und warf einen Blick auf die Bahnhofsuhr. Es war zehn Minuten vor zehn.

Sie befanden sich auf der Seite der Brighton Line und zu ihrer Linken standen mehrere Menschen um einen kleinen Buchladen, der sich an die dunkle Ziegelwand des Bahnhofsgebäudes schmiegte. Das bescheidene Äußere des Ladens passte nicht zu den grellen Schildern und Plakaten darüber, die sich fast bis zur Decke erstreckten und Zeitungsschlagzeilen und Veranstaltungen ankündigten. Eine Schlagzeile hatte ihre Aufmerksamkeit besonders geweckt.

»LORD CHAMBERLAIN VERBIETET SKANDALAUFFÜHRUNG« stand dort in dicken Blocklettern.

Sie stupste Damian an. Die dunklen, feinen Härchen auf seinem Arm hatten sich aufgestellt und er folgte ihrem Blick mit der angespannten Wachsamkeit einer Raubkatze.

»Jetzt ist es also offiziell«, flüsterte er kaum hörbar. »Diese elenden –«

»Schhh«, machte Rose. »Wir dürfen nicht riskieren, dass du erkannt wirst.«

Damian lächelte auf einmal und drückte aufmunternd ihren Arm. »Hast du es schon vergessen? Ich zeige mein Gesicht nicht in der Öffentlichkeit. Von mir sind keine Bilder im Umlauf, anhand derer ich erkannt werden könnte.« Er senkte leicht den Kopf. »Wir sollten nur niemandem über den Weg laufen, der in denselben Londoner Kreisen verkehrt wie ich.«

Er hielt inne, als jemand in dunkler Uniform sich ihnen näherte. Als er erkannte, dass es nur ein Schaffner war, atmete er langsam aus.

»Oder einem Bobby, der eine Beschreibung von dir und mir erhalten hat«, ergänzte Rose. »Die Polizei sucht vermutlich nach einem Mann und einer Frau, die gemeinsam reisen. Unsere Chancen stehen besser, wenn wir uns aufteilen.« Sie griff nach ihrer alten Reisetasche, die Sadie ihr aus Patricias Haus mitgebracht hatte. »Ich setze mich in die Holzklasse. In deinem schicken Anzug würdest du dort allerdings auffallen wie ein bunter Hund, also solltest du erster Klasse reisen.«

»Von mir aus«, sagte Damian und schenkte ihr einen langen Blick aus seinen dunklen Augen. Ihr fiel auf, wie dicht seine Wimpern waren, und sofort schalt sie sich in Gedanken dafür. Es gab wahrhaft Wichtigeres zu tun.

Er zog seine Geldbörse aus der Tasche und drückte ihr unauffällig einige Münzen in die Hand. Auf dem Weg zum Schalter gab sie sich Mühe, möglichst klein und unauffällig zu wirken, als sie an der Menschenmenge vor dem kleinen Buchladen vorbeiging. Einige Gesprächsfetzen drangen an ihr Ohr.

»Wirklich unerhört«, ereiferte sich ein älterer Mann. »Wurde auch Zeit, dass diesen vergnügungssüchtigen Künstlern Einhalt geboten wird. Ihre Ausschweifungen verderben diese Stadt.«

Ein zweiter antwortete: »Das ist erst der Anfang. Drake hat nur Pech, dass es ihn als ersten erwischt. Ich hätte auf Wilde gewettet; er hat sich in letzter Zeit hochrangige Feinde gemacht. Sicher dauert es nicht mehr lang, bis das Pulverfass, auf dem er sitzt, in die Luft fliegt.«

»Verflixt und zugenäht, dabei hatte ich schon Karten für das Alhambra nächste Woche. Und sie waren nicht gerade billig«, klagte ein anderer.

Rose unterdrückte ein Lächeln. Nicht alle Londoner freuten sich über diesen Einschnitt im kulturellen Leben der Stadt. Meist, das wusste sie aus den Gesprächen, die sie in Patricias Haus aufgeschnappt hatte, kamen die Künstler selbst bei gewagten Aufführungen mit einem Klaps auf die Finger davon. Aber nicht Damian. Wenn es nach Kane ging, würde an ihm ein Exempel statuiert werden.

Sie warf einen Blick über die Schulter, als sie sich in die Schlange am Fahrkartenschalter einreihte, und verspürte einen schmerzhaften Stich in der Brust, als sie daran dachte, dass sie einander die ganze Fahrt über nicht sehen würden. Aber ihr fiel keine andere Möglichkeit ein.

Sie erwarb eine Fahrkarte und ließ sich dann in einiger Entfernung von Damian auf einer Bank nieder. Mit einem Kopfnicken bedeutete sie ihm, dass er nun an der Reihe war.

Sobald er die Karte in der Hand hielt, warf sie einen erneuten Blick auf die Uhr und nickte ihm unauffällig zu. Es war an der Zeit.

*

Der Zug war weniger komfortabel als der Orientexpress, aber die Wagen der ersten Klasse machten durchaus einen angenehmen Eindruck. Ganz im Gegensatz zur Holzklasse, mit der Rose vorliebnehmen musste. Sie saß eingequetscht zwischen zwei Frauen, die offenbar Verwandte in London besucht hatten. Nach einer Weile taten ihr die Ohren weh, da die Frauen sich in schrillem Tonfall und ohne von Rose überhaupt Notiz zu nehmen über das Wetter, die Unzulänglichkeiten ihrer Ehemänner und die gestiegenen Preise beklagten.

Zum Glück haben diese beiden keine Ahnung von der Londoner Theaterwelt, dachte sie. Doch als sie den ersten Halt erreichten und die Frauen keinerlei Anstalten machten auszusteigen, verschlechterte sich ihre Laune. Wenn das so weiterging, würde sie am Ziel ihrer Reise den Verstand verloren haben.

Am nächsten Bahnhof hörte sie plötzlich ein Klopfen an der Scheibe, direkt vor ihrem Platz. Ein Jung in der Livree eines Kofferträgers pochte gegen ihr Fenster und winkte. Auch die beiden Frauen waren aufmerksam geworden und schauten neugierig hinaus.

Der Junge schien auf Rose zu zeigen. Sie zögerte, dann schob sie das Fenster herunter. Hatte jemand sie erkannt? Steckte sie in Schwierigkeiten?

»Sind Sie Miss Rose?«, fragte der Junge.

Sie nickte, woraufhin er ihr einen Zettel reichte. Perplex griff sie danach und faltete das Papier auseinander, ohne auf die neugierigen Blicke der beiden Frauen zu achten.

Die erste Klasse ist völlig leer, kein Schaffner weit und breit, und ohne dich ist es unerträglich langweilig. Komm zu mir in den Speisewagen.

Hastig knüllte sie das Papier zusammen und hoffte, dass die Frauen, die vielsagende Blicke tauschten, nichts gesehen hatten. Ihr Herz klopfte schneller. Nun gut, sie würde die Herausforderung annehmen. Sie nickte den beiden Frauen knapp zu und trat auf den Gang hinaus. Trotz ihrer Anspannung ergriff eine gewisse Vorfreude von ihr Besitz; der Nervenkitzel eines Abenteuers.

Nun musste sie nur noch einen Weg finden, von der dritten in die erste Klasse zu gelangen, ohne Fahrkarte und ohne sofort hinausgeworfen zu werden. Nur wie?

Als der Zug das nächste Mal anhielt, sprang sie hinaus aufs Gleis, überholte ein grell gekleidetes Paar und hastete im Gewimmel der Reisenden zu den Waggons der ersten Klasse. Sie drückte sich am Schaffner vorbei und sprang – ungesehen, hoffte sie – in den vordersten Wagen der ersten Klasse, kurz bevor die Pfeife ertönte.

Im Speisewagen straffte sie die Schultern und drückte den Rücken durch. Damian saß an einem weiß gedeckten Tisch und seine Augen weiteten sich erfreut, als er sie erblickte.

»Gestatten Sie, dass ich Ihnen Gesellschaft leiste, werter Herr?«, fragte sie mit gespieltem Spott.

Er hob lediglich sein halb leeres Weinglas, dann sagte er: »Du kommst zu spät. Ich habe bereits für uns bestellt. Wider Erwarten ist der Wein in diesem Provinzzug annehmbar. Hier, er wird dir gefallen.«

Er griff nach der Flasche auf dem Tisch. »Muskateller. Schmeckt, als würdest du auf einer Blumenwiese stehen und tief einatmen.«

»Das war ja klar. Wir befinden uns in großer Gefahr und du denkst an nichts anderes als an Wein«, gab Rose zurück. Aber nachdem sie daran genippt hatte, musste sie zugeben, dass er recht hatte.

Plötzlich versteiften sich seine Schultern. »Sieh nicht hin«, murmelte er. »Der Kellner steht hinter dir in der Abteiltür. Es sieht aus, als würde er sich mit jemandem unterhalten. Er schaut in unsere Richtung.«

»Mist«, flüsterte Rose tonlos. »Ich dachte, wenn ich selbstsicher genug auftrete, komme ich damit durch.«

Damian kniff die Augen zusammen. »Oder jemand wurde angewiesen, unter den Reisenden nach einem gewissen Paar Ausschau zu halten.«

Einen Moment lang verspürte sie den übermächtigen Drang, die Flucht zu ergreifen, kämpfte ihn jedoch nieder. Der Zug fuhr bereits. Wohin hätten sie schon fliehen können? Das würde sie erst recht schuldig aussehen lassen. Denk nach, befahl sie sich, als sie hinter sich Schritte hörte. Entschlossene Schritte, voller Autorität. Sie verhießen nichts Gutes.

Damians Gesicht war zu einer ausdruckslosen Maske erstarrt. Sie kniff die Augen zusammen, wappnete sich für die unvermeidliche Konfrontation, doch dann ertönte ein Quietschen und die Schritte verharrten einen Moment lang.

Rose öffnete die Augen und sah, dass sich vor ihr, am anderen Ende des Abteils, eine offensichtlich schlecht geölte Tür geöffnet hatte. Im Gegenlicht konnte sie zwei Gestalten erkennen, das grell gekleidete Paar, das ihr bereits am Bahnsteig aufgefallen war.

Die Frau trug ein leuchtend rosafarbenes Seidenkleid in hochmodernem Schnitt mit langem Rock und strenger Silhouette, der Mann einen maßgeschneiderten Anzug in einem Limettengrün, das jeder Engländer als anstößig empfunden hätte.

»Oh nein«, flüsterte sie mit klopfendem Herzen. »Das müssen die Kaufinteressenten aus Amerika sein. Aber wir haben doch einen früheren Zug genommen, damit wir vor ihnen in Rhodeward ankommen und alles Weitere mit Molly besprechen können.«

»Anscheinend haben sie ihre Pläne geändert«, murmelte Damian düster.

In dem Sekundenbruchteil, als Rose ihre Optionen abwog – der Schaffner hinter ihr und die Amerikaner vor ihr –, formte sich ein wahnwitziger Plan in ihrem Kopf.

Sie sprang auf, wobei sie fast Damians halbvolles Weinglas umgestoßen hätte, setzte ihr freundlichstes Lächeln auf und machte ein paar Schritte den Gang hinunter, auf die beiden Neuankömmlinge zu.

Was hatte Miss Pemberley noch gleich in ihrem Büchlein geschrieben? *Reiche Amerikaner sind ein merkwürdiger Menschenschlag. Ich habe noch nie Leute erlebt, die so polternd und unkultiviert, zugleich aber so herzlich sind. Begegnen Sie Ihnen ohne Angst.*

Mit lauter, fröhlicher Stimme rief Rose: »Oh, wie reizend! Sie kommen aus den Staaten, nicht wahr? Amerikaner erkennt man hierzulande immer an ihrem außergewöhnlichen Modegeschmack.«

Die beiden hielten verwirrt inne, aber Rose sah, dass die herzliche Begrüßung und der vertrauliche Tonfall nicht ohne Wirkung blieben – die beiden lächelten verwirrt, da sprach sie auch schon weiter.

»Wir wurden einander ja noch gar nicht vorgestellt – bitte entschuldigen Sie. Gestatten, mein Name ist Rosalind Prendergast, und das ist Daryll, mein Mann. Wir sind auf dem Weg nach Rhodeward, ein herrliches kleines Dörfchen, kennen Sie es?«

Hinter ihr hatte Damian sich erhoben. Ein Hauch seines unverwechselbaren Duftes stieg ihr in die Nase, als er neben sie trat. »Entschuldigen Sie bitte«, sagte er sanft und legte ihr eine Hand auf die Schulter. »Meine Frau hat die Angewohnheit, sehr viel zu reden. Würden Sie uns die Ehre erweisen, sich zu uns zu setzen?«

»Aber selbstverständlich«, sagte die Frau. »Wir fahren ebenfalls nach Rhodeward, wir wollen dort ein Schloss erwerben. Ich bin Barbara Winslow und das ist Cormoran, mein Mann. Barb und Cormy für unsere Freunde.« Sie knuffte ihren Mann in die Seite. »Endlich treffen wir auf freundliche Engländer, was? Die meisten laufen ständig mit diesen verkniffenen Gesichtern herum, ein grässlicher Anblick. Cormy ist nicht gerade begeistert von England, was, Liebling?«

Der so Angesprochene gab ein zustimmendes Brummen von sich und der Kellner zog hastig weitere Stühle heran, damit sie am Tisch Platz nehmen konnten.

Als Rose sich umdrehte, sah sie den Schaffner, der noch immer mit misstrauischem Blick in der Tür verharrte. Sie zwang sich, ihn unverwandt anzusehen, bevor sie das herablassende Lächeln aufsetzte, das ihre Mutter in Gegenwart Untergebener benutzte, um sich Autorität zu verschaffen.

Eine leichte Röte kroch über seine Wangen und er tippte sich ehrerbietig an die Mütze, bevor er kehrtmachte und verschwand.

Gerettet. In letzter Sekunde. Ihre Erleichterung war so groß, dass es ihr vorkam, als wäre ein Mühlstein von ihr abgefallen, als sie sich niederließ und Damian ihren Stuhl zurechtrückte.

60

Die restlichen Stunden der Zugfahrt vergingen in einem Rausch aus Wein und reger Unterhaltung.

Barb hatte wache grüne Augen, eine elegante Hakennase und ein helles, klimperndes Lachen, während ihr Mann Cormoran mürrisch wirkte und kein anderes Thema zu kennen schien als den Wertpapierhandel, der ihn reich gemacht hatte.

»Gestern erfuhr ich per Telegramm, dass ein großer Waldbrand in Minnesota ausgebrochen sei«, knurrte er. »Das wird Ausfälle für die Holzindustrie bedeuten, und damit auch für meine Wertpapiere.«

»Ach, Schätzchen«, seufzte Barb und fächelte sich mit einer amerikanischen Modezeitschrift Luft zu. »Nicht das schon wieder.«

Interessiert beäugte Rose die Titelseite. Anscheinend handelte es sich um eine Publikation für die Oberschicht und kostete stolze zehn Cent. Auf der Titelseite verkündete ein Banner in großen Lettern »VOGUE« und darunter war eine Zeichnung von zwei Ladys auf Fahrrädern zu sehen. Und das, obwohl Radfahren eine unerhörte Betätigung für Frauen war, dachte Rose und musste lächeln.

»Interessieren Sie sich für Mode, Rosalind?«, fragte Barb, der ihr interessierter Blick nicht entgangen war.

»Oh, durchaus«, erwiderte sie, »obwohl ich zugeben muss, dass meine Interessen nicht nur der weltlichen Ebene gelten, wenn Sie verstehen?«

»Geistige Dinge, meinen Sie? Religion und dergleichen?« Barb verzog das Gesicht.

Schnell schüttelte Rose den Kopf. »Es ist eher eine neue Wissenschaft. Eine, die Dinge sichtbar macht, die sonst im Verborgenen bleiben. Es ist nämlich so, dass manche Menschen empfänglicher für gewisse übersinnliche Signale sind …«

»Ach, Sie sprechen vom Spiritismus?«, fragte Barb fasziniert.

»Oh ja«, sagte Rose. »Mein Mann und ich bereisen England auf der Suche nach alten Häusern, um die sich seltsame Gerüchte ranken. Wir gehen diesen Phänomenen nach und versuchen, eine Erklärung –«, doch in diesem Moment räusperte sich Cormoran und fuhr mit lauter, dröger Stimme fort, über seine Investitionen zu sprechen.

»Ich bin mächtig froh, dass dieser Streik der Kohlenbergwerkarbeiter zu Ende ist«, sagte er und Rose musste sich zusammenreißen, um höflich so zu tun, als lausche sie seinen Ausführungen, während Barb die Augen verdrehte.

»Ganze acht Wochen lang haben sie die Arbeit niedergelegt«, murrte Cormoran. »Und das nur wegen eines lächerlichen kleinen Stollenunglücks. Aber diesen Witwen mit ihren unverschämten Forderungen nach Schadensersatz habe ich meine Anwälte auf den Hals gehetzt.«

Rose riskierte einen verstohlenen Blick auf Damian, doch weder seiner Körpersprache noch seiner Mimik war anzumerken, was er über Cormoran dachte. Er nickte mit höflichem Interesse und achtete darauf, die Weingläser der anderen stets gut gefüllt zu halten.

Er weiß genau, was er tut, schoss es Rose durch den Kopf. *Er kennt sich aus, wie mit reichen Leuten, potenziellen Mäzenen, umzugehen ist, so abstoßend sie auch sein mögen.*

Doch bevor sie den Gedanken weiterverfolgen konnte, hatte Barb sie auch schon in ein Gespräch über die merkwürdigen Sitten der Engländer verwickelt, und Rose musste sich größte

Mühe geben, eine ernste Miene zu bewahren, während Barb sich über zugige Fenster, zu starken Tee und das merkwürdige Verständnis der Engländer von dem Wort »Pudding« beschwerte.

Der Schaffner kam nicht ein einziges Mal ins Abteil und Rose atmete erleichtert auf, als sie schließlich den Bahnhof Forley erreichten und gemeinsam in die Kutsche stiegen, die auf die Winslows gewartet hatte.

Beim Anblick von Rosewood Hall stockte ihr erneut der Atem angesichts so viel schlichter Schönheit. Die Kutsche rollte über den Kiesweg und kam ein gutes Stück vor dem gelben Torhaus zum Stehen. Nun hing alles davon ab, ob die Rädchen ihres Plans ineinandergreifen würden.

Sie versuchte Damians Blick aufzufangen, aber sein schönes Gesicht glich einer erstarrten Maske. Sie wusste, dass er dahinter einen wahren Wirbel an Gefühlen verbergen musste, und einen Moment lang hatte sie Angst. Was, wenn ihr riskanter Plan ihm am Ende schadete?

Doch dann öffnete der Kutscher den Wagenschlag und die warme Abendluft umfing sie mit ihrem goldenen Schimmer.

Das Erste, was Rose sah, als sie aus der Kutsche stieg, war Molly, die ihnen fröhlich zuzwinkerte, und ihr Herz setzte vor Erleichterung einen Schlag aus. Dann erblickte sie Jack und Dory und musste an sich halten, um ihre Deckung nicht aufzugeben, denn am liebsten wäre sie ihnen allen wild jauchzend in die Arme gefallen.

Während Cormoran und Barb herzlich von dem Spalier der Bediensteten auf Rosewood Hall begrüßt wurden, drückte Rose unauffällig Damians Hand, zog sie jedoch gleich wieder zurück. Die Sonne ging nun schnell unter, sie berührte die Zinnen des Schlosses und warf lange, spitze Schatten auf den Weg wie mahnende Finger.

Rose und Damian verabschiedeten sich von den Winslows und nahmen deren Einladung zum Dinner am nächsten Tag im Schloss dankend an, dann machten sie sich auf den Weg zu Damians Hütte im Wald.

61

In den frühen Morgenstunden traten Rose und Damian im Schutz der Dunkelheit den Weg zurück zum gelben Torhaus an, wo Jack sie am Eingang begrüßte. Sein Lächeln war aufrichtig, aber erschöpft, und die Falten schienen sich tiefer auf seinem sonnengegerbten Gesicht eingegraben zu haben.

Er öffnete die Seitentür, um sie ins Haus zu lassen, als Damian auf einmal innehielt.

»Was ist das denn?«, fragte er alarmiert und Jack machte eine Geste, wie um ihn abzuwehren, doch Damian war schneller, er hatte sich bereits in den Torbogen geduckt, der zum Rosengarten führte.

Rose stockte der Atem, als sie ebenfalls durch das Tor spähte.

Der einst so herrliche Garten lag verwüstet vor ihnen. Es sah noch schlimmer aus als bei ihrer Abreise. Rosensträucher waren aus der Erde gerissen, tiefe, mit Wasser gefüllte Furchen zogen sich durch den Rasen wie Krallenspuren. Ein schiefes Gerüst schmiegte sich an den Westturm wie der verlassene Kokon eines riesigen Insekts, doch die Arbeiter, die den Umbau hätten beginnen sollen, waren längst abgereist.

»Sie hörten von einem auf den anderen Tag mit den Arbeiten auf, als hätte Kane plötzlich das Interesse verloren«, sagte Jack und strich sich mit der Hand über die faltige Stirn. »Wie eine Katze, die die Maus vergisst, kaum dass sie aufhört zu zappeln.«

»So ist Kane«, sagte Damian bitter. »Ich nehme an, in London gibt es jetzt andere Dinge, die eine reizvollere Beute für ihn abgeben.«

»Nur, dass es jetzt die Amerikaner sind, die dieses zerstörerische Werk vollenden wollen«, ergänzte Rose. »Wir müssen den Verkauf unbedingt verhindern.«

*

Obwohl im Kamin in der Küche des Torhauses nur noch Asche glomm, verströmte er eine angenehme Wärme, denn das Mauerwerk hatte die Hitze des Feuers den ganzen Tag lang in sich aufgenommen.

Molly, Jack, Dory und Lory hatten sich zusammen mit Rose und Damian um den großen Tisch versammelt, auf dem sonst Teig geknetet oder Fische filetiert wurden.

Rose konnte die Aufregung, die in der Luft lag, so deutlich schmecken wie das Aroma des Mädesüß, das in großen Büscheln über ihren Köpfen zum Trocknen hing.

Die Zwillinge klopften ungeduldig mit den Füßen auf den Boden und kicherten immer wieder, wobei sie sich gegenseitig anstachelten. Molly lächelte breit und Jack hatte ein schalkhaftes Funkeln in den Augen. Während die Aufregung der anderen beinahe übermütig wirkte, war Damian eine Schwere anzumerken, vielleicht war es auch Angst. Aber er saß ruhig da, hatte die Hände ineinander verschränkt und wartete ab.

Molly wollte gerade zum Sprechen ansetzen, da platzte es aus Lory heraus: »Dieser Spuk ist herrlich!«

»Lory hat sich versteckt, sie wissen also nicht, dass es zwei von uns gibt«, fügte ihre Schwester hinzu.

»Während sie am einen Ende des Korridors Geräusche gemacht hat, habe ich am anderen Ende die Amerikaner abgefangen und ihnen versichert, niemanden gesehen zu haben.«

»Geklopft und geächzt haben wir bis Mitternacht, sodass die beiden kein Auge zutun konnten«, sagte Dory beinahe im selben Moment.

»Und jedes Mal, wenn sie nach mir geklingelt haben, tat ich so, als hätten wir nichts gehört.«

»Wir haben Jacks alte Stiefel mit Steinen gefüllt und laute Schritte auf der Treppe nachgeahmt.«

»Gegenstände sind verschwunden und an den seltsamsten Orten wieder aufgetaucht.«

Molly runzelte die Stirn. »Das war aber nicht abgesprochen, Mädchen. Ihr habt doch nichts gestohlen?«

»Oh, nein. Aber Barbs Seidentaschentücher waren auf einmal in ihren Schuhen.«

»Und Cormorans Brille ist auf dem ausgestopften Hirschkopf gelandet.«

»Ihr Gebetbuch haben wir durch das alte Genealogiebuch ersetzt.«

»Und sein Riechsalz durch getrockneten Pferdedung.«

»Ihr würdet jedem Höllendämon zur Ehre gereichen«, sagte Damian dankbar und lächelte den beiden aufrichtig zu, woraufhin Lory quiekte und Dory rote Ohren bekam.

»Als ich das Dinner auftrug, erzählte ich den Amerikanern, dass es hier schon lange spukt«, sagte Molly. »Zuerst haben sie mich ausgelacht, aber kurz vor Mitternacht hat Barb nach mir geklingelt und gesagt, ihr wäre nicht geheuer. Ich glaube, sie wäre am liebsten gleich abgereist, aber es ist Cormoran, den wir überzeugen müssen. Er schob das nächtliche Poltern auf die angeblich schlechte Bauweise und schmiedet bereits Pläne für den Abriss.«

»Cormoran ist eine harte Nuss«, sagte Rose nachdenklich. »Ich glaube nicht, dass wir allein ausreichend Eindruck auf ihn machen können.«

»Du meinst, wir brauchen weitere Mitstreiter?«, fragte Damian mit gerunzelter Stirn. »Ich wüsste nicht, wen wir noch einweihen könnten. Wir dürfen nicht riskieren, dass Kane von unserem Spuk erfährt.«

»Ich glaube, ich habe eine Idee«, sagte sie langsam. »Wir müssten Menschen einweihen, die über jeden Zweifel erhaben sind und im Dorf allerhöchstes Ansehen genießen. Die nicht gut auf Kane zu sprechen sind und ganz sicher keine Lust auf eine Hotelanlage haben.«

»Oh nein«, sagte Damian und war auf einmal blass geworden. »Nein, das ist keine gute Idee.«

Aber Molly, die ebenfalls begriffen hatte, lachte herzlich. »Ich halte das für eine ausgezeichnete Idee. Und das weißt du genau, Damian, auch wenn die drei dir eine Heidenangst eingejagt haben, als du noch ein kleiner Junge warst.«

»Das tun sie immer noch«, sagte er und rang sich ein Grinsen ab. »Ich habe Mrs Pennyworths Schimpftirade immer noch im Ohr, auch wenn ich seit zwanzig Jahren keine Äpfel mehr gestohlen habe.«

»Dann ist es beschlossene Sache«, sagte Rose und setzte sich aufrecht hin. »Damian, morgen früh bereitest du mit den anderen alles für unseren abendlichen Auftritt vor und ich wage mich in die Höhle der Löwinnen.«

62

Der Morgen dämmerte kühl und regnerisch, Nebel quoll aus dem Graben neben dem Kiespfad und drang in jede Ritze ihrer Kleidung. Der Weg ins Dorf war Rose noch nie so lang vorgekommen.

Noch ganz in Gedanken versunken kam sie vor dem größten Haus des Dorfes zum Stehen, einem charmanten Klinkerbau mit verspielten Erkern im Queen-Anne-Stil. Rose raffte ihre Röcke und stieg die Stufen zu der blau lackierten Tür hinauf. Noch ehe sie die Hand nach dem bronzenen Türklopfer in Form eines Löwen ausstrecken konnte, öffnete sich die Tür und ein Paar wacher Augen blickte ihr aus einem faltigen Gesicht entgegen.

*

In der plötzlich eingetretenen Stille klang das Ticken der großen Standuhr unangenehm laut.

Die drei Frauen, denen Rose gegenübersaß, waren wie zu einem Standbild erstarrt. Der Toast, von dem Mrs Hunt gerade hatte abbeißen wollen, verharrte auf halber Strecke zu ihrem Mund in der Luft, Mrs Pennyworths Augenbrauen waren bis zu ihrem weißen Haaransatz hochgewandert und Mrs Puffin umklammerte ihre Teetasse so fest, dass Rose fürchtete, das dünne Porzellan könnte zerspringen.

»Das ist unerhört«, sagte Mrs Puffin schließlich.

»Geradezu skandalös«, sagte Mrs Hunt.

Mrs Pennyworth sagte nichts, aber ihre blauen Augen blitzten hinter ihrem Zwicker auf. Sie wechselte einen Blick mit ihren beiden Freundinnen und wandte sich wieder Rose zu.

»Habe ich das richtig verstanden? Sie unterbreiten uns diesen skurrilen Plan, der erschreckend wenig Aussicht auf Erfolg hat und die größte Blamage in der jüngsten Geschichte Rhodewards werden könnte?«

Rose schloss einen Moment lang die Augen und schluckte, bevor sie so gefasst wie möglich sagte: »Ich verstehe vollkommen, wenn Ihnen die ganze Sache zu merkwürdig ist. Ich danke Ihnen trotzdem für Ihre Zeit.«

Sie machte sich daran aufzustehen, aber Mrs Pennyworth hielt sie mit ausgestreckter Hand zurück.

»Nicht so hastig, Miss Whitby«, sagte sie mit einem verschmitzten Lächeln. »Das war keine Absage. Wir schließen uns Ihrem wahnwitzigen Plan an, nicht wahr, meine Lieben?«

»Wir drei mögen vielleicht wie verstaubte alte Ladys wirken, aber im Grunde sind wir jederzeit zu Schandtaten aufgelegt«, pflichtete Mrs Hunt ihr begeistert bei.

»Na, wenn ihr ganz sicher seid«, sagte Mrs Puffin, doch dann straffte sie die Schultern. »Schließlich geht es um nichts Geringeres als die Ehre von Rhodeward, nicht wahr? Wir können nicht zulassen, dass das Schloss in ein grässliches Hotel für ungehobelte Amerikaner verwandelt wird. Mir wäre lieber, wenn es im Besitz des Apfeldiebs bliebe.«

Rose, die die ganze Zeit über den Atem angehalten hatte, ließ die Luft mit einem tiefen, lautlosen Seufzer aus ihren Lungen entweichen.

»Auf die Rückeroberung von Rosewood Hall«, verkündete Mrs Puffin mit stolzgeschwellter Brust.

»Einer für alle«, rief Mrs Hunt überschwänglich und reckte ihre Teetasse in die Höhe.

»Und alle für einen«, fielen die anderen beiden ein und stießen ihre Tassen klirrend gegeneinander.

»In unserem Bücherzirkel lesen wir gerade *Die drei Musketiere* von Alexandre Dumas«, erklärte Mrs Pennyworth augenzwinkernd, als sie Rose' verwirrten Blick bemerkte. »Und du passt perfekt auf die Rolle des jungen D'Artagnan, meine liebe Rose.«

»Hitzköpfig, aber durch und durch anständig«, fügte Mrs Hunt hinzu und nahm sich einen weiteren Scone.

Rose lachte und griff nach gleich zwei Scheiben Toast. Auf einmal war sie unglaublich hungrig.

63

Auf dem Rückweg nahm Rose eine Abkürzung über den Dorffriedhof. Beinahe wäre sie an der dunkel gekleideten Gestalt vorbeigelaufen, die gegen die Rückseite eines hohen Grabsteins gelehnt dahockte. Doch ein leises Geräusch ließ sie aufhorchen und als sie sich umsah, erkannte sie ihn.

Er hatte den Kopf in den Händen verborgen und die Knie angezogen. Das Wimmern, das aus seinem Mund drang, war gedämpft, doch Rose war klar, dass er weinte. Sie kannte dieses Geräusch; sie hatte in den vergangenen Wochen oft genug selbst so dagesessen, wenn sie sich unbeobachtet glaubte und der Schmerz bei dem Gedanken an ihr Zuhause, an ihren Vater, sie zu überwältigen drohte.

Damian hatte sie noch nicht bemerkt und einen Moment lang erwog sie, weiterzugehen, um ihm die Peinlichkeit zu ersparen, so gesehen zu werden. Doch dann dachte sie daran, wie er die Arme tröstend um sie gelegt hatte, wie er für sie da gewesen war, als sie ihn gebraucht hatte.

Darauf bedacht, keine lauten Geräusche zu machen, ging sie vor ihm in die Hocke und räusperte sich leise.

»Damian?«

Als sie seinen Namen aussprach, fuhr er ruckartig hoch und starrte sie aus verquollenen Augen so eindringlich an, dass sie zurückzuckte.

»Es tut mir leid«, sagte sie hastig und suchte nach den richtigen Worten, doch bevor sie weitersprechen konnte, hatte er ihr Handgelenk ergriffen und sie so nah zu sich herangezogen, dass sie die goldenen Sprenkel in seinen Augen erkennen konnte.

»Die Inschrift«, sagte er, und seine Stimme klang rau, erstickt. »Hast du sie gelesen?«

Verwirrt schüttelte sie den Kopf.

»Tu es«, befahl er, bevor er sie losließ und den Kopf abermals in den Händen vergrub.

Zaghaft erhob sie sich und machte ein paar Schritte um den Grabstein herum, bis sie die Inschrift auf der Vorderseite erkennen konnte. Sie war mit Flechten überwachsen, aber die Worte ließen sich dennoch ausmachen.

Es ragt ein weißer Turm in Nebelhöhen,
blickt mit wachen Augen weit hinaus ins Land.
Mondlichtsilbern schlingt ein helles Band
sich um Wälder, Auen, Seen
wie ein geisterhaftes Nachtgewand.

Reglos stand sie da und starrte auf die Lettern im Stein. Dann ging sie langsam wieder um den Grabstein herum und ließ sich in einigem Abstand von Damian ebenfalls zu Boden sinken. Das nebelfeuchte Gras durchnässte ihr Kleid, aber sie kümmerte sich nicht darum.

»Nach seinem Tod habe ich angefangen, Gedichte zu schreiben.« Er schluckte. »Früher stand hier nur ein schiefes Holzkreuz. Nachdem Mutter starb, habe ich diesen Stein für sie und Vater in Auftrag gegeben. Sie mochte dieses Gedicht immer.«

»Es geht noch weiter, nicht wahr?«, sagte Rose kaum hörbar. So leise, dass der aufkommende Wind ihre Worte beinahe übertönte, fuhr sie fort:

Graue Luft dringt aus metallnen Rohren,
Mondebenen, so weit das Auge reicht.

Ein Heimgekehrter steht vor rostgen Toren,
papiern sein Blick, die Augen ausgebleicht,
erahnen unter Aschesand verlorne
Visionen einer prächtigeren Zeit.

Ein wehmütiges Lächeln spielte um Damians Lippen und er ergänzte:

Das Nichts ist nun Allgegenwart geworden
und über allem streckt sich staubesweiß
Erinnerung, zur Leichenstarr' gefroren
und über allem weht der Wind der Zeit.

Er seufzte. »Dein Vater schrieb mir, ein paar Monate vor seinem Tod. Irgendwie hatte er diese Ausgabe meines Gedichtbands in die Hände bekommen, von dem ich nur ein paar Exemplare drucken ließ. Sagte, er bewundere mein Talent und bot mir seine Unterstützung an. Schrieb, dass er bereue, was damals geschehen sei, und dass er die Sache gern wiedergutmachen würde.«

Damian zog sein Jackett enger um sich. »Er bot mir Geld, Wertpapiere. Ich habe abgelehnt. Sein Angebot kam Jahrzehnte zu spät, und für mich war es wie ein Schlag ins Gesicht, dass er glaubte, mit Geld ließe sich all das aufwiegen, was meiner Familie genommen wurde. Ich hielt meine Antwort so knapp wie möglich. Ich wollte ihm nicht zeigen, wie sehr das alles noch immer schmerzte. Das war Brief, den du gefunden hast. Niemand, der nicht eingeweiht war, hätte ihn verstanden.«

Rose nickte stumm. Was Gefühle anging, war ihr Vater kein Freund großer Worte gewesen. Sie bezweifelte, dass er für diese ungeheure Situation die richtigen Worte hätte finden können, sofern es diese überhaupt gab. Er hatte offenbar eingesehen, dass er einen unverzeihlichen Fehler begangen hatte, aber wie Damian sagte: Es war zu spät gewesen.

»Sieh mich an, Rose.« Diesmal lag kein Befehl in seiner Stimme, nur eine Bitte. »Es tut mir leid, dass ich dir Vorwürfe gemacht habe. Und du solltest dir auch keine machen. Es ist nicht deine Schuld. Ist es nie gewesen.«

Auf einmal war er vor ihr, hatte sich halb in die Höhe gestemmt. »Wenn ich die Augen schließe, sehe ich dein Gesicht vor mir, Rose. Nachdem du auf einmal fort warst, in London, hörte ich überall deine Stimme, in jeder Menschenmenge, und ich hasste mich dafür. Aber die Wahrheit ist, dass ich allein war, furchtbar allein, schon so lange Zeit, und ich wusste es nicht einmal, bis ich dich kennenlernte. Verzeih mir, Rose, ich war so unglaublich grausam zu dir.«

Sie konnte nicht verhindern, dass ihr Tränen in die Augen traten, obwohl sie nicht einmal den Grund dafür kannte. Schließlich gelang es ihr, den Kopf zu heben und ihm in die Augen zu schauen, die so dunkel waren wie Gewitterwolken. Mit einer einzigen, entschlossenen Bewegung überwand er die Distanz zwischen ihnen. Als er ihr übers Haar strich, hatte Rose das Gefühl, in Raum und Zeit zurückzureisen, als rückte endlich alles an seinen richtigen Platz.

Er legte eine Hand in ihren Nacken und zog sie an sich, bedeckte ihre Schläfe und ihre Wangen mit Küssen und für die Dauer mehrerer Herzschläge wagte sie nicht, sich zu bewegen, für den Fall, dass er es sich anders überlegte. Doch dann schmolz all ihre Kontrolle dahin und übrig blieb nur das haltlose Verlangen, das sie und ihn verband.

Sie vergrub die Hände in seinem dichten Haar und entlockte ihm damit einen dunklen, überraschten Laut, der sie wagemutig machte. Ihre Lippen suchten die seinen – und dann gab es nur noch sie und ihn, seinen schnellen Atem, ihr pochendes Herz, seine Finger, die über ihr Schlüsselbein strichen, tiefer wanderten, bis sie sanft ihre Brüste berührten.

Sie ließ sich rücklings auf das nasse Gras sinken, doch es machte ihr nichts aus. Sie spürte die Hitze, die von ihm ausging, als er sich über sie neigte und sie sein Gewicht auf sich spürte.

Ihre Zungen tanzten einen wilden Tanz, er hielt sie eng umschlungen und unwillkürlich stieg die Erinnerung an ihre Nacht in London in ihr auf. Ihr entwich ein Stöhnen und sie spürte seine Härte durch den Stoff ihrer Kleidung, als er mit der Hand unter ihr Kleid fuhr, den Stoff ihrer Unterröcke teilte und über die bloße Haut ihrer Schenkel wanderte.

Das Blut rauschte in ihren Ohren und sie sehnte sich danach, die Hände ihrerseits unter seine Kleidung gleiten zu lassen, aber zu viele lästige Knöpfe waren im Weg, also musste sie tatenlos bleiben, während er sich weiter vortastete. Ihre Augen waren fest geschlossen und sie fühlte sich ihm auf köstliche Weise ausgeliefert, als sie mit heftig klopfendem Herzen unter ihm verharrte und darauf wartete, dass seine Finger weiter vordrangen. Er musste spüren, wie bereitwillig sie ihn ersehnte, doch er ließ sie zappeln, kostete ihre Ungeduld aus.

Er beugte sich über sie und küsste ihren Hals und sie vergaß, wo sie war, vergaß, dass sie auf dem feuchten Gras lag, dass sie sich in der Öffentlichkeit befanden. Sie wollte mehr von diesem glühenden Gefühl. Am liebsten hätte sie sich die Kleider vom Leib gerissen, sich ihm ganz entblößt.

Seine Finger, benetzt von ihrer Nässe, beschrieben kleine Kreise an ihrer empfindlichsten Stelle und sie spürte, wie die Muskeln ihres ganzen Körpers erwartungsvoll vibrierten.

»Damian«, keuchte sie und schnappte nach Luft. Wenige Augenblicke später hatte sie das Gefühl, über eine Klippe zu fallen, und er erstickte ihren Aufschrei mit seinem Mund.

Schwer atmend verharrten sie beide in dieser Umarmung, bis die Realität sie wieder einholte.

Seine Wangen hatten sich gerötet, das dunkle Haar fiel ihm ins Gesicht, er hatte einen wilden, tollkühnen Glanz in den Augen.

»Ich will hier leben, in Rosewood Hall«, sagte er, seine Stimme tief und süß wie Honig. »Zusammen mit dir.«

»Ja.« Sie schmiegte sich an ihn. »Aber nach einer Weile würden wir London vermissen. Das Gefühl, dass dort alles so lebendig ist.«

»Die eine Hälfte des Jahres verbringen wir hier, die andere in London. Dort verbringen wir Zeit mit Künstlern, Sufragetten und Dichtern, trinken die Wildheit der Stadt …«

»Ich will irgendetwas tun mit meinem Leben, irgendetwas, das über das, was ich bisher getan und gesehen habe, hinausgeht«, überlegte Rose laut.

»Das solltest du auch«, sagte er begeistert und berührte sanft ihre Wange. »Du bist kühn und intelligent. Du beschreitest Wege, die niemand sonst gehen würde, weil dir Ungerechtigkeit wehtut, weil du für das kämpfst, was du für richtig hältst, ungeachtet der Konsequenzen.«

»Oh, ich weiß nicht«, murmelte sie und barg den Kopf an seiner Schulter, damit er nicht sehen konnte, wie rot sie angelaufen war.

»Wenn du frei wählen könntest, Rose, dir jeden Wunsch erfüllen könntest hinsichtlich deiner Zukunft, was würdest du tun?«

Sie zögerte, doch dann stand ihr der Gedanke so klar vor Augen, als hätte sie einen Vorhang beiseitegezogen. »Weißt du, ich musste an etwas denken, was Mr Eliot zu mir sagte, der Anwalt bei der Testamentseröffnung meines Vaters. Er sprach von den Frauen, mit denen er Jura studiert hatte. Frauen dürfen in England nicht als Anwältinnen arbeiten, aber sie dürfen Rechtssachen erledigen, Schriftstücke aufsetzen und dergleichen. Ich frage mich …« Sie hielt inne, überlegte, bevor sie weitersprach. »Ich frage mich, ob ich nicht auch …«

»Du willst Jura studieren?« Er sah sie an, einen Ausdruck unverhohlener Bewunderung auf dem Gesicht. »Das ist großartig.«

»Ich könnte Frauen in rechtlichen Angelegenheiten beraten, nicht wahr? Auch wenn ich sie vor Gericht nicht selbst vertreten könnte, brauchen sie jemanden, der sich für sie stark macht und ihre Rechte kennt. Und überleg mal, bei einer unrechtmäßigen Kündigung reicht vielleicht ein geharnischter Brief mit juristischem Jargon aus, um den Arbeitgeber zum Einlenken zu bringen.«

Sie dachte an Mr Finnegans einschüchterndes Büro. »Ein Ort, an dem alle Frauen willkommen sind und Rat und eine Tasse Tee erhalten«, sagte sie träumerisch. »Das wäre wunderbar.«

Sie schmiegte sich wieder an Damians Schulter. »Und du? Welchen Traum würdest du dir erfüllen, wenn das Schloss wieder dir gehören würde?«

»Das Schloss«, wiederholte er langsam. »Ich liebe es aus tiefster Seele, aber um ehrlich zu sein, liebe ich auch das Häuschen im Wald. Ich glaube, ich würde lieber dort bleiben. Das Schloss würde ich in einen Hort der Künste verwandeln, wo die unterschiedlichsten Menschen zusammenkommen können, um sich auf ihr Schaffen zu konzentrieren. Ohne sich Sorgen um Geld machen zu müssen.«

»Und im Sommer zum Rosenfest gibt es jedes Jahr eine große Theateraufführung«, fügte Rose aufgeregt hinzu. »Wir machen Rhodeward zu einem Zentrum der Künste und der Kultur.«

»Zu einem sicheren Hafen.« Er seufzte und lächelte. »Es wäre alles so schön, nicht wahr?«

»Wenn Kane das Handwerk gelegt würde?«

»Ja. Wie die Dinge liegen, kann ich nicht nach London zurück, kann meine Stücke nirgends veröffentlichen.«

»Wir geben nicht auf«, sagte Rose entschlossen. »Wenn es uns tatsächlich gelingt, die Amerikaner aus dem Schloss zu vertreiben, glaube ich, dass wir alles schaffen können.«

Er drückte ihre Hand. Einen Moment lang wirkte es, als wollte er etwas sagen, doch als sie den Kopf zu ihm wandte, sah sie, dass seine Augen über ihr Gesicht streiften, sehnsuchtsvoll und irgendwie traurig.

Er half ihr auf die Beine und sie glättete ihren Rock, schüttelte Gras und Moos ab und sah sich nervös um, doch die Bäume und das Buschwerk in diesem Teil des Friedhofs boten einen ausgezeichneten Sichtschutz.

Auf dem Rückweg schwiegen sie. Rose wusste nicht genau, was sie sagen sollte. Ob er bereute, wozu sie sich hatten hinreißen lassen? Noch dazu an diesem Ort?

Was würde sie erwarten, wenn sie an diesem Abend das Schloss betraten?

64

Der Abend war schneller gekommen, als Rose erwartet hatte. Ehe sie sich versah, war es an der Zeit, zum Dinner mit den Winslows zu gehen.

Der Anblick des zerstörten Gartens war noch immer schmerzhaft und sie wandte den Blick ab, als sie an den ausgerissenen Zweigen der Rosensträucher vorbeikamen, die wie dornige Finger ins Leere griffen.

Je näher sie dem Saalgebäude kamen, desto mulmiger wurde ihr zumute. Dann standen sie vor der großen Saaltür, die in die pockennarbige Steinmauer eingelassen war, und sie wechselte einen Blick mit Damian.

»Bereit?«, fragte er mit hochgezogener Augenbraue.

Stark bleiben, Rose. So musste sich eine Schauspielerin fühlen, wenn sie in den Lichtschein der Bühne trat. Oder die Motte, die in den tödlichen Radius der Kerzenflamme flatterte.

»Nein, ich bin nicht bereit. Aber machen wir das Beste daraus.«

Die Zerstörung schien vor den Mauern Halt gemacht zu haben, denn das Innere des Saals war unverändert. Der Sonnenuntergang verwandelte die Butzenscheiben mit ihren runden Fensterrosen in funkelnde Saphire und Rubine, doch schon nach wenigen Schritten wurde das Licht in dem Saal trüb, als befänden sie sich unter der Oberfläche eines verwunschenen Sees.

Wieder traf das Ausmaß des Saals Rose unvorbereitet. Wie war es möglich, dass dieses kleine Schloss einen Saal dieser Größe beherbergte? Die geschnitzten Fabelwesen an den dunklen Wänden sahen auf sie herab, ihr höhnisches Lachen auf ewig erstarrt.

Im hinteren Teil des Saals war eine lange Tafel aufgebaut, im vorderen Teil standen die bereits eingetroffenen Gäste und nippten an ihrem Brandy. Barb schwebte in einem kanariengelben Kleid auf Rose und Damian zu.

»Wie schön, dass Sie es zu unserem kleinen Dinner geschafft haben«, zwitscherte sie ausgelassen und schwenkte ihr leeres Glas. »Brandy, Mr und Mrs Prendergast?« Sie sah sich nach Dory um, die eilig mit einem Getränketablett nähertrat. Barbs Augen hatten einen verräterischen Glanz und sie nuschelte leicht, woraus Rose schloss, dass sie dem Brandy bereits ausgiebig zugesprochen hatte.

»Sehr freundlich, danke«, sagte Damian und schenkte ihr ein charmantes Lächeln, das in dem schummrigen Licht noch raubtierhafter als sonst wirkte.

Barb nahm sich ein neues Glas und sie gesellten sich zu den anderen Gästen.

»Am Nachmittag kam ein kleines Begrüßungskomitee aus Rhodeward zu uns«, sagte sie stolz. »Wir haben natürlich sofort alle zum Dinner eingeladen.«

Mr und Mrs Puffin waren ins Gespräch mit Cormoran vertieft, der sich gerade über seine gewinnbringende Investition in die Northern-Pacific-Railway-Gesellschaft ausließ. Mrs Puffin zwinkerte Rose zu, während Mr Puffin vergeblich versuchte, sich seine Langeweile nicht anmerken zu lassen.

Mrs Hunt sprach bereits dem Brandy zu und Mrs Pennyworth bedachte sie mit einem missbilligenden Blick, während sie ihr eigenes, randvolles Glas umklammerte.

Nachdem alle an der langen Tafel Platz genommen hatten, die viel zu groß für acht Personen schien, plätscherte das Gespräch voller Nichtigkeiten dahin, während Molly und Dory abwechselnd durch die Küchentür kamen und eine Köstlichkeit nach der anderen auftischten.

Rose wischte sich die schwitzenden Hände unter dem Tisch an ihrer Serviette ab und berührte dabei versehentlich Damians Oberschenkel. Sekunden später spürte sie seine Hand, die unter dem Tisch nach der ihren suchte. Diese beruhigende Geste wärmte sie von innen, als hätte sie soeben ein großes Glas Brandy geleert, obwohl sie den Alkohol kaum angerührt hatte.

Mr Puffin räusperte sich und klopfte mit seinem Silberlöffel eine Spur zu heftig gegen sein fragil aussehendes Weinglas. »Als Bürgermeister von Rhodeward freue ich mich stets über Besucher in unserem schönen Örtchen, vor allem, wenn sie eine so weite Reise zurückgelegt haben.«

»Hört, hört«, rief Cormoran, dessen Wangen von Braten und Wein gerötet waren, und Barb klatschte begeistert in die Hände.

»Ganz recht! Wir bringen ein bisschen Kultur in dieses verschlafene Nest.«

Das brachte Mr Puffin aus dem Konzept und Mrs Puffin nutzte die Gelegenheit, um geschickt das Thema zu wechseln. »Was ist denn das für ein neumodisches Spiel, das Sie vorhin erwähnten, Cormoran? Golf?«

»Oh, es ist der Gipfel des zivilisierten Zeitvertreibs«, sagte Cormoran und lehnte sich in seinem Stuhl zurück. »Man kommt an die frische Luft, bleibt aber fernab vom Pöbel. Ich selbst habe vor, im Herbst an der Amateur Championship of America teilzunehmen. Die Geschichte des Golfspiels ist äußerst interessant, wissen Sie, es wurde nämlich nicht, wie viele meinen, in Amerika erfunden, sondern in Schottland …«

Anscheinend richtete er sich darauf ein, einen längeren Vortrag zu halten, also ließ Rose ihre Gedanken wandern. Sie versuchte verbissen, sich alles ins Gedächtnis zu rufen, was Asadeh ihr beigebracht hatte.

Das letzte Sonnenlicht schwand und Molly zündete die vielen Kerzen auf dem Tisch mit einem langen Fidibus an. Doch Rose kam das Licht nicht besonders behaglich vor, denn jedes Mal, wenn sich die Tür zur Küche öffnete, flackerten die Flammen wild auf.

Und dann, im selben Moment als Dory gerade eine silberne Servierglocke in der Mitte des Tisches abstellte, zischte ein eisiger Luftzug durch den Raum und alle Lichter erloschen.

65

Eine Frau schrie gellend auf, Stühle wurden hektisch verrückt, ein Klirren ertönte und dann glomm ein winziges Licht am anderen Ende des Saals auf. Alle verstummten, als würden sie gleichzeitig die Luft anhalten.

Als die Flamme näherkam, tanzten unstete Schatten über die hölzernen Fratzen an den Wänden und malten verzerrte Formen auf den Boden. Unwillkürlich griff Rose erneut unter dem Tisch nach Damians Hand.

Dann hielt die Gestalt inne, gerade nah genug, dass sie ihr Gesicht erahnen konnten. Die Kerzenflamme enthüllte zarte Züge unter einem hellen Schleier, ein Gesicht, das alle Beteiligten an diesem Abend schon einmal gesehen hatten.

Im nächsten Moment blies die Gestalt die Kerze aus und die Dunkelheit brach wieder über sie herein.

Es schienen nur wenige Herzschläge zu vergehen, bis die Kerzen auf der Tafel wieder aufleuchteten – Molly hatte mit zitternden Händen ein Streichholz angerissen. Alle Augen richteten sich auf Dory, die wie erstarrt in ihrer Dienstbotenkluft dastand, die Servierglocke in der Hand und mehr als zwanzig Schritte von der Stelle entfernt, an der sie die geisterhafte Erscheinung gesehen hatten.

»Aber … wie kamst du dort drüben hin, Mädchen?«, stammelte Barb. »Ich habe dich erkannt, kein Zweifel.«

»Ich war die ganze Zeit hier«, widersprach Dory mit zittriger Stimme. »Ich habe mich nicht vom Fleck gerührt, wie auch, bei dieser Dunkelheit? Ich wäre doch gestolpert und hingefallen.«

»Das kann ich bestätigen«, sagte Mrs Pennyworth spitz. »Das Mädel hätte schließlich an mir vorbeigehen müssen, und das hätte ich gemerkt.«

»Wo ist die andere dann hin?«, donnerte Cormoran und alle zuckten zusammen. »Sie war doch gerade noch da – und jetzt ist sie weg.«

Und in der Tat – niemand mehr war außer ihnen im Raum, soweit sie erkennen konnten.

Plötzlich spürte Rose, wie ein überreiztes Lachen aus ihrem Bauch nach oben sprudelte, und presste sich die Serviette vor den Mund. Was Molly gemeinsam mit Jack, Dory und Lory ausgeheckt hatte, übertraf ihre kühnsten Träume.

»Mehr Brandy?«, fragte Barb mit zittriger Stimme. Die Lichter brannten nun wieder und die Düfte der Speisen verbreiteten trotz allem eine behagliche Atmosphäre.

»Ja, bitte, nach diesem Schreck«, sagte Mrs Hunt und griff bereits nach der Flasche. »Ich bin drauf und dran zu bereuen, dass ich dieses Schloss betreten habe. Das habe ich seit Jahren nicht. Nicht seit diesem Unglück.« Sie warf Mrs Puffin und Mrs Pennyworth einen bedeutungsschweren Blick zu und beide nickten.

»Unsinn. Muss Einbildung gewesen sein.« Cormoran schüttelte den Kopf, wie um das Gesehene zu vertreiben, und hob die Servierglocke an, die Dory auf den Tisch gestellt hatte.

»Nanu, was ist das denn?« Verwirrt griff er nach dem Blatt Papier, das zusammengerollt dort lag. »Ein Brief?«

Er entrollte ihn und las mit gerunzelter Stirn vor: »In diesem Heim hat sich einst ein Unrecht zugetragen. Verlassen Sie das Schloss, es ist nicht für Sie bestimmt. Ansonsten wird meine Rache Sie treffen.«

Einen Moment lang wirkte er beinahe ängstlich, dann hüpften seine Augenbrauen irritiert auf und ab. »Wer war das? Wer hat sich einen so geschmacklosen Scherz erlaubt?« Er zerriss den Brief in kleine Fetzen, doch Rose entging das leichte Zittern seiner Hände nicht.

Dory schüttelte ratlos den Kopf. »Aber das war doch die Platte mit dem Braten. Ich habe keine Ahnung, wie dieser Brief dorthin kommt.«

Molly rang die Hände. »Und wo ist nur mein guter Braten geblieben? Verzeihen Sie vielmals, aber das ist wirklich unerklärlich.«

»Vielleicht ist an den Gerüchten über dieses Schloss doch etwas Wahres«, sagte Mrs Puffin nachdenklich.

Der arme Mr Puffin sah verwirrt vom einen zum anderen, hielt aber den Mund, als seine Frau die Stimme senkte und zu erzählen begann.

»Seit Jahrzehnten schon gehen im Dorf Gerüchte um, dass an diesem Ort Blut vergossen wurde und seitdem ein finsterer Schatten über dem Schloss liegt. Ich hielt es für harmlosen Aberglauben, aber wie erklären Sie sich dann diese Erscheinung? Diesen Brief?«

Mrs Puffin betupfte sich die Lippen mit der Serviette. Ihre Nervosität war so überzeugend gespielt, dass sie es durchaus mit den Schauspielern im Alhambra hätte aufnehmen können.

Damian warf Rose einen verstohlenen Blick zu, doch sie schüttelte kaum merklich den Kopf. *Noch nicht.*

»Wussten Sie etwa nicht, dass dieses Schloss mit einem Mord in Verbindung gebracht wird, Mr Winslow?«, fragte Mrs Pennyworth über ihre Halbmondbrille hinweg.

Cormoran winkte ungehalten ab. »Es wird ja ohnehin abgerissen. Nein, ich glaube vielmehr, dass sich hier jemand einen geschmacklosen Scherz erlaubt.« Er warf Dory einen misstrauischen Blick zu. »Geh in die Küche, Mädchen. So, ich glaube, jetzt ist es an der Zeit für Portwein und Zigarren.«

Barb klatschte in die Hände. »Wie wäre es mit einem Spiel zur Zerstreuung? Bridge?«, fragte sie mit bemühter Munterkeit.

Alle stimmten zu und während Jack Wein und Zigarren reichte, holte Molly das Kartenspiel herbei. Doch nachdem die Karten gemischt und ausgeteilt waren, zerriss ein weiterer Schrei den Dunstkreis aus Zigarrenrauch, in dem die Spieler saßen.

»Was ist das für ein Teufelszeug?«, kreischte Barb und warf ihre Karten von sich.

Rose bückte sich eilig, um die Karten aufzuheben, als ihr eine Karte ins Auge fiel, die nicht zu den anderen passte. Sie hielt sie in die Höhe und der Schein der Kerzen spiegelte sich in der goldenen Prägung. Sie zeigte ein Skelett auf einem Pferd und die Aufschrift, die in verschlungenen Lettern darüber prangte, lautete »Tod«.

»Hier geht es nicht mit rechten Dingen zu«, wimmerte Barb. »Mach, dass es aufhört, Cormy.«

»Oh, du lieber Himmel«, brüllte Cormoran unvermittelt. »Was ist das denn?« Entsetzt starrte er auf die Servierglocke, unter der etwas Rotes, Zähflüssiges hervorquoll.

»Blut«, kreischte Mrs Hunt bühnenreif. »Frisches Blut!«

»Unmöglich.« Beherzt hob Molly die Glocke und alle zuckten zusammen. Mitten in einer Lache aus täuschend echtem Theaterblut lag ein Blatt Papier, rot getränkt. Mit spitzen Fingern hob Molly es sehr langsam an, als handelte es sich um ein Tier, das jeden Moment zubeißen könnte.

»Verlassen Sie das Schloss, es ist nicht für Sie bestimmt«, las sie mit bebender Stimme vor.

Barb schlug sich schluchzend die Hände vor die Augen, während Cormoran wie gelähmt dasaß und entsetzt auf die Papierfetzen starrte, die noch immer vor ihm auf dem Tisch lagen.

Rose und Damian tauschten einen bedeutungsvollen Blick und Damian räusperte sich.

»Meine Damen und Herren«, sagte er mit tiefer, autoritärer Stimme, bei deren Klang sich alle Köpfe zu ihm drehten. »Ich denke, es ist an der Zeit, Sie über den Spuk auf Rosewood Hall aufzuklären. Bislang hielten wir es für klüger, Sie über die genauen Einzelheiten dieses Auftrags im Dunkeln zu lassen, doch nun ist der Zeitpunkt gekommen, Sie einzuweihen, um Ihrer aller Sicherheit willen.«

»Was meinen Sie damit?«, stammelte Barb.

»Wie ich Ihnen bereits erzählte, gehen wir merkwürdigen Phänomenen und Erscheinungen nach, die in alten Häusern ihr Unwesen treiben«, erklärte Rose. »Dass wir hier sind, ist kein Zufall.«

»Sie sind Geisterjäger?« Cormoran schnaubte abfällig.

»Derlei Bezeichnungen sind, mit Verlaub, recht geschmacklos und treffen den Kern der Sache nicht«, sagte Damian nachsichtig. »Nein, wir sehen uns als Wissenschaftler, die mit empirischen Methoden sichtbar machen, was dem bloßen Auge entgeht. Sie mögen unsere Profession vielleicht belächeln, aber es gibt Dinge, die sich nicht mit herkömmlichen Mitteln erklären lassen, wie Sie heute Abend selbst gesehen haben.«

Als niemand widersprach, fuhr er fort: »Mr Kane sind die Gerüchte zu Ohren gekommen, die sich um dieses alte Schloss ranken, also schickte er uns hierher, um vor dem Verkauf zu beurteilen, ob es sich um glaubwürdige Vorkommnisse handelt.«

Er verbeugte sich entschuldigend in Barbs und Cormorans Richtung. »Zu meinem allergrößten Bedauern muss ich sagen, dass mich das heutige Geschehen, das wir alle mit eigenen Augen gesehen haben, zutiefst beunruhigt.«

»Hätte Mr Kane uns nicht früher von diesem Spuk erzählen können, bevor wir ihm unser Angebot unterbreitet haben?«, rief Barb schrill und schielte besorgt zu der Tarotkarte mit dem Skelettreiter und dem Theaterblut, das nun täuschend echt gerann und das Tischtuch dunkelbraun färbte.

»Papperlapapp«, fuhr Cormoran dazwischen, der sich inzwischen ein wenig erholt zu haben schien. »Das ist doch alles himmelschreiender Unsinn.«

»Das dachte Mr Kane zunächst auch«, erklärte Damian. »Aber ich kann Ihnen gar nicht sagen, wie erleichtert ich bin, dass er uns dennoch gerufen hat. Eine Erscheinung mit einer derartig starken Präsenz habe ich noch nie erlebt und ich fürchte, ich kann Ihnen nicht gestatten, über Nacht in diesem Schloss zu bleiben. Es könnte äußerst gefährlich für Sie werden.«

»Cormy, ich glaube, es war keine gute Idee, hierherzukommen«, sagte Barb und griff nervös nach dem Zigarrenkistchen. »Wir sollten schleunigst abreisen und diesen Mr Kane verklagen.«

Doch Cormoran drückte seine Zigarre mit mehr Kraft als nötig auf seiner Untertasse aus. »Kommt überhaupt nicht infrage. Diese Ruine wird ohnehin abgerissen. Wenn erst einmal das Hotel erbaut ist, kräht kein Hahn mehr nach diesem abergläubischen Unsinn.« Er warf einen misstrauischen Blick zur Küchentür. »Außerdem glaube ich noch immer, dass sich jemand einen Scherz mit uns erlaubt.«

Rose ergriff das Wort. »Ich verstehe Ihre Skepsis gut, Mr Winslow. Früher war ich selbst skeptisch, bis gewisse Erlebnisse das geändert haben. Was halten Sie von diesem Vorschlag: Wir halten eine Séance ab, um diesen Erscheinungen auf den Grund zu gehen.«

Sie hielt einen Moment lang inne, bevor sie mit einem Seitenblick auf Damian hinzufügte: »Auf Mr Kanes Rechnung, versteht sich.«

66

Obwohl die Bibliothek so lange keine Besucher gesehen hatte, hing das warme Aroma teurer Zigarren in der Luft, als hätte es sich zwischen den tiefen Falten der Vorhänge verfangen, die das Murmeln der Neuankömmlinge dämpfen.

Das Alphabetbrett, das im hellen Sonnenlicht von Zachs Zimmer krude und schäbig gewirkt hatte, öffnete sich nun mit einem gewichtigen Ächzen und kam auf dem polierten Mahagonitisch zu liegen, als wäre dies seit jeher sein vorbestimmter Platz. Dunkel traten die aufgemalten Buchstaben und Zahlenreihen hervor und Rose war überrascht, wie ruhig ihre Hände waren, als sie die Staubkörnchen vom Holz wischte.

Die unzähligen Kerzen warfen unstete Schatten auf die Gesichter der Anwesenden, die je nach Lichteinfall mal Erregung, mal Besorgnis ausdrückten: Mrs Puffin und ihr Mann, daneben Mrs Hunt und Mrs Pennyworth. Am Kopfende thronte Cormoran wie eine übellaunige Krähe, neben ihm rauchte seine Frau nervös eine dünne Zigarre, deren Rauch sich bläulich im Kerzenschein kringelte. Rose saß gegenüber von Cormoran, neben ihr Damian, der tief einatmete, wie um die Atmosphäre des Raums in sich aufzusaugen.

»Meine Frau ist ein äußerst talentiertes Medium«, raunte Damian und warf einen stolzen Blick auf Rose. »Sie besitzt eine starke Verbindung zum Jenseits und wird herausfinden, welcher Geist hier sein Unwesen treibt.«

»Doch dabei brauche ich Ihre Hilfe«, fügte Rose hinzu und bedachte jeden der Anwesenden mit einem langen Blick. »Sobald die Beschwörung gesprochen ist, wäre es äußerst unklug von

Ihnen, diesen Raum zu verlassen. Bleiben Sie zu Ihrer eigenen Sicherheit auf Ihren Plätzen, egal was passiert.«

Eifriges Nicken.

»Nun gut. Beginnen wir.« Langsam breitete sie die Hände aus und holte tief Luft. »Sprechen Sie mir dreimal nach. Geist, wir rufen dich.«

»Geist, wir rufen dich«, kam die Antwort im Chor.

Rose wusste, dass sie die darauffolgende Stille auf keinen Fall unterbrechen durfte. Sie musste sie wirken lassen, bis sich die Atmosphäre im Raum merklich verändert hatte. Aber sie wusste auch, dass sie diese Veränderung nicht erzwingen konnte. Sie musste auf natürliche Weise eintreten, hatte Asadeh ihr eingeschärft. Doch Rose' eigene Nerven waren so angespannt, dass sie fürchtete, den Moment zu verpassen und sich stattdessen der Lächerlichkeit preiszugeben.

Neben ihr atmete Damian scharf ein, als ein kalter Luftzug aus dem Kamin die Kerzen zum Flackern brachte. Langsam griff Rose nach dem blutbesudelten Blatt Papier mit der düsteren Warnung, das unter der Servierglocke gelegen hatte.

Sie hielt es in eine Kerzenflamme, bevor sie es in die matte Messingschale daneben fallen ließ. Es leuchtete hell auf, während die Flamme es verzehrte, dann war nur noch glimmende Asche übrig.

Jetzt war es soweit. Rose holte tief Luft.

»Bist du da, Geist? Gib uns ein Zeichen, wenn du hier bist.«

Nichts geschah, doch sie sah, wie Cormorans buschige Augenbrauen in die Höhe wanderten.

»Wir müssen das Brett benutzen«, sagte sie eine Spur zu hastig. »Es erleichtert die Kontaktaufnahme. Nicht immer gelingt es den Geistern, mit Worten in unsere Sphäre durchzudringen.«

Wenige Augenblicke später hatten alle – mehr oder weniger bereitwillig – einen Finger auf das Holzplättchen gelegt.

»Gib uns ein Zeichen, wenn du hier bist.«

Wie von selbst gilt das Plättchen auf »Ja« und sie hörte, wie jemand ein überraschtes Stöhnen von sich gab, konnte den Blick aber nicht von dem Brett abwenden. Ein Teil von ihr hatte bis vor einer Sekunde nicht daran geglaubt, dass es tatsächlich funktionieren würde.

»Wie ist dein Name?«

Diesmal war das Plättchen zögerlicher, doch schließlich kam es auf dem D zu liegen. Dann wanderte es weiter Richtung R, dann A, dann K, und schließlich E.

Mrs Pennyworth schnappte nach Luft und ihr Finger zuckte, als sei das Plättchen auf einmal glühend heiß geworden.

»Nicht loslassen«, flüsterte Barb entsetzt, im selben Moment, als Mrs Pennyworth heiser rief: »Ich wusste es! Der düstere Ruf der Vergangenheit.«

»Ein altes Unrecht.« Mrs Puffin spielte ihre Rolle gut, ihre Augen waren aufgerissen und sie klammerte sich mit der freien Hand an Mrs Hunt fest.

»Sagen Sie schon«, rief Barb. »Was für ein Unrecht?«

»Ein Duell im Morgengrauen«, flüsterte Mrs Puffin. »Bei dem Darius Drake, der ursprüngliche Besitzer dieses Schlosses, ums Leben kam – ein Schuss mitten ins Herz.«

»Seitdem gehen Gerüchte um, dass sein Geist hier spukt«, ergänzte Mrs Hunt. »Der bevorstehende Verkauf muss seinen Zorn erregt haben.«

»Seht!« Damian starrte auf das Plättchen, das hektisch auf dem Brett hin und zuckte, mal hierhin, mal dorthin, wie von unsichtbarer Hand gesteuert. In diesem Moment fuhr ein Windstoß durch den Kamin und alle Lichter erloschen.

»Er ist hier«, schrie Rose und musste ihr Entsetzen kaum spielen, obwohl sie geplant hatten, was als Nächstes passieren würde. Aber irgendetwas hatte sich während der letzten Minuten kaum merklich verschoben, wie ein Schatten, der bei jedem Hinsehen tiefer wurde, ein wenig mehr von seiner Umgebung verschluckte.

Eine Anwesenheit. Eine leise Kälte, die sie so plötzlich umgab, als hätte sich ein von Tauperlen überzogenes Spinnennetz über sie gelegt.

»Er ist hier«, wiederholte sie hilflos und ihre Stimme klang in ihren Ohren wie die eines Kindes.

»Nicht loslassen«, zischte Damian, und Cormoran, der mit aschfahlem Gesicht Anstalten gemacht hatte, seine Hand wegzuziehen, erstarrte.

»Was sagt der Geist?«, fragte Barb eindringlich an Rose gewandt. »Können Sie ihn hören?«

Rose nickte schwach, doch als sie Luft holen wollte, fühlte es sich an, als würde ein schweres Gewicht auf ihrer Lunge liegen und sie am Atmen hindern. Schwärze strömte von allen Seiten auf sie ein und riss sie mit sich.

67

Sie war in Prag, im Studierzimmer ihres Vaters. Sanftes Licht fiel auf die hohen Regale, in denen sich Aberhunderte von Büchern drängten. Er stand mit dem Rücken zu ihr am Fenster, starrte hinaus auf die Dächer, die verschwommen hinter dem grünen Schleier der Vorhänge lagen.

Sie räusperte sich. »Vater?«

Er drehte sich um und einen Moment lang glaubte sie, er hätte sie gehört, doch sein Blick ging durch sie hindurch, verweilte auf dem angefangenen Schachspiel. Liebevoll ließ er die Finger über die Figuren gleiten, runzelte kurz die Stirn, als denke er über mögliche Strategien nach.

Rose machte einen Schritt auf das Brett zu. Sie erkannte die Konstellation der Figuren, es war das Spiel, das sie wenige Wochen vor seinem unerwarteten Tod begonnen und nie beendet hatten. An manchen Tagen hatten sie nur wenige Züge gemacht und sich dafür umso ausgiebiger unterhalten.

Ohne von ihr Notiz zu nehmen, ging ihr Vater zum Regal hinüber, wo er das Geheimfach öffnete und die verborgene Kiste herausnahm. Er legte sie auf seinen Schreibtisch und nahm bedächtig jeden Gegenstand in die Hand, bevor er ihn wieder hineinlegte. Die Münzen, die Wertscheine, den Gedichtband. Reglos verharrte er einen Moment, dann griff er nach Briefpapier und Füllfederhalter.

Rose trat hinter ihn, beugte sich vor, um das Geschriebene zu entziffern. Noch immer bemerkte er ihre Anwesenheit nicht.

Sie zuckte zusammen, als sie ihren Namen las. Der Brief war an sie gerichtet, doch schon bei der ersten Zeile kam ihr Vater ins Stocken. Noch ehe die Tinte trocken war, strich er durch, was er zu Papier gebracht hatte.

Es tut mir so leid, Rose. Wie soll ich es dir nur sagen? Vergib mir.

Jeder der hilflosen Erklärungsversuche verschwand unter hastigen Strichen, als wolle er das Geschriebene wieder auslöschen. Schließlich gab er auf, zerknüllte das Papier und warf es in den Kamin, wo es zu glimmender Asche wurde.

Draußen kroch die Dunkelheit durch die Straßen Prags und von der Karlsbrücke her glommen die ersten Laternen auf.

Ich bin wie Vater. Die Erkenntnis traf sie unvorbereitet. Wie oft hatte sie selbst in den vergangenen Wochen und Monaten die Spitze des Füllfederhalters aufs Papier gesenkt, doch anstatt ihrer Mutter zu schreiben, hatte sie nur zugesehen, wie das Papier die Tinte aufsog.

Ihr Vater hatte einen Wall aus Schweigen errichtet, der ihn daran hinderte, sich seinen Taten zu stellen.

Sie sah zu, wie er mit zitternder Hand eine Schublade öffnete und ein braunes Fläschchen herausnahm. Er betrachtete es einen Moment lang und Rose konnte das verblichene Etikett erkennen: Mecon, ein starkes Beruhigungsmittel. Es war halbleer. Die Hand ihres Vaters zuckte einen Moment, als wollte er das Fläschchen ebenso wie den Brief ins Feuer schleudern, doch stattdessen legte er es mit angewiderter Miene in das Kästchen und verschloss es wieder in dem Geheimfach.

In dem Sekundenbruchteil, bevor er das Licht löschte, war das, was er im Inneren trug, so deutlich auf seinen Zügen zu lesen, als wäre es dort eingraviert: Trauer und eine tiefe, verzweifelte Reue.

»Ich bin hier«, wollte sie rufen, brachte aber kein Wort heraus.

Im nächsten Augenblick spürte sie Damians feste Umarmung, atmete seinen beruhigenden Duft ein. Sie musste gegen seine Schulter gesunken sein. Das Plättchen lag auf dem Tisch, sie hatte es losgelassen, als ihr schwarz vor Augen geworden war.

»Es ist zu viel für sie«, sagte Damian. »Die Präsenz ist zu stark, zu überwältigend.« Echte Besorgnis schwang in seiner Stimme mit.

Der Bann war gebrochen, die Hände hatten das Plättchen losgelassen. Mrs Hunt zündete beherzt die Kerzen wieder an, während Mrs Puffin nach einer Tasse Tee für Rose und Barb läutete.

Die Amerikanerin sah ebenso mitgenommen aus, wie Rose sich fühlte.

Niemand sprach ein Wort, betretenes Schweigen erfüllte den Raum.

68

Kurze Zeit später verabschiedeten sich die Ladys der Rhodewarder Damengesellschaft und Cormoran verkündete, dass er und Barb sich auf ihre Zimmer zurückziehen würden.

Als Damian ihm anbot, zusammen mit Rose über Nacht im Schloss zu bleiben, falls es noch weiter unerklärliche Vorfälle gäbe, nickte Cormoran knapp und einen Moment lang sah es aus, als wollte er sich bedanken, bevor er sich mit verkniffener Miene abwandte, um seine Frau zu stützen, die noch immer kreidebleich war.

Auf dem Weg zu den ihnen zugewiesenen Räumen fühlten Rose' Beine sich schwer und zittrig an, als wäre sie eine sehr weite Strecke gelaufen.

»Ich habe versagt«, murmelte sie, als Damian ihr über die Schwelle half. »Alles, was wir geplant hatten … die Nachricht des Geistes … umsonst. Ich habe es nicht geschafft.«

Eine zweite Chance werden wir nicht bekommen.

Doch Damian schüttelte nur den Kopf. »Ich glaube, dein Ohnmachtsanfall, auch wenn er nicht geplant war, hat doch einen gewissen Eindruck auf die Amerikaner gemacht.«

Er ließ sich auf den Sessel sinken. »Leg dich ruhig hin, ich werde ohnehin nicht schlafen können«, sagte er mit einem dünnen Lächeln.

*

Irgendwann später wurde sie wach. Der Sessel war leer. Sie sah Damians Silhouette am Fenster, umrahmt von dunkler mondloser Nacht.

Ihr Traum war unruhig gewesen, voller zusammenhangloser Bilder, die ineinander übergingen.

»Etwas Merkwürdiges ist während der Séance passiert«, murmelte sie, als sie lautlos neben Damian ans Fenster trat. »Ich habe meinen Vater gesehen.«

Sie hörte das leise Rascheln seines hohen Kragens, als er den Kopf zu ihr wandte.

»Es war, als wäre er mit uns im Raum – oder nein, als wäre ich zu Hause, in unserer Bibliothek. Ich hatte das Gefühl, dass er mir irgendetwas sagen wollte.« Sie schluckte.

Irgendetwas an Damian war anders, fiel ihr plötzlich auf. Es war eine kaum merkliche Veränderung, aber sie spürte sie wie den ersten warmen Hauch des Frühlings.

Sie wollte gerade hinzufügen, dass er sie wahrscheinlich für verrückt hielt, aber im selben Moment sagte er: »Und ich habe *meinen* Vater gesehen. Nun ja, gesehen trifft es nicht ganz. Nur einen Moment lang, kurz bevor du das Bewusstsein verlorst, war es, als stünde er auf einmal hinter mir. Als kleiner Junge saß ich an ebendiesem Tisch in der Bibliothek und erledigte meine Schulaufgaben, während Vater für gewöhnlich eine Zigarre rauchte und sich um seine Korrespondenz kümmerte. Manchmal trat er aber auch hinter mich, schaute mir über die Schulter. Nicht, um mich zu kontrollieren, sondern weil ihn interessierte, was ich da schrieb. Es war schön, seine Anwesenheit zu spüren, zu wissen, dass ich ihn jederzeit fragen konnte, wenn ich bei einem Problem nicht weiterwusste. Dieses Gefühl hatte ich vorhin wieder. Ich kann es mir nicht erklären, aber …« Er schluckte. »Selbst wenn unsere Séance keinen Erfolg zeigt, war es das wert – noch einmal dieses Gefühl zu haben.«

Sie lächelte in der Dunkelheit. »Ja«, flüsterte sie.

Sie spürte seine Hand, die nach der ihren tastete, warm und sicher. »Komm«, sagte er. »Ich fürchte, unsere Zeit hier neigt sich dem Ende zu, und ich will dir den Garten bei Nacht zeigen.«

Die laue Sommernacht war erfüllt vom Zirpen der Grillen und dem Duft der schlafenden Rosen.

»Weißt du«, begann er, als sie durch den Garten gingen, »die Schuld unserer Eltern ist nicht die unsere. Wir tragen lediglich Verantwortung dafür, ihre Fehler nicht zu wiederholen.« Sein Kiefer zuckte. »Ich für meinen Teil sollte mich nicht zu übermäßigem Stolz hinreißen lassen.«

Als sie nichts sagte, sprach er hastig weiter. »Ich kann dir nichts bieten. Ich besitze nichts, aber ich will dir alles geben, was ich habe. Mein Herz. Und das Versprechen, dass ich für uns kämpfen werde, jeden Tag aufs Neue.«

Glühwürmchen erblühten als goldene Funken im hohen Gras und Rose' Herz schlug so schnell, dass sie kein Wort über die Lippen brachte. Alles in ihr schrie danach, Ja zu sagen. Der tiefe, melodische Klang seiner Stimme hüllte sie ein.

Doch dann kamen ihr Zweifel. Er hatte recht, die Situation, in der sie sich befanden, war alles andere als aussichtsreich. Wie würde ihre Zukunft aussehen? Der Gedanke, mit ihm im Waldhäuschen zu leben, in seinen Armen einzuschlafen und aufzuwachen, war so verlockend, dass sie ein sehnsuchtsvolles Ziehen in ihrer Brust spürte, wenn sie nur daran dachte. Doch wie lange würde dieses Glück anhalten? Wie lange, bis die Tatsache, dass er seiner Arbeit nicht mehr nachgehen konnte, ihn in Verzweiflung stürzte? Wie lange, bis ihnen ihre Geldknappheit schmerzlich bewusst wurde? Wie lange, bis Kane ihnen auch hier die Polizei auf den Hals hetzte?

Sie schüttelte den Kopf, und die Bewegung fiel ihr schwer, als würde sie sich durch Morast kämpfen.

»Unser Plan ist misslungen. Das Schloss wird verkauft und die Polizei sucht nach uns. Welche Zukunft haben wir schon?«, sagte sie gepresst und hatte das Gefühl, einen Teil ihrer selbst gewaltsam von sich zu stoßen.

Er blinzelte ein paar Mal schnell, doch sie sah keine Tränen in seinen Augen. Als er sprach, klang seine Stimme brüchig, aber kühl, als hätte er bereits einen Teil von sich verschlossen.

»Du hast recht, Rose. Meine Zukunft ist bereits verwirkt und an meiner Seite gibt es keine Zukunft für dich. Ich würde dich auf Dauer nur unglücklich machen. Und das will ich nicht. Du solltest zurück nach Prag fahren und mich vergessen.«

Er sah sie an, doch sie konnte nicht hinter seinen Blick dringen, als wäre er in Wahrheit sehr weit weg.

»Vergib mir, ich war ein Narr«, sagte er.

Sie erreichten die kleine Seitentreppe und er ließ sich vorsichtig auf den Stufen nieder.

»Es wäre grausam von mir zu verlangen, dass du auf mich wartest, Rose. Du solltest dein Leben leben, frei von alten Lasten. Aber ich werde alles tun, um eines Tages deiner würdig zu sein, selbst wenn du mich bis dahin vergessen hast.«

Sie wollte widersprechen, wollte sagen, dass sie ihn niemals vergessen würde, dass sie diejenige war, die seiner nicht würdig war, aber er hatte den Blick in den dunklen Himmel gerichtet und sie spürte, dass der Moment zum Reden verstrichen war. Sie hatten alles gesagt, was bedeuteten schon weitere Worte?

»Morgen früh reise ich ab«, sagte sie schließlich und ihre Worte schienen in der Stille nachzuklingen wie der einsame Schrei eines Waldvogels.

Sie ließ ihn auf der Treppe zurück, umrundete den Westturm, bis sie außer Sichtweite war, dann ließ sie sich wieder ins Gras sinken. Spürte eine Leere in ihrem Inneren, die so plötzlich und absolut war, dass sie alles andere zu verschlingen drohte. Sie roch den vertrauten Tabakduft im Studierzimmer ihres Vaters, hörte seine Stimme wie ein fernes Echo. Sie rollte sich zusammen, ließ die Schluchzer durch ihren Körper laufen, lautlos und ohne Tränen. Es gab nichts, was sie dagegen tun konnte, außer es geschehen zu lassen.

69

Was vor ihr lag, kam Rose so undurchschaubar vor wie die dichte Rauchwolke, die der am gegenüberliegenden Gleis eingefahrene Zug mit sich gebracht hatte.

Ein plötzlicher Windstoß zerriss den Rauch und enthüllte eine alte Lok, deren Farbe einmal ein tiefes Blau gewesen sein mochte, das Sonne und Ruß über die Jahre aber in verwaschenes Grau verwandelt hatten. Dahinter befanden sich zwei weitere Waggons, die so gar nicht dazu passen wollten. Ihr glänzender neuer Lack in Rot und Gold erinnerte Rose an den Nussknacker, den sie als Kind einmal zu Weihnachten bekommen hatte. Mit seinen riesigen, blitzenden Zahnreihen und dem klaffenden Mund hatte er ihr schreckliche Angst eingejagt.

Sie versuchte, einen Blick ins Innere zu erhaschen, aber schwere grüne Vorhänge versperrten ihr die Sicht.

Rose wusste, dass Königin Victoria stets in einem eigenen Privatwaggon reiste. Wurde er an einen Zug gehängt, drängten sich die Menschen jubelnd entlang der Strecke, um die Regentin zu Gesicht zu bekommen. Doch der Bahnhof war fast leer, kaum jemand schien von den Waggons Notiz zu nehmen und da war nichts, was einen Hinweis auf den Besitzer hätte geben können, weder Wappen noch Flagge. Niemand stieg aus, nichts regte sich hinter den schweren Vorhängen.

Ein Blick auf die Bahnhofsuhr verriet Rose, dass ihr eigener Zug nach London in einigen Minuten einfahren würde.

Anstatt zu schlafen, hatte sie in der vergangenen Nacht auf dem kühlen Gras gelegen und nachgedacht. Während die Sterne einer nach dem anderen verblassten, hatte sie ihren Entschluss gefasst: Sie würde zurück nach London fahren, vom erstbesten Postamt aus an ihre Mutter telegrafieren und um Geld für die Rückreise nach Prag bitten. Falls ihre Mutter sie wieder aufnahm, könnte sie mithilfe des Familienvermögens vielleicht einige Dinge anstoßen, Damian unterstützen und seinen Ruf wieder herstellen. Aber das war bislang nur eine ferne Hoffnung. Viel greifbarer hingegen war die Scham darüber, dass sie alle enttäuscht hatte, die ihr so begeistert geholfen hatten.

Selbst Miss Pemberley wäre enttäuscht von mir, dachte sie mit zusammengepressten Lippen. *Eine Miss Pemberley hätte sich auf die korrekte Weise verabschiedet und sich nicht ohne ein Wort aus dem Staub gemacht, wie ich es wieder und wieder tue.*

Das Knirschen von Rädern aus der Richtung des Bahnhofsvorplatzes riss sie aus ihren Gedanken und ihr Herzschlag beschleunigte sich, als sie Jack erkannte, der auf dem Kutschbock saß.

War das Damians Werk? Hatte er bereits bemerkt, dass sie fort war, und wollte sie zurückholen? Mit klopfendem Herzen zog Rose sich hinter einen Pfeiler zurück und beobachtete die Kutsche.

Die Person im Inneren stieß den Wagenschlag auf, noch ehe Jack ihn öffnen konnte, und stürmte auf das Bahnhofsgebäude zu. Es war nicht Damian, wie Rose enttäuscht feststellte.

Es war eine Frau, klein und in grelle Seidenbahnen gewandet. Barbara Winslow rauschte an Rose vorbei zum Gleis, ohne sie zur Kenntnis zu nehmen. Rose sah sich nach der Kutsche um, die bereits auf dem Rund des Vorplatzes wendete, dann trat sie hinter dem Pfeiler hervor.

»Was tun Sie denn hier, meine Liebe?«, fragte Barb verwirrt, als sie Rose erkannte. »Und wo ist Ihr Mann?«

Rose überlegte noch, was sie darauf erwidern sollte, aber Barb deutete ihr Zögern offensichtlich als Antwort.

»Ach, Männer«, spie sie abfällig. »Ich habe sie so satt, Sie nicht auch? In seiner Jugend war Cormy der schönste Mann weit und breit. Ich flehte meinen Vater an, ihn heiraten zu dürfen. Im Nachhinein wünschte ich, er hätte es nicht erlaubt. Cormy war immer nur auf mein Erbe aus. Meine besten Jahre habe ich an ihn vergeudet – machen Sie nicht den gleichen Fehler, Liebes. Ach, Daddy wird froh sein, wenn er hört, dass ich Cormy verlassen habe. Und ich werde ihm nicht länger verschweigen, dass Cormys Geldgier und Misswirtschaft zu diesem entsetzlichen Bergwerksunglück geführt haben. Daddy wird ihm schneller den Geldhahn zudrehen, als er ›Profitmaximierung‹ sagen kann. Seinetwegen musste ich in diesem grässlichen Spukschloss um mein Leben fürchten. Nein, zwischen Cormy und mir ist es aus und vorbei.«

Bevor Rose etwas erwidern konnte, ertönte ein ohrenbetäubendes Pfeifen. Der Zug fuhr ein und hüllte sie in eine rußigfeuchte Dampfwolke, die Rose Tränen in die Augen trieb. Eilig griff sie nach ihrem Taschentuch. Als sie es wieder sinken ließ, ließ Barb sich bereits von einem Bediensteten in den Erste-Klasse-Wagen helfen. In ihrer Eile, diesem Ort den Rücken zu kehren, schien sie Rose bereits vergessen zu haben.

Rose grub die Finger in den klammen Stoff ihres Kleides und atmete flach ein und aus. War ihr Plan war trotz aller Erwartungen doch aufgegangen? Sie warf einen Blick auf die offene Tür des Zweite-Klasse-Waggons, sah, wie der Schaffner sich bereits auf dem Gleis umsah und Anstalten machte, die Türen zu schließen.

Sie dachte an Damian, spürte eine wilde, lodernde Hoffnung in sich aufsteigen und holte tief Luft. Sie hatte gerade einen

Entschluss gefasst, als sie hörte, wie hinter ihr jemand rief: »Sie haben Ihr Taschentuch verloren, Miss.«

Blinzelnd drehte sie sich um und sah durch den Rauch, wie ein Junge, kaum älter als vierzehn Jahre, mit einem weißen Tuch wedelte. Sie ging auf ihn zu und schenkte ihm ein dankbares Lächeln, als sie unvermittelt an den Schultern gepackt und hinter einen Pfeiler gezogen wurde. Mit wenigen Schritten hatte der Junge sie erreicht und presste ihr mit einer blitzschnellen Bewegung das Tuch auf Mund und Nase.

Kurz bevor sie das Bewusstsein verlor, sah sie in seine intelligenten, haselnussbraunen Augen, in denen eine Spur des Bedauerns stand.

70

Licht stahl sich durch die Schwärze. Ihre Lider zuckten, flatterten. Irgendwann schälten sich Konturen aus dem Halblicht. Sessel mit geschwungenen Lehnen, Beistelltische mit zierlichen Storchenbeinen, tiefgrüne Vorhänge, die das Innere des Abteils vor der Welt abschirmten.

Ihr Herzschlag setzte einen Moment lang aus, als ihr bewusst wurde, dass sie sich in dem prunkvollen Waggon befand, den sie von außen beobachtet hatte. Der Nussknacker hatte sein Maul aufgerissen und sie verschluckt.

Sie wusste sofort, wer der Mann war, der sich über sie beugte. Sein seltsam altersloses Gesicht schwebte wie ein fahler Mond über ihr. Noch ehe ein Ton ihre Kehle verließ, wurde ihr klar, dass es zwecklos war zu schreien, selbst wenn die schweren Samtvorhänge einen Ton nach außen gelassen hätten. Wenn Kane die örtliche Polizei nicht schon gekauft hatte, konnte er es jederzeit tun.

Er nickte den beiden Gestalten zu, die sich aus der Dunkelheit hinter ihm lösten.

»Sam, Morgan«, zischte Rose. »Was für ein reizendes Wiedersehen.«

Morgan erwiderte nichts, aber Sams braune Augen verengten sich eine Spur.

»Rose«, sagte Kane mit der grausamen Zärtlichkeit eines Jägers, der ein angeschossenes Reh betrachtet. »Glaubst du, dass ich zu Gnade fähig bin? Zu Vergebung?«

Sie wagte nicht, etwas zu erwidern, da sie den sanften Druck seiner Finger an ihrer Kehle spürte.

»Eure kleine Intrige hat mir den Plan, Rosewood Hall zu verkaufen, gründlich verdorben«, fuhr er im selben süßlichen Tonfall fort. »Das Schloss selbst kümmert mich nicht mehr, aber eines ist mir niemals gleichgültig: Geld. Du stehst in meiner Schuld, Rose, das ist unbestreitbar. Du und Damian, ihr habt mich unvorstellbare Summen gekostet.«

Seine Finger verharrten auf ihrem Kehlkopf. »Ich habe dir schon einmal einen Handel vorgeschlagen, und diesmal tätest du gut daran, ihn anzunehmen. Meine Bedingung lautet, dass du mich heiratest und ich so Zugriff auf das Vermögen der Whitbys bekomme. Im Austausch dafür darf dein geliebter Damian dieses lächerliche Schloss behalten und ich pfeife sogar die Polizisten zurück, die ich ihm auf den Hals gehetzt habe. Dazu genügt ein Telegramm von mir.«

Rose starrte hasserfüllt zu ihm auf. Das weiche Polster der Chaiselongue unter ihr fühlte sich an wie ein saugendes Moor, das sie in die Tiefe zog.

»Du hast nur eine einzige Gelegenheit, dieses überaus großzügige Angebot anzunehmen. In zehn Sekunden verfällt es und ich werde Damian und die gesamte verlogene Belegschaft dieses Schlosses aus ihren Betten zerren und verhaften lassen. Also. Zehn. Neun. Acht.«

Rose' Gedanken überschlugen sich. Es musste doch eine Schwachstelle in Kanes Vorschlag geben, die sie ausnutzen konnte. Irgendetwas.

»Fünf. Vier.«

Ihr wollte beim besten Willen nichts einfallen.

»Drei.«

Nicht nur Damian würde verhaftet werden, auch alle anderen, an denen ihr etwas lag. Molly, Jack, die Zwillinge …

»Eins.«

Alles in ihr sträubte sich dagegen, einzuwilligen. Aber sie zweifelte nicht daran, dass Kane seine Drohung wahrmachen würde. Damians Bild erschien vor ihrem inneren Auge. Seine dunklen Locken, in denen sich das Sonnenlicht verfing wie ein glitzerndes Diadem.

»Ja.« Das Wort war aus ihrem Mund entwichen, bevor ihr bewusst wurde, was sie getan hatte. »Ja, ich erkläre mich einverstanden, aber nur unter der Bedingung, dass Damian das Schloss offiziell erhält. Sobald ihm die beglaubigte Besitzurkunde auf seinen Namen ausgehändigt wird, komme ich zu Ihnen. Und ich will selbst zusehen, wie Sie das Telegramm nach London schicken, das Damians Namen wieder reinwäscht.«

Die Finger lösten sich von ihrem Hals, doch auf ihrer Haut blieb ein kaltes Kitzeln zurück, wie von Spinnenfäden.

Kane gab dem finster dreinblickenden Butler einen Wink. »Du hast sie gehört, Morgan. Leite alles in die Wege.«

»Eine Sache noch«, sagte Rose hastig. »Eine Bitte … an meinen zukünftigen Gemahl.« Sie sah ihm in die Augen und hoffte, dass ihre Miene den Hass, der ihre Eingeweide zum Brodeln brachte, nicht verriet.

Doch Kane hatte sich aufgerichtet und sein Blick war unfokussiert, als gälte seine Aufmerksamkeit längst anderen Dingen.

»Sprich«, sagte er leichthin. »Meine Braut braucht nur zu fragen und ich gewähre, was in meiner Macht steht.«

71

Kane hatte ihr die Bitte gewährt und ihr bis zum Mittag Zeit gegeben, um sich zu verabschieden. Wenn sie das Schloss in wenigen Stunden wieder verließ, würde Morgan mit der neuen Besitzurkunde auf Damians Namen auf sie warten. Sie zweifelte nicht daran, dass der Butler in diesem Moment irgendwo dort draußen war und das Schloss beobachtete.

Rosewood Hall schlief noch. In den Korridoren tanzten verträumte Staubflocken im Morgenlicht, als Rose die Treppe hinaufhastete. Sie hatte das Gefühl, wenigstens für kurze Zeit wieder frei atmen zu können, denn dieses vertraute Gemäuer aus hellem Stein war noch immer ihr Refugium, in das Kane nicht hatte vordringen können. Und so würde es auch bleiben, dachte sie mit grimmiger Entschlossenheit.

Damian würde sie dafür hassen, später, wenn er die Wahrheit erfuhr, und sie wusste, dass es selbstsüchtig war, aber wenn sie sich nicht verabschiedete, würde sie die kommenden Jahre nicht überstehen. Nur eine kurze, leuchtende Zeit des Glücks, eine Ahnung dessen, was hätte sein können.

»Damian«, hauchte sie, kaum, dass er die Tür öffnete.

»Rose.« Er war barfuß und sein Hemd war am Kragen offen, als hätte er es sich hastig übergezogen, um ihr zu öffnen. »Du bist noch hier.« Sein Lächeln war hoffnungsvoll und schlaftrunken, als wäre er sich nicht ganz sicher, ob er träumte.

Es erforderte all ihre Kraft, nicht auf der Schwelle in Tränen auszubrechen, doch das durfte nicht passieren, dann würde sie ihm alles gestehen und er würde sie niemals gehen lassen. Damit wäre ihrer aller Untergang besiegelt.

Sie öffnete den Mund, brachte aber kein Wort über die Lippen.

»Hast du es schon gehört? Die Amerikaner sind in den frühen Morgenstunden abgereist«, flüsterte er und ein Lächeln stahl sich über seine Züge. »Erst Barb, dann Cormoran. Wir haben gewonnen.«

»Ja, das haben wir.« Sie erwiderte sein Lächeln, auch wenn es beinahe körperlich wehtat. Sie konnte, nein, durfte ihm nicht von Kane erzählen.

Ihr blieb nicht viel Zeit. Damian musste die Entschlossenheit auf ihrem Gesicht wahrgenommen haben, denn er sah sie fragend an und streckte eine Hand nach ihr aus. Hastig schlüpfte sie in den Raum und schloss die Tür hinter sich.

Sein Lächeln, als er sich ihr zuwandte, raubte ihr den Atem. Das dunkle Haar, das ihm lose ins Gesicht fiel, die geschmeidige Anmut seines Körpers und der Duft nach Zedernholz, der von ihm ausging, waren betörender denn je. Rose spürte ein heißes Pochen in ihrem Inneren, als würde ihr Herz verzweifelt jede Sekunde zählen, die ihnen noch blieb.

Sie würde keine einzige davon ungenutzt verstreichen lassen, schwor sie sich. Seine Augen weiteten sich überrascht, als sie ohne Umschweife Kleid und Unterkleid über den Kopf zog und zu Boden gleiten ließ.

Es war nicht kalt, doch kühl genug, dass die Knospen ihrer Brüste sich aufrichteten und eine leichte Gänsehaut ihren ganzen Körper überzog.

Damians Blick, der zärtlich und begierig zugleich über ihren Körper strich, verstärkte ihre Gänsehaut. Es war, als würde ein erwartungsvolles Kribbeln von ihr Besitz ergreifen, und sie war sich ihrer Nacktheit nur allzu bewusst. Es war anders, als sich Damian im Schein des Feuers zu zeigen, das ebenso viel verbarg, wie es entblößte. Nun, im kühlen Licht des Morgens, gab es keine Verstecke mehr.

Nur sie selbst, völlig unbedeckt.

Sein Lächeln sagte ihr alles, was sie wissen musste. Er machte einen schnellen Schritt auf sie zu, doch anstatt sie in seine Arme zu schließen, ließ er ein wenig Abstand zwischen ihnen. Sein Blick wanderte über ihren Körper und er atmete ein, langsam und tief.

»Du bist wunderschön, Rose«, flüsterte er rau.

Sie legte einen Finger an seine Lippen, dann ließ sie ihre andere Hand zwischen seine Beine gleiten, ertastete seine Härte unter dem Stoff, löste hastig die Knöpfe, damit er sich der störenden Hose entledigen konnte.

Während ihre Finger sein Glied umschlossen, spürte sie, wie die Hitze zwischen ihren Beinen sich ausbreitete und ihren ganzen Körper ergriff. Sie ließ die Finger über seine Härte wandern und er erzitterte. Er gehörte ganz ihr in diesem Moment.

»Du treibst mich in den Wahnsinn«, raunte er.

Seine Worte lösten einen begehrlichen Schauer in ihr aus. Sie setzte sich auf die Fensterbank, spürte das kühle Glas der runden Butzenscheiben in ihrem Rücken, den leichten Luftzug, der hereindrang, und dann spreizte sie die Beine. Er öffnete den Mund, als wolle er etwas sagen, doch kein Wort kam heraus. Er starrte sie an, so voller Begehren und Bewunderung, voller nackter, unverstellter Lust, doch als sie die Hand ausstreckte, löste er sich aus seiner Erstarrung und machte einen Schritt auf sie zu.

Ihr ganzer Körper fühlte sich an wie eine zum Zerreißen gespannte Bogensehne und sie war sicher, dass es ihm ebenso ging.

Er war ihr nun ganz nah.

Sie schmiegte sich an ihn und er nutzte die Gelegenheit, sie lang und intensiv zu küssen. Das Spiel ihrer Zungen war leidenschaftlich, der verzweifelte Rhythmus zweier Getriebener. Seine Finger glitten über ihren Körper, tasteten sich zwischen ihre Schenkel, drangen in sie vor und fanden nach wenigen Augenblicken einen schnellen Rhythmus, der ihr ein Stöhnen entlockte.

Irgendwann löste er sich atemlos von ihr und ging vor ihr in die Knie. Sie legte die Beine über seine Schultern und atmete scharf ein, als er abermals einen Finger zwischen ihre Beine gleiten ließ, doch diesmal spürte sie auch seine Zunge, die in quälend langsamen Kreisen über ihre empfindsamste Stelle strich.

Sie bog sich ihm entgegen, stieß verzweifelte, lustvolle Laute aus, die er mit einem dunklen Stöhnen erwiderte. Er nahm einen weiteren Finger zu Hilfe und sie erschauderte wohlig unter seiner zärtlichen und zugleich festen Berührung. Er presste seine Lippen auf ihre Perle und saugte sanft, wartete, bis er sie fordernd aufstöhnen hörte, bevor er schneller und schneller wurde, seine Zunge im gleichen, unnachgiebigen Takt bewegte wie seine Finger in ihr. Ihre Beine begannen zu zittern und die Hitze in ihrer Mitte war nun beinahe schmerzhaft, aber auf eine köstliche, trunkene Weise, die die Erlösung herbeisehnte.

Sie spreizte die Beine weiter, grub die Finger in sein lockiges Haar, da spürte sie es: Wie das elektrische Knistern, das einem Blitz vorausgeht, begann es in ihren Fingern und Zehenspitzen und breitete sich über ihren ganzen Körper aus. Sie legte den Kopf in den Nacken und ihr Mund öffnete sich zu einem stummen Schrei, während sich die unermessliche Anspannung in schnellen, lustvollen Zuckungen entlud.

Sie verlor sich ganz in dem Gefühl, dem Rausch des Augenblicks, dann spürte sie seine Lippen auf ihren, schmeckte sich selbst auf seiner Zunge und genoss die Nähe zwischen ihnen, während die Erschütterungen ihres Körpers abklangen.

Irgendwann ergriff er sanft ihre Hand, zog sie zum Bett und sie ließen sich darauf sinken. Sie atmete noch immer schwer und es gefiel ihr zu sehen, dass auch er außer Atem war.

»Glaubst du, diesmal wird es funktionieren?«, flüsterte sie ihm zwischen zwei Küssen zu.

»Hat es das nicht schon?« Er hob amüsiert eine Augenbraue und glich mit einem Mal wieder dem arroganten Dandy aus dem Zug.

»Ich meine es ernst.« Sie kicherte und knuffte ihn in die Seite, bevor sie wieder ernst wurde. »Diesmal will ich dich in mir spüren, Damian«, hauchte sie in sein Ohr und schlang die Arme um seinen Nacken. Er antwortete mit einem erregten Keuchen und zog sie so eng an sich, dass sie seine pochende Härte zwischen ihren Körpern spüren konnte.

Sie tastete nach seinem Glied, ließ die Finger spielerisch über die glatte Spitze gleiten und lauschte auf seinen Atem, der in immer schnelleren Stößen kam.

Während sie ihn an ihren Eingang führte, verharrte er reglos über ihr, hatte sich auf die Unterarme gestützt und eine Hand in ihrem Haar vergraben, während die andere sanft ihre Wange liebkoste. Sie versteifte sich einen Moment lang, als er langsam in sie vordrang, doch sein Blick, der unverwandt und voller Zärtlichkeit auf ihrem Gesicht ruhte, gab ihr Mut.

Einige Herzschläge später fühlte sie sich auf köstliche, verbotene Weise ausgefüllt.

»Oh, Damian!« Ihr Innerstes zog sich eng um ihn zusammen und er stöhnte rau auf. Sie bewegte ihm ihre Hüften entgegen, dann zog sie sich ein wenig zurück, was er als Aufforderung verstand, wieder zuzustoßen, eine Bewegung, bei der alles in ihr jubilierte.

Der Druck ihrer Hände auf seinem Rücken bestimmte seinen Rhythmus und erst war er behutsam, hielt sich zurück, doch sie wollte mehr, wollte alle Vorsicht in den Wind schlagen.

Sie grub die Finger in seinen Rücken und er kam ihrem unausgesprochenen Wunsch nach, versenkte sich mit immer schnelleren, haltlosen Stößen in ihr, die die Bettfedern zum Quietschen brachten. Ihr Körper war nach dem vorausgegangenen Höhepunkt empfindsamer und reagierte mit einer Heftigkeit, die sie selbst überraschte. Es würde gleich passieren, das spürte sie in der Art und Weise, wie ihre Beine erneut zuckten, während er sie fest an sich presste und sein schneller Atem über ihren Hals strich.

Er presste die Lippen an ihren Hals und das Stöhnen, das er ausstieß, vibrierte auf ihrer Haut. Die Muskeln in ihrem Inneren umschlossen ihn so fest, dass sie das Pulsieren seines Glieds am ganzen Körper spürte, dann erfasste das Beben auch sie, wurde übermächtig, bis es jedes andere Empfinden überstrahlte. In diesem Augenblick, in dem die Zeit bedeutungslos wurde, gab es nur noch sie beide in einem Wirbel aus sengend heißer Ekstase.

Benommen schnappte sie nach Luft, als die Erschütterung nach und nach verklang. Ihre Beine zitterten und fühlten sich kraftlos an. Noch immer umschloss sie ihn, spürte seine unverminderte Härte, obwohl seine Flüssigkeit ihre Schenkel hinabrann.

Seine Lippen fanden die ihren und sie versanken in einem tiefen, langsamen Kuss. Kaum merklich bewegte er die Hüften und trotz ihrer Erschöpfung merkte sie, wie sich ihre Lust erneut aufbaute. Sie spürte ihn an jenem tiefen Punkt in ihrem Inneren, wo er ein unbeschreibliches Glücksgefühl auslöste. Er wurde schneller, ihr Kuss wurde dringlicher. Ihr Stöhnen wurde im Gleichklang lauter, bis es erneut seinen Höhepunkt erreichte.

Rose wollte dieses köstliche Gefühl für immer auskosten, wollte in diesem Limbo der Erschöpfung verharren und ihn niemals wieder loslassen.

*

Sie wollte ihm nicht in die Augen sehen. Sie hatte Angst vor dem, was er dort lesen würde. Vor dem Verrat, den sie an ihm begehen würde. *Wir alle müssen mit den Karten spielen, die uns zugeteilt werden.*

Und dann tat sie es doch, hob den Kopf und sah ihn an. Hoffte wider jede Vernunft, dass er später verstehen würde, warum sie es getan hatte.

Er lag mit geschlossenen Augen auf dem Bett, ein leises Lächeln auf den Lippen. »Ich liebe dich, Rose«, murmelte er kaum hörbar. »Schon seit dem Moment, als du in mein Abteil gestolpert bist.«

Rose' Herz riss mitten entzwei und es gab nichts, was sie dagegen tun konnte. Langsam erhob sie sich, streifte ihre Kleider über und zwang sich, auf den Gang hinauszutreten. Ein lauter Knall ertönte, als die Tür zufiel, gefolgt von dem Knirschen des Schlüssels, als sie ihn von außen im Schloss drehte.

»Rose, was soll das?« Seine Stimme drang verschlafen durch das dicke Holz.

Sie atmete tief durch, schmeckte Salz auf ihren Lippen, aber sie wusste, was sie zu tun hatte. Sie streckte eine Hand aus, spürte die steinerne Wand, warm und sicher, während sie eilig durch den Korridor hastete.

Der Butler wartete am vereinbarten Platz. Entschlossen griff sie nach der Urkunde und stellte wie durch einen Nebel hindurch fest, dass ihre Hände aufgehört hatten zu zittern.

Sie ging den Weg zurück und das Hämmern, das aus Damians Zimmer drang, wurde lauter, je näher sie kam. Die schwere Tür erzitterte in ihrem Rahmen.

»Lass mich raus«, brüllte er.

Wortlos bückte sie sich und schob das Papier unter der Tür hindurch. Dann, ohne seine Reaktion abzuwarten, machte sie kehrt und ging mit schnellen Schritten den Korridor entlang.

Das Hämmern an der Tür erstarb.

72

Die Zugfahrt mit Kane war eine Tortur.

Die Reisetasche, ihre treue Begleiterin, lag zu ihren Füßen wie ein schlafender Hund. Einzig der Inhalt der Tasche verband sie noch mit der jungen Frau, die damals so übereilt und voller Hoffnungen aufgebrochen war.

Niemand hatte sie gesehen, als sie verstohlen in die Kutsche gestiegen war, die sie zum Bahnhof Forley brachte, wo der Zug bereits ungeduldige Rauchwolken ausstieß. Obwohl Morgan ihr nicht von der Seite gewichen war, hatte Rose beim Einsteigen gezögert und hilfesuchend den Blick über den kleinen Platz und die Gleise schweifen lassen. Gegenüber war gerade ein Zug eingefahren und eine kleine Schar Menschen hatte sich über den Bahnsteig ergossen.

Rose hätte alles gegeben, um mit einem von ihnen zu tauschen: Mit der gebeugten Greisin, die auf ihren Stock gestützt ihrem wartenden Mann entgegenging, oder mit der eleganten Frau im lavendelfarbenen Kleid, der der Wind das blonde Haar ins Gesicht wehte. Doch ein unsanfter Stoß im Rücken ließ ihr keine Gelegenheit, diesen Gedanken weiter nachzuhängen. Mit mürrischer Miene hatte Morgan sie die Treppe hinaufgedrängt.

Nun starrte Rose blicklos aus dem Fenster, während die vertraute, liebgewonnene Landschaft an ihr vorbeizog. Doch an diesem Tag wirkten die dunklen Wälder wie die Mauern eines Gefängnisses und die Sonne hatte sich hinter eine dichte Wolkendecke zurückgezogen.

»Was ist los, mein Täubchen?« Kane entkorkte eine Flasche Wein.

Rose erhaschte einen Blick auf das Etikett. Merlot. Damian hätte die Nase gerümpft und den Wein als nichtssagend und charakterlos bezeichnet.

Genau wie Kane, dachte sie und verzog die Lippen zu einem bitteren Lächeln, während er ihr Glas so schwungvoll füllte, dass einige Tropfen auf ihrem Kleid landeten.

»Sobald wir in London sind, besorgen dir etwas Schönes bei Whiteley's oder bei Swan and Edgar, um die Zeit zu überbrücken, bis ich eine Schneiderin aus Paris für dich kommen lasse«, verkündete Kane und musterte sie kritisch. »Du sollst schließlich standesgemäß aussehen, bevor wir dich offiziell in die Londoner Gesellschaft einführen.« Er zog eine leicht angewiderte Miene. »Dieses Kleid verbrenne ich höchstpersönlich, das schwöre ich. Es ist schmutzig und an den Ellbogen ganz fadenscheinig.«

Rose spürte, wie die Wut in ihrem Inneren zu brodeln begann. Sie selbst hatte oft ganz ähnliche Absichten gegenüber diesem Kleid gehegt, aber aus Kanes Mund war diese Äußerung nichts als Niedertracht.

Sie nahm einen vorsichtigen Schluck von ihrem Merlot und verzog das Gesicht. Fade, wie sie es sich gedacht hatte. Nichts, worüber jemand Gedichte schreiben würde. Seufzend hievte sie ihre Tasche auf den freien Platz neben sich und öffnete die Laschen.

»Was tust du da, Täubchen?«, fragte Kane misstrauisch und ließ den Blick keine Sekunde von ihr, während sie in der Tasche wühlte.

»Ich möchte ein wenig lesen«, erwiderte sie kühl und förderte Miss Pemberleys Buch zutage.

»›Reiseführer für die unerschrockene Dame‹?« Er schnaubte. »Pack das weg, so etwas verdirbt nur dein kleines Hirn.«

Wortlos klappte sie das Buch mit einem lauten Knall zu.

»Es schmeckt dir wohl nicht?« Kane war nicht entgangen, wie zaghaft sie von ihrem Wein genippt hatte. »Tja, du wirst dich an den Geschmack gewöhnen müssen. Wie an so vieles.«

»Ich glaube nicht, dass ich mich jemals daran gewöhnen könnte«, erwiderte Rose und meinte damit sowohl den Wein als auch den Mann ihr gegenüber.

»Oh, du wirst mich für immer hassen«, sagte er hämisch. »Nun, ich sage dir, dass mir das herzlich egal ist. Ja, es wird mir Vergnügen bereiten, zu wissen, wie sehr du mich verabscheust, Täubchen.«

»Und mir wird es Vergnügen bereiten, zu wissen, dass Damian seinen Familiensitz wiedererlangt hat«, sagte sie, wandte sich demonstrativ von Kane ab und sah wieder aus dem Fenster, zu der Stelle hinter dem Hügel, der Rosewood Hall vor ihren Blicken verbarg.

»Das ist mir herzlich egal«, sagte Kane kühl. »Geld tröstet einen über so vieles hinweg, nicht wahr?«

»Nun«, erwiderte Rose langgezogen, noch immer, ohne ihn anzusehen. Sie hatte ein letztes Ass im Ärmel. »Du wirst leider feststellen müssen, dass meine Mutter mir jegliche finanzielle Zuwendung aufgekündigt hat. Wir verstehen uns im Moment nicht besonders gut. Ich glaube, ihre genauen Worte waren: ›Von mir wirst du keinen müden Heller mehr bekommen.‹ So ein Pech für Sie, was?«

Einen Moment lang schwieg Kane und die Stille schien sich auszudehnen, leer und drückend zugleich. Dann brach er in schallendes Gelächter aus.

»Ach«, sagte er, als er wieder zu Atem gekommen war, und wischte sich Lachtränen aus den Augenwinkeln. »Du glaubst, du könntest mich überlisten? Mich in meinem eigenen Spiel schlagen? Es ist wie Schach, meine Liebe. Man verliert, wenn man nicht langfristig denkt und plant.«

Rose wurde kalt, trotz der Wärme im Abteil. Was meinte er damit? Sie antwortete nicht und das eisige Schweigen zwischen ihnen schien ihr auch die letzte Wärme aus den Gliedern zu saugen.

Sie dachte an den wortkargen Butler, der vor der Tür Wache hielt. Von ihm war keine Hilfe zu erwarten.

Kane, der dem Wein kräftig zugesprochen hatte, erhob sich schwerfällig von seinem Sitz und riss die Tür auf, die die beiden Privatwaggons miteinander verband. Rose konnte Morgan auf dem Gang erspähen und dahinter Sams schmale Silhouette.

Zu dumm, dass die Waggons vom Rest des Zuges getrennt waren. Ihre einzige Chance hinauszugelangen war bei einem Zwischenhalt, aber der Zug, der auf der Hinfahrt in jedem einzelnen Dorf gehalten hatte, brauste nun mit unverminderter Geschwindigkeit durch die Landschaft. Kane hatte weiß Gott Geld genug, um dafür zu sorgen, dass der Zug leer fuhr, was Zwischenhalte unnötig machte.

Er murmelte einen Befehl und gleich darauf glitt Sam durch die Abteiltür, während Kane auf den Gang hinaustrat.

Rose kniff die Augen zusammen. »Ist er meiner Gesellschaft bereits überdrüssig oder drückt ihm der viele Wein auf die Blase?«, fragte sie mit bitterem Humor, mehr um irgendetwas zu sagen, denn aus echter Neugier. Doch Sam erwies sich als ebenso schweigsamer Gesprächspartner wie der Butler. Er lehnte mit verschränkten Armen an der geschlossenen Tür und ließ sie nicht aus den Augen.

Einen Moment wägte sie ab, ob sie Sam körperlich überlegen wäre. Aber vor der Tür stand immer noch Morgan.

Schließlich rang Rose sich ein Lächeln ab. »Von mir geht keine Gefahr aus. Kein Grund, das Chloroform wieder auszupacken«, versuchte sie sich an einem Scherz.

Sam verzog keine Miene.

Rose überlegte einen Moment lang, ließ den Blick neugierig über Sams ernste Züge gleiten, dann beugte sie sich vertraulich vor. »Du musst nicht für ihn arbeiten«, flüsterte sie eindringlich. »Es gibt noch andere Menschen, die dich unter ihre Fittiche nehmen würden. Die dir eine Ausbildung zukommen lassen könnten. Ich habe in den letzten Monaten so viele faszinierende Menschen kennengelernt, Menschen, die auf alle Konventionen pfeifen. Eine Maskenbildnerin, eine Varietésängerin, sogar ein Medium, das Geister beschwört … Vielleicht könnte ich dir eine Ausbildung bei einer von ihnen verschaffen. Eine redliche Arbeit.«

Sie stockte. Sie wollte Sam nicht zu viel versprechen, aber sie hatte den Eindruck, dass der Junge ein gutes Herz hatte. Und noch ein anderer Verdacht beschlich sie, als sie in Sams Gesicht sah, aber sie wollte nicht zu sehr vorpreschen. Gespannt hielt sie den Atem an und wartete ab.

Die haselnussbraunen Augen blinzelten, verrieten jedoch keine Gefühlsregung. Rose konnte ein enttäuschtes Seufzen nicht unterdrücken.

Kurz darauf kehrte Kane wieder zurück und schickte Sam mit einer nachlässigen Handbewegung hinaus.

Rose starrte aus dem Fenster in den sich verdunkelnden Himmel. Sie fuhren einer Gewitterfront entgegen. Der Zug stampfte und schnaubte, doch selbst das konnte der Stille, die wie ein Gewicht auf ihr lastete, nichts entgegensetzen. Irgendwann senkte sich Zwielicht über sie, obwohl es mitten am Tag war. Blitze zuckten über den Himmel, Donner grollte wie ein unsichtbares Raubtier.

Dann riss ein erneuter Blitz den Himmel auf wie einen Vorhang und sie erblickte eine Rauchsäule am Horizont, als wäre an dieser Stelle die Nacht durch den Schleier des Tages gebrochen.

Als sie um eine Biegung fuhren, gaben die umliegenden Wälder und Hügel wieder den Blick frei auf den Berg, der Rosewood Hall verbarg. Die Rauchsäule stand direkt darüber. Und flackerte nicht ein unsteter Schein über dem Bergrücken?

Mit einer schlagartigen Gewissheit erkannte sie, was es war.

»Nein«, keuchte sie und presste die Hände gegen die Fensterscheibe, als könnte sie sie so zum Verschwinden bringen.

Rosewood Hall brannte. Ein flammendes Fanal.

Und Damian war noch immer eingeschlossen.

»Siehst du es, mein Täubchen?« Kane leerte sein Glas und leckte sich über die glänzenden Lippen.

»Was hast du getan?« Ihre Stimme war kaum hörbar.

»Schach, meine Liebe. Hast du geglaubt, ich würde ihm etwas überlassen, das ich selbst nicht haben kann? Ihn einfach so gehen lassen?«

Klauen, die sich in ihre Beute graben. Die nie mehr loslassen.

»Ich habe ihm alles genommen, was ihm je etwas bedeutet hat.« Kane klang sanft, beinahe wehmütig. »Das Schloss und die Frau, die er über alles liebt. Seine Vergangenheit und seine Zukunft.«

Du hast ihm mehr als das genommen, dachte Rose und ein Zittern durchlief sie, das tief aus ihrem Inneren kam. Wie von selbst glitt ihre Hand in ihre Tasche, betastete den Schlüssel darin, das Metall, das sich glühend heiß anfühlte.

Ich selbst habe ihn eingeschlossen.

73

Sie musste etwas tun, selbst wenn es bereits zu spät war. Nur was? Sie fühlte sich unglaublich machtlos.

Sie dachte an Miss Pemberleys Buch, das ihr geholfen hatte, als sie diese Reise angetreten hatte. Eine Reise, deren Ende sie nie und nimmer hätte vorausahnen können. Es lag nun auf dem Tisch und der Einband sog die Weintropfen auf, die Kane auf dem Tisch verschüttet hatte.

Vorsichtig griff sie nach der halbleeren Weinflasche und zog ihrer beider Gläser zu sich heran, um nachzuschenken.

Was hätte Miss Pemberley ihr in dieser Situation geraten? Tja, sie hätte den Kopf geschüttelt, denn Rose hatte sich von ihrer Sturheit und ihren Impulsen leiten lassen. Das, so dachte sie bitter, hatte sie wohl mit ihrem Vater gemein.

Die Szene in seinem Studierzimmer kam ihr wieder in den Sinn. Was ging dir durch den Kopf, Vater, dachte sie. *Wolltest du das Vergangene wieder gutmachen? War es ein Hilferuf, dass du mir Rosewood Hall vermacht hast? Hast du dein Leben lang damit zugebracht, das Geschehene zu bereuen, davor zu fliehen, dass du ein Menschenleben ausgelöscht hattest?*

In vieler Hinsicht bin ich wie du, dachte Rose, aber nicht in dieser. *Ich werde nicht den Rest meines Lebens damit verbringen, zu bereuen und zu hoffen, dass andere es wieder gutmachen.*

»Was tust du da?« Kanes alarmierte Stimme durchschnitt ihre Gedanken.

Erschrocken sah sie auf und bemerkte, dass sie sein Glas bis zum Anschlag gefüllt hatte – bei jedem Ruckeln des Zugs schwappte sein dunkler Inhalt gefährlich hin und her.

»Oh, es tut mir leid«, murmelte sie und stellte die Flasche hastig ab, da packte er bereits ihr Handgelenk.

»Du hast mir gerade etwas ins Glas gefüllt«, zischte er mit zusammengekniffenen Augen.

»Nein«, protestierte sie, doch in diesem Moment glitt die kleine braune Glasflasche aus ihrem Ärmel und zerschellte an der Tischkante.

Ein Geruch nach Nelken, Zimt und Ethanol stieg auf, begleitet von Kanes wütendem Schnauben.

»Du dummes Ding«, knurrte er. »Wir befinden uns hier in einem Privatwaggon ohne Zugang zum restlichen Zug. Vor unserer Abteiltür stehen Morgan und Sam Wache. Du bist eine Närrin, wenn du denkst, du könntest von hier fliehen.«

Er schnupperte und verzog das Gesicht. »Was ist das? Ein Gift?«

Sie schüttelte den Kopf, als er sich vorbeugte und auf die am Boden liegenden Scherben spähte.

»Mecon?« Er lachte barsch, als er das Etikett sah. »So so, die kleine Dame wollte mich mit einem Betäubungsmittel außer Gefecht setzen. Was für ein jämmerlicher Versuch. Aufgehalten hättest du mich damit ohnehin nicht.«

Er atmete schwer und blies Rose seinen Weinatem ins Gesicht. »Ich habe eine bessere Idee.« Er ließ ihren Arm los, griff ruckartig nach seinem mit Mecon versetzten Wein und hielt ihn ihr auffordernd hin. »Da, trink aus.«

»Nein, bitte.«

»Ist doch nur ein wenig Opiumtinktur.« Er grinste. »Du wolltest mich mit diesem Mittel benebeln, also halte ich es nur für recht und billig, wenn du von deiner eigenen Dummheit kostest.«

Zitternd griff sie nach dem Glas, dann stieß sie ein verzweifeltes Lachen aus und führte es zum Mund.

Kane griff nach dem Glas, aus dem Rose ursprünglich hatte trinken wollen, und zwinkerte ihr zu. »Ich nehme lieber das Glas ohne Mecon, wenn du gestattest. Aber in Zukunft wirst du mir reinen Wein einschenken müssen, sonst bin ich gezwungen, dich in unserem Schlafzimmer einzusperren. Auf gute Gesundheit.«

Sie trank. Der Wein schmeckte kaum anders, eine Zimtnote, eine leichte Schärfe, aber das konnte auch der Geruch des verschütteten Mecons sein, der ihr in die Nase stieg.

Sie leerte ihr Glas in wenigen tiefen Zügen.

Kane tat es ihr gleich und grinste wölfisch. »Genieß den Rest der Reise, mein Täubchen. Wenn wir in London angekommen sind, ist von Rosewood Hall nur noch Asche übrig.«

*

Zuerst passierte nichts.

Der Zug ratterte weiter, entfernte sich mehr und mehr von der brennenden Rauchsäule, die wie ein drohender Finger in den Himmel wies.

Damian.

Sie sagte seinen Namen in Gedanken, wiederholte ihn unablässig wie ein Gebet, als könnte sie so etwas ausrichten.

Dann schlich sich eine Schwere in ihre Gedanken und die leere Weinflasche auf dem Tisch zog Schlieren. Alles sah aus wie ein frisches Aquarell, dessen nasse Farben ineinanderliefen.

Kane hatte sich zurückgelehnt und war in einige Dokumente vertieft, anscheinend irgendwelche geschäftlichen Unterlagen.

»Mir ist übel«, krächzte sie.

Kane sah auf und musterte sie aus zusammengekniffenen Augen. »Dich jetzt zu übergeben wird die Wirkung nicht mehr aufhalten«, sagte er kalt.

»Nein … Reisekrankheit, dieses Ruckeln … Mir ist wirklich übel«, wiederholte sie. Unvermittelt beugte sie sich vornüber, schlug sich die Hand vor den Mund und würgte.

Kane stieß einen unterdrückten Fluch aus und klopfte heftig gegen die Abteiltür. Sam steckte fragend den Kopf herein.

»Ihr ist übel. Bring sie zur Toilette«, wies Kane den Jungen an. »Schnell, sie soll keine Sauerei im Korridor machen.«

Sofort war Sam an ihrer Seite, stützte sie und führte sie vorsichtig auf den Gang hinaus. Rose hatte Mühe, ihre Umgebung deutlich wahrzunehmen. Die Lampen, die den schummrigen Gang erleuchteten, hüpften auf und ab wie Irrlichter.

Sie sah die Toilettentür vor sich, stolperte hinein und wollte sie wieder schließen, als Sam den Fuß in den Türspalt stellte.

»Bitte«, brachte Rose heraus und schüttelte schwach den Kopf. »Das willst du nicht mitansehen, glaub mir. Aber ich lasse die Tür unverschlossen, ja?«

Sam schien zu überlegen, doch als Rose sich erneut die Hand vor den Mund schlug, nickte er einmal knapp und zog die Tür zu.

Sie klammerte sich mit beiden Händen am Waschbecken fest und starrte auf ihr Spiegelbild. Große dunkle Augen starrten zurück.

Langsam drehte sie den Kopf und warf einen Blick aus dem schmalen Fenster. Die Dunkelheit hatte die Rauchsäule verschluckt, und einen Moment lang hatte sie die verrückte Hoffnung, alles wäre nur ein Traum. Vielleicht hatte die Dunkelheit auch die Wirklichkeit ausgelöscht. Aber nein, das war nichts als Wunschdenken. Rosewood Hall brannte.

Und mit ihm Damian.

In ihrem Zustand, der nur noch wenige Gedanken zuließ und bald, das spürte sie, einer bleiernen Lethargie Platz machen würde, beschloss sie, etwas sehr, sehr Dummes zu tun. Sie sah, dass die Gleise in einiger Entfernung eine Biegung beschreiben würden, und atmete tief ein.

In dem Moment, als der Zug in einer Kurve abbremste, schob sie das Fenster des Abteils auf und war dankbar, dass ihr Reisekleid und ihr leichtes, biegsames Korsett so viel Bewegungsfreiheit zuließen. In Sekundenschnelle hing sie außen am Zug, krallte sich mit zitternden Fingern an der Seite fest und dann, während Sams erstauntes Gesicht aus dem Fenster zu ihr heraussah, ließ sie los und fiel.

74

Der Aufprall presste ihr die Luft aus den Lungen. Der Schwung trug sie weiter die Böschung hinab und ihre Hände krallten sich verzweifelt in Kies und Schotter, vermochten ihren Sturz aber nicht zu bremsen. Irgendwann blieb sie liegen und versuchte zu Atem zu kommen, während sich spitze Wurzeln in ihren Rücken bohrten.

Der Zug ratterte vorbei und sie sah verschwommen, wie er an ihr vorüberzog. Wie viel Zeit ihr wohl blieb? Womöglich nur wenige Augenblicke, bis Kane den Befehl zum Anhalten erteilte.

Ächzend rappelte sie sich auf und klaubte sich im Laufen den Kies aus den Handflächen, bevor sie die Richtung einschlug, aus der der Zug gekommen war. Ihr ganzer Körper schmerzte, doch sie schien sich nichts gebrochen zu haben. Der neblige Schleier, der über ihren Gedanken lag, war einer ernüchternden Klarheit gewichen.

Damian. Sie musste zu ihm gelangen. Sie wusste nicht, wie lange die Zugfahrt gedauert hatte, aber in der Ferne konnte sie über den Baumwipfeln noch immer den Hügel erkennen, hinter dem Rosewood Hall liegen musste, ein dunkler Umriss vor dem brodelnden Gewitterhimmel. Als sie keuchend nach Luft schnappte, glaubte sie, den Rauch des Feuers riechen zu können, den der Wind selbst über diese Entfernung zu ihr trug.

Das ist das Mecon, dachte sie grimmig, es gaukelt mir den Brandgeruch vor. Sie stieß einen Fluch aus, als ihr bewusst wurde, dass der Schmerz in ihren Gliedmaßen bereits zu einem dumpfen Pochen verblasste; sie würde der Wirkung des Mittels nicht viel länger widerstehen können. Es milderte zwar ihren Schmerz, aber es verwirrte auch ihre Gedanken mit seiner lähmenden Klebrigkeit.

Über ihr donnerte es laut, die Landschaft wurde mal in grelles Licht getaucht, das alles merkwürdig flach und konturlos erscheinen ließ, dann wieder in Zwielicht, das die schattenhaften Umrisse ihrer Umgebung in bedrohliche Wesen verwandelte.

Doch sie hatte keine Angst mehr, geblieben war nur ein einziger Gedanke, der wie eine Klinge in ihren benebelten Geist stach: Damian. Sie zu lieben war sein größter Fehler gewesen, hatte er gesagt, und nun hatten sich seine Worte auf grausame Weise bewahrheitet. Sie war davon überzeugt gewesen, seine Liebe nicht verdient zu haben. Trotzdem, sie hätte ihm ihre Gefühle gestehen sollen, als sie noch die Zeit dazu gehabt hatte.

Sie ließ die Bahnschienen hinter sich und erklomm keuchend eine Anhöhe, von der aus sie einen Pfad erspähte. Dort gab es weniger Bäume, weniger Schutz vor Blicken – oder dem Blitz, der die Landschaft im Minutentakt in eine hell erleuchtete Bühne verwandelte.

Noch so weit.

Das Mecon nahm ihr die Orientierung, die Donnerschläge schienen von überall her zu kommen und ihr Trommelfell vibrierte. Die schweren Wolken bäumten sich auf wie ein gewaltiges Pferd und sie konnte schweres Hufgetrappel hören, das selbst ihre angestrengten Atemzüge übertönte. *Nein, es ist nicht echt. Beachte es nicht.*

Schließlich fiel der Weg vor ihr ab und sie beschleunigte ihre Schritte mit letzter Kraft. Sie hätte nicht sagen können, wie schnell sie vorankam – ihre Füße schienen über den unebenen Weg zu fliegen, doch zugleich hatte sie das Gefühl, sich nicht vom Fleck zu bewegen. In diesem Moment wurde das Hufgetrappel lauter, ein Pferd schnaubte, und als sie sich hektisch umsah, erkannte sie die Silhouette eines Reiters, der in wildem Trab näherkam. Sie lief weiter, obwohl sie wusste, dass es aussichtslos war. Aber sie würde sich Kane nicht kampflos ergeben. Niemals.

Dann hatte der Reiter sie überholt und zügelte sein scheuendes Pferd. Die ersten schweren Regentropfen begannen zu fallen und ein Blitzschlag erhellte den Weg, als hätte jemand ein Bühnenlicht eingeschaltet. Rose sank in die Knie. Ihr Atem ging flach und sie blinzelte, um das Bild vor ihr zum Verschwinden zu bringen, das die Opiumtinktur ihr einflüsterte.

Es war der Mann von dem Gemälde, das in einer Ecke von Damians Dachboden verstaubte. Sein moosgrünes Jackett war an den Schultern dunkel vom Regen, sein Gesicht ernster und hagerer als das seines Sohnes, gezeichnet von Zorn und Sorge. Darius Drake war zusammen mit dem Nebel erschienen, der langsam über die Hügelkuppe kroch, als hätte die Natur selbst seinem Geist neues Leben verliehen.

Das alles sah Rose in dem Sekundenbruchteil, in dem der Blitz über den Himmel zuckte. In der Schwärze, die folgte, wurde der Regen zu einem dichten Vorhang. Beim nächsten Blitzschlag lag der Weg verlassen vor ihr, der Reiter war verschwunden.

Ihr Herz setzte einen Schlag aus. Sie versuchte, dem, was sie soeben gesehen hatte, einen Sinn abzugewinnen, aber ihre Gedanken waren träge und ihr Körper erschöpft. Sie hatte kaum Kraft sich zu erheben, auch nicht, als sie Schritte hinter sich hörte. Sie wandte den Kopf und erwartete, den Reiter zu sehen, doch die Gestalt, die sich schnell mit einer Sturmlaterne nährte, war nicht der Reiter.

Es war Kane. Die Laterne in seiner Linken hüpfte auf und ab, während er mit der Rechten einen Revolver fest umklammerte. Rose rührte sich nicht. Wohin hätte sie auch rennen können, selbst wenn ihre Gliedmaßen ihr gehorcht hätten?

Dann war Kane bei ihr und stieß ein abgehacktes Lachen aus. »Du kannst mir nicht entkommen«, schrie er. »Niemand kann mir entkommen. Mit mir einen Handel einzugehen, ist wie einen Handel mit dem Teufel einzugehen. Es gibt keinen Ausweg.«

Er atmete schwer, die Verfolgungsjagd schien ihn ebenfalls mitgenommen zu haben. Mit dem Revolver bedeutete er Rose, aufzustehen, doch sie starrte ihn nur stumm an.

»Viele vor dir haben versucht, sich mir zu widersetzen«, zischte er und breitete die Arme aus wie ein Magier, »aber keinem ist es gelungen. Ich habe die gesamte Oberschicht in der Hand. Jeder, der dem Glücksspiel verfällt, und das sind die meisten, bekommt es irgendwann mit mir zu tun.«

Ein wilder Laut drängte aus seiner Kehle, irgendetwas zwischen Triumpfschrei und ersticktem Lachen. »Aber sie können nicht gegen mich gewinnen, niemals. Und schon gar nicht du, Rose. Ich spiele mit gezinkten Karten!« Er reckte den Revolver in die Höhe und im Schein der Sturmlaterne konnte sie sehen, dass seine Hand leicht zitterte.

Sie verzog die Lippen zu einem Lächeln, doch ihre Muskeln wollten ihr nicht recht gehorchen. »Es ist, als würde die Wirklichkeit verschwimmen, nicht wahr?«

»Wovon zur Hölle faselst du, Mädchen?«

Sie richtete sich schwankend auf, was ihr den letzten Rest Kraft abverlangte, und sah ihm ins Gesicht. Sie überragte ihn um einige Zentimeter und musste sich vorbeugen, um ihm ins Ohr zu flüstern: »Sie haben doch nicht im Ernst geglaubt, ich hätte das Mecon nur in eines der Gläser geschüttet? Ich gab etwas in Ihr Glas, ja, aber die weitaus größere Menge gab ich in mein eigenes. Das Glas, aus dem Sie schließlich getrunken haben.«

Sie stieß ein Kichern aus, das in dem krachenden Donner unterging. »Beim Schachspiel muss man immer ein paar Züge vorausdenken.«

Kane senkte die Waffe und blinzelte heftig. Sie konnte sehen, dass sie ihn verunsichert hatte, dass er nicht wusste, ob ihre Worte der Wahrheit entsprachen.

In diesem Moment tauchte ein Umriss vor ihnen auf, schwärzer und solider als die Dunkelheit um sie herum.

Der Reiter war wieder da.

75

Sie spürte kalten Stahl, der gegen ihre Schläfe presste. Kane hatte den Reiter ebenfalls gesehen und die Waffe ohne zu zögern auf Rose gerichtet. Mit der anderen Hand hielt er die Sturmlaterne in die Höhe.

»Und wer leistet uns da Gesellschaft?«, fragte er schroff.

Der Lichtkegel wanderte zitternd über die altertümliche Kleidung der Gestalt, bis er ihr Gesicht erreichte.

»Zum Teufel«, knurrte Kane, »was hat das zu bedeuten?«

Er drückte den Lauf der Waffe fester gegen ihre Schläfe und ein scharfer Schmerz durchzuckte sie, als das Metall über die empfindliche Haut schrammte. »Siehst du das auch?«, zischte Kane.

Ja, sie sah es, das bleiche Gesicht, das so vertraut und fremd zugleich war. Die Augen, die keine Sekunde lang von ihr und Kane wichen.

»Ich sehe ihn«, flüsterte sie, während sie die Trägheit ihrer Gedanken verfluchte. »Darius.«

Etwas ging in Kane vor, durchlief ihn wie ein Zittern, als würde der Boden unter ihm nachgeben. »Nein«, stieß er zwischen zusammengebissenen Zähnen hervor und zu ihrer Überraschung mischte sich Angst in seine Stimme.

»Wilbur Thaddeus Kane«, rief die Erscheinung. Ihre Stimme ließ Kane zusammenzucken und er riss die Hand mit der Sturmlaterne so heftig zurück, dass sie ihm entglitt und nutzlos über den Boden rollte, bevor sie erlosch.

»Hinfort mit dir, Geist, hinfort«, keuchte Kane. Er klang undeutlich, als würde er auf etwas herumkauen.

Nebel kroch über den Weg und um die Füße der geisterhaften Gestalt. »Es hat dir gefallen, Leid zu verursachen, unaussprechliches Leid«, fuhr sie fort. »Es hat dir gefallen, Menschen gegeneinander auszuspielen, sie zu ruinieren. Sie auszulöschen.«

»Nein«, rief Kane und Rose spürte, wie der Druck an ihrer Schläfe nachließ. Kanes Waffe zeigte nun auf die Erscheinung.

Lauf, befahl sie sich, lauf, doch ihre Beine gehorchten ihr nicht. Das Gesicht des Reiters lag im Dunklen, aber sie wusste, dass seine Augen auf ihr ruhten.

Kanes Hand lag am Abzug, aber er hatte Mühe, den Lauf der Waffe geradeaus zu richten, so stark waren die Schauer, die über seinen Körper liefen.

Sie atmete tief ein und wollte gerade die Hand ausstrecken, als plötzlich der Nebel zu ihrer Linken in Bewegung geriet. Aus milchigen Wirbeln wurden Arme, Beine, ein Kopf. Dann trat jemand aus dem dichten Dunst.

»Sam«, ächzte Kane im selben Moment, als Rose ausholte und seinen Arm mit der Waffe beiseiteschlug.

Er geriet aus dem Gleichgewicht, strauchelte und zog Rose im Fallen mit sich. Einen Moment lang war sie völlig orientierungslos. Sie hielt den Atem an, erwartete jeden Moment einen Schuss zu hören, doch da war nur Kanes rasselnder Atem an ihrem Ohr.

Wo zum Teufel war der Revolver? Sie hob den Kopf und begann, sich Zentimeter für Zentimeter aus Kanes Griff zu kämpfen, doch sie kam nur quälend langsam voran.

Der Reiter reagierte blitzschnell, er schwang sich mit einer fließenden Bewegung vom Pferd und hastete auf Rose zu. Sam stand immer noch wie erstarrt da und blickte verständnislos auf die Szene, die erneut von einem Blitz in grelles Licht getaucht wurde. In diesem Augenblick sah Rose es: Ein metallisches Funkeln zu Sams Füßen.

Der Reiter hatte es ebenfalls gesehen und stürzte darauf zu, doch Sam hatte die Waffe bereits mit einer träumerischen Bewegung aufgehoben und drehte sie hin und her, wie um ein neues Spielzeug zu begutachten.

»Sam«, ächzte Kane und wischte sich das regennasse Haar aus den Augen, »bring mir die Waffe, und zwar schnell!«

Rose hatte es geschafft, ein Stück von ihm wegzurobben, hielt beim Klang seiner Worte jedoch inne und beobachtete Sam.

»Her damit, du nutzloses Gör«, lallte Kane panisch und versuchte aufzustehen, doch in seinen eleganten Schuhen glitt er auf dem durchnässten Untergrund aus. »Hätte ich dich nur niemals eingestellt. In der Gosse wärst du verreckt und niemand hätte dir auch nur eine Träne nachgeweint.«

Der Wind frischte auf, die Wolken jagten über den Himmel und der Regen ließ einen Augenblick lang nach.

»Das ist nicht wahr«, sagte Sam mit gefasster Stimme. »Ich bin die schnellste Kurierin, die London je gesehen hat. Ich bin flinker und geschickter als jeder Laufbursche und jeder Streifenpolizist. Noch nie wurde ich erwischt und noch nie habe ich auch nur einen Penny bei einer Geldlieferung abgezweigt.«

Rose hielt den Atem an und wenige Schritte vor Sam war der Reiter in sprungbereiter Haltung erstarrt. Gib ihm die Waffe, dachte Rose angestrengt, tu es, rette uns alle.

»Ich werde nicht mehr für dich arbeiten.« Mit einem schnellen Zucken ihres Handgelenks schleuderte Sam die Waffe von sich. Der dumpfe Aufprall war irgendwo weiter oben auf dem Hügel zu hören.

»Du Verräterin«, schrie Kane. »Wo ist er? Mein Revolver!«

Mit irrem Blick robbte den Hügel hinauf, tastete den schlammigen Boden ab, näherte sich den Bäumen auf der Hügelkuppe.

Wenn er die Waffe in die Finger bekommt, bringt er uns alle um, schoss es Rose durch den Kopf, doch alles kam ihr weit entfernt und unwirklich vor.

Sie blinzelte und sah einen dunklen Umriss, der schnell näherkam. Es war der Reiter, der nun, da die Waffe irgendwo im Schlamm lag, nicht länger zögerte. Er hastete auf Rose zu, beugte sich über sie und tastete nach ihrem Puls. Dann trat Erleichterung auf seine Züge, bevor er sich hektisch nach Kane umsah, der den Gipfel der Hügelkuppe bereits erreicht hatte.

Etwas Metallisches blitzte in Kanes Hand auf, sein Lachen gellte bis zu ihnen.

Rose konnte nicht aufstehen, ihre Muskeln wogen so schwer wie Blei und eine wärmende Apathie breitete sich in ihr aus. Unwillkürlich wandte sie den Blick zum Himmel, da sah sie einen grellen Schein über sich, scharfe Zacken, die sich wie Furchen in den dunklen Himmel gruben. Sie keuchte eine Warnung an den Reiter hinaus, die gleich darauf in einem ohrenbetäubenden Krachen unterging.

Was als nächstes geschah, sah sie in einer Abfolge von Momentaufnahmen, scharf umrissen vor dem Licht, das herabzuckte.

Kane hatte die Hügelkuppe erreicht und stand unter den Bäumen, den Revolver triumphierend in die Höhe gereckt. Er sah aus wie ein siegreicher Heerführer im Moment seines größten Erfolgs.

Dann schien der Baum selbst gleißend hell zu zersplittern und die Dunkelheit kehrte zurück. Alle Geräusche erstarben,

Rose nahm nur ein fernes Klingen in den Ohren wahr, während Regentropfen ihre Haut liebkosten.

Sie versuchte sich aufzurappeln, doch die Schwärze vor ihren Augen wurde undurchdringlich und legte sich über sie wie Samt.

76

Als sie erwachte, wirkten die Bilder des Gewitters noch eine Weile auf ihrer Netzhaut nach, bevor sie sich im Tageslicht auflösten wie Nebelfetzen.

Neben ihr auf dem Nachttisch befand sich eine Tasse mit dampfendem Tee und nach einer Weile wurde ihr bewusst, wo sie war: Damians Hütte umfing sie mit einer wohligen Geborgenheit, bevor ihr schmerzlich bewusst wurde, was passiert war.

Die Tür öffnete sich und Molly kam mit einem Tablett in der Hand herein.

»Oh, gut, du bist wach«, sagte sie liebevoll und stellte das Tablett neben dem Tee ab. »Hier, ich habe Porridge mit frischen Früchten gemacht.«

Rose richtete ihren Oberkörper auf und blinzelte ein paar Mal. »Damian«, sagte sie langsam und ihre Stimme wurde brüchig. »Was ist …?«

Molly schlug die Hände über dem Kopf zusammen. »Du weißt ja noch gar nicht, was passiert ist.«

Rose schüttelte den Kopf und versuchte, die Tränen wegzublinzeln, die sich in ihren Augenwinkeln sammelten. »Ich habe ihn eingeschlossen.«

Nun kamen die Tränen doch, eine gewaltige Welle, die sie zurück in die Kissen sinken ließ. »Es ist alles meine Schuld«, stieß sie hervor und verbarg das Gesicht in den Händen.

Schritte näherten sich, jemand beugte sich über sie. Rose hielt sich noch immer die Hände vor die Augen, als könnte sie sich so der Wirklichkeit verschließen.

»Weine nicht, Rose«, sagte eine vertraute Stimme und eine Hand strich ihr zärtlich übers Haar.

Wie in Trance sah sie auf.

Da war Damian, müde und bleich, aber eindeutig Damian.

»Du lebst«, keuchte sie.

»Ja, ich lebe«, sagte er sachlich, dann nahm er die Teetasse vom Nachttisch und hielt sie ihr entgegen. »Hier, trink. Du warst eine Nacht und den halben Tag lang weggetreten. Der Arzt musste dir Atropin gegen das Opium verabreichen. Wir haben uns alle Sorgen um dich gemacht.«

Er roch nach Rauch und trug dasselbe altmodische grüne Jackett, das sie an dem Geist gesehen hatte. Sie blinzelte verwirrt. »Ich dachte, du wärst tot. Ich dachte, ihr alle wärt …« Sie schluckte. »Es tut mir so leid, dass ich dich eingeschlossen habe. Aber wie …?«

Überrascht sah sie, wie Molly und er einen Blick tauschten und lächelten. Dann wandte Damian sich zur Tür und machte eine auffordernde Geste.

»Ich glaube, es ist an der Zeit, eine Person zu begrüßen, ohne die wir nie erfahren hätten, dass Kane dich verschleppt hatte«, sagte er.

Eine blonde junge Frau in einem lavendelfarbenen Kleid erschien im Türrahmen. »Wie schön, dass du endlich aufgewacht bist«, rief sie.

»Abby«, entfuhr es Rose, als sie ihre Freundin aus dem Orientexpress erkannte. Und plötzlich verstand sie. »Die blonde Frau am Bahnhof – das warst du. Ich habe dich gesehen, kurz bevor ich mit Kane in den Zug stieg.«

»Das war tatsächlich ich«, sagte Abby. »Du hattest so lange nichts von dir hören lassen, dass ich anfing, mir Sorgen zu machen. Ich beschloss, dir einen kleinen Besuch abzustatten.

Stell dir meine Überraschung vor, als ich in Rhodeward ankam und dich in den Zug steigen sah. Ich wollte nach dir rufen, aber irgendetwas war mir nicht geheuer. Du wirktest so bleich und verängstigt. Zum Glück hattest du mir in deinen Briefen von Molly und Jack erzählt, also wusste ich, an wen ich mich wenden musste. Ich nahm sofort eine Kutsche nach Rosewood Hall. Als ich dort ankam, rechnete ich mit vielem, aber sicher nicht damit, ein brennendes Schloss vorzufinden. Zum Glück gelang es Molly, Damian rechtzeitig zu befreien, denn ich hätte es doch sehr bedauert, wenn der Verfasser meiner liebsten Theaterstücke den Flammen zum Opfer gefallen wäre.«

»Und ich erst«, sagte Damian trocken, griff in die Brusttasche seines grünen Jacketts und förderte einen geflügelten Schlüssel zutage. »Als das Feuer ausbrach, war ich noch eingesperrt. Molly war so geistesgegenwärtig, den Generalschlüssel zu holen, der noch in dem alten Jackett meines Vaters steckte.«

»Das Jackett aus dem geheimen Zimmer«, rief Rose und begriff auf einmal. »Dasselbe Jackett, das dein Vater auf dem Gemälde trägt. Darin siehst du ihm täuschend ähnlich. In meinem Delirium hielt ich dich für seinen Geist. Also warst du wirklich bei mir?«

Damian nickte. »Als Abby uns berichtete, was sie gesehen hatte, konnte ich mir zusammenreimen, was passiert war. Ich schwang mich aufs Pferd und jagte wie ein Wahnsinniger dem Zug hinterher.«

»Und das Feuer?«, flüsterte Rose. »Ist Rosewood Hall niedergebrannt?«

Damian schüttelte den Kopf. »Der Brandstifter, den Kane angeheuert hatte, war ein dorfbekannter Taugenichts. Er stellte sich nicht besonders geschickt an. Es gelang uns, ihn kurz nach Ausbruch des Feuers zu überwältigen, wobei ich ehrlicherweise sagen muss, dass ein Großteil dieser Ehre Dory und Lory gebührt. Die beiden gingen auf ihn los wie tollwütige Waschbären, während Molly die Feuerwehr verständigte. Das Unwetter war ein Segen, denn der Regen half erheblich bei den Löscharbeiten. Einzig der Große Saal hat Schaden genommen, aber die Aufräumarbeiten sind bereits in vollem Gange. Alles riecht noch stark nach Rauch, deshalb haben wir unser Quartier hierher verlegt.«

»Aber …« Rose runzelte die Stirn, denn plötzlich war ihr etwas eingefallen. »Was ist mit Sam?«

Damian nahm ihr grinsend die leere Teetasse ab und reichte ihr die Schüssel mit dem nach Zimt duftenden Porridge. »Das wird sie dir gleich selbst sagen.«

Rose drehte den Kopf zur Tür, und tatsächlich, da stand Sam mit einem schüchternen Lächeln auf den Lippen. Sie trug noch immer eine Hose und ein weites Männerhemd, aber ihre Bewegungen wirkten gelassener, weniger auf der Hut.

»Danke«, sagte Rose aufrichtig. »Dafür, dass du Kane den Revolver nicht gegeben hast. Du hast uns allen das Leben gerettet.«

Sam grinste. »Ich weiß.« Ihre Miene verdüsterte sich einen Moment lang. »Tut mir leid, dass ich bei deiner Entführung geholfen habe.«

Rose winkte ab. »Das hast du mit deinem Mut mehr als wettgemacht, will ich meinen.«

»Molly und Jack haben mir angeboten, als Gehilfin bei ihnen zu bleiben, solange ich will«, sagte Sam mit einem Anflug von Stolz. »Aber vielleicht kehre ich eines Tages nach London zurück und nehme dein Angebot an. Mir eine Ausbildung zu verschaffen, meine ich. Falls es noch gilt«, fügte sie mit sich rötenden Wangen hinzu.

Rose lächelte. »Selbstverständlich.«

»Ich …« Sam senkte den Kopf. »Ich habe nicht gern für ihn gearbeitet, glaub mir. Aber nachdem ich aus dem Heim ausgerissen bin, waren meine Aussichten auf eine ehrliche Arbeit nicht gerade gut. Als Junge verkleidet war es auf den Straßen sicherer und als Kane mich anheuerte, habe ich meine Verkleidung einfach beibehalten.« Sie grinste.

Molly, die zu spüren schien, dass Rose und Damian Redebedarf hatten, nahm Sam und Abby sanft beim Arm und flüsterte ihnen zu, dass Rose sicher Ruhe benötige. Im Türrahmen schaute Abby über die Schulter und schenkte Rose ein Augenzwinkern, das besagte, dass sie sich später noch ausführlich unterhalten würden.

Eine Weile lang schwiegen Rose und Damian einvernehmlich, doch Rose brannten zu viele Fragen auf der Seele.

»Was ist mit Kane?«, sagte sie schließlich. »Ist er tot?« Sie verspürte kein Bedauern bei dem Gedanken, nur Leere.

»Ja.« Damian zuckte mit den Schultern. »Der Blitz schlug direkt in die Eiche über ihm ein. Wir hatten wahnsinniges Glück, dass wir unversehrt geblieben sind. Die dicht stehenden Bäume scheinen die Kraft des Blitzes ein wenig gemindert zu haben, aber Kane, der den Arm mit der Waffe in die Höhe streckte, hatte kein Glück. Er war sofort tot.«

»Ich bin so froh, dass du am Leben bist«, brach es aus Rose heraus. »Ich dachte, du wärst im Feuer umgekommen. Ich hätte mir nie verziehen, wenn …«

Er beugte sich vor und sah ihr in die Augen. »Rose«, sagte er sanft. »Sam hat mir erzählt, zu welchem Handel Kane dich gezwungen hat. Du hättest dich geopfert, nur um mir meine Freiheit zu verschaffen?«

»Natürlich. Er hat gedroht, dich und alle anderen verhaften zu lassen. Ich konnte nicht zulassen –«

»Weißt du, dass du die verrückteste und wagemutigste Frau bist, die ich kenne?«

Das Haar fiel ihm offen in die Stirn und Rose fand, dass er nie schöner ausgesehen hatte.

»Du hast sturköpfig vergessen«, sagte sie grinsend.

»Wie könnte ich das je vergessen?« Er lachte, herzhaft und gelöst. »Ich nehme an, Kanes Schuldner können nun aufatmen. Nach seinem Tod durchsuchte die Polizei seine Waggons. Morgan war spurlos verschwunden, doch im Abteil befanden sich Dokumente, die belegen, dass Kane in seiner Spielhölle systematisch betrog, um Spieler in die Schulden zu stürzen. So baute er sich ein Netz aus Erpressung, Abhängigkeit und Gier auf. Seit heute Morgen mussten bereits zahlreiche hochrangige Personen von ihren Posten zurücktreten.« Er grinste. »Ich gehe davon aus, dass der neue Lord Chamberlain nun keinen Grund mehr hat, das Verbot meiner Stücke aufrechtzuerhalten. Und dank dir bin ich in der beneidenswerten Position, ein größtenteils intaktes Schloss zu besitzen. Es sei denn, du würdest das gern anfechten?«

»Auf gar keinen Fall«, rief Rose und setzte sich so hastig auf, dass sie beinahe ihre Schüssel mit dem Porridge umwarf. »Es steht dir zu. Du solltest deinen Traum verwirklichen, einen Hort für Künstler daraus zu machen. Du könntest es sogar in eine Stiftung verwandeln – unsere drei Musketiere übernehmen sicher gern den Vorsitz.«

Damians Grinsen wurde breiter. »Das ist eine wunderbare Idee. Da gibt es nur ein Problem.«

Nicht noch mehr Probleme. Besorgt setzte Rose sich auf. »Was denn?«

Er legte eine effektvolle Pause ein und seine Mundwinkel zuckten. »Ich hatte mir überlegt, hier im Waldhäuschen zu bleiben, es zu modernisieren und zu erweitern.« Mit gespielter Besorgnis fuhr er sich über die Stirn. »Ich finde allerdings, dass es dann ein wenig zu groß für mich allein wäre.«

»Oh.«

In diesem Moment hörte Rose Geraschel draußen auf dem Flur, aufgeregtes Flüstern.

»Hat sie schon ja gesagt?«, raunte eine Stimme, die ganz eindeutig zu Lory gehörte.

»Nun sei schon still, damit wir es hören können«, flüsterte Dory zurück.

»Pscht, ihr beiden«, schimpfte Abby, die anscheinend vor der Tür Wache hielt.

Damian lief rot an und schien auf einmal nach Worten zu ringen. Rose konnte nicht verhindern, dass ein breites Grinsen auf ihr Gesicht trat.

»Ähm … also …«, setzte Damian an, dann holte er tief Luft. »Rose, willst du meine Frau werden?«

»Ja. Ja, ich will«, sagte sie, ohne einen Moment zu zögern.

Und schon strömten die Zwillinge ins Zimmer und fielen ihr und Damian um den Hals. Molly strahlte mit Jack, Abby und Sam um die Wette, alle lachten und redeten durcheinander und mitten in dem Chaos trafen sich Damians und Rose' Blicke in stummem, glücklichem Einvernehmen.

Alles war gut.

EPILOG

Als der Zug in den Prager Bahnhof einfuhr, klappte Rose ihr Buch zu. Es war zwar nicht so unterhaltsam wie Miss Pemberleys Ratgeber, aber sie hatte es in den letzten Monaten so oft gelesen, dass sie es beinahe auswendig konnte.

»Eine Einführung in das englische Strafrecht« stand in goldgeprägten Lettern auf dem breiten Einband. Die wichtigsten Abschnitte für das kommende Semester hatte sie mit verschiedenfarbigen Lesezeichen markiert. Gähnend streckte sie sich, bevor sie den Wälzer sicher in ihrer Reisetasche verstaute und nach ihrem Mantel griff.

Sobald sie draußen auf dem Gleis stand, drang das vertraute Stimmengewirr aus Tschechisch, Deutsch und Jiddisch an ihr Ohr und gab ihr das Gefühl, nie fort gewesen zu sein. Sie winkte dankend ab, als ein Kofferträger sich näherte. Ihr Gepäck war bereits mit einem Kurier auf dem Weg in das Hotel, wo Damian seit einigen Tagen logierte, um sich auf die Prager Premiere seines neusten Stücks vorzubereiten.

Gerade wollte sie sich dem berauschenden Gefühl hingeben, wieder in der Stadt zu sein, in der sie aufgewachsen war, als ein unbestimmtes Gefühl sie veranlasste, sich umzusehen. Sie runzelte die Stirn. Der Kofferträger, den sie soeben abgewiesen hatte, stand in einigen Metern Entfernung und unterhielt sich tuschelnd mit einem Mann, der ihr bekannt vorkam. Sie kniff die Augen zusammen. Nein, sie täuschte sich nicht.

Der zweite Mann hatte ein Klemmbrett in der Hand und trug die Uniform eines Bahnbeamten, aber bei genauerem

Hinsehen waren seine Ärmel abgewetzt und die Hose endete ein gutes Stück über seinen bleichen Knöcheln.

Rose verzog die Lippen zu einem langsamen Lächeln. Mit diesem Wiedersehen hatte sie nicht gerechnet.

Ohne Eile ging sie auf die beiden Männer zu, die bei ihrem Näherkommen erwartungsvoll aufblickten.

Sie maß die beiden mit einem langen Blick und registrierte genüsslich, dass sie immer nervöser wurden.

»Hören Sie, meine Herren«, sagte sie mit lauter, klarer Stimme. »Ich werde Ihnen ein Angebot unterbreiten, und Sie täten besser daran, es anzunehmen. Andernfalls verständige ich die Behörden und lasse Sie unverzüglich festnehmen. Dann sitzen Sie schneller hinter Gittern, als sie ›Trickbetrug‹ sagen können.«

Die Männer sahen einander betreten an.

»Was für ein Angebot?«, sagte der eine stirnrunzelnd.

*

Wenig später bot sich den Reisenden am Prager Bahnhof ein äußerst merkwürdiger Anblick: Zwei Männer in schmutziger Unterwäsche sausten auf den Ausgang zu, als wäre ein wütender Bienenschwarm hinter ihnen her. Der diensthabende Wachmann unternahm gar nicht erst den Versuch, ihnen zu folgen, sondern starrte nur mit herabhängender Kinnlade hinterher, während schallendes Lachen aus den Gruppen der Reisenden lautwurde.

Rose grinste in sich hinein und strich mit der Hand über den abgegriffenen Einband von Miss Pemberleys Reiseführer in ihrer Manteltasche. *Messen Sie Ihre Mitmenschen stets an ihren Handlungen, nicht an ihrem Äußeren.*

Rose hatte den beiden Betrügern befohlen, sich ihrer gestohlenen Uniformen zu entledigen. Außerdem hatte sie ihnen eine großzügige Summe und die Anweisung mitgegeben, neue Kleidung zu erwerben und am nächsten Tag bei einem der vielen Bauunternehmen vorstellig zu werden, die die umfangreichen Modernisierungsarbeiten in der Stadt durchführten. Vielleicht würden sie dem nachkommen, vielleicht auch nicht.

Aber wer vermochte das schon zu sagen? Menschen waren unvorhersehbar und manchmal … Ja, manchmal waren sie sogar in der Lage, sich zu ändern.

*

Die Vögel zwitscherten und die Zweige der Bäume zeigten erste, zarte Sprossen. Einen Moment lang glaubte sie, Nelken und Rosenwasser zu schmecken, bevor sie leicht den Kopf schüttelte. Die Beerdigung ihres Vaters lag nun fast ein Jahr zurück, doch sie war nicht der wahre Moment des Abschiednehmens gewesen. Das würde sie nun nachholen. Allein, so, wie es sein sollte.

»Du hast etwas unerledigt gelassen, Vater«, flüsterte Rose und der Wind trug ihre Worte in den leuchtend klaren Himmel. »Es ist jetzt abgeschlossen. Ich habe mich darum gekümmert. Ich hoffe, du findest Frieden.«

Sie ging in die Hocke und öffnete ihre Reisetasche, um das in Zeitungspapier gewickelte Bündel herauszuholen, das sich darin befand.

»Ich liebe dich trotzdem, auch wenn ich vieles nicht verstehe.« Sie seufzte, doch es ging im Rauschen des erstarkenden Windes unter. »Damian ist besser im Verzeihen als ich. Er hat dir vergeben. Er meint, er hätte dich gern besser kennengelernt.«

Sie streifte ihre Handschuhe ab und kümmerte sich nicht darum, dass ihr smaragdgrünes Reisekleid aus warmer Wolle schmutzig wurde, als sie den kleinen Rosenstrauch behutsam vom Zeitungspapier befreite und in die Erde setzte. Ein paar junge Triebe hatten sich bereits gebildet. Später im Jahr würden sie in herrlichen, starken Rosatönen blühen, hatte Jack ihr versichert.

Sie klopfte die Erde fest.

»Aber glaub bloß nicht, dass alles gut ist zwischen dir und mir«, sagte sie mit gespielter Strenge. »Irgendwann wirst du mir Rede und Antwort stehen müssen, du alter Halunke.«

Sie griff nach dem flachen silbernen Fläschchen mit Schraubverschluss, das sie auf dem Grabstein abgestellt hatte. Der Whiskey brannte angenehm in ihrer Kehle und eine tröstliche Wärme breitete sich in ihrer Brust aus. Sie grub in ihrer Tasche und fand schließlich, was sie gesucht hatte: Eine der Münzen, die sie in dem versteckten Kästchen gefunden hatte. Behutsam legte sie sie unter den Rosenstrauch.

Als sie ihre Tasche wieder schloss, raschelte etwas darin. Sie sah nach und erkannte, dass es die alten Wertscheine waren, die sich ebenfalls in dem Kästchen befunden hatten. Sie hatte sie damals achtlos ganz unten in ihre Reisetasche gestopft und sich vorgenommen, sie später zu entsorgen.

Auf einmal kam eine heftige Windbö auf und wehte ihr die Scheine aus der Hand. Lachend sprang sie ihnen hinterher, bekam die meisten davon zu fassen, doch ein paar der Scheine wurden wirbelnd vom Wind in die Höhe getragen wie vergessene Herbstblätter.

Auf einmal stutzte sie. Warf einen Blick auf die Scheine und dann auf die englische Zeitung, in die sie den Rosenstrauch gewickelt hatte. Hastig ging sie in die Knie und wischte die Erdbrocken beiseite, bevor sie die wenige Tage alte Überschrift mit dem verblichenen Schriftzug auf den Wertscheinen abglich.

Underberg & Co. erreichen ungeahnten Höhenflug an der Börse, verkündete die Zeitung. *Underberg & Co.* stand auch auf den

Wertscheinen. Wie merkwürdig. War das nicht eine der untergegangenen Firmen gewesen, die sie in der Encyclopaedia Britannica nachgeschlagen hatte? Sie musste sich damals verlesen haben, denn die Wertpapiere in ihrer Hand trugen eindeutig diesen Namen und als Rose sie nachzählte, stellte sie fest, dass sie einen nicht unerheblichen Firmenanteil verzeichneten.

Das mussten die Papiere sein, die ihr Vater Damian angeboten hatte.

Sie hob den Blick, sah den wirbelnden Scheinen hinterher, die immer kleiner wurden, und lächelte. Dann verstaute sie die anderen wieder sicher in ihrer Tasche. Sie würde sie Damian geben und er sollte selbst entscheiden, was er damit tun wollte.

Danke, Vater, formte sie lautlos mit den Lippen und schritt dann durch das schmiedeeiserne Tor des Friedhofs, hinter dem die Kutsche bereits auf sie wartete. Doch dort stieß sie mit einer schwarz gekleideten, sehr aufrecht gehenden Frau zusammen, die einen Kranz aus Immergrün im Arm trug.

»Mutter«, sagte Rose überrascht und die Frau hätte den Kranz beinahe fallengelassen.

Einen Moment lang versteifte sie sich, doch dann breitete sich ein Lächeln auf dem Gesicht der älteren Frau aus.

»Ich habe dich so lange nicht gesehen«, sagte sie zärtlich und streckte unbeholfen eine Hand nach ihrer Tochter aus.

In dem Moment, als sie ihre Mutter in die Arme schloss, wusste Rose, dass vielleicht nicht alles sofort gut werden würde, dass sie die Vergangenheit nicht vergessen konnten, aber es war ein Anfang. Und das, dachte sie, während die Sonne ihr Gesicht wärmte, war das Wichtigste.

»Komm doch auf einen Tee nach Hause. Ich habe Kuchen gebacken«, sagte Julienne und lächelte strahlend.

»Lüg mich nicht an!« Rose stemmte die Arme in die Seiten. »Den Kuchen hat unsere Köchin gebacken, stimmt's? Du findest doch nicht einmal den Weg in die Küche.«

»Freches Mädchen«, sagte Julienne mit gespielter Strenge. »Mir war langweilig, so allein im Haus, und an einem von Doras freien Nachmittagen überkam mich die überwältigende Lust auf Kuchen. Mein erster Backversuch ging gründlich schief, aber inzwischen bekomme ich einen recht ordentlichen Apfelkuchen hin.«

»Das muss ich selbst sehen«, sagte Rose und hakte sich bei ihrer Mutter unter. »Und schmecken.«

»Lass mich erst den Kranz ablegen, dann fahren wir zusammen nach Hause, ja?«

»Ist Damian auch eingeladen? Er bereits seit ein paar Tagen hier, um die Aufführung seines neuen Stücks im Nationaltheater zu begleiten.«

»Aber selbstverständlich.«

Arm in Arm gingen die beiden Frauen den Kiesweg entlang, über ihnen die rauschenden Blätter. Der Frühling war gekommen.

Ende

NICHT VERGESSEN

Ich lese jede Rezension zu meinen Büchern und freue mich immer über ehrliche Meinungen. Zu erfahren, was Leserinnen und Lesern besonders gefallen hat, finde ich ebenso spannend wie Anregungen und Kritik, die ich für meine zukünftigen Schreibprojekte mitnehmen kann. Scheu dich also nicht, eine kurze Rezension auf der Plattform, auf der du dieses Buch gekauft hast, zu schreiben. Rezensionen helfen außerdem dabei, dass neue Leserinnen und Leser auf meine Bücher aufmerksam werden.
Wenn du keine Neuigkeiten von mir verpassen möchtest, kannst du auf meiner Website meinen Newsletter abonnieren und so immer über Verlosungen, exklusive Leseproben und Neuerscheinungen informiert bleiben.

Deine

Sarah

sarahheartsdale.de
instagram.com/sarahheartsdale

ZUM GESCHICHTLICHEN HINTERGRUND

Bei Oscar Wilde und Sophia Duleep Singh handelt es sich um reale historische Personen. Bei meiner Beschreibung von ihnen habe ich mir einige literarische Freiheiten erlaubt, mich dabei aber auf historische Fakten bezogen.

Sophia Duleep Singh, die Tochter von Maharadscha Duleep Singh, setzte sich leidenschaftlich für das Frauenwahlrecht ein und plädierte dafür, dass Frauen keine Steuern zahlen sollten, solange sie nicht wählen durften. In diesem Roman habe ich sie allerdings etwas älter gemacht; eigentlich war sie 1894 erst achtzehn Jahre alt.

Der berühmte Dramatiker Oscar Wilde wurde ein Jahr, nachdem diese Geschichte spielt, zu Gefängnis und Zwangsarbeit verurteilt, weil er eine Beziehung mit einem britischen Adligen geführt hatte. Freigelassen wurde er erst 1897 und er starb bereits im Jahr 1900, vermutlich an den gesundheitlichen Folgen der Zwangsarbeit.

Auch bei der am Anfang kurz erwähnten Eliza Orme handelt es sich um eine reale Person. Sie studierte Jura, doch eine Karriere als Richterin oder Anwältin blieb ihr als Frau in dieser Zeit verwehrt. Sie war jedoch erfinderisch und gründete ein Büro, das rechtliche Schriftsätze verfasste.

Die Bezeichnung von Frauenrechtlerinnen als »Suffragetten« kam erst Anfang des zwanzigsten Jahrhunderts auf, für diesen Roman habe ich die Verwendung des Begriffs allerdings um einige Jahre vorgezogen.

Das allgemeine Wahlrecht für Frauen wurde in England erst 1928 eingeführt.

Auch die im Roman beschriebenen Bemühungen von Gewerkschaften, bessere Rechte für Angestellte zu erkämpfen, fanden wirklich statt. Die erwähnten fadenscheinigen Kündigungsgründe stammen aus dem Archiv der britischen Handelsgewerkschaft USDAW.

Die »Kathedrale des Abwassers« gibt es tatsächlich, dieses beeindruckende Bauwerk liegt ein Stück außerhalb Londons und kann zu bestimmten Terminen besichtigt werden. Das stillgelegte Überlaufbecken, in dem Kane seine Spielhölle einrichtet, ist allerdings meiner Fantasie entsprungen.

Bei meiner Beschreibung des Orientexpresses und der dort servierten Speisen habe ich mich, soweit es möglich war, an echten Reiseberichten und alten Fotografien orientiert. Ich habe mir jedoch einige künstlerische Freiheiten erlaubt und außerdem die Reisezeiten im Roman verkürzt, um die Geduld meiner Leserinnen und Leser nicht zu strapazieren.

Rosewood Hall ist fiktiv, bei der Beschreibung habe ich mich aber von dem real existierenden wunderschönen Stokesay Castle inspirieren lassen.

LESEPROBE

Die Lady und der Spion

Lies hier die ersten drei Kapitel von Sarah Heartsdales Debütroman.

England, 1887. Lily will endlich den Skandal hinter sich lassen, der sie ihren Platz in der gehobenen Gesellschaft gekostet hat.

Unter ihrer neuen Identität als Krankenpflegerin reist sie nach Averon Hall, wo sie sich um die Tante des Herzogs kümmern soll. Doch zu ihrem Entsetzen stellt sie fest, dass der Herzog ausgerechnet der attraktive Fremde ist, der ihren Ruf ruiniert hat. Und schlimmer noch: Dieser Halunke scheint sich nicht einmal an sie zu erinnern.

Lily hält es für Glück im Unglück, denn so ist ihre neue Identität sicher. Doch sie hat nicht mit dem verführerischen Charme des Schlossherrn gerechnet, der ebenfalls ein dunkles Geheimnis besitzt. Ein Katz-und-Maus-Spiel beginnt, bei dem Lily Gefahr läuft, mehr als ihren Ruf zu verlieren.

PROLOG

Sonntag, 12. Juni 1887

Er spürte sie hinter sich. Noch konnte er sie nicht sehen, doch er war sich ihrer Anwesenheit nur zu deutlich bewusst. Jahrelange Erfahrung hatte ihn gelehrt, seinem Instinkt zu vertrauen. Er vermochte nicht zu sagen, was sein Misstrauen geweckt hatte – der wütende Ruf eines Eichelhähers, ein Schwarm Krähen, der sich heiser krächzend in die Lüfte erhob, oder der schwache, aber unverkennbare Geruch einer Feuerstelle –, er wusste nur, dass er sich nicht irrte.

Sein Ziel lag noch viele Tagesreisen vor ihm und die tiefen Wälder, die ihn vor neugierigen Augen verbargen, nannten so manches Geheimnis ihr Eigen. Dennoch war er froh, dass er die Weite der schottischen Moore hinter sich gelassen hatte. Ein einzelner Reisender zu Pferd zog stets Aufmerksamkeit auf sich und er konnte nicht riskieren, von seinen Verfolgern entdeckt zu werden.

Wo immer es ging, lockerte er die Zügel, um dem widerspenstigen Rappen einige Meilen freien Lauf zu lassen, doch meist waren die Wege zu abschüssig und er musste sein Tier schonen. Und er musste Umwege machen, Siedlungen meiden und falsche Fährten legen. An manchen Tagen schaffte er so kaum zwanzig Meilen und hoffte wider jede Vernunft, dass seine Verfolger ebenfalls nur langsam vorankamen.

Der Brief in seiner Brusttasche fühlte sich glühend heiß an. Er kam einem Preis gleich, der auf seinen Kopf ausgesetzt war. Doch das war das Wesen seiner Arbeit. Nur ein Narr hätte das bestritten. Und Raphael war vieles, aber ein Narr war er nicht.

Er wischte sich das dunkle Haar aus dem Gesicht und öffnete den obersten Knopf seines Hemds. Der Wind strich mit klammen Fingern über seine Haut, doch er hieß die Kühle des Morgens willkommen. Sie würde seine Sinne nach der durchwachten Nacht schärfen.

Sie würde ihm helfen, am Leben zu bleiben.

LILY

Neun Monate zuvor
Freitag, 17. September 1886

Lily ließ einen Finger über die schwarzen und weißen Tasten gleiten. Die Klaviatur aus Elfenbein und Ebenholz fühlte sich unter ihren Händen glatt und verheißungsvoll an. Vielleicht könnte sie ein paar Töne spielen, ohne dass Mrs Murton sie hörte … Aber nein, das wäre albern. Mrs Murton hatte Ohren wie ein Luchs und ihr wäre sicher nicht entgangen, dass Lily ihre Zeit damit verbrachte, auf dem Klavier zu »klimpern«, anstatt den Salon auf Hochglanz zu bringen. Unwillkürlich entwich Lily ein Seufzen. Sanft berührte sie die glänzenden Tasten, ohne sie herunterzudrücken. Wenn sie ihre Fingerfertigkeit am Klavier nicht probte, würde sie die Übung verlieren. Und ihre wöchentliche Klavierstunde mit Mrs Badger war noch so lange hin.

In ihrer Erinnerung war Lily wieder drei Jahre alt und konnte gerade so auf den Klavierhocker klettern. Der Duft von Lilien und Rosenblüten drang ihr in die Nase und sie blickte in das strahlende Gesicht ihrer Mutter.

Lily hielt die Augen geschlossen und ein Lächeln umspielte ihre Lippen. Dann zuckte sie zusammen. Ein Moll-Akkord erfüllte den Raum. Sie hatte vergessen, wo sie sich befand, und ihre Hände hatten wie von selbst zu spielen begonnen. Hoffentlich hatte der alte Hausdrache nichts gehört. Hastig raffte sie ihre Röcke und sprang auf. Eimer, Besen und Kutterschaufel lagen noch immer unberührt auf dem Boden des

Salons. Sie ging vor dem Kamin in die Hocke und fing an, Aschereste von dem glänzenden Fischgrätparkett zu fegen. Es entsprach eigentlich nicht ihrem Stand, auf Knien herumzurutschen und Schmutz zusammenzukehren. Andererseits musste sie froh sein, überhaupt eine Bleibe zu haben. Ihr Onkel und einziger noch lebender Verwandter, der berühmte Professor Wheatley, hatte ihr angeboten, nach dem Ende ihrer Ausbildung im Internat zu ihm zu kommen.

Lily steckte sich eine Haarsträhne hinters Ohr und kniff die Augen zusammen, als ihr Staub und Asche ins Gesicht wirbelten. Kein Wunder, dass der Drache ihr diese unangenehme Aufgabe zugewiesen hatte.

»Elizabeth«, schallte Mrs Murtons herrische Stimme durch das Haus. Professor Wheatleys Wirtschafterin war wie üblich schlecht gelaunt und ihr schriller Tonfall verhieß nichts Gutes.

Seit beinahe dreißig Jahren führte sie dem zerstreuten Professor mit eiserner Hand den Haushalt. Lilys Ankunft hatte sie lediglich mit geschürzten Lippen und einer hochgezogenen Augenbraue quittiert, und Lily war schnell klar geworden, dass sie sich gut mit ihr stellen musste, wenn sie im Haus ihres Onkels bleiben wollte.

Während ihr Onkel die meisten Stunden des Tages in seinem Studierzimmer verbrachte und über Büchern brütete, musste Lily ausgestopfte Tierköpfe abstauben, das Parkett fegen, die schweren Kohleeimer schleppen und die Perserteppiche ausklopfen.

Es gäbe weit weniger zu tun, wenn Mrs Murton nicht alle Haushaltshilfen vergrault hätte, die es gewagt hatten, einen Fuß in dieses Haus zu setzen, dachte sie grimmig.

»Elizabeth!«

Lily warf einen letzten wehmütigen Blick auf den imposanten schwarzen Bechstein-Flügel und wischte mit ihrem grauen Schürzenzipfel einen Rußfleck von einer Taste, dann öffnete sie eilig die Tür und rannte den Gang hinunter.

Mrs Murton wartete bereits ungeduldig vor dem Morgensalon und scheuchte sie hinein.

»Es tut mir leid, Mrs Murton«, begann Lily außer Atem, aber die Haushälterin fuchtelte ungehalten mit der Hand, um sie zu unterbrechen. »Kindchen, komm näher, aber rühr mit deinen rußigen Fingern bloß nichts an.«

Anscheinend wollte Mrs Murton sie diesmal nicht schelten. Stattdessen hielt sie eine grün und golden schimmernde Stoffbahn in die Höhe.

»Was ist das?«

Mrs Murton seufzte. »Nun frag nicht so dumm, Kindchen. Das wird dein Ballkleid.«

»Ein Ballkleid? Für mich?« Lily verstand nicht.

»Na hör mal, Kleine, denkst du etwa, das soll meine neue Schürze werden?« Sie lachte gackernd. »Nein, das hier ist für dich.«

Lily konnte nicht anders, sie fuhr mit den Händen sanft über den glatten, gemusterten Stoff, der sich unter ihrer Haut anfühlte wie kühles Quellwasser.

»Finger weg«, knurrte Mrs Murton und zog ihn hastig weg. »Wir wollen schließlich nicht, dass du die gute Seide ruinierst. Du wäschst dir die Hände und dann läufst du damit ins Dorf zur Schneiderin. Sie soll gleich Maß nehmen. Sag ihr, dass das Kleid bis zum Ball von Reddington Manor fertig sein muss. Die passende Turnüre soll sie aus London bestellen und für den Unterrock kann sie einen deiner alten Röcke abändern.«

Von dem alljährlichen Winterball auf Reddington Manor sprachen alle jungen Frauen in Glensdale schon seit Wochen. Diejenigen, die eine der begehrten Einladungen erhalten hatten, verbrachten den ganzen Herbst mit den Vorbereitungen – und die anderen machten das wieder wett, indem sie immer neue Gerüchte über den Ball in Umlauf brachten.

Lily hatte zu den Glücklichen gehört, die im August einen der burgunderroten Briefe bekommen hatten, aber Mrs Murton hatte ihn sogleich konfisziert und Lily hatte sich erst gar keine Hoffnungen auf eine Teilnahme gemacht.

»Lass dir diesen Luxus, mit dem dein Onkel dich verwöhnt, ja nicht zu Kopf steigen«, mahnte Mrs Murton und Lily gab sich Mühe, ihr aufgeregtes Lächeln zu unterdrücken.

»Du darfst nur auf den Ball, damit sich ein Ehemann für dich findet. Dein Onkel hat nämlich nicht vor, dein hungriges Maul ewig zu verköstigen. Bis zum Frühjahr musst du unter der Haube sein, dafür sorge ich notfalls selbst.«

Mit diesen resoluten Worten wickelte Mrs Murton den Damast wieder sorgfältig ein und scheuchte Lily in die Waschküche, um sich den Ruß von den Händen zu schrubben.

»Und dass du ja nicht bei dieser Harriet vorbeischaust, hörst du? Ich will, dass du ohne Umwege wieder nach Hause kommst.«

LILY

Ein ohrenbetäubendes Kreischen schallte durch das große Haus der Familie Maye. Lachend schlug Lily sich die Hände vor die Ohren.

»Du kommst mit auf den Ba-hall, du kommst mit auf den Ba-hall!«, quietschte Harriet vergnügt, ohne ihren Freudentanz durch den Salon zu unterbrechen.

»Ich kann nicht glauben, dass die alte Schreckschraube mir erlaubt, den Winterball zu besuchen«, seufzte Lily.

»Ich wollte es dir nicht sagen«, trällerte Harriet, »für den Fall, dass dein Onkel es nicht gestattet hätte. Aber ich habe meiner Mutter in den Ohren gelegen, dass du unbedingt mit auf den Ball kommen musst. Also hat sie eurem Hausdrachen den Floh ins Ohr gesetzt, dass es deinen Heiratsaussichten guttun würde – denn wer will schon eine mittellose Verwandte bis ans Ende seiner Tage durchfüttern? Der Drache war Feuer und Flamme für diese Idee. Ich nehme an, sie hat deinem Onkel Beine gemacht.«

»Das erklärt einiges.« Lily verdrehte die Augen. »Sie hat ausdrücklich betont, dass ich mich nicht amüsieren, sondern die Aufmerksamkeit eines respektablen Heiratskandidaten auf mich ziehen soll. Harriet, ich weiß nicht, was ich davon halten soll. Ich fühle mich noch nicht bereit zum Heiraten.«

Harriet unterbrach ihre Hopserei, die sich wegen ihres modischen Rocks, der wenig Bewegungsfreiheit zuließ, ohnehin als schwierig gestaltete. »Aber du willst doch sicher bald das Haus deines Onkels verlassen und deinen eigenen Haushalt führen, ohne diesen schrecklichen Drachen?«

»Ja natürlich, aber was, wenn mich auf dem Ball keiner zum Tanz bittet? Oder zumindest keiner, der mir gefällt? Im Internat haben sie uns auf solche Anlässe nicht vorbereitet.«

»Papperlapapp«, sagte Harriet und legte ihrer Freundin eine Hand auf den Arm. »Der Ball wird wundervoll, du wirst schon sehen. Ich für meinen Teil habe ein Auge auf Algernon geworfen.«

»Algernon? Meinst du etwa Mr Stockwith, den Apotheker?«

»Kennen wir denn sonst noch einen Mr Stockwith?« Harriet kicherte.

»Aber er ist so viel älter als du. Und ich habe ihn noch nie lachen sehen. Bist du sicher, dass du den Rest deines Lebens mit ihm verbringen willst?«

»Oh, Lil, manchmal bist du erschreckend weltfremd.« Als sie Lilys zweifelnden Gesichtsausdruck bemerkte, fügte Harriet hinzu: »Sieh dir meine Mutter an, Lil. Sie ist einsam, seit Vater gestorben ist. Wenn ich nicht da bin, ist das Haus leer und still. Sobald Algie und ich verheiratet sind, wird er seine winzige Wohnung über der Apotheke verlassen und hier einziehen. Ich werde Kinder bekommen, Lil. Viele Enkelkinder, die im Haus erst gar keine Stille aufkommen lassen.«

Ihre Stimme hatte einen träumerischen Tonfall angenommen. »Weißt du, wenn ich an der Apotheke vorbeigehe, sehe ich ihn durch die Fensterscheibe. Er sieht einsam aus. Als würde er auf etwas warten, aber jeden Tag ein wenig mehr die Hoffnung aufgeben, dass er es findet. Und jeden Tag lächle ich ihm zu und er erwidert mein Lächeln. Algie wird ein guter Ehemann sein, ich weiß es einfach.«

Lily sah ihre Freundin an. Sie saß in dem warmen, gemütlichen Salon zwischen bestickten Samtkissen auf dem Sofa und hatte eine Hand so selbstbewusst auf die Armlehne gelegt, als wäre sie die Herrin eines großen, althergebrachten Anwesens und nicht die Tochter eines Fabrikanten von ehrbarem, aber nicht übermäßigem Wohlstand. Harriet hatte einen so starken Willen, dass die Wirklichkeit bisweilen keine andere Wahl hatte, als sich ihr unterzuordnen. Wenn sie sich in den Kopf gesetzt hatte, den Apotheker zu heiraten, würde sie das auch tun.

Lily spürte einen kleinen Stich – keine Eifersucht, aber eine schmerzhafte Wehmut. *Wenn ich wenigstens ab und zu so zuversichtlich sein könnte wie Harriet.*

Sie holte tief Luft. »Ich muss dir etwas erzählen.«

»Ja?« Harriet bot ihr eine Schale mit kandierten Früchten an und Lily griff zu. Bei Mrs Murton wurde jeder Gang in die Speisekammer zum Abenteuer, denn der alte Drache hütete die Leckereien darin wie einen Schatz.

Noch während sie kaute, sprach Lily hastig weiter, bevor sie es sich anders überlegen konnte. »Ich habe Angst, Harriet. Was, wenn ich gezwungen werde, jemanden zu heiraten, den ich nicht mag? Eigentlich gefällt mir der Gedanke, einen eigenen Haushalt zu führen, aber was die Sache mit dem passenden Ehemann angeht …« Sie verschränkte die Arme.

»Am liebsten würde ich auf das Heiraten verzichten und eine berühmte Musikerin oder Schauspielerin werden, wie Sarah Bernhardt. Im Internat wurde ich für meinen Gesang und mein Klavierspiel immer gelobt.«

Mitfühlend legte Harriet ihr eine Hand auf die Schulter. »Meinst du das ernst? Du spielst und singst zwar sehr schön, aber hör mal, die meisten Künstlerinnen führen nicht gerade einen ehrenhaften Lebenswandel und sind auf einen reichen Gönner angewiesen.«

»Ich weiß, ich weiß«, unterbrach Lily rasch. »Ich habe nur einen Scherz gemacht. Ich meine nur, dass ich mich noch nicht bereit für einen Ehemann fühle.«

»Vielleicht lernst du auf dem Ball ja jemanden kennen, der dir gefällt.«

Lily seufzte und lehnte sich auf ihrem Sessel zurück. »Solange es nicht dieser widerliche Wykeham Trent ist.«

Harriet prustete los. »Ha! *Dem* würde keine anständige Familie ihre Tochter anvertrauen.« Sie wurde wieder ernst. »Mach dir keine Sorgen, Lil. Es geht schon alles gut, du wirst sehen.«

Lily nickte, aber insgeheim zweifelte sie daran. Ein einziger Abend, der über ihr ganzes zukünftiges Leben entscheiden sollte? Das war ein beängstigender Gedanke, den sie weit von sich schob.

Doch sie wurde das beklemmende Gefühl nicht los, in eine Schlinge getreten zu sein, die sich immer weiter zuzog, je stärker sie dagegen ankämpfte.

LILY

Dienstag, 9. November 1886

Der Winter war in diesem Jahr früh gekommen. Nach einem langen Spätsommer und einem verregneten Herbst war die Kälte urplötzlich über das Land hereingebrochen.

Für Lily war es eine herrliche Zeit. Mrs Murton trug ihr immer noch die unliebsamen Arbeiten auf, aber Lily fand stets neue Gründe, das Haus zu verlassen. Mal war der Zucker unerklärlicherweise ausgegangen, was einen Ausflug zum Krämer unabdingbar machte, dann wieder fand eine Anprobe bei der Schneiderin statt oder sie und Harriet nahmen bei einer Nachbarin Tanzstunden, damit sie sich auf dem Ball nicht blamierten. Dazu kam der Klavier- und Gesangsunterricht bei Mrs Badger, die Lily nun zweimal in der Woche besuchen durfte, nachdem sie ihren Onkel bei seiner Geburtstagsfeier mit einem Ständchen am Klavier zu Tränen gerührt hatte.

»Du solltest über eine Laufbahn bei der Oper oder am Theater nachdenken«, hatte Professor Wheatley begeistert verkündet, was Lily überaus gefreut hatte, und das nicht nur, weil Mrs Murton dabei puterrot angelaufen war.

Und die ganze Zeit über lag ein erwartungsvolles Knistern in der Luft, eine Vorahnung, die die Hitze des Spätsommers und die grauen Regentage des Herbstes überstanden hatte und nun beim Anblick der tanzenden Schneeflocken immer größer und verheißungsvoller wurde: Der Winterball auf Reddington Manor.

Lily lief durch die verschneiten Gassen und bei jedem ihrer Schritte stieg eine kleine weiße Wolke in die Luft. Über dem

Dorf lag die besondere Ruhe eines Wintertags, wenn der Schnee alle Geräusche dämpft. In dieser andächtigen Stille waren die Schritte hinter ihr kaum hörbar, aber doch laut genug, dass sie sich umdrehte.

Da war niemand. Die Gasse, die hinter dem gedrungenen Steinhaus der Bäckerei eine kleine Biegung um eine Lagerscheune machte, war menschenleer. Die krummen Giebel der umliegenden alten Gebäude schienen sich einander verschwörerisch zuzuneigen. Vor dem weißen Kontrast des Schnees blickten die dunklen Fensterluken wie missbilligende Augen auf sie herab. Es fühlte sich an, als wäre sie allein auf der Welt.

Nun ja, nicht *ganz* allein. Das Knirschen ertönte erneut, bevor es wieder verstummte. Schulterzuckend drehte sie sich um und zog ihr Wolltuch enger um sich, als sie ihren Weg fortsetzte. Sie sog die frische Winterluft tief ein. Sie war kalt und klar, sodass sie beim Atmen beinahe schmerzte, aber Lily war zügig gelaufen und das Blut pochte warm in ihren Adern. Nur ihre Fingerspitzen fühlten sich eisig an, sie würde sie bei Mrs Badger erst eine Weile aufwärmen müssen, bevor sie mit dem Klavierspiel beginnen konnte.

Da war es wieder. Das Knirschen hinter ihr. Aber als Lily sich erneut umdrehte, um nach der Quelle des Geräuschs Ausschau zu halten, war die Gasse noch immer menschenleer. War es ein Tier, das ihr folgte, ein Fuchs, der sich auf der Suche nach Nahrung ins Dorf verirrt hatte? Sie ging den Weg vorsichtig zurück, wobei sie nach Tierspuren Ausschau hielt. Sie spähte nach links, wo sich zwischen zwei Häusern eine schmale Lücke auftat, die von den sich überlagernden Dächern in tiefe Schatten getaucht wurde.

Nichts. Sie atmete aus und ihr Atem bildete kleine weiße Kringel in der Luft. Sie wandte sich um, da schlossen sich mit einem Mal zwei starke Hände um ihre Taille. Lily war zu entsetzt, um sich zu wehren, sie sog die kalte, schmerzende Luft tief ein und öffnete den Mund zu einem Schrei, als eine Stimme dicht an ihrem Ohr flüsterte: »Komm, tanz mit mir, kleines Vögelchen.«

Lily erstarrte mitten in der Bewegung. Sie kannte diese Stimme. Sie hatte sie schon oft gehört, wenn sie mit Harriet über den Wochenmarkt ging. Jetzt klang sie nah und vertraulich, siegesgewiss.

»Zier dich nicht so, meine Süße.«

Der Druck um ihre Taille ließ nach und sie konnte wieder atmen. Mit wild rasendem Herzen fuhr sie herum.

Sein Grinsen war das erste, was sie in der Dunkelheit zwischen den Häusern erblickte, ein silbriger Halbmond aus gebleckten Zähnen, dann schälte sich ein Mann aus der Schwärze. Es war Wykeham Trent.

Er trug seine Soldatenuniform, aber die Tressen waren zerzaust, sein Gürtel saß schief und die Uniformjacke war so knittrig, als hätte er darin geschlafen. Bei genauerer Überlegung lag das durchaus nahe, denn er wirkte übernächtigt und aus der Nähe konnte sie den billigen Schnaps riechen, dem er vermutlich die ganze Nacht über zugesprochen hatte. Hatte er in diesem dunklen Eingang geschlafen, nachdem er betrunken vom Gasthaus nach Hause gewankt war?

»Lassen Sie mich in Ruhe«, sagte sie so würdevoll wie möglich und wandte sich hoch erhobenen Hauptes ab.

Hastig stapfte sie in die entgegengesetzte Richtung. Sie vermied es, sich umzublicken, als könnte sie ihn mit bloßer Willensanstrengung davon abhalten, ihr zu folgen.

Aber sie hatte kein Glück; sie hörte das harte Klackern seiner beschlagenen Stiefelabsätze, das ihr hartnäckig folgte. Nach wenigen Schritten hatte er sie bereits eingeholt. Obwohl er leicht schwankte, schloss er mühelos zu ihr auf.

Sie atmete tief ein und eisige Luft strömte in ihre Lunge.

»Verschwinden Sie«, zischte sie, aber ihr Protest schien ihn nur noch anzuspornen. Er streckte die Hand aus und packte ihr Schultertuch, um sie am Weitergehen zu hindern.

»Nur ein Küsschen für einen armen Soldaten«, sagte er grinsend und ließ den Stoff des Tuches durch seine Finger gleiten.

Lilys anfänglicher Schock war verflogen, nun regte sich Ärger in ihr. Wie konnte er es wagen, ihr in aller Herrgottsfrühe aufzulauern und sie zu bedrängen? Was er nötig hatte, war eine Lektion in guten Manieren.

»Lauf nicht weg, Mädchen.«

Die Wut, die in ihr brodelte, schäumte über. Sie hatte genug davon, sich herumkommandieren zu lassen, nicht von Mrs Murton und erst recht nicht von Wykeham Trent. Mit einem scharfen Ruck entzog sie ihm ihr Schultertuch. Er versuchte, es festzuhalten, wobei er ins Wanken geriet, und als sie sich schwungvoll umdrehte, verlor er auf dem rutschigen Untergrund das Gleichgewicht und stürzte zu Boden.

Lily würdigte ihn keines Blickes und ignorierte seine jämmerlichen Rufe, während er erfolglos versuchte, sich wieder aufzurappeln.

Das würde ihm eine Lehre sein.

Hat dir die Leseprobe gefallen?
Alle Romane von Sarah Heartsdale findest du hier:

sarahheartsdale.de

Abonniere den Newsletter von Sarah Heartsdale, um über Neuerscheinungen informiert zu werden.

Heimkehr

Es ragt ein weißer Turm in Nebelhöhen,
blickt mit wachen Augen weit hinaus ins Land.
Mondlichtsilbern schlingt ein helles Band
sich um Wälder, Auen, Seen
wie ein geisterhaftes Nachtgewand.

Graue Luft dringt aus metallnen Rohren,
Mondebenen, so weit das Auge reicht.
Ein Heimgekehrter steht vor rostgen Toren,
papiern sein Blick, die Augen ausgebleicht
erahnen unter Aschesand verlorne
Visionen einer prächtigeren Zeit.

Das Nichts ist nun Allgegenwart geworden
und über allem streckt sich staubesweiß
Erinnerung, zur Leichenstarr' gefroren
und über allem weht der Wind der Zeit.

Nacht

Mondes silbernes Gefieder
streift raschelnd über dunklen Stein,
heischt heimlich einen Weg hinein,
auf bleichem Antlitz flattern Lider.

Noch ist der Sonne goldnes Glühen
Ahnung nur aus tiefem Traum,
der Wolken erster sanfter Saum
so weit entfernt wie Tages Mühen.

Abendlicht

In den graphitdunklen Rauch sind sie gewirkt,
goldrote Strahlen, ein Sonnengeflecht,
der Käfig der Stadt aus Flammenschnüren,
festgezurrt die schwere Luft im Rausch.

DANKSAGUNG

Ein Buch schreibt sich nicht ohne Unterstützung. Ich möchte Manu, meinem wunderbaren Ehemann, danken, der stets an mich glaubt und mich bestärkt, ob ich mir nun die Nächte beim Schreiben um die Ohren schlage oder ihm am Küchentisch von meinen neuesten Ideen erzähle.

Dank gebührt auch Dana S., die die besten und kreativsten Ideen hat, wenn ich das Gefühl habe, nicht weiterzukommen.

Auch meiner Familie möchte ich danken, die mich immer unterstützt und mir mit Rat und Tat zur Seite steht.

Danke an das gründliche Lektorat, das nicht nur Ungereimtheiten gefunden hat, die ich sonst übersehen hätte, sondern mich auch zu historischen Details beraten hat.

Und zuletzt ein großes Dankeschön an alle Rezensentinnen und Rezensenten, die mir Leseeindrücke und konstruktive Kritik geschickt haben. Ihr wisst gar nicht, wie hilfreich ihr seid und wieviel Motivation ihr mir gebt.

Printed in Poland
by Amazon Fulfillment
Poland Sp. z o.o., Wrocław

66734998R00254